Andreas Struve

METHUSALEM
Der Tod ist keine Option

THRILLER

SPICA
VERLAG GMBH

www.spica-verlag.de

© Spica Verlag GmbH
1. Auflage, 2024

Alle Rechte vorbehalten. Das Werk darf – auch teilweise –
nur mit Genehmigung des Verlages wiedergegeben werden.
Coverfotos: ©Andreas Struve
Baumgesicht eines mehrere jahrtausendealten Mammutbaums in Kalifornien,
Friedhof in Terlingua, einer Ghosttown am Rio Grande

Autor: Andreas Struve
Für den Inhalt des Werkes zeichnet der Autor selbst verantwortlich.
Die Handlung und die handelnden Personen sind frei erfunden.
Ähnlichkeiten mit lebenden Personen wären zufällig und unbeabsichtigt.

Gesamtherstellung: Spica Verlag GmbH

Printed in Europe
ISBN 978-3-98503-192-4

Für meine Enkelkinder

*"So viele Straßen, so viel auf dem Spiel
So viele Sackgassen, ich bin am Ufer des Sees
Manchmal frage ich mich, was nötig ist
Um Würde zu finden"*

Bob Dylan „Oh Mercy"

Tom

Tom Snider alias John Sparks lebte noch immer in Escalante, dem kleinen Mormonennest in Utah. Oder sollte man besser sagen, wieder? Jedenfalls liebte er das kleine Holzhaus, das etwas abseits der Hauptstraße vor einem alten Weidenbaum lag.

Escalante war eines dieser typischen winzigen Wüstenstädtchen, in denen sich kleine Holzhäuser nebeneinander in den Wüstensand duckten. Mittags, wenn es zu heiß wurde, sah man keinen der Einwohner. Stattdessen trieb der heiße Wind Thumbleweeds, kleine trockene Pflanzenkugeln, durch die Straßen. Das Städtchen lag am berühmten Highway 12, den man zu einem Scenic Byway ernannt hatte. Nicht umsonst wurde die Straße in so manchem Reiseführer zu einer der landschaftlich schönsten Straßen in den USA gezählt. Felsen und mäandernde Canyons in allen Farben, enge Haarnadelkurven und steil abfallende Canyonwände machten den besonderen Reiz des Highway 12 aus.

Seit dem Tod seiner großen Liebe Therese vor zwei Jahren fühlte Tom sich einsam, zumal sein Sohn Marc in New York studierte und seinen Vater nur selten besuchen konnte.

Tom sah man sein Alter nicht an. Er wirkte wie ein fitter Mittfünfziger. Nach seiner Flucht aus San Franzisco hatte er wieder einen Job als Ranger angenommen. Nur diesmal im nahegelegenen Capitol Reef National Park. Hier führte er Touristen zu einigen der gewaltigen Steinbögen, Arches genannt, und in die Einsamkeit der Waterpocket Fold, einer gigantischen Wasserscheide. Aber das war nicht alles, denn wenn die Zeit es zuließ, bot er über seine neu gegründete Firma Adventure Tours spannende Ausflüge in die „Canyons of the Escalante" an, die sich, wie an einer Perlenschnur aufgereiht, entlang der „Hole in the Rock Road" zum Erkunden anboten. Jahrelang hatte Tom sich zusammen mit den Einwohnern Escalantes dafür eingesetzt, dass diese Wüstenpiste, die die Mormonen auf ihrem Weg durch den grandiosen Glen Canyon genommen hatten, nicht asphaltiert wurde. Und gemeinsam hatten sie sich schließlich gegen die County Verwaltung durchgesetzt, als diese schon die Walzen und Asphaltfahrzeuge anrollen lassen wollte.

Tom, inzwischen achtzig Jahre alt, war zwei Mal verheiratet gewesen. Seine zweite Frau, Therese, war ihm als Betreuerin bei dem Methusalem Projekt in San Francisco zugeteilt worden. Dabei hatten sie sich ineinander verliebt. Sie war es auch gewesen, die in der größten Not zu ihm gehalten und ihm aus der Patsche geholfen hatte. Oft erinnerte Tom sich daran, wie sie in der Nähe von der Eureka am Pazifik gesessen und er ihr zum ersten Mal von seiner Situation erzählt hatte.

Die Einzige, die das Ausmaß seines Elends erkannt, zu ihm gehalten und ja, letztlich sogar sein Leben gerettet hatte,, indem sie ihm zur Flucht vor seinen Verfolgern verholfen hatte, war Therese gewesen. Ihre Idee war es auch gewesen, das Geheimnis um das Methusalemprojekt an die Öffentlichkeit zu bringen.

Und sie hatte Recht behalten, denn nachdem der Skandal die Öffentlichkeit erreicht hatte, brach die Firma Genforce innerhalb weniger Tage zusammen. Das Methusalem Projekt war endgültig Geschichte.

Auf Anraten von Therese hatte er damals den Chip, den ihm die Firma zur Überwachung seiner Werte in die Blutbahn eingeschleust hatte, durch eine Blutwäsche entfernen lassen. Damit hatte er endgültig seine Freiheit wiedergewonnen.

Viele Jahre waren seitdem vergangen. Tom und Therese hatten einen Schlussstrich unter die Vergangenheit ziehen können. Und niemand außer Joe, einem alten Freund aus Boulder, kannte Toms Geheimnis. Sein echter Name, Tom Snider, war in Vergessenheit geraten. Alle kannten ihn nur unter seinem Decknamen John Sparks. Nicht einmal ihrem Sohn Marc hatten sie etwas erzählt. Tom hatte sich immer wieder gesagt, irgendwann würde der passende Zeitpunkt schon kommen, an dem er seinen Sohn einweihen würde. Aber darüber waren die Jahre vergangen. Und während Therese älter wurde, alterte Tom scheinbar nicht. Sein schwarzes gelocktes Haar war lediglich von ein paar grauen Strähnen durchzogen, gab ihm aber immer noch ein etwas jungenhaftes Aussehen.

Die beiden verlebten glückliche Jahre ohne finanzielle Sorgen, bis zu dem Tag, an dem Tom seine Frau leblos auf dem Boden der kleinen Küche gefunden hatte. Ein unentdecktes Aortenaneurysma hatte sie innerhalb weniger Minuten umgebracht. Stundenlang hatte er sie in seinen Armen gehalten, bis zufällig sein Freund Joe vorbeigekommen war. Tom war wie versteinert gewesen. Wochenlang war er nicht im Stande gewesen, etwas Sinnvolles zu tun. Auch Marc, der mit dem nächsten Flieger aus New York gekommen war, hatte seinem Vater nicht helfen können. Gemeinsam hatten sie sich angeschwiegen, bis der Sohn nach der Beerdigung wieder abgeflogen war. Es hatte ein halbes Jahr gedauert, bis Tom sich in der Lage gesehen hatte, wieder unter Menschen zu gehen.

Monate später hatte er sich durchringen können, einen Grabstein aufstellen zu lassen. Darauf stand:

Schau in den Himmel!
In Liebe Therese Sparks

Wenn er jetzt mit der Tasse Kaffee allein in der kleinen Küche saß und auf die staubige Straße blickte, musste er daran denken, wie alles angefangen hatte. Er hatte damals keinen Job gehabt und war auf eine Annonce aufmerksam geworden, in der Probanden für eine Studie gesucht worden waren. Also hatte er sich beworben und war tatsächlich als einziger Proband für diese Studie ausgewählt worden. Dass er der Einzige sein würde, hatte er allerdings erst viel später erfahren.

Seine Gedanken flogen durch die Vergangenheit und ließen alles noch einmal lebendig werden. Und jetzt? Was war aus ihm geworden, was war mit ihm passiert? Wo würde sein Weg hinführen? Es war diese eine Frage, die ihn immer wieder beschäftigte.

Viele seiner Bekannten waren inzwischen gestorben. Auch Joe, sein bester Freund und langjähriger Gefährte, sah mittlerweile alt und klapprig aus. An Canyontouren, wie sie sie früher zusammen unternommen hatten, war nicht mehr zu denken. Manchmal, wenn sie sich trafen und Joe gebeugt auf seinen Stock aus dem Wagen stieg, war der Unterschied zwischen ihnen kaum zu ertragen. Denn er, Tom, sah immer noch aus wie ein gut trainierter Mittfünfziger, obwohl sie fast gleich alt waren.

Tom half Joe, wo er nur konnte. Aber es war nicht zu übersehen, dass sein Freund mit der Ranch überfordert war. Und da Joe keine Kinder hatte, musste über kurz oder lang eine andere Lösung her. Wenn Tom die Veranda betrat, saß Joe meistens in seinem Schaukelstuhl links neben der Eingangstür, trank ein Bier und blickte in die Ferne.

„Komm her und setz dich!", winkte Joe ihn stets heran. Dann nahm sich Tom wie immer ein Bier aus dem Kühlschrank und setzte sich neben seinen Freund, der die Gesellschaft zu genießen schien.

„Hör mal!", fing der alte Mann mit seiner tiefen, knarzenden Stimme an, „mit mir wird es in absehbarer Zeit zu Ende gehen. Und glaub mir, ich freue mich auf die ewigen Jagdgründe!" Joe machte eine kleine Pause und blickte Tom mit einem undefinierbaren Blick an. Dann platzte es aus ihm heraus. „Ok, warum auch immer du offensichtlich nicht alterst! Ich habe mich gefragt, was mit meiner Ranch passieren soll, wenn ich nicht mehr hier bin! Ich habe niemanden, wie du weißt. Also habe ich mir gedacht, wenn du schon nicht alterst, dann könntest du sie haben, oder dein Sohn. Der hat bestimmt deine Gene geerbt. Auf jeden

Fall würde ich mich freuen. Denn bei dir weiß ich sie in guten Händen!" Er nahm einen Schluck aus seinem Kaffeebecher und blickte in die Ferne, wo sich die Bergkette erhob.

Tom wollte etwas erwidern, konnte aber durch die abschneidende Geste, die Joe machte, nichts sagen.

„Was ist?"

„Na was schon? Glaubst du etwa, ich hätte nicht bemerkt, dass du immer noch fast so aussiehst, wie damals, als du nach Frisco gegangen bist?"

Tom runzelte die Stirn. Joe hatte es bis jetzt nie angesprochen, aber er hatte schon bemerkt, wie sein Freund ihn manchmal verstohlen von der Seite angeblickt hatte.

„Ach das, ich halte mich eben fit!"

Joe musste lächeln.

„Du machst wohl Witze! Du bist gerade mal ein paar Jahre jünger als ich und trotzdem…!" Er ließ den Satz in der Luft hängen.

Tom war betroffen und wusste nicht so recht, was er sagen sollte. Es war immer dasselbe. Sein bester Freund würde, wie alle um ihn herum, vor ihm sterben. Bei den Beerdigungen kannte er inzwischen immer weniger Leute. Er fühlte sich einsam.

„Ach Joe, du wirst uns alle noch überleben!"

„Ganz bestimmt, Tom! Würdest du mir auch ein Bier holen, bitte? Der Kaffee schmeckt heute nicht!"

Tom stand auf und kam mit einer Dose Polygamie Porter zurück, öffnete sie und drückte sie seinem Freund in die Hand. Dann setzte er sich zu ihm und genoss die Sonne, die langsam hinter der Durffey Mesa versank. Als die Sonne weg war, legte er seinem Freund, der eingeschlafen war, vorsichtig eine Decke über die Knie. Joe würde ihm sehr fehlen.

Während er auf der Zwölf nach Hause fuhr, konnte er tief nach unten in die Schlucht sehen. Sie mäanderte entlang des Highways. Trotzdem war der Grund von hier oben nicht zu erkennen. Der Slickrock, eine empfindliche gelbe Kruste bedeckte die Felsen, die so wild und steil in die Tiefe fielen, das einem schwindelig werden konnte. Hier fühlte Tom sich zu Hause. Die Schlucht, sie würde es auch noch geben, wenn er nicht mehr da war. Das fand er irgendwie tröstlich.

Dann musste er an seinen Sohn denken. Therese und er hatten niemals in seiner Gegenwart von Methusalem gesprochen. Marc kannte seinen Vater so, wie er war und hatte auch nie Fragen gestellt. Aber der Zeitpunkt war nicht mehr weit, wo sein Sohn beginnen würde, Fragen zu stellen, da war Tom sich sicher. Und er wusste nicht, wie er dann reagieren würde.

Als er in dieser melancholischen Stimmung schließlich in Escalante ankam, setzte er sich auf die Terrasse und sah den Thumbleweeds nach, die über die Straße wehten.

Der Anruf

Zwei Tage später, Tom saß auf der Terrasse der Escalante Outfitters mit seinen zufriedenen, endorphingefluteten Kunden, als sein Handy vibrierte.

Sie waren gerade von einer langen Tagestour zur Golden Cathedral zurückgekehrt, zu der sie früh, noch vor Sonnenaufgang, aufgebrochen waren. Aber die Kathedrale, eine Felsenkuppel mitten in der Wüste, unter der sich ein kleiner See befand, war immer noch ein Geheimtipp und mit Sicherheit eine der schönsten Locations der Gegend. Hier war es stets kühl, während ringsherum die Hitze die Luft flirren ließ. Die Stille war magisch und bei einer Flashflood ergoss sich ein Wasserfall durch ein kreisrundes Loch, das sich in der Kuppeldecke befand, in den See.

Toms Kunden waren geschafft, machten aber Witze und genossen zusammen mit ihm ein Abschlussbier, während sie die kleinen braunen Kolibris an den Wasserspendern bestaunten.

Sein Handy vibrierte. Da Tom die Nummer nicht zuordnen konnte, wies er den Anruf ab. Als sich das Gerät jedoch immer wieder meldete, stand er schließlich auf, ging zu seinem Pick-Up und nahm das Gespräch an.

„Ja, bitte?"

„Tom?"

„Wer ist da?"

„Tom Snider?"

Tom erschrak! Seit langer Zeit hatte niemand mehr diesen Namen benutzt. Niemand außer ihm, Joe und seiner dementen Schwester kannte diesen Namen. Was war das? Mit einem lange nicht mehr gekanntem Gefühl der Angst und Ratlosigkeit blickte er auf das Display, das einen unbekannten Anrufer anzeigte. Dann legte er auf und kehrte zu seinen Kunden zurück. Aber kaum hatte er sein Bier ausgetrunken und sich von ihnen verabschiedet, vibrierte sein Smartphone erneut. Es war wieder die gleiche, unbekannte Nummer! Tom zögerte, aber letztlich siegte seine Neugier. Wer zum Teufel konnte das sein? Seinen Nachbarn hatte er damals bei seiner Rückkehr erzählt, er habe den Namen seiner Frau angenommen und John sei schon immer sein zweiter Vorname gewesen. Am Anfang hatten sie sich etwas gewundert, aber schnell aufgehört, Fragen zu stellen. Mittlerweile waren die meisten von ihnen gestorben, wohnten bei ihren Kindern in einer Seniorenresidenz oder waren einfach weggezogen. Der Generationswechsel hatte Escalante verändert. Er war jetzt John Sparks und fertig.

Tom nahm das Gespräch an.

„Wer sind Sie?"

„Nun, ich hoffe, Sie erinnern sich noch an mich. Immerhin hatten wir eine Menge miteinander zu tun!"

Tom verstand kein Wort. Was sollte das heißen, „Wir hatten eine Menge miteinander zu tun"?

„Keine Ahnung, wer Sie sind. Was wollen Sie?"

„Wie viel Geld haben Sie noch? Soweit ich weiß, sind die Lebenshaltungskosten in dem Kaff, in dem Sie wohnen, nicht besonders hoch!"

„Verdammt", durchfuhr es Tom. Konnte es sein, dass er es mit einem der Typen zu tun hatte, die ihm damals nach dem Leben getrachtet hatten? Nachdem er damals vor dreißig Jahren seinen Verfolgern entkommen und die Firma Genforce zusammengebrochen war, hatte es niemanden mehr gegeben, der sich für Tom Snider alias John Sparks interessierte. Es gab nur noch einen einzigen Menschen auf der Welt, der sein Geheimnis und damit auch seinen echten Namen kannte. Und der war damals nach China durchgebrannt.

„Mir ist zu Ohren gekommen, dass Ihre schöne Frau gestorben ist, wie tragisch, nicht? Das tut mir wirklich leid!"

„Verdammt, wer sind Sie? Was wollen Sie? Wenn Sie auch nur ein wenig Mumm in den Knochen haben, kommen Sie her! Ich bin jederzeit bereit, Ihnen die Fresse einzuschlagen!"

„Na, na, warum denn gleich so aggressiv? Ich habe doch nur mein Mitgefühl ausgedrückt. Und überhaupt, wie geht es Ihrem Sohn? Der soll ja sehr erfolgreich in New York studieren, nicht wahr? Außerdem kann ich nicht so einfach zu Ihnen kommen. Der Weg wäre wirklich etwas zu weit."

„Wer sind Sie verdammt?" Tom kannte diese Stimme. Dieser arrogante, leicht näselnde Tonfall, er hatte ihn schon einmal gehört.

Aber während er noch in seinem Gehirn forschte, hatte der Anrufer schon aufgelegt. Konnte es wirklich sein, dass ihn jetzt, nach so vielen Jahren die Vergangenheit einholte?

Er stieg in seinen Pick-up und fuhr nach Hause, als das Telefon erneut zu vibrieren begann. Es war wieder die gleiche Nummer.

Aufgewühlt und gleichzeitig wütend nahm Tom das Gespräch über die Freisprechanlage an.

„Haben Sie sich etwas beruhigt, Tom?" Wieder diese näselnde Stimme.

„Sagen Sie einfach, wer Sie sind und was Sie von mir wollen!"

„Können Sie sich das nicht denken?"

„Nein, denn wenn ich das wüsste, würde ich nicht fragen, Sie verdammtes Arschloch!"

„Gut, dann will ich ihnen mal auf die Sprünge helfen. Ich habe damals das Labor geleitet. Wir sind uns das erste Mal bei den Eingangstests begegnet. Mister Garrison war mein Chef! Klingelt's jetzt?"

Tom war leichenblass geworden. Er konnte sich noch gut an diese kleine, immer leicht nach Schweiß riechende Laborratte erinnern. Auch das überhebliche Grinsen von Dr. Ben Corve, der ihm damals eine Kanüle in den Arm geschoben hatte, sah er nun deutlich vor sich.

„Wie haben Sie mich gefunden?"

„Das war gar nicht so schwer. Mit den heutigen Möglichkeiten der KI können Sie fast jeden finden. Und Sie sind etwas leichtsinnig geworden. Ich sage nur Sparks – Adventure Tours!"

Der Mann hatte vollkommen Recht. Tom bot unter seinem Namen schon seit einigen Jahren Outdooraktivitäten an und dafür brauchte man eine Internetseite. Unter dem Link „Team" gab es ein Foto von ihm und zwei anderen Guides. Und da er immer noch so aussah wie vor dreißig Jahren, war er für jeden, der ihn damals gekannt hatte, leicht wiederzuerkennen.

„Wie läuft denn die Firma? Ich hoffe doch gut!"

„Das geht Sie einen Scheiß an!"

„Natürlich, aber ich weiß, Sie haben Ausgaben, müssen Ihren Sohn unterstützen, zahlen für Ihre Schwester. Das summiert sich, stimmt´s?"

„Ich weiß nicht, wovon Sie reden!"

Der Mann am anderen Ende lachte laut auf.

„Wie viel ist denn von dem Geld noch übrig, das Sie uns damals gestohlen haben? Dreißig Jahre sind eine lange Zeit! Und ich weiß, dass Sie bald knapp bei Kasse sind, nicht wahr, mein Freund?"

„Erstens bin ich nicht Ihr Freund und zweitens geht Sie das einen Scheiß an!", versuchte Tom eine schwache Entgegnung.

„Das hätte ich an Ihrer Stelle auch gesagt. Aber keine Sorge, ich will kein Geld von Ihnen. Ich möchte mich nur ein wenig mit Ihnen unterhalten."

Tom konnte es nicht fassen. Dieser Anrufer musste Ben Corve sein, derselbe Dr. Ben Corve, der sich kurz vor dem Ende von Genforce nach China abgesetzt hatte. Tom sah ihn genau vor sich, wie er in seinem weißen Kittel im Labor stand. Hochintelligent, aber immer etwas unordentlich, einen abwesenden Eindruck machend. Und wenn man sich mit ihm unterhielt, hatte er jedes Mal dieses geringschätzige, überhebliche Lächeln im Gesicht. Alles in allem ein unangenehmer Typ. Der Mann saß in China. Eine Rückkehr in die USA konnte er nicht riskieren. War das der Grund seines Anrufs? Tom sah das Gesicht des damaligen Projektleiters vor sich, wie das eines Dämons aus der alten Welt.

„Weiß eigentlich Ihr Sohn von unserem kleinen Geheimnis? Er heißt doch Marc, stimmt´s? Ich würde ihn gerne mal kennenlernen."

„Lassen Sie gefälligst meinen Sohn da raus, Corve! Der hat damit nichts zu tun!", brüllte Tom ins Telefon.

„Na endlich! Geht doch! So jemanden wie mich vergisst man doch nicht so schnell!" Ein leises, höhnisches Lachen drang aus dem Telefon.

Tom hatte das Gefühl, gleich kotzen zu müssen. Er trat voller Wut auf die Bremse, schleuderte auf den Seitenstreifen, riss die Tür auf und holte tief Luft. Seine Hände zitterten. Er konnte sehen, wie der Wind einen dieser Tumbleweeds über die Straße fegte, gefolgt von einem hübschen kleinen Dust Devil. Aus der Freisprechanlage hörte er ein verhängnisvolles Rauschen. Tom konnte sich nicht dazu durchringen, einfach aufzulegen. Es war sehr wahrscheinlich ein Fehler.

„Was wollen Sie, warum belästigen Sie mich nach all den Jahren?"

„Ich wollte nur mal hören, wie es meinem ehemaligen Probanden so geht. Und wenn das Bild auf Ihrer Internetseite halbwegs aktuell ist, dann kann ich Ihnen nur ein Kompliment machen. Sie sehen hervorragend aus für Anfang achtzig. Und Sie führen immer noch Leute durch die Canyons der Gegend. Ich könnte das nicht mehr! Als ich das Bild von Ihnen gesehen habe, habe ich mich natürlich sofort gefragt, ob das nicht auch ein wenig an „Vita 1" liegen könnte. Vielleicht haben wir ja damals doch nicht alles falsch gemacht!"

„Lassen Sie mich einfach in Ruhe!", knurrte Tom wütend ins Telefon und legte auf.

Er konnte es einfach nicht fassen, dass man ihn nach so langer Zeit aufgespürt hatte. Die Typen von der mexikanischen Mafia, die damals wahrscheinlich hinter dem Medikament her gewesen waren, hatten nach dem Zusammenbruch der Firma Genforce aufgegeben, nach ihm und dem Mittel zu suchen. Und in den Jahren mit Therese hatte er endlich vergessen können, wie es gewesen war, ständig auf der Flucht sein zu müssen. Aber jetzt? Würde er sich wieder verstecken müssen? Ging das Ganze jetzt wieder von vorne los? Was genau wollte der Kerl von ihm? Und was sollten die Anspielungen auf seinen Sohn?

Und überhaupt, woher wusste der Mann so viel über ihn? Wie war er an die Informationen gekommen? Er hatte keine Ahnung. Tom musste sich eingestehen, dass Corve Recht hatte. Durch seine Fehlspekulation vor ein paar Jahren an der Börse, die letzte Finanzkrise, die Inflation und die hohen Ausgaben waren seine

Reserven inzwischen erheblich zusammengeschrumpft. Er war zwar nicht pleite, aber ein Großteil des Geldes war weg.

Der Einzige, mit dem er darüber reden konnte, war sein Freund Joe. Der wurde zwar immer gebrechlicher, aber sein messerscharfer Verstand funktionierte noch immer hervorragend. Joe war von ihnen beiden stets derjenige gewesen, der strategisch gedacht hatte. Außerdem war er der Einzige, der den größten Teil der Geschichte kannte.

Aber nicht mehr heute! Er brauchte Zeit, um die Sache zu durchdenken. Außerdem war die Sonne bereits hinter dem Kaiparowitsplateau verschwunden. Tom beschloss, erst am nächsten Morgen nach Boulder zu fahren.

Er wälzte sich die ganze Nacht hin und her. Ständig musste er daran denken, wie er damals die Spritze mit „Vita 1" in Anwesenheit von Garrison, dem CEO von Genforce bekommen hatte. Damit hatte alles begonnen. Man hatte ihm viel Geld gegeben und ein extrem langes Leben versprochen. Und zunächst war auch alles gut gegangen. Aber irgendwann war plötzlich das Chaos ausgebrochen. Dann musste er wieder an das merkwürdige Telefonat mit dieser Gestalt aus seiner Vergangenheit denken. Auf was zielte der Mann ab, wenn er kein Geld wollte?

Joe

Von einer Nacht ohne Schlaf gerädert, stieg Tom in seinen Pick-up und fuhr auf dem Highway 12 Richtung Boulder.

Die Sonne war schon längst aufgegangen. Aber da es noch früh am Morgen war, tauchte sie die Landschaft der Canyons und des Slickrock, eine von gelb bis rot gezeichnete, aber äußerst fragile Variante des Sandsteins, in ein angenehmes weiches Licht. Als er bei seinem Freund in Boulder eintraf, saß der wie immer am

Morgen mit einem Kaffee am Küchentisch und war hocherfreut über den Besuch.

„Kaffee?"

Tom schüttelte den Kopf.

„Hatte schon zwei!"

„Und, hast du es dir überlegt?", wollte Joe wissen.

„Was überlegt?"

„Na, worüber wir vor ein paar Tagen gesprochen haben. Meine Ranch!"

„Ach das! Tut mir leid, aber ich hatte keine Zeit, darüber nachzudenken." Er machte eine kurze Pause. „Es ist etwas sehr Merkwürdiges passiert!"

Joe versuchte dem Blick seines Freundes zu begegnen, der ihm aber auszuweichen schien. Dann lehnte er sich abwartend zurück.

„Dann mal raus damit! Deswegen bist du doch schließlich hergekommen."

Tom berichtete von dem Anruf. Er erklärte Joe, welche Rolle Corve damals gespielt hatte und was für ein Typ das war. Er verschwieg auch nicht, dass er sich Sorgen um seinen Sohn machte.

Joe brummte etwas Unverständliches, stand auf, nahm den Stock mit dem selbstgeschnitzten Knauf und ging zum Fenster wo er einen Moment hinausblickte. Er schien über etwas nachzudenken. Tom dachte schon, er würde gar nicht antworten, als Joe plötzlich zu einem Schrank ging, in dem er alle möglichen Unterlagen aufbewahrte.

„Ich hab sie alle aufgehoben!"

„Was? Was hast du aufgehoben?"

„Die Zeitungsartikel von damals. Als der ganze Skandal aufgeflogen ist. Und ich meine, da wäre auch etwas über diesen Corve dabei gewesen!"

„Du hast das wirklich alles aufgehoben? Das kann doch nicht wahr sein!"

Joe lächelte Tom etwas verlegen an.

„Ich habe mir immer gesagt, wer weiß, wofür es gut ist. Du und Therese, ihr habt ja damals einfach nur versucht, alles zu vergessen. Ich habe das sehr gut verstanden und euch damit in Ruhe gelassen. Aber jetzt haben wir alles hier." Er hob einen Ordner hoch, den er aus dem alten Schrank gezogen hatte.

Tom war sprachlos und nahm seinem Freund einen Ordner voller fein säuberlich abgehefteter Zeitungsartikel aus der Hand, aus einer Zeit, die er eigentlich hatte vergessen wollen. Jetzt kam alles wieder hoch. Er fragte sich, wie Therese und er es geschafft hatten, das alles hinter sich zu lassen. Aber jetzt musste er mit einem Mal feststellen, dass sie es nicht vergessen, sondern nur verdrängt hatten.

Er schlug den Ordner auf. Es roch etwas muffig. Einige der Blätter waren leicht vergilbt, aber immer noch gut lesbar. Er blätterte durch die von fetten Überschriften dominierten Titelblätter der Tageszeitungen von damals. Und tatsächlich, auf einer stand in großen Druckbuchstaben: „Frankensteins Laborleiter Dr. Ben Corve flüchtig." Daneben war ein Bild von Corve abgedruckt. Es zeigte ihn grinsend in einer seiner überheblichen Posen. In einem weiteren Artikel ging es darum, dass die Sicherheitsbehörden nicht hätten verhindern können, dass der Mann sich nach China abgesetzt habe. Und mit China gebe es kein Auslieferungsabkommen. Zudem sei es ihm gelungen, die meisten seiner Forschungsergebnisse mitzunehmen, obwohl sie als geheim eingestuft gewesen seien.

Tom blätterte weiter und fand tatsächlich einen weiteren Artikel aus einem Jahr später, der von der erfolglosen Suche nach Corve berichtete. Man ging davon aus, dass der Mann in China, unterstützt vom chinesischen Staat, seine Forschungen fortsetzte. Es schien lediglich klar, dass er die USA niemals wieder betreten würde. Er war von der Regierung zur Fahndung ausgeschrieben worden.

Es war unfassbar. Und jetzt hatte sich ausgerechnet genau dieser Kerl bei Tom gemeldet. Die alles entscheidende Frage war, warum.

„Was soll ich tun? Der macht mich wahnsinnig!"

Joe verdrehte die Augen.

„Du musst ruhig bleiben! Denk doch mal an deinen Sohn! Erst einmal solltest du herausfinden, was dieser Corve überhaupt von dir will! Die Bullen können auch nichts gegen den Kerl unternehmen. Der sitzt sicher in China. Was er aber tun kann, ist, dich, deinen Sohn und die ganze Geschichte in die Öffentlichkeit zu zerren. Willst du das?"

Nein, verdammt, das war das Letzte, was Tom wollte.

„Ich sollte deiner Meinung nach also abwarten, ob er noch einmal anruft und dann herausfinden, was er wirklich will?"

„Genauso würde ich es machen! Hör dir an, was er will, und entscheide dann, wie du damit umgehst!"

Tom blätterte noch eine Weile ratlos in den Zeitungsartikeln.

„Weißt du noch, wie ich dir damals den ersten Artikel in das Versteck im Canyon gebracht habe? Hier!" Joe heftete mit zittrigen Fingern einen der Artikel aus und hielt ihn Tom hin. „Das ist er!"

Tom erinnerte sich nur zu gut daran, wie er sich wochenlang in diesem Slotcanyon versteckt hatte, an einem Ort, den wahrscheinlich nur Joe und er kannten. Joe hatte ihn dort mit allem Nötigen versorgt. Irgendwann war er dann mit diesem Zeitungsartikel aufgetaucht, in dem stand, dass das Projekt und die Firma, die es zu verantworten hatte, aufgeflogen waren. Er hatte den Canyon verlassen und war unter seinem neuen Namen, John Sparks, der in der Presse nicht aufgetaucht war, mit Therese nach Escalante zurückgekehrt. So konnte er auch die Konten, die auf diesen Namen liefen, weiter nutzen. Das war der Startschuss in ein neues Leben für Therese und ihn gewesen.

„Wir sollten noch mal hinwandern, Joe!"

„Oh, das schaffe ich heute nicht mehr. Alles hat seine Zeit! Willst du jetzt vielleicht doch noch einen Kaffee?"

„Gerne, jetzt gerne!"

Nachdem sie alles mehrfach durchgesprochen hatten und Tom so etwas wie einen Plan im Kopf hatte, stieg er wieder in seinen Pick-up.

„Und überleg dir das mit der Ranch! Ich glaube, viel Zeit bleibt mir nicht mehr!", rief Joe seinem Freund hinterher.

„Mach ich! Und erzähl nicht so einen Scheiß!", rief Tom, während ihm gleichzeitig die Tränen in die Augen stiegen. Er würde den alten Mann sehr vermissen.

Corve

Tom war gerade dabei, seine Sachen für die nächste Tour zu packen. Eine Gruppe von fünf abenteuerhungrigen Deutschen hatte ihn für vier Tage für eine Führung zum und durch den Coyote Gulch gebucht. Tom freute sich jedes Mal auf diese Tour, denn die Schönheit des Canyons war spektakulär und garantierte ein gehöriges Maß an Abenteuer.

Der Abstieg „Crack in the Wall" war inzwischen eingebrochen, so dass man nur mit einiger Kletterei absteigen konnte. Dann aber gelangte man in ein Wunderland aus roten Felswänden und Steinbögen, die sich teilweise zu berühren schienen. Der Escalante River mäanderte zwischen den Felsen und kleine Wasserfälle führen ihm Wasser zu. Und nachts, wenn es klar war, zog die Milchstraße wie ein gigantisches Band über den Beobachter hinweg. Dieser gewaltigen Schönheit konnte sich niemand entziehen.

Sie wollten drei Nächte in Zelten biwakieren. Tom hakte die Liste mit den absolut notwendigen Ausrüstungsgegenständen ab und war gerade bei den Isomatten angekommen, als sich sein Handy meldete. Er war so beschäftigt, dass er nicht auf das Display sah und das Gespräch annahm.

„Mister Snider? Oder soll ich lieber Mister Sparks sagen?"
„Was wollen Sie von mir?"
„Mit Ihnen reden und Ihnen ein Angebot machen!"
„Ich will aber weder mit Ihnen reden, noch will ich ein Angebot! Lassen Sie mich einfach in Ruhe, verstanden!"
Ein kurzer Moment Schweigen.
„Das geht leider nicht!"
„Wieso? Was wollen Sie?"
„Nun, immerhin schulden Sie uns etwas, nicht wahr? Sie sind damals einfach abgehauen. Außerdem haben Sie das Geld genommen."
„Sie können mich mal! Ich schulde Ihnen gar nichts!"
„Das sehe ich aber etwas anders! Denn Sie haben außer dem Geld noch etwas sehr Wertvolles von uns bekommen, nicht wahr?"

Tom stockte der Atem. Konnte es wirklich wahr sein, dass dieser Typ plötzlich wie eine Muräne aus seiner Höhle kam, um irgendetwas von ihm zu verlangen?

„Was wollen Sie?", wiederholte er.
„Ich sagte es bereits. Zunächst einmal möchte ich mich nur ein wenig mit Ihnen unterhalten!"
„Und dann?"
„Vielleicht eine Blutprobe, mehr nicht!"
„Das können Sie vergessen, Corve! Mein Blut bekommen Sie nicht noch einmal!" Während er das sagte, lief Tom ein kalter Schauer den Rücken hinunter. Er wollte einfach auflegen, dennoch widerstand er diesem Impuls aus irgendeinem Grund.

„Sehen Sie es doch einmal so. Sie haben bis heute ein schönes, ruhiges Leben auf unsere Kosten geführt. Und Sie möchten, dass das so bleibt, richtig? Dafür müssen Sie mir schon etwas geben. Ich könnte die Medien auf Sie und Ihren Sohn hetzen und damit die Leute auf Sie aufmerksam machen, die damals schon hinter ihnen hinterher waren. Dann ist es vorbei mit dem ruhigen Leben. Wollen Sie das?"

„Sie Arschloch, wollen Sie mich erpressen?"

„Sagen wir, ich möchte Sie überzeugen, mir ein wenig zu helfen."

„Wobei sollte ich Ihnen helfen?"

„Ich habe lange nach Ihnen gesucht. Und nachdem ich Sie gefunden und das Bild auf Ihrer Internetseite gesehen hatte, war mir sofort klar, dass es bei Ihnen funktioniert hat. Wir haben Ihr Leben mit einer Gabe von „Vita 1" verlängert, im Gegensatz zu diesem Deutschen, der nach der Injektion fast verreckt wäre. Also muss bei Ihnen etwas anders sein. Und ich will wissen, was. Dafür brauche ich Ihr Blut. Nur ein kleines bisschen. Aber ich denke, ich lasse Sie jetzt in Ruhe, damit Sie Zeit haben, darüber nachzudenken. Ich werde mich morgen wieder bei Ihnen melden! Ach ja, eins noch. Es wäre großartig, wenn ich auch von Ihrem Sohn ein wenig Blut bekommen könnte. Man kann nie wissen, was Sie ihm mitgegeben haben. Machen Sie es gut, Tom."

Tom stand leichenblass vor dem Schrank, in dem er die Tourutensilien aufbewahrte. Er ließ die Zeltstangen fallen, die er immer noch in der Hand gehalten hatte, trat vor Wut gegen die Schranktür und ließ sich auf eine von den silbernen Transportkisten fallen. Was zum Teufel hatte das alles zu bedeuten? Minutenlang blieb er wie versteinert sitzen. Er musste jetzt erst einmal den Kopf freibekommen. Und dafür war die Tour in den Coyote Gulch genau richtig. Dort würde ihn dieser Corve nicht erreichen können. Da gab es nirgendwo Empfang.

Als er sich ein wenig gefangen hatte, packte er die Sachen in seinen Pick-up, während seine Gedanken ständig um das kreisten, was Corve gesagt hatte. Wofür brauchte der sein Blut? Tom versuchte zu rekapitulieren, was er über diesen Mann wusste. Aus den Zeitungsartikeln von Joe hatte er erfahren, dass Corve sich nach dem Zusammenbruch von Genforce nach China abgesetzt hatte. Danach hatte sich seine Spur verloren. Er hatte nie wieder etwas von ihm gehört. Nach dem Packen setzte er sich an den alten Küchentisch, klappte den Laptop auf und gab Corves Namen ein. Die Suche reagierte sofort. Aber der Name Ben Corve tauchte nur in Verbindung mit Genforce und dem Skandal auf, den Therese und er damals ausgelöst hatten. Das Internet vergaß nichts. Dann gab er den Namen im Zusammenhang mit China ein – keine Treffer. Auch die Suche im Kontext mit China und Biotechnologie ergab nichts. Wo hatte der Kerl sich verkrochen? Tom hatte keine Ahnung, wie er noch weitersuchen sollte.

Er beschloss, auf der Tour darüber nachzudenken. Dort unten, zwischen den roten Felswänden, dem weichen Sand unter den Füßen und dem Geplätscher des Escalante River sowie des Coyote Creek würde er die nötige Ruhe finden.

Noch vor Sonnenaufgang traf er sich mit seinen Kunden vor den Escalante Outfitters. Sie beluden den Pick-up und fuhren auf die 12 Richtung Hole in the Rock Road, in die sie nach rechts einbogen. Tom gab Gas und als die Sonne aufging, hatten sie schon mehr als dreißig Meilen auf der staubigen Wüstenpiste hinter sich gelassen. Die Staubfahne war meilenweit zu sehen. Als sie den Trailhead erreicht und das Gepäck verteilt hatten, stiegen sie durch den Crack in the Wall, eine steile eingebrochene Felsspalte, in den Canyon ab. Unten angekommen machten sie einen kleinen Abstecher zum Stevens Arch, einem gewaltigen Loch in der roten Felswand und fanden einen leicht erhöhten Lagerplatz für die Zelte zwischen roten Felswänden und dem Fluss. Ziemlich geschafft, aber zufrieden verbrachten sie den Abend am Lagerfeuer, während die Milchstraße mit ihrem Sternenband über sie hinweg zog.

Aber dieses Mal war Tom nicht in der Lage, diese gewaltige Szenerie zu genießen. Ständig kreisten seine Gedanken um die

Zeit damals und das, was Corve gesagt hatte. Also war er froh, als sie nach drei Tagen wieder Richtung Escalante aufbrachen.

Er hatte vor allem im Interesse seines Sohnes beschlossen, sich anzuhören, was Corve von ihm wollte. Was er auf keinen Fall gebrauchen konnte, war unnötige Publicity, auch nicht für Marc.

Er musste nicht lange auf den Anruf warten.

„Wo waren Sie so lange, Tom? Ich dachte schon, Sie hätten sich mal wieder aus dem Staub gemacht. Ich hatte mir schon überlegt, mal bei Ihrem Sohn nachzufragen. Wissen Sie Tom, ich mache mir echte Sorgen um Sie!" Tom hörte wieder dieses höhnische Lachen.

„Was wollen Sie von mir, Corve?"

„Das hatten wir doch schon. Ich will nur ein paar Informationen und etwas Blut. Dann lasse ich Sie in Ruhe. Und ich werde gut dafür zahlen. Geld können Sie doch immer gebrauchen, oder nicht?"

Tom verschlug es die Sprache. Woher wusste Corve, dass das sein wunder Punkt war? Das Geld von damals war noch nicht alle, aber der Stand des Kontos hatte deutlich abgenommen. Und in ein paar Jahren würde er wahrscheinlich Geld brauchen.

„Woher?"

„Woher ich weiß, dass Sie Geld brauchen? Ganz einfach, Sie wurden, sagen wir mal, beobachtet. Und ich kenne Ihren Kontostand bei der Bank of Amerika. Ein anderes Konto haben Sie nicht, stimmts? Und wenn Sie dank mir aufgrund von „Vita 1" noch überdurchschnittlich lange leben, dann brauchen Sie noch jede Menge Geld!"

„Wie viel?"

„Sie von mir bekommen? Für Ihr Blut bekommen Sie hundert Riesen, für das Ihres Sohnes noch einmal so viel. Das ist doch ein faires Angebot, finde ich! Denken Sie darüber nach!"

„Und wie soll das ablaufen?"

„Ich schicke Ihnen jemand, der sich mit Ihnen unterhalten und Ihnen Blut abnehmen wird. Der Mann ist Arzt und wird Ihnen nach der Blutabnahme fünfzig Riesen geben. Und wenn alles gut läuft, das Material bei mir eingetroffen und ausgewertet ist, werde ich ihnen das restliche Geld überweisen. Das wird nur ein paar Tage dauern. Und wenn sich Ihr Sohn auch bereit erklärt, werde ich vorab überweisen – praktisch als vertrauensbildende Maßnahme. Wie finden Sie das?"

„Warum kommen Sie nicht selbst?"

„Weil ich die USA niemals wieder betreten werde, niemals! Sie wissen, warum!"

„Und die Alternative?"

„Die habe ich Ihnen schon genannt. Sie und Ihr Sohn würden mit Klarnamen in der nächsten Ausgabe des Time Magazine erscheinen. Sie müssen wissen, ich habe sehr gute Connections zu den Medien!"

Tom hatte seinem Sohn bisher noch nichts von der Geschichte seiner Eltern erzählt. War jetzt der Zeitpunkt dafür gekommen?

„Geben Sie mir noch einen Tag Bedenkzeit, bitte!"

Tom hörte nur wieder dieses höhnische Lachen.

„Aber gerne! Ich melde mich bei Ihnen."

Corve hatte aufgelegt.

Tom überlegte, zu Joe nach Boulder zu fahren, um über die Sache mit ihm zu beraten. Joe war der Einzige, dem er in dieser Situation vertrauen konnte. Aber dann entschied er sich dagegen und ging in den Garten, wo er schon seit Monaten einen Unterstand für ein paar Hühner bauen wollte. Bei dieser Tätigkeit konnte er nachdenken.

Er erinnerte sich daran, wie alles angefangen hatte. In einer Annonce, die er durch Zufall entdeckt hatte, war mit einer Menge Geld gelockt worden. Und weil er fast pleite gewesen war, hatte er sich beworben und damit in die Fänge dieser dubiosen Firma begeben. Sicher, er hatte damals das Medikament und einen Haufen Kohle bekommen. Aber dann war alles anders gekommen als geplant. Seine Welt war förmlich in sich zusammengestürzt.

Und nun? Jetzt war dieser Corve plötzlich aus der Versenkung aufgetaucht und bot ihm wieder eine Menge Geld an. Und wofür? Für ein paar Tropfen Blut? Natürlich würde er in einigen Jahren Geld brauchen. Denn dank „Vital" würde er ja noch eine ganze Weile zu leben haben. Und dann war da ja noch sein Sohn.

Ganz langsam begann sich die Waage auf die Seite des Geldes zu senken. Was sollte schon passieren, wenn ihm jemand etwas Blut abnahm?

Tom traf eine Abmachung mit sich. Er würde für sich zustimmen, aber Marc sollte außen vor bleiben. Ihm würde er nicht einmal von der Vereinbarung erzählen. Und er würde auf sofortiger vollständiger Zahlung bei Blutabnahme bestehen. Das war der einzige Punkt, auf dem er beharren würde. Sollte Corve nicht darauf eingehen, konnte er den Deal vergessen. Nachdem er diese Entscheidung für sich getroffen hatte, fühlte er sich etwas leichter, machte ein Bier auf und setzte sich in die Sonne.

Am nächsten Morgen, es war noch nicht einmal neun Uhr, rief Corve an.

„Und, haben Sie es sich überlegt?"

„Habe ich! Allerdings gibt es eine Bedingung!"

„Ich höre!"

„Wenn ich mich bereit erkläre mitzumachen, dann verlange ich die komplette Zahlung sofort und in bar, wenn mir das Blut abgenommen wird. Ansonsten können Sie das vergessen!"

Tom, der von früher wusste, dass sein Gegenüber ein abgezockter Pokerspieler war, sah den Mann vor sich, klein und mit polierter Glatze, die ihm etwas Brutales gab. Dieser Typ hatte in seinem Leben schon so viel erlebt, dass er imstande war, seine Gegner frühzeitig zur durchschauen und in die Falle zu locken.

Was ihm auch meistens gelang. Und genau das versuchte Corve jetzt, indem er Tom etwas zappeln ließ.

„Was sagen Sie?", hakte Tom ungeduldig nach.

„OK, ich denke, das ist aus Ihrer Sicht fair. Und ich bin selbstverständlich an einem reibungslosen Ablauf interessiert!"

„Eins noch! Wie kann ich sicherstellen, dass Sie mich hinterher in Ruhe lassen und nicht irgendwann doch wieder erpressen?"

„Das können Sie nicht. Aber auch ich habe nicht das geringste Interesse an unnötiger Publicity. Das hat mir nur geholfen, Sie etwas mehr zu motivieren! Aber was ist jetzt mit Ihrem Sohn?"

„Auf keinen Fall! Meinen Sohn lassen Sie da raus, verstanden?"

„Warum? Er könnte das Geld wahrscheinlich auch sehr gut gebrauchen!"

„Weil er nichts davon weiß. Und das soll vorläufig auch so bleiben! Und noch etwas! Ich will wissen, wo ich Sie finden kann, was Sie tun und wofür Sie mein Blut brauchen."

Tom hörte, wie Corve einmal tief durchatmete.

„Können Sie sich das nicht denken? Wollen Sie wirklich die ganze lange Geschichte hören?"

„Ja, das will ich. Ich muss wissen, mit wem ich es zu tun habe!", gab sich Tom selbstbewusst, wohl wissend, dass er etwas naiv war. Denn warum sollte Corve seine Geheimnisse preisgeben?

„Sorry, aber das geht jetzt zu weit!", war dann auch die knappe, aber erwartbare Antwort. „Nur so viel sollen Sie wissen! Als ich damals die USA verlassen musste, konnte ich einen Großteil meiner Unterlagen mitnehmen. Und in einem Land wie China werden immer fähige Leute gesucht. Also konnte ich meine Forschungen fortsetzen und habe eine Zeit lang in einer kleinen Biotechfirma gearbeitet. Ich beschäftige mich mit verschiedenen Therapieansätzen. Einer davon ist natürlich das gute alte „Vita 1". Aber wie Sie ja wissen, hat es bis heute nicht so funktioniert, wie wir uns das vorgestellt haben. Wäre es anders, wüsste es die ganze Welt. Und damit wir endlich einen Durchbruch erzielen, brauche ich Ihre Daten. Denn bei Ihnen scheint es ja zu wirken, erstaunlicherweise sogar ohne die zweite Dosis. Die war übrigens identisch mit der ersten, die Sie bekommen haben. Und trotzdem hat sie diesen von Weinheim damals fast umgebracht. Das ist alles. Wir brauchen ihre DNA, um herauszufinden, warum es bei Ihnen funktioniert und bei so vielen anderen nicht."

„So viele andere? Sie müssen ganz schön verzweifelt sein!"

Tom versuchte noch, Näheres über Corves vermeintliche Firma herauszubekommen. Aber außer einigen oberflächlichen Bemerkungen war dem Mann nichts mehr zu entlocken. Tom nahm sich vor, weitere Nachforschungen anzustellen.

„Und wie soll das Ganze ablaufen?"

„Ganz einfach! Sie werden am Donnerstag nächster Woche nach Las Vegas fahren. Dort haben wir ein Zimmer im Mandalay Bay Casinohotel für Sie reserviert. Sie checken ein und mein Mitarbeiter wird Sie kontaktieren." Corve beschrieb Tom seinen Mitarbeiter und sandte ihm eine Mail mit allen nötigen Daten sowie einem Foto seines Mitarbeiters Dr. Li. Das Geld würde Li in bar mitbringen.

„Ich hoffe, dass es das letzte Mal ist, dass wir in diesem Leben miteinander zu tun haben. Lassen Sie mich in Zukunft einfach in Ruhe!", versuchte Tom seiner Stimme den ausreichenden Nachdruck zu verleihen.

„Nur dieses eine letzte Mal noch! Alles Gute, Tom!"

Der Mann klang ein wenig verzweifelt.

Vegas

Tom hasste diese Stadt. Mitten in die Wüste gebaut, hatte man selbige zubetoniert und zahllose irrwitzige Gebäude aus dem Boden gestampft, um dort Casinotempel unterzubringen. Die Stadt verbrauchte mit zwanzig Millionen Megawattstunden Strom so viel wie keine andere der Welt im Verhältnis zu ihrer Einwohnerzahl. Noch verrückter war, dass der Stadt langsam das Wasser ausging. Der Spiegel des riesigen Lake Mead, der durch das Wasser des Colorado gespeist wird, sank immer weiter, und der berühmte Fluss erreichte den Pazifik in Mexiko nicht mehr. Zudem war es in Vegas, wie die Einheimischen ihre Stadt nennen, meistens so unerträglich heiß, dass überall die Klimaanlagen auf Hochtouren liefen. Nachts glühten Milliarden von LED, um die unwirklichsten Screens und Werbetools zu erleuchten. Und trotz allem war die Stadt ein Anziehungspunkt für Spieler und Heiratswillige aus der ganzen Welt. Ihre Anziehungskraft war bis heute ungebrochen.

Tom sah ein, dass es Sinn ergab, sich genau hier zu treffen. Der Flughafen war nicht weit weg und Anonymität in der Masse der Menschen garantiert.

Corve hatte ihn noch eingeladen, zwei Tage vorher anzureisen und ein wenig in den Casinos zu spielen. Aber Tom misstraute Corve. Er wollte es so schnell wie möglich hinter sich bringen und die Stadt dann wieder verlassen.

Also packte er am Donnerstagmorgen seinen kleinen Koffer, warf ihn in den Pick-up und machte sich auf den Weg. Es war früh, aber Tom hatte beschlossen, noch einen kurzen Stopp in Boulder einzulegen. Da aber Joe noch nirgendwo zu sehen war und er ihn nicht wecken wollte, schrieb er ein paar Zeilen auf einen Zettel und schob ihn seinem Freund unter die Tür:

Hallo Joe,
Ich muss für ein oder zwei Tage nach Vegas. Ich werde dort im Mandalay Bay erwartet. Es hängt mit unserem (meinem) Geheimnis zusammen. Niemand weiß davon, auch Marc nicht. Wenn ich zurück bin, werde ich Dir alles erzählen. Mach Dir keine Sorgen! Außerdem werden wir uns auch über Deine Ranch unterhalten, versprochen!
Mach`s gut,
Tom!

Dann wendete er seinen Pick-up und fuhr in die andere Richtung, nach Las Vegas.

Als er das kleine Städtchen Tropic passierte, musste er daran denken, wie er damals mit seiner alten Kiste hierher gefahren, den Toyota übernommen und sich dann nach San Fransisko zum Auswahlverfahren begeben hatte. Den Autovermieter gab es noch. Ob der Kaffee immer noch so schlecht war?

Es fuhr vorbei am Bryce Canyon, der eigentlich gar kein richtiger Canyon war, nach Cedar City, wo er auf den Highway 15 abbog. Je näher er der Stadt der Glückspieler kam, umso dichter standen die riesigen Billboards beiderseits des Highways, die für alle möglichen Glücksspiele warben. Selbstverständlich waren darauf ausschließlich glückliche, erfolgreiche Menschen zu sehen, die im Geld zu schwimmen schienen. Und dazwischen nichts als leere Wüste. In Mesquite hielt er vor einem etwas heruntergekommenen Diner an und bestellte ein paar Pancakes mit ausreichend Kaffee. Während er die Portion, die auch zwei Leute satt gemacht hätte, mit reichlich Ahornsirup und Butter in sich hineinstopfte, ließ er alles noch einmal Revue passieren.

Er war auf dem Weg zu einem Treffen mit einem Typen namens Li, das Ben Corve organisiert hatte. Corve wollte sein Blut, um einen Durchbruch bei seinen Forschungen zu erzielen. Er benötigte die Daten des einzigen Probanden, bei dem „Vita 1" jemals seine Wirkung hatte entfalten können. Corves Ziel war es, herauszufinden, warum es bei Tom funktioniert hatte, bei dem Deutschen, der die zweite, eigentlich für Tom bestimmte Dosis von „Vita 1" erhalten hatte, aber nicht. Dieses Rätsel, glaubte Tom, hatte Corve in China scheinbar bis heute nicht lösen können. Corve hatte von anderen gesprochen, bei denen es auch nicht gewirkt hatte. Was genau meinte Corve damit? Das Risiko, das Mittel großflächig zu testen, dürfte doch viel zu groß sein, oder? Tom hatte keine Ahnung von China, ging aber davon aus, dass Corve nicht riskieren konnte, die großzügige Unterstützung der Chinesen zu verlieren. Letztlich waren viele Jahre offensichtlich mit erfolgloser Forschung vergangen, bis der ehemalige Laborleiter sich in seiner Verzweiflung an seinen früheren Probanden Tom erinnert hatte.

Mit jeder Minute, die Tom darüber nachdachte, wurde das Bild klarer. Er war sehr wahrscheinlich Corves letzte und einzige Chance.

Gegen dreizehn Uhr traf Tom in Las Vegas ein und fuhr direkt zum Mandalay Bay Casinohotel. Tagsüber war in der Stadt aufgrund der Hitze noch nicht viel los. Erst abends brach der tägliche Wahnsinn aus.

Er parkte seinen Wagen in der Tiefgarage und fuhr in einem goldenen Aufzug in die Lobby. Kaum hatten sich die Türen des Aufzuges geöffnet, befand er sich mitten in einem unglaublichen Gedudel unzähliger einarmiger Banditen. Viele waren nicht besetzt. Aber an einigen der Maschinen hingen Gestalten, die so aussahen, als ob sie gerade ihre letzten Coins in den Maschinen verspielten. Viele von ihnen waren in einem bedauernswerten Zustand.

Tom passierte die Zone der einarmigen Banditen so schnell er konnte und gelangte in die Lobby, wo er zufrieden feststellte, dass eine Suite auf seinen Namen, John Sparks, reserviert worden war. Er checkte ein und begab sich in die großzügige Suite im zwanzigsten Stock. Die Ausstattung war schon etwas heruntergerockt, aber durchaus noch vorzeigbar. Vor allem funktionierte die Klimaanlage, um die unerträgliche Hitze draußen zu halten. Tom zog einen der Vorhänge zur Seite. Die Sonne knallte unmittelbar auf die Scheiben. Aber von hier oben hatte man einen grandiosen Blick über den Strip bis hinaus in die Wüste. Als er herunter auf die Straße blickte, fiel ihm dieser grauenvolle Anschlag wieder ein. Aus einem der Fenster des Hotels, in dem er sich befand, hatte ein unbekannter Mann vor Jahren wahllos in die Menge gefeuert. Es hatte viele Tote gegeben. Der Typ war ein Irrer gewesen. Tom zog den Vorhang wieder zu und drehte die Klimaanlage etwas höher.

Bis zum Treffen mit Li waren es noch etwas mehr als vier Stunden. Tom beschloss entgegen seinem ersten Impuls, doch noch ein wenig über den Strip zu schlendern und verließ das Hotel.

Die Straßenschlucht, die auch als „Strip" bekannt ist, bestand aus palmengesäumten Glitzerfassaden, aus denen das unablässige Gedudel der einhändigen Banditen auf die Straße drang. Obwohl es noch mitten am Tag war, strömten die Touristen von einem Casino ins Nächste, um zu spielen, zu shoppen oder einfach nur staunend vor den gigantischen Spielflächen zu stehen. Verschwenderische Springbrunnen und Wasserspiele waren dicht umlagert von Menschen, die ein wenig Abkühlung bei der Hitze gut gebrauchen konnten. Tom musste immer wieder zwischen einigen heruntergekommenen Figuren Slalom laufen, deren Aufgabe es war, Werbung für Sex Shows zu verteilen. Er war in den ganzen Jahren erst einmal mit einem Freund in Vegas gewesen, konnte sich aber noch gut daran erinnern, dass der eigentliche Wahnsinn erst begann, wenn es dunkel wurde. Als er das Bellagio erreichte, hatte er genug und drehte wieder um.

Wie bei seinem ersten und einzigen Besuch vor Jahren in der Stadt spürte Tom, dass er nicht in diese künstlich verrückte Welt der Stadt gehörte. Er begab sich auf seine Suite, zog die

Vorhänge zur Seite. Die Sonne war inzwischen weitergezogen. Er holte sich ein Bier aus der Minibar, legte sich auf das Bett, schaltete den riesigen Bildschirm ein und wartete.

Dr. Li

Während Tom den grandiosen Blick in die Wüste genoss, hörte er kurz vor neunzehn Uhr ein leises Klopfen. Obwohl er damit gerechnet hatte, erschrak er. Er überlegte kurz, einfach nicht zu öffnen. Aber er hatte seine Entscheidung getroffen. Jetzt musste er auch dazu stehen. Der Mann vor der Tür würde eine Menge Geld mitbringen. Also stand er auf und öffnete.

Tom war überrascht, als er auf einen kleinen, gedrungenen Chinesen herabblickte, der einen großen schwarzen Aktenkoffer trug und ihm freundlich die Hand entgegenstreckte, die Tom aber nicht ergriff.

„Mister Sparks? Ich bin Dr. Li", sagte der Zwerg in perfektem Englisch. „Schön, Sie kennenzulernen. Mister Corve hat mir schon viel von Ihnen erzählt!"

Tom machte eine unverbindliche Handbewegung und nickte mit dem Kopf.

„Kommen Sie rein!"

Dr. Li sah sich suchend in der Suite um und blickte Tom fragend an.

„Nehmen Sie Platz!"

Kaum hatten sie sich gesetzt, vibrierte Toms Handy. Es war wieder eine unterdrückte Nummer. Aber Tom vermutete, wer der Anrufer war. Er nahm an.

„Mister Snider? Corve noch mal. Ich weiß, Sie wollten meine Stimme nicht mehr hören. Aber es hat mir keine Ruhe gelassen. Ich wollte nur hören, ob alles funktioniert hat. Ist Li bei

Ihnen? Ach ja, er kennt Sie nur unter Ihrem zweiten Namen, John Sparks!"

Tom bestätigte die Anwesenheit von Li und dass alles in Ordnung sei.

„Ok, dann können Sie ja loslegen. Grüßen Sie mir Li!" Corve legte auf.

Tom sah wieder sein Gegenüber an und hatte irgendwie den Eindruck, der Kerl habe die ganze Zeit ein dümmliches Grinsen im Gesicht. Dr. Li steckte in einem billigen schwarzen Anzug, trug etwas abgewetzte Galoschen und hatte im Gegensatz zu seinem übrigen Outfit eine dicke Rolex am Arm, von der man natürlich nicht wissen konnte, ob sie echt war. Neben seinem Sessel hatte er den Aktenkoffer abgestellt.

„Wohnen Sie auch hier im Hotel?"

„Nein, etwas außerhalb der Stadt. Zu teuer hier!"

Tom hatte wenig Lust auf Small Talk und kam schnell zur Sache.

„Sollen wir es hinter uns bringen?"

Dr. Li nickte, nahm den Aktenkoffer auf seinen Schoß und ließ die Verschlüsse aufschnappen. Da Tom ihm gegenübersaß, konnte er nicht sehen, was sich in dem Koffer befand.

„Womit fangen wir an?"

Li verzog das Gesicht, als habe er Bauchschmerzen.

„Zunächst brauche ich ein paar Informationen!"

„Was für Informationen? Ich will zuerst das Geld sehen!"

Wortlos drehte Li den Koffer in Toms Richtung. Da waren Bündel von Geldscheinen. Corve hatte scheinbar Wort gehalten. Er nickte und wiederholte seine Frage.

„Informationen?"

„Genau, Informationen darüber, was passiert ist, seit mein Chef Sie zuletzt gesehen hat. Wie es Ihnen gesundheitlich ergangen ist. Ich habe hier einen Fragebogen." Er nahm einen Zettel aus dem Koffer und wedelte damit herum. „Wir können es zusammen erledigen, Sie können den Bogen aber auch selbst ausfüllen. Dann würde ich Sie jetzt allein lassen und komme in, sagen wir, einer Stunde wieder!"

Tom schüttelte energisch den Kopf.

„Wir hatten eine andere Vereinbarung! Bevor ich irgendetwas mache oder einen Fragebogen ausfülle, bekomme ich das Geld. Sonst passiert hier gar nichts, verstanden?"

Die Bauchschmerzen, die sich in Li`s Gesicht widerspiegelten, schienen zuzunehmen.

„Mister Sparks, da muss ich zuerst mit meinem Chef sprechen!"

„Dann tun Sie das, sonst bin ich gleich wieder weg, verstanden!"

Li machte eine unverhoffte leichte Verbeugung und setzte das dümmliche Grinsen wieder auf. Dann griff er zum Telefon und begann etwas auf Chinesisch zu sagen. Als er wieder aufgelegt hatte, grinste er noch mehr und sagte.

„In Ordnung, ich darf Ihnen das Geld geben! Aber Sie dürfen nicht versuchen, abzuhauen, sonst …!" Er griff in den Koffer und legte einen hübschen kleinen Smith & Wesson neben sich auf den Tisch.

Tom starrte den Revolver an und fragte sich, worauf er sich hier eingelassen hatte. Er konnte sich nicht vorstellen, dass dieser Zwerg tatsächlich davon Gebrauch machen würde. Dann sah er Li an, der, ohne etwas zu sagen, einige Bündel mit Dollarscheinen aus dem Koffer genommen und sie auf den Tisch gelegt hatte.

„Zählen Sie nach!"

Tom sah auf die Bündel. Es waren alles große, gebrauchte 1000 und 5000 Dollar Scheine, insgesamt genau einhunderttausend! Als Tom nachgezählt hatte, steckte er das Geld in seinen Rucksack, brachte ihn in das Schlafzimmer und kehrte zu Li zurück.

„Zufrieden?"

„Ja! Und jetzt?"

„Jetzt sind Sie dran. Sollen wir den Fragebogen zusammen ausfüllen, oder wollen Sie alleine …?"

„Geben Sie schon her!" Tom nahm das Blatt, überflog es und setzte sich an den Schreibtisch.

„Ich bin in einer Stunde wieder da! Geh ein bisschen spielen!" Das Grinsegesicht steckte den Revolver in seinen Gürtel und verließ die Suite.

Tom fragte sich, ob Li spielen oder eher eine Sexshow besuchen würde.

Der Fragebogen erinnerte ihn an all die Fragebögen, die er damals hatte ausfüllen müssen, als er sich für das Methusalem Projekt beworben hatte. Wieder ging es um seine Gesundheit, Blutdruck, durchgemachte Erkrankungen in den letzten zehn Jahren und so weiter. Glücklicherweise konnte er überall „Nein" ankreuzen. Selbst die Medikamente gegen hohen Blutdruck, die er früher einmal genommen hatte, hatte er absetzen können. Das letzte Mal, dass er einen Arzt aufgesucht hatte, war mindestens sechs Jahre her. Damals war es um einen verstauchten Knöchel gegangen, den er sich bei einer Wanderung zugezogen hatte. In Zuge dessen hatte er auch gleich ein Blutbild machen lassen. Das Ergebnis hatte selbst den Arzt erstaunt. Alle Werte hatten sich im Normbereich befunden. Dr. Marone hatte es in Anbetracht seines Alters mit einem „Sie werden wahrscheinlich ewig leben" kommentiert.

Tom kannte keine körperlichen Beschwerden. Es war schon seltsam, denn alle jungen Leute in Escalante oder Neuzugezogene kannten ihn nur so, wie er war, und die Alten hatten sich das Fragen abgewöhnt. Sie hatten sich damit abgefunden, dass es unter ihnen jemanden gab, der seltsamerweise nicht zu altern schien. Und die wenigen Alten, die ihn noch von früher gekannt hatten, waren inzwischen alle weggestorben.

Die letzte Frage beantwortete Tom nicht. Sie lautete: "Können Sie Angaben zum Gesundheitszustand Ihres Sohnes Marc machen?"

Kaum war die Stunde um, klopfte es erneut leise an der Tür. Tom öffnete, ließ den Zwerg ein und drückte ihm wortlos den Fragebogen in die Hand. Dr. Li überflog die Antworten, nickte und meinte:

„Das ist schon sehr erstaunlich! Mein Chef sagt immer, wenn es bei jemandem funktioniert hat, dann bei Ihnen. Jetzt glaube ich es auch. Sie sehen aus wie Mitte fünfzig, sind aber Anfang achtzig. Und Sie tragen ein Geheimnis in sich, dass wir gerne entziffern möchten!"

„Hat es denn in all den Jahren niemanden sonst gegeben, der …?"

Li machte eine abschneidende Bewegung und schüttelte resigniert den Kopf.

„Wir haben alles versucht, aber es hat nicht funktioniert."

Tom glaubte, sich verhört zu haben.

„Was hat nicht funktioniert?"

Wieder schüttelte der Chinese den Kopf. Konnte es sein, dass die Chinesen an Menschen getestet hatten? Im Land der aufgehenden Sonne, dass wusste er, zählte ein Leben nur sehr wenig.

„Einige unserer Bemühungen hat die Partei vor einem Jahr leider gestoppt", deutete Li nebulös an. „Deswegen bin ich heute hier. Wir möchten hinter Ihr Geheimnis kommen. Und dieses Geheimnis liegt in Ihrem Blut, Mister Sparks!" Wie zur Bestätigung nickte Li mit dem Kopf.

„Verstehe, ich bin also nach wie vor der Einzige, bei dem „Viva 1" tatsächlich etwas bewirkt hat. Und ich bin so eine Art lebendes Labor für Sie? Also, wenn ich jetzt darüber nachdenke, dann kommen mir die hunderttausend etwas wenig vor, meinen Sie nicht? Denn wenn Sie durch mich herausbekommen, was Sie ändern müssen, um das Medikament massentauglich zu machen, dann war ich sozusagen Corves Jackpot!" Tom sah Li direkt in die Augen. „Das weiß er ganz genau und ich denke, er will mich verarschen!"

„Niemals!", rief der Chinese empört. „Niemand will Sie verarschen! Und ja, wenn es funktioniert, ist das Medikament eine Goldgrube. Da haben Sie Recht! Aber wir wissen nicht, was wir finden werden. Wir können bisher nur Vermutungen anstellen. Und wenn wir es herausfinden, dann bleibt immer noch die Frage, ob wir es reproduzieren können. Das Risiko liegt also komplett auf unserer Seite. Sie geben uns einfach ein paar Tropfen Blut und sind um einhunderttausend Dollar reicher. Ich finde das fair!"

Tom war nicht so leicht zu überzeugen. Er spürte, dass er jetzt am Drücker war.

„Und was wäre, wenn ich jetzt nein sage und eine Million Dollar verlange?"

Wieder das Grinsen und der Anschein von Bauchschmerzen.

„Dann müsste ich meinen Chef anrufen. Aber ich denke, da wird nicht viel zu machen sein. Noch sind wir eine kleine Firma und schwimmen nicht im Geld!"

„Dann rufen Sie ihn an. Ich werde inzwischen ein Bier trinken!" Tom ging zur Minibar, öffnete sie, nahm sich ein Pale Ale und ließ sich in einen der bequemen Sessel fallen.

Dr. Li ging in den Nachbarraum und Tom konnte hören, wie er sich mit jemandem auf Chinesisch unterhielt. Er verstand kein Wort und aus der Art und Weise, wie Li telefonierte, konnte er auch nicht auf den Inhalt schließen. Er stand auf, zog erneut die Vorhänge zur Seite und schaute zu, wie die Sonne langsam hinter den glitzernden Fassaden verschwand.

Nach etwa zwanzig Minuten kam Li zurück und setzte sich mit dem breitesten Grinsen, das man sich vorstellen konnte, Tom gegenüber.

„Spielen Sie Poker?"

„Nein!" knurrte Tom, der nicht verstand, was die Frage sollte.

„Dann haben Sie gut gepokert. Mein Chef hat insgesamt fünfhunderttausend Dollar genehmigt. Aber erst wenn ich das Blut abgenommen habe. Dann gehen wir direkt zur Bank und ich überweise Ihnen das Geld."

Tom staunte nicht schlecht. Innerhalb einer halben Stunde hatte er mehrere Hunderttausend Dollar aus diesem Zwerg herausgeholt? Er fragte sich, ob da nicht noch mehr drin gewesen wäre.

Li, der Tom sehr genau beobachtete, konnte sehen, wie schwer es Tom fiel, ein Siegerlächeln zu unterdrücken. Die Million hatte er offenbar schon vergessen.

„Sind Sie bereit?"

„Wofür?"

„Für die Blutabnahme!"

„Wo machen wir das?"

„Gleich hier, Sie legen sich hin und lassen mich einfach machen. Geht ganz schnell! Ich werde einige Ampullen mit Ihrem Blut füllen." Während er das sagte, legte er sein Besteck auf den Tisch.

Tom legte sich auf das Bett, packte ein Kopfkissen unter seinen Nacken, rollte den linken Ärmel seines Hemds hoch und hielt Li den Arm hin.

„Machen Sie schon!" Tom, der kein Blut sehen konnte, drehte den Kopf weg.

Li legte den Stauschlauch an und begann nach einer geeigneten Vene zu suchen.

„Sie haben sehr gute Venen, Mister Sparks. Sollte also kein Problem sein!"

Nachdem er die Entnahmestelle desinfiziert hatte, führte er die Punktionsnadel ein und füllte das erste Blutentnahmeröhrchen. Tom spürte, wie die Röhrchen gewechselt wurden. Was er nicht sehen konnte, war, wie aufmerksam ihn Li beobachtete, als aus einem der Röhrchen eine klare Flüssigkeit in seine Vene zurückfloss.

„Alles in Ordnung?" fragte Li freundlich und entfernte die Nadel. Dann klebte er einen Tupfer auf die Entnahmestelle und legte Toms Arm ab.

„Drücken Sie einen Moment drauf!"

Tom nickte und drückte mit der anderen Hand auf den Tupfer, während ein unbeschreibliches Gefühl der Leichtigkeit in ihm aufstieg.

„Was ist mit mir, was haben Sie …?" Sein linker Arm fiel schlaff auf den Boden.

Li zog Tom die Augenlider hoch und leuchtete mit einer Lampe in die Pupillen. Dann nickte er zufrieden und wählte eine Telefonnummer.

Kurz darauf sah man einen rot-weißen Ambulanzwagen, die Tiefgarage des Mandalay Bay mit hoher Geschwindigkeit und Blaulicht verlassen. Als das Ambulanzfahrzeug, das mit fürchterlichem Gejaule durch die Straßen von Las Vegas raste, den abgetrennten Bereich des Flughafens erreichte hatte, wurde das Signalhorn abgeschaltet. Der Fahrer steuerte das Fahrzeug, nachdem er sich einem kurzen Sicherheitscheck unterzogen hatte, mit nur noch blinkenden Warnleuchten in einen speziell für Notfälle ausgewiesenen Bereich des Flughafens. Hier, im hinteren Bereich des Airports, stand zwischen einigen Learjets eine Bombardier 604, ein Ambulanzjet, der seine Treppe bereits ausgeklappt hatte und auf seine Passagiere zu warten schien.

Das Ambulanzfahrzeug steuerte gezielt die Bombardier an und man konnte erkennen, dass in großer Eile eine Trage mit einer offenbar schwer kranken Person in das Flugzeug geschafft wurde. Kurz darauf wurde die Treppe eingeklappt und die Maschine rollte zum Startfeld, von wo aus sie nach wenigen

Minuten abhob. Für Außenstehende wirkte es so, als würde dort ein Schwerstkranker ausgeflogen oder verlegt.

Tom

Tom lag angeschnallt, aber friedlich schlafend auf seiner Trage. Als der Jet die Reisehöhe erreicht hatte, wurde er von Dr. Uli Litzner, einem erfahrenen Notarzt an den Perfusor gehängt, um ihn während der Dauer des Fluges mit einer ausreichenden Dosis des Sedativums zu versorgen. Auf die Art und Weise bekam Tom bis auf Weiteres nicht mit, was um ihn und mit ihm geschah. Die gesamte Flugstrecke von über 8800 Kilometern würde etwas mehr als elf Stunden betragen, das wusste Li. Eine Zwischenlandung war nicht geplant. Deswegen hatte Dr. Ben Corve ein ausgezeichnetes Ärzteteam angeworben.

Shenzen

Nach exakt elf Stunden und dreiunddreißig Minuten fuhr die Bombardier 604 ihre Landeklappen aus und berührte kurz darauf chinesischen Boden. Die Maschine rollte in einen Hangar, in dem sie bereits von einem Krankentransportwagen erwartet wurde. Tom, der immer noch schlief, wurde auf seiner Trage in diesen Transporter gebracht, woraufhin sich der Wagen mit hoher Geschwindigkeit und Blaulicht in das Gedränge der Rushhour der Großstadt drängte. Dr. Li folgte in einem grauen Mercedes.

Eine halbe Stunde später bog das Fahrzeug in die Tiefgarage eines flachen, unauffälligen Gebäudes ein und verschwand von der Bildfläche. Über dem Eingang stand „Maibentech Clinic".

Das Sanitätsteam brachte die Trage mit Tom in ein nüchtern eingerichtetes Krankenzimmer ohne Fenster. Hier wurde er in ein Bett gelegt und erneut fixiert. Einen Moment später erschien der Mann, der die ganze Aktion organisiert und geplant hatte. Er blickte kurz auf sein Opfer, fühlte den Puls und sah Dr. Li zufrieden an.

„Na Li, wie ist es gelaufen?"

„Kein Problem, der Patient hat die ganze Zeit friedlich geschlafen. Ich denke, es geht ihm recht gut. Aber er wird noch etwas brauchen, bis er richtig aufgewacht ist. Und dann wird er erst einmal eine ordentliche retrograde Amnesie haben."

Wie um das zu bestätigen, gab Tom ein leises Stöhnen von sich.

„Gut, dann geben wir ihm noch etwas Zeit!", erwiderte Corve.

Corve sah Tom an. Das letzte Mal hatte er ihn vor dreißig Jahren gesehen. Sein damaliger Proband sah tatsächlich noch so aus, wie er ihn in Erinnerung hatte. Dreißig Jahre waren vergangen und immer noch hatte er dieses vermeintlich jugendliche Aussehen. Die Zeit hatte ihm offenbar nichts anhaben können. Anders Corve, der sich nachdenklich über die Glatze strich und seine faltigen, mit Altersflecken überzogenen Hände ansah. Sein ehemaliger Wuschelkopf war schon früh einer Vollglatze gewichen, und durch das Gesicht zogen sich inzwischen tief eingegrabene Zornesfalten. Außerdem schien er, der ja schon immer klein von Gestalt gewesen war, noch weiter geschrumpft zu sein. Irgendetwas an diesem John Sparks war anders. Aber was? Nachdenklich schüttelte Corve den Kopf.

„Was ist mit den Blutproben?"

„Sind schon unterwegs ins Labor!"

„Gut, dann können wir ja morgen beginnen, egal ob Sparks wach ist oder nicht!"

Tom

Als Tom die Augen aufschlug, blickte er in ein paar LED-Spots. Er versuchte den Kopf zu drehen und sich an irgendetwas zu erinnern. Aber da war nur Nebel. Er schloss die Augen und dämmerte wieder weg. Als das nächste Mal zu sich kam, versuchte Tom erst die Arme, dann die Beine zu bewegen, aber es gelang ihm nicht. Es dauerte eine Weile, bis sein Gehirn registriert hatte, dass er fixiert war. Aus einem wütenden Impuls heraus zerrte er ruckartig an den Lederriemen, die nicht im Geringsten nachgaben. Sein Körper bäumte sich reflexartig gegen die Fesseln auf. Was war los, verdammt? Was war passiert? Wo war er? Resignierend registrierte er den grauen Sichtbeton und das fehlende Tageslicht. Schließlich entdeckte er die kleine Kamera, die links neben ihm an der Wand hing und auf ihn gerichtet war. Sie blinkte grün. Er wurde also wahrscheinlich gerade beobachtet. Tom schloss die Augen und tat so, als sei er erneut eingeschlafen. Aber sein Gehirn versuchte zu arbeiten. Alles, woran er sich noch erinnern konnte, war, dass er nach Las Vegas gefahren war. Aber dann war da nur Leere. Tom versuchte, ruhig zu bleiben, und hielt die Augen weiterhin geschlossen. ‚Nachdenken, du musst jetzt nachdenken und ruhig bleiben', hämmerte es in seinem Kopf.

Corve

Die Tür zu seinem Krankenzimmer schwang auf. Im selben Moment betrat ein kleiner Mann, der ihn an die Hobbits erinnerte, den Raum. Tom glaubte, es sei ein Pfleger oder ähnliches und fauchte ihn an.

„Verdammt, wo bin ich? Sagen Sie mir sofort, wo ich bin, und machen Sie die Fesseln los, sonst …!"

„Sonst was?", fragte der Kleine mit einer erstaunlich schneidigen Stimme.

Tom rüttelte wie ein Wahnsinniger an seinen Fesseln. Er hätte diesen Winzling am liebsten umgebracht, fühlte aber im selben Moment eine unglaubliche Ohnmacht.

„Wo bin ich?"

„In Sicherheit, Mister Sparks. Sie sind in Sicherheit!"

Sparks, wieso Sparks? Er war doch Tom Snider! Oder war er…?

„Sie erinnern sich nicht an mich?"

„Verdammt nein, wer sind Sie?"

Der Typ grinste ihn an.

„Man nennt so etwas retrograde Amnesie. Aber das gibt sich wieder. Ich gebe Ihnen mal einen Tipp. Was sagt Ihnen der Name „Genforce"?"

Langsam, wie aus dem Nebel drang dieser Name in Toms Bewusstsein ein und schien dort etwas anzustoßen.

„Corve, Sie sind es! Sie verfluchter Mistkerl!"

„Na, sehen Sie. Es geht doch! Das Sedativum hat Sie ganz schön abgeschossen, Mister Sparks."

„Corve, ja Corve! Sie Arschloch! Wo haben Sie mich hingebracht?"

„Ich sagte doch, Sie sind in Sicherheit. Nur eben nicht in den USA, sondern in China!"

Toms starrte ihn verständnislos an.

„Ja, ich habe Sie zu mir ins schöne China bringen lassen. Sie haben etwas, das ich brauche. Und wenn ich das bekommen habe, dann können Sie selbst entscheiden, ob Sie hier oder lieber wieder in den USA leben möchten."

Tom traten Tränen der Wut und Verzweiflung in die Augen.

„Sie sind so ein …!"

„Mistkerl? Arschloch? Nicht doch!" Corve, der vor Toms Bett stand und die Arme verschränkt hatte, schüttelte den Kopf.

„Das sagten Sie schon. Mein ganzes Team und ich, wir haben uns so sehr auf Sie gefreut. Da werden Sie uns doch jetzt nicht etwa den Spaß verderben. Aber ich kann verstehen, dass es für Sie nicht ganz einfach ist, nach allem, was passiert ist. Schlafen Sie sich ruhig noch ein wenig aus. Sie werden Kraft brauchen. Morgen wird ein anstrengender Tag. Da müssen Sie fit sein. Eine Schwester wird ihnen gleich noch eine Mahlzeit bringen. Lassen Sie es sich gut schmecken. Gute Nacht!"

Hatte Corve ihm gerade eine „Gute Nacht" gewünscht? Wie lange war er schon hier? Stunden, Tage, gar Wochen?

Sein Peiniger hatte den Raum ohne ein weiteres Wort verlassen. Kaum war er draußen, schaltete die Kamera wieder von Rot auf Grün.

Wenig später öffnete sich die Tür erneut. Eine ausgesprochen hübsche chinesische Schwester betrat mit einem Tablett den Raum. Sie stellte es ab und fuhr das Rückenteil von Toms Bett hoch.

Er versuchte der Frau in die Augen zu blicken. Gekonnt wich sie seinem Blick aus. Sie stellte das Tablett vor Tom ab, nahm eine Flasche mit einem Strohhalm und stieß ihm diesen ohne Vorwarnung mit Gewalt zwischen die Zähne. Dabei traf sie sein Zahnfleisch, was ziemlich wehtat und wahrscheinlich wieder eine dieser Aphthen hinterlassen würde. Tom rüttelte vor Wut an den Gurten, hatte andererseits aber solchen Durst, dass er zu saugen begann.

Nachdem er getrunken hatte, wollte die Schwester ihm mit einem Löffel irgendeine Pampe in den Mund schieben. Tom drehte sich weg. Lieber wollte er verhungern, als sich von dieser Frau etwas einflößen zu lassen.

Sie versuchte es noch einmal. Aber als Tom wieder den Kopf zur Seite drehte, nahm sie, ohne ein Wort zu sagen, das Tablett und verließ den Raum so lautlos, wie sie gekommen war.

Tom liefen vor Wut die Tränen über die Wangen. Aber er konnte nichts tun, sich nicht einmal die Tränen abwischen. Wie hatte er nur so blöd sein können? Langsam kehrte die Erinnerung wieder. Wäre er doch bloß nicht so gierig gewesen und in Escalante geblieben! Tom bäumte sich auf, aber es half nichts. Irgendwann fiel er in einen unruhigen Schlaf.

Als er aufwachte, wusste er nicht, wie lange er geschlafen hatte, denn in dem Raum, in dem er sich befand, gab es weder Nacht noch Tag, nur diese grellen LED Spots, die trotz ihrer Helligkeit nur einen kleinen Teil des Raumes beleuchteten. Ein Wunder, dass er überhaupt geschlafen hatte.

Tom fühlte sich so entsetzlich hilflos und ausgeliefert, dass er die Augen wieder schloss und versuchte, an etwas Positives zu denken. Allein, es gelang ihm nicht. Immer wieder drängten sich Gedanken aus der Zeit in sein Gehirn, als er auf der Flucht vor Genforce und den Verfolgern von der mexikanischen Mafia gewesen war. Er erinnerte sich an Thereses Schwester, Martha, die sie beide bei sich versteckt hatte und an den Journalisten, der sie hoch oben in der Sierra Nevada in einer Hütte vor ihren Verfolgern in Sicherheit gebracht hatte, während er an der Story arbeitete, die die Firma letztlich zusammenbrechen ließ. Dort oben hatte er einen der Verfolger erledigt und den anderen in die Flucht geschlagen. All das hatten sie gemeinsam überstanden. Aber Therese war nun nicht mehr da. Er vermisste sie so sehr! Was hätte sie an seiner Stelle getan? Er wusste nur, dass er sich aus dieser Situation befreien musste. Das war er ihr schuldig.

Sein Gehirn arbeitete fieberhaft. Im Moment gab es aus seiner Situation kein Entkommen. Er zwang sich, ruhig zu bleiben und auf Corve zu warten. Und dann traf er eine Abmachung mit sich selbst. Er würde das Spiel mitspielen, damit er eine Chance hatte. Immerhin brauchte Corve ihn und nicht umgekehrt.

Nach und nach tauchten immer mehr Details seiner Erinnerungen an die letzten Tage auf. Das Letzte, woran er sich erinnerte, war das Gesicht von Li, der ihm in einem Hotelzimmer Blut abnahm. Als Nächstes tauchte Corve auf, der ihn in China begrüßt hatte. Aber China war riesig. Er konnte überall sein. Aber hatte Corve nicht in einem der Telefonate gesagt, er habe eine Firma in der Nähe von Shenzen gegründet? Tom konnte also davon ausgehen, dass er sich mit hoher Wahrscheinlichkeit irgendwo in dieser Stadt befand. Aber wo lag noch mal Shenzen? Tom zermarterte sich das Gehirn. Dann fiel ihm ein, dass er irgendwo gelesen hatte, dass die Stadt sich in unmittelbarer Nähe zu Hongkong befand.

Die Tür öffnete sich erneut. Wieder war es Corve, der grinsend an sein Bett trat.

„Wie gehts unserem Probanden heute?", gab er sich leutselig.

„Ich bin nicht ihr Proband!", blaffte Tom zurück. Aber dann besann er sich und schickte ein „Geht einigermaßen! Aber wenn ich nicht bald etwas mehr Bewegungsfreiheit bekomme, werde ich einen Dekubitus entwickeln!" hinterher.

Corve nickte und drückte einen Knopf an dem Display neben der Tür. Wie auf Kommando erschien die kleine Chinesin, der man ihre Brutalität nicht ansah. Corve sagte etwas zu ihr, das Tom nicht verstand und beobachtete jede ihrer Bewegungen.

Die vermeintliche Schwester zog Handschellen aus ihrem Kittel und befestigte Toms linkes Handgelenk an seinem Bett. Tom, der ihr dabei zusah, fielen die Stahlösen auf, die überall an dem Bettgestell angebracht waren und an denen man Patienten oder Menschen wie ihn problemlos fixieren konnte. Die vermeintliche Schwester entfernte die Ledergurte. Jetzt konnte er sich immerhin selbstständig aufsetzen und auf die Seite drehen. Er streckte und beugte seine Knochen, die ihm vom langen Liegen weh taten.

„Was ist, wenn ich mal aufs Klo muss?", rief er der Frau hinterher, als sie hinausging.

Die kleine Kamera sprang wieder auf „Grün".

Corve der im Halbdunkel gestanden hatte, machte einen Schritt auf Tom zu, blieb aber soweit weg, dass Tom ihn mit seiner freien rechten Hand nicht erreichen konnte.

„Warum tun Sie das? Sie haben doch alles, was Sie wollten! Ich habe mich an unsere Abmachung gehalten!"

„Finden Sie? Das sehe ich etwas anders. Darf ich Sie daran erinnern, dass Sie mit meinem großzügigen Angebot nicht zufrieden waren? Und deswegen habe ich mir gedacht, dass Sie uns auch noch ein wenig mehr behilflich sein könnten. Sie müssen versuchen, auch mich zu verstehen!" Corve setzte ein fast verlegenes Lächeln auf, das Tom nicht interpretieren konnte. „Sie sind bis heute der einzige Mensch, bei dem das Medikament funktioniert hat. Und ich will wissen, woran das liegt. Ich bin jetzt zweiundachtzig und meine Familie soll das Medikament bekommen, bevor ich sterbe. Ich habe Krebs. Es ist glücklicherweise ein sehr langsam wachsender Tumor. Aber er hat gestreut, und ich weiß nicht, wie viel Zeit mir noch bleibt. Mein Vermächtnis muss dieses Medikament sein. Das müssen Sie doch verstehen!"

Tom musste plötzlich an Marc denken. Was würde er seinem Sohn hinterlassen? Corve tat ihm für einen sehr kurzen Moment schon fast leid. Aber dann blickte er in dessen Augen und musste daran denken, mit welcher Skrupellosigkeit er damals dem Deutschen ohne jegliche Tests die zweite Spritze gegeben hatte.

In Tom keimte eine Ahnung davon auf, wie verzweifelt und wahnsinnig zugleich dieser Mann sein musste.

„Wie soll ich ihnen dabei helfen, wenn Sie doch schon alles wissen?"

„Fast alles, mein Freund! Wir haben zwar Ihr Blut und Ihre DNA, aber wir brauchen Sie sozusagen als unsere lebende Datenbank. Denn Sie tragen etwas in sich, was Sie von anderen Menschen unterscheidet. Erst wenn wir herausgefunden haben, was genau das ist und wie wir es reproduzieren können, erst dann können Sie gehen! Das verspreche ich Ihnen. Also sollten Sie zu Ihrem Besten mitspielen! Je kooperativer Sie sein werden, desto früher ist es zu Ende."

„Und wie lange wollen Sie mich hier in diesem Loch gefangen halten?" Tom rüttelte an der Handschelle.

„Geduld, mein Freund! Wenn Sie mitspielen, werden wir Ihnen schon bald etwas mehr Freiheit gewähren! Wenn nicht, werden wir Sie dazu zwingen müssen. Sie haben die Wahl! Ich versichere Ihnen, wir werden Ihnen so lange nichts tun, wie Sie sich kooperativ verhalten. Nur ab und zu ein wenig Blut und vielleicht einmal eine Gewebeprobe, mehr nicht. Wir werden für Sie sorgen, solange Sie unser Gast sind. Die Chinesen sind ein stolzes und gastfreundliches Volk. Probieren Sie es aus. Ach ja, und ich vergaß zu sagen, dass wir Sie sehr gut für Ihre Kooperation bezahlen werden. Die fünfhunderttausend waren nur der Anfang!"

Tom starrte Corve an. Er glaubte, nicht richtig gehört zu haben. In seinem Kopf spielten die Gedanken verrückt. Der Typ war zweifellos irre.

„In ein paar Minuten wird die Schwester kommen, um Ihnen noch einmal etwas Blut abzunehmen. Wir brauchen es für ein paar Tests. Am besten, Sie lassen es einfach über sich ergehen!" Damit verließ Corve den Raum.

Schwester Rabiata betrat den Raum. Tom zuckte vor Angst zusammen. Es würde mit Sicherheit gleich wieder weh tun.

Ohne ihn anzusehen oder ein Wort zu sagen, stieß ihn die Frau zurück auf das Bett, griff nach seinem linken Arm und begann nach einer Vene zu suchen. Sie desinfizierte die Stelle und stach ihm ohne jede Empathie eine Kanüle in das Blutgefäß. Erst füllte sie ein Röhrchen mit seinem Blut. Dann wechselte sie es, und Tom, der den Kopf wie immer abgewandt hielt, spürte einen ganz leicht ansteigenden Druck.

Kaum war sie fertig, betrat Corve erneut den Raum. Die Chinesin nickte, räumte ihre Utensilien zusammen und ging, während Corve sich am Fußende des Bettes aufgebaut hatte und Tom ansah.

„Sie sollten wissen, dass wir Sie soeben gechipt haben. Es handelt sich um einen N3-Chip der allerneuesten Generation mit einer echten Ortungsfunktion! Sie können also diesmal nicht so einfach verschwinden. Wir werden immer wissen, wo Sie sich befinden. Natürlich nur zu Ihrer eigenen und unserer Sicherheit!" Corve grinste Tom an, wobei sich sein bleiches, faltiges Gesicht zu einer grotesken Maske verzog. „Vorteil für Sie! Wenn Sie brav sind, werden Sie sich ab morgen etwas freier bewegen können!"

Marc

„Hast du eine Ahnung, wo mein Vater ist?"

Marc war am Wochenende für ein paar Tage nach Hause gekommen und hatte sein Zuhause verlassen vorgefunden. Zunächst hatte er sich nichts dabei gedacht, dass der Pick-up nicht wie gewohnt vor dem Schuppen stand. Vermutlich war sein Vater mal wieder auf einer seiner Touren. Also wartete Marc bis zum nächsten Abend. Aber als sein Vater nicht kam und weder auf seine Anrufe noch auf seine SMS reagierte, begann er sich Sorgen zu machen. Inzwischen waren fast zwei Tage vergangen. Aus dem Terminkalender für die Canyontouren, die sein Vater anbot, ging nicht hervor, dass er sich auf einer Tour befand. Auch in dem kleinen Büro der Firma hatten niemand eine Ahnung, wo er war. Die Mitarbeiter seines Vaters vermuteten aber, dass er mal wieder zu einer seiner berüchtigten Solotouren aufgebrochen war. Dagegen sprach allerdings, dass sich Toms vollständige Ausrüstung im Schuppen befand. Und sein Vater wäre niemals ohne sein Zeug aufgebrochen. Also hatte Marc sich schließlich zu Joe nach Boulder aufgemacht, um zu fragen, ob dieser etwas wusste.

„Nein, warum?"

„Weil ich ihn nicht finden kann und er weder auf Anrufe noch auf Nachrichten reagiert!"

Joe machte ein besorgtes Gesicht.

„Dein Vater hat mir mitgeteilt, dass er für ein, zwei Tage nach Vegas fährt! Danach wollte er sich bei mir melden. Das ist jetzt allerdings auch schon wieder fünf Tage her. Aber manch einer will dort nur eine Nacht bleiben und dann trifft er plötzlich eine hübsche Frau oder hat einfach zu viel Glück beim Poker, wer weiß?"

Marc, Mitte zwanzig, Typ Schwiegermutters Liebling, ein stattlicher, durchtrainierte Mann von fast zwei Metern Größe, schüttelte sein blondes, gelocktes Haar, das ihm bis auf die Schultern fiel.

„Niemals Joe, mein Vater würde niemals spielen! Er hasst es. Er hasst die ganze Stadt, das weißt du genauso gut wie ich. Und normalerweise geht er immer ans Telefon. Was wollte er überhaupt in Vegas?"

Joe versuchte sich nichts anmerken zu lassen, wusste er doch, dass Tom seinem Sohn immer noch nichts von seinem Geheimnis erzählt hatte. Also zuckte er mit den Schultern.

„Keine Ahnung!"

„Gut, dann gehe ich jetzt zum Sheriff! Vielleicht können die mir helfen!" Marc wandte sich zum Gehen.

„Warte!", rief Joe resignierend, als Marc die Tür schon fast erreicht hatte. Er konnte doch nicht riskieren, dass die ganze Sache herauskam, nur weil er dem Sohn seines besten Freundes die Wahrheit vorenthielt. Marc, der sich umgedreht hatte, sah den alten Mann fragend an.

„Du musst das verstehen, Marc!"

„Was? Was muss ich verstehen?"

Joe gab Marc den Zettel, den Tom unter seiner Tür durchgeschoben hatte. Marc nahm ihn und las. Dann legte er seine Stirn in Falten, straffte seine Brust und sah Joe an.

„Was für ein beschissenes Geheimnis meint mein Vater?"

Joe atmete hörbar aus.

„Ich wusste schon immer, dass es ein Fehler war, dir nichts davon zu erzählen. Wahrscheinlich wollte dein Vater dich schützen."

„Schützen, wovor?"

Marcs braune Augen wurden immer größer. Er strich sich die Locken aus dem Gesicht.

„Verdammt, was geht hier vor? Wovor wollte mein Vater mich schützen?", fragte er noch einmal und blickte Joe erwartungsvoll an.

„Vor dem Neid und den bohrenden Fragen anderer Menschen!"

„Kannst du dich bitte mal so ausdrücken, dass auch ich es verstehe? Ich habe keine Ahnung, wovon du redest!"

Marc, der normalerweise ein sonniges Gemüt hatte, verstand kein Wort und merkte, wie sich langsam ein merkwürdiger Schatten auf seine Seele legte. Was meinte der alte Mann?

„Raus damit, Joe! Ich will jetzt wissen, was das für ein Geheimnis ist!"

Der alte Mann befand sich in einer Zwickmühle. Sollte er tun, was Marcs Vater all die Jahre nicht geschafft hatte? Es war nicht seine Aufgabe. Wie sollte er es dem Sohn seines besten Freundes erklären? Er konnte natürlich versuchen, Marc zu vertrösten, und darauf warten, dass Tom wieder auftauchte. Aber Marc, der Joe mit großen Augen abwartend ansah, hatte ein Recht darauf, zu erfahren, was los war.

Da niemand wusste, wo Tom war und ob es ihm gut ging, musste Joe etwas tun. Also entschied er sich für die Wahrheit.

„Ok, es ist eigentlich überhaupt nicht meine Aufgabe, dir alles zu erzählen, aber vielleicht ist jetzt genau der richtige Zeitpunkt. Setz dich, mein Junge! Das ist eine längere Geschichte!" Er zeigte auf den Sessel vor dem Kamin.

„Ich brauche jetzt einen Bourbon. Willst du auch einen?"

Marc schüttelte unwillig seinen Kopf und blickte Joe mit einer Mischung aus Neugier und Angst an.

„Du weißt nicht, wie sich deine Eltern kennengelernt haben, oder?"

Was hatte das denn jetzt mit dem Verschwinden seines Vaters zu tun?

„Ich weiß nur, dass meine Mutter damals in San Franzisko gearbeitet hat. Sie haben sich dort wohl kennengelernt! Mehr weiß ich nicht!"

„Tja, dein Vater brauchte damals Geld und hatte sich auf eine Annonce beworben, in der Probanden für medizinische Tests gesucht wurden. Daraufhin wurde er tatsächlich nach Frisco eingeladen und hat dort deine Mutter im Rahmen des Auswahlverfahrens kennen und lieben gelernt. Bei dieser Studie wurde ihm ein Medikament gegeben, das ihn nicht altern lässt. Aber von da an lief alles schief. Erst haben ihm irgendwelche Mafiatypen nachgestellt, um an das geheime Medikament zu kommen. Außerdem, das war wohl eine Bedingung des Projektes, musste er sein früheres Leben verleugnen. Sogar einen anderen Namen haben sie ihm verpasst. Sein richtiger Name ist nicht John Sparks, sondern Tom Snider."

Marc stöhnte auf.

„Das ist nur ein kleiner Teil dessen, was dazu geführt hat, dass dein Vater irgendwann die Schnauze voll hatte und mit Hilfe von Therese untergetaucht ist. Außerdem hatte er einen Haufen Kohle bekommen, den die Firma natürlich wiederhaben wollte, nehme ich an." Joe erzählte alles, was er wusste. Zwei Stunden später war Marc fasziniert und schockiert zugleich. Sein Vater sollte Joe zufolge angeblich der einzige Mensch auf Erden sein, der ein endloses Leben in sich trug. Das war doch Schwachsinn, oder? Er schüttelte unwillig den Kopf. Aber je länger er darüber nachdachte, umso mehr erschienen ihm jetzt bestimmte Dinge erklärbar. Andererseits fragte er sich, warum ihm das nie aufgefallen war. Er hatte seinen Vater immer so wahrgenommen, wie er war, als einen gesunden, kräftigen Mann mit offenbar sehr guten Genen. Er war nie krank gewesen und hatte sich immer mit Sport fit gehalten. Und jetzt das! Man hatte seinem Vater ein Medikament verabreicht, das ihn im Vergleich mit allen anderen Menschen nicht altern ließ. Aber warum hatte sein Vater ihm nie etwas davon erzählt?

„Weil er dich vor den Medien schützen wollte und weil er nicht wusste, ob und wie viel er dir davon vererbt hat!", sagte Joe, der Marc ansah, wie sehr ihn diese Frage beschäftigte. „Noch bist du jung und niemand weiß, ob dein Vater dir etwas davon hat mitgeben können. Ich denke, das wird man erst sehen, wenn du älter geworden bist. Deine wunderschöne Mutter konnte er jedenfalls nicht vor dem Altern schützen. Und ich weiß, er hätte alles dafür getan, so sehr, wie er sie geliebt hat."

Jetzt endlich verstand er mit einem Mal Dinge, die im Laufe der Zeit passiert waren, für die es aber nie eine richtige Erklärung gegeben hatte. Wenn er seinen Vater früher darauf angesprochen hatte, hatte der sie immer als Zufälle, Schicksal oder einfach nur als Glück abgetan. Er erinnerte sich noch genau daran, wie er seinen Vater zwei Wochen nach einer missglückten Canyontour mit einem Schienenbeinbruch zum Arzt zur Nachkontrolle gefahren hatte. Der Doc hatte nochmals Röntgenaufnahmen gemacht und dann erstaunt festgestellt, dass der Heilungsprozess so rasch fortgeschritten sei, wie er es noch nie gesehen, geschweige denn für möglich gehalten hätte. Innerhalb weniger

Tage war weitestgehend abgeheilt, was normalerweise Monate dauerte. Einziger Kommentar seines Vaters war gewesen „Gute Gene, mein Junge. Hoffentlich hast du die von mir geerbt." Sein Vater hatte damals gelacht. Und seine Mutter hatte ebenfalls so getan, als sei das alles ganz normal.

Als seine Mutter Jahre später an diesem geplatzten Aneurysma gestorben war, hatte sein Vater im Zustand völliger Trauer vor ihrem Bild gestanden. Und Marc konnte sich noch genau daran erinnern, wie sein Vater etwas wie „Hätte ich dir doch etwas von dem geben können, was ich bekommen habe" vor sich hingemurmelt hatte. Er, Marc, hatte den Satz damals nicht weiter beachtet. Jetzt aber erinnerte er sich wieder daran und plötzlich ergab es einen Sinn.

Etwas anderes war die Sache mit dem Geld gewesen. Joe hatte Marc erzählt, dass sein Vater einen Haufen Geld für seine Teilnahme an dem Projekt bekommen hatte. Und Marc wusste, dass sich auf den Konten seines Vaters ein erheblicher sechsstelliger Betrag befand. Er fragte Joe danach.

„Also ich weiß nur, dass das ein Grund war, den Namen John Sparks zu behalten. Denn erstens liefen die Konten ja nun einmal auf diesen Namen und in der Öffentlichkeit war der Name nicht bekannt. Außerdem hatte er das Geld ja nicht gestohlen, sondern für seine Mitarbeit an der Studie erhalten. Dafür, dass dann alles den Bach hinuntergegangen ist, konnte er nur bedingt etwas. Und als die Firma schließlich innerhalb von Stunden an der Börse zusammengebrochen war, krähte kein Hahn mehr danach. Also hat dein Vater erst einmal stillgehalten und als nichts passierte, hat er begonnen, das Geld zu nutzen.

Marc war fassungslos. Sein Vater hatte ihm damals gesagt, das Geld stamme aus der Erbschaft seines Schwiegervaters, die auch der Grund für einen Namenswechsel gewesen sei. Und er, Marc, hatte das so akzeptiert.

Joe konnte sehen, wie es in Marc arbeitete. Der Junge tat ihm leid.

„Und ich habe das möglicherweise von ihm geerbt?"

„Durchaus möglich, niemand weiß das. Auf jeden Fall sollte es niemand erfahren, verstehst du? Wenn das herauskäme, wärst du möglicherweise nicht mehr sicher. Es gibt zu viele, die dann versuchen würden, hinter dein Geheimnis zu kommen."

Marc starrte Joe verständnislos an.

„Es wäre ein Multimilliardengeschäft. Und das Geheimnis ist möglicherweise in deinem Körper verborgen. Denke nur an die Biotechbranche und die Gesundheitsindustrie, die schon seit vielen Jahren versuchen, hinter das Geheimnis Ewigen Lebens zu kommen. Dein Vater ist damals gerade so mit dem Leben davongekommen. Er war glücklich mit deiner Mutter und dir. Aber jetzt scheint es so, als ob die alten Geister zurückgekommen wären." Joe schüttelte den Kopf. „Ich weiß allerdings auch nicht mehr, als auf diesem kleinen Zettel hier steht. Einzige Anknüpfungspunkte sind das Mandalay Bay Casino und Las Vegas. Mehr weiß ich leider auch nicht. Und du hast verdammt Recht, eigentlich sollte dein Vater schon längst wieder hier sein."

Marc überlegte fieberhaft, wie er mit diesen Informationen umgehen sollte. Er merkte, wie Panik in ihm aufstieg. Vielleicht, nein, ganz bestimmt, das fühlte er jetzt, brauchte sein Vater Hilfe.

„Ich habe auch schon überlegt, was wir tun können," sagte Joe. „Das Einzige, was mir eingefallen ist, ist ein Freund meiner früheren Frau. Soweit ich weiß, arbeitet er noch. Er ist Privatdetektiv und war davor bei den Marines. Ein harter Knochen, aber ehrlich. Und wenn er von einer Sache überzeugt ist, äußerst hilfsbereit. Ich könnte ihn anrufen. Wir müssen ihm ja vorläufig nichts von dem Hintergrund erzählen, sondern nur, dass dein Vater vermisst wird, wir aber im Moment noch nicht zur Polizei gehen wollen. Vielleicht kann er uns helfen."

Marc nickte.

„Ich habe aber nicht genug Geld, um den Mann zu bezahlen!"
„Das ist unser geringstes Problem. Dein Vater hat Geld genug, und ich kann es auslegen."

Sie verabredeten sich für den nächsten Tag, wenn Joe mit Mitch Fairbanks gesprochen hatte.

Ben Corve

Als junger Biochemiker hatte Ben Corve bei einem der großen, internationalen Biotechkongresse einen jungen chinesischen Kollegen kennengelernt, der für die NMPA, die National Medical Products Administration, tätig war. Die NMPA, eine Verwaltungsbehörde der Volksrepublik, war zuständig für die Registrierung und Überwachung von Arzneimitteln, Medizinprodukten und Kosmetika für den chinesischen Markt.

Zu dem Zeitpunkt war von den Erfolgen der kleinen Firma Genforce noch keine Rede gewesen. Hier beschäftigte man sich zunächst mit Kryonik, also dem Einfrieren von Toten, um diese später, wenn die Medizin alle wesentlichen Krankheiten beherrschte, wiederzuerwecken. Allerdings gab es auch einige interessante Projekte, mit denen sich Corve schon damals beschäftigt hatte. Besonders erfolgversprechend schien eine Parkinsonstudie der Firma zu sein. In Kenntnis dieser Studie hatte der chinesische Kollege erneut Kontakt zu Corve aufgenommen und versucht, ihn nach China zu locken. Aber Corve hatte sich nicht entscheiden können und war bei Genforce geblieben. Der Kontakt war aber nie ganz abgerissen und so kam es, dass er den Chinesen immer wieder einige Informationen zukommen ließ, ohne allerdings wirklich Geheimnisse zu verraten. Man tauschte sich aus, wobei über bedeutende Fortschritte bei einem Projekt mit dem Namen Methusalem und sogar über Versuche an einem Probanden gesprochen worden war. Corve deutete damit an, wie weit man schon mit den Forschungen war. Und natürlich hatte Corve damit die berühmten schlafenden Hunde geweckt. In der Folge war es immer wieder zu Versuchen seitens der Chinesen gekommen, Corve abzuwerben.

Und dann gab es da noch eine junge chinesische Biotechnikerin, die kurzzeitig bei Genforce gearbeitet hatte. Ihr Name war Mai Zhao. Sie hatte mit Corve im Rahmen der Parkinsonstudie eng zusammengearbeitet, aber dann die Firma auf Geheiß der Kommunistischen Partei Chinas verlassen müssen. Aus den Augen verloren hatten Corve und Mai Zhao sich dennoch nicht.

Und als plötzlich die Schwierigkeiten bei Corves wichtigstem Projekt, dem Methusalemprojekt, mit Tom alias John Sparks auftauchten und die Gefahr bestand, dass die ganze Firma samt ihrem Geheimnis auffliegen würde, nahm Corve Kontakt zu Mai Zhao auf und diskutierte mit ihr die Möglichkeiten einer Flucht. Er deutete an, wobei es sich bei dem Projekt handelte und dass er die wichtigsten Forschungsergebnisse von „Vita 1" nach China mitbringen würde.

Er konnte damals aushandeln, dass die Chinesen ihm bei der Flucht und der Neugründung einer Biotechfirma helfen würden. Zudem sollte er, unterstützt von der Partei, die Möglichkeit bekommen, das Methusalem Projekt zu Ende zu führen. Das Ergebnis wiederum sollte dann dem chinesischen Staat zur Verfügung stehen. Als Urheber einer, wenn nicht der bedeutendsten Entdeckung in der Geschichte der Menschheit, sollte er nicht infrage gestellt werden. Corve hatte eingewilligt und sich, noch während sein Chef und CEO Neil Garrison von der Polizei verhört wurde, mit einer chinesischen Privatmaschine vom Flughafen San Franzisko nach Peking abgesetzt. Die Medien konzentrierten sich auf den CEO und der eigentliche Mann hinter dem Methusalem Projekt, Dr. Ben Corve, geriet zunehmend in Vergessenheit.

Corve wurde in China äußerst freundlich aufgenommen. Der Bürgermeister von Shenzen hatte ihn damals persönlich begrüßt und alles dafür getan, dass Corve so schnell wie möglich wieder an die Arbeit gehen konnte. Geld schien keine Rolle zu spielen. Um sich einen Überblick über die chinesische Biotechszene und die landestypischen Gewohnheiten zu verschaffen, heuerte Corve zunächst in einem Großlabor namens First Gigalab Inc. an. Nach einem knappen Jahr gründete er zusammen mit der Biotechnikerin Mai Zhao, die er schon in bei Genforce kennengelernt hatte, Maibentech, ein Start-up, das sich neben verschiedenen Projekten auch mit der Weiterentwicklung von „Vita 1" beschäftigte. Der chinesische Staat stellte ausreichend Kapital zur Verfügung. Und Corve ging an die Arbeit.

Tom

Tom blickte an die graue Decke und versuchte, sich über seine Situation klar zu werden.

Er war sich bewusst, dass er, wenn er nicht bereit war, zu kooperieren, vermutlich hier in diesem Raum sterben würde. Wahrscheinlich würde Corve ihn unter Drogen setzen und als Zombie am Leben erhalten, damit er regelmäßig zur Ader gelassen werden konnte. Corve hatte ihn in jeglicher Hinsicht unter Kontrolle. Tom stiegen erneut Tränen der Wut in die Augen. Da er aber gesehen hatte, dass die Kamera auf Grün geschaltet war, versuchte er, seine Gefühle so gut wie möglich im Zaum zu halten. Er durfte jetzt keine Schwäche zeigen, zumal Gefühle in China als Schwäche gedeutet wurden.

Die einzige Möglichkeit war also, Corves Spiel erst einmal mitzuspielen. Er dachte auch darüber nach, dass Corve auf die Daten seines Sohnes scharf gewesen war. Vielleicht bestand hier noch ein Druckmittel. Nein, er durfte diesen Gedanken nicht einmal denken. Egal was passieren würde, er durfte seinen Sohn keiner Gefahr aussetzen.

Also beschloss Tom, noch einmal pro forma auf Corve zuzugehen. Natürlich wusste er, dass man ihn ständig beobachten würde. Aber je länger es dauern würde und er sich als zuverlässig herausstellte, umso eher würde die Überwachung etwas nachlassen. Darin lag seine Chance. Er musste sie nutzen.

Mitch Fairbanks

Mitch hievte die Kühlbox auf seinen Pick-up und half dem etwas ältlichen Retriever auf die Ladefläche. Der Hund liebte es, mitzufahren. Aber er hatte inzwischen ein Alter erreicht, in dem er nicht mehr wie vor Jahren von selbst auf den Truck springen konnte.

„Na komm, Bo, alter Junge, rauf mit dir!"

Mitch Fairbanks war vor langer Zeit Rechtsanwalt mit eigener Kanzlei gewesen, hatte dann aber zwei Jahre wegen Drogenbesitzes im Gefängnis gesessen. Als er wieder raus gekommen war, war seine Lizenz erloschen und er hatte keine Lust gehabt, sich erneut darum zu bemühen. Also hatte er eine kleine Ein-Mann-Detektei aufgemacht und hielt sich mit allen möglichen Aufträgen über Wasser. Meistens beschattete er treulose Ehemänner oder -frauen oder suchte vermisste Personen. Aber manchmal hatte er Glück und zog einen etwas dickeren Fisch an Land, so wie jetzt. Es ging um die Veruntreuung mehrerer Millionen Dollar durch einen Bauunternehmer.

Also fuhr er von St. George, wo er auch sein Büro hatte, mit Bo auf der 15 Richtung Norden nach Redmond zu einem Treffen mit seinem Auftraggeber. Die Klimaanlage lief auf vollen Touren. Trotzdem musste sich Mitch regelmäßig den Schweiß von seinem kahlrasierten Schädel tupfen. Das Hawaiihemd, sein

Markenzeichen, stand offen und offenbarte eine Brustbehaarung, die ihresgleichen suchte. Aus dem Radio drang Bruce Springsteens ‚The River'.

Sein Telefon klingelte und zeigte die Nummer von Joe. Mitch drückte auf die Freisprecheinrichtung.

„Wie geht´s, alter Junge?"

„Gut, alles bestens! Bist du hier in der Gegend?"

„Ne, leider nicht. Keine Zeit. Bin total im Stress und fahre gerade nach Redmond."

„Schön für dich! Aber dann könntest du vielleicht auf dem Rückweg bei mir vorbeikommen? Ich habe hier ein echtes Problem und glaube, dass du mir dabei helfen könntest. Es geht um meinen besten Freund. Er ist seit ein paar Tagen verschwunden. Sein Sohn ist hier, und wir machen uns große Sorgen! Wahrscheinlich steckt etwas Größeres dahinter."

„Warum kommst du damit zu mir? Warum geht ihr nicht einfach zur Polizei?"

„Das geht leider nicht. Erkläre ich dir, wenn du hier bist!"

„Mann, Joe! Du weißt, ich helfe gerne, aber ich bin momentan wirklich im Stress!"

„Ich kenne aber niemand anderen, dem ich vertrauen kann. Bitte Mitch, du musst uns helfen!"

„Na gut, alter Freund. Es wird aber spät werden! Nicht vor zwanzig Uhr, ok?"

„Kein Problem! Wir werden auf dich warten. Und danke, dass du kommst!"

Mitch Fairbanks brummte etwas unwillig, gab dann aber Gas. Es würde ein langer Tag werden.

Nachdem Joe aufgelegt hatte, rief er Marc an, der immer noch nichts von seinem Vater gehört hatte. Er berichtete von seinem Telefonat mit Mitch Fairbanks und dessen Bereitschaft, sich mit ihnen zu treffen. Sie verabredeten sich für den frühen Abend.

Als Marc eintraf, sah er den Alten schon auf seiner Veranda im Schaukelstuhl sitzen. Als Marc sich neben ihn gesetzt hatte, holte Joe zwei Bier aus dem Kühlschrank, gab Marc eins und prostete ihm zu.

„Auf deinen Vater! Wir finden ihn!"

Marc nahm einen Schluck, stellte die Flasche auf den kleinen Tisch zwischen ihnen und blickte auf die Mesa, einen plateauartigen Felsen, der sich vor ihnen erhob. Da drüben war er mehrfach mit seinem Vater gewesen.

„Als du noch klein warst, hat Tom dich auf viele unserer Touren mitgenommen. Daran musste ich eben denken, als du aus dem Auto gestiegen bist. Wir hatten immer eine Menge Spaß, besonders abends, wenn wir Feuer gemacht haben. Das fandest du immer toll! Und wenn es mal etwas knifflig wurde, haben wir immer eine Lösung gefunden. Das gilt auch jetzt! Wir dürfen nicht den Kopf hängen lassen, verstanden? Wir finden deinen Vater, ganz bestimmt!"

Marc nickte stumm. Er wusste, dass er hier genauso zu Hause war wie in Escalante. Und er war froh, dass er die Sorgen um seinen Vater mit jemandem teilen konnte.

„Und jetzt zu Mitch, Mitch Fairbanks. Wir sollten ihm nur so viel erzählen, wie er wissen muss. Am besten sagen wir ihm, dass sich Tom in Vegas mit einem Geschäftsfreund treffen wollte. Worum es gehen sollte, wissen wir nicht! Deswegen wollen wir auch noch keine Polizei, klar? Den ganzen Rest der Geschichte können wir Mitch immer noch erzählen, wenn es sich nicht umgehen lässt, ok?"

In diesem Moment hörten sie, wie ein Wagen auf der Kieseinfahrt unter dem großen Weidenbaum vor dem Haus hielt. Ein Hund bellte. Kurz darauf erschien ein stattlicher Mann mit ansehnlicher Plauze im Hawaiihemd auf der Veranda. Er ging auf Joe zu und drückte ihn.

„Wie lange ist es her?"

„Drei Jahre etwa?"

„Wahnsinn, wie die Zeit vergeht. Du hast dich nicht verändert, alter Mann. Hast du noch ein Bier für einen durstigen Reisenden? Und wer ist das?" Mitch sah Marc an.

„Das ist Marc Sparks! Seinetwegen habe ich dich angerufen. Wir danken dir, dass du heute noch hergekommen bist! Stimmt's Marc?"

Der blickte Mitch Fairbanks abwartend an.

„Ja, danke, dass Sie sich auf den weiten Weg gemacht haben!"

„Setz dich, Mitch, ich hole ein Bier!" Joe zeigte auf einen Stuhl und ging ins Haus.

Fairbanks reichte Marc die Hand und ließ sich schnaufend in den zweiten Schaukelstuhl fallen.

„Freut mich, junger Mann. Ich hoffe, ich kann Ihnen helfen. Aber wenn Joe mich anruft, was selten vorkommt, dann ist es normalerweise wirklich wichtig. Stimmt's, Joe?" rief der Detektiv mit dröhnender Stimme.

Joe, der mit einem Bier für Mitch zurückkam, zog einen der alten Holzstühle heran und setzte sich.

Nachdem sie alle einen Schluck genommen hatten, begann Joe zu erzählen.

Mitch hatte die Augen zusammengekniffen und hörte konzentriert zu.

„Und das ist jetzt sechs Tage her? Warum seid ihr nicht zur Polizei gegangen?"

„Weil wir nicht wissen, was mein Vater in Vegas wollte. Normalerweise hasst er die Stadt und würde niemals freiwillig dorthin fahren! Er sprach am Telefon nur von einem Geschäft, das er dort durchziehen wollte. Ich habe aber keine Ahnung, worum es dabei ging."

Fairbanks runzelte die Stirn.

„Ihr vermutet also etwas Illegales."

„Tom ist ein wirklich guter Freund. Normalerweise macht er keine krummen Dinger. Ich kenne ihn jetzt über fünfzig Jahre. Da war nie etwas. Aber wir finden es äußerst merkwürdig, dass er niemandem etwas erzählt hat, nicht einmal seinem Sohn. Und ihr habt noch am Tag vorher miteinander telefoniert, stimmt's Marc?"

Marc schüttelte den Kopf.

„Nicht telefoniert! Er hat mir nur eine kurze Nachricht auf die Mailbox gesprochen, sonst nichts. Seitdem ist er verschwunden!"

„Und was hat er gesagt?"

„Nur das er für zwei Tage nach Vegas muss und im Mandalay Bay Casino für ein Treffen mit einem Geschäftsfreund absteigen wird."

„Eine Frau?"

Marc schüttelte energisch den Kopf.

„Niemals, und schon gar nicht in dieser Stadt!"

Mitch Fairbanks stand auf und begann auf der Veranda auf und abzugehen. Dabei wiederholte er, was die beiden ihm erzählt hatte. Dann blieb er stehen und fragte:

„Irgendwelche Anhaltspunkte, wo er sonst noch sein könnte?"

Beide schüttelten den Kopf.

„Gut, dann werde ich morgen nach Vegas fahren und mich dort mal ein wenig umsehen. Abends bin ich wieder da. Vielleicht weiß ich dann schon ein bisschen mehr. Sollte er sich melden, ihr habt ja meine Nummer. Ach ja, was die Bezahlung angeht, das klären wir, wenn ich wieder zurück bin. Dann kann ich besser abschätzen, wie aufwendig die mögliche Suche wird, ok?"

„Ich danke Ihnen!" Marc war aufgestanden und schüttelte sichtlich erleichtert die Hand des Detektives. Der klopfte ihm mutmachend auf die Schulter und verabschiedete sich von Joe mit einer Umarmung.

„Tut mir leid, aber ich muss los, bin total platt. Der Tag war echt anstrengend. Aber wie es aussieht, sehen wir uns jetzt ja öfter, alter Junge!"

Joe und Marc hörten, wie der Kies in der Einfahrt spritzte, als der schwere Pick-up Gas gab.

Vegas

Mitch kannte die Spielerstadt gut, wohnte er doch nur knapp zwei Stunden entfernt in einem Vorort von St. George. Im Gegensatz zu Tom hatte er schon ganze Wochenenden zum Spielen in Vegas verbracht. Außerdem hatte ihn seine Frau früher regelmäßig in eine der Shows mitgeschleppt. Auch das Mandalay Bay kannte er gut. Mit seiner eigentümlichen goldfarbenen Fassade war es immer noch eines der schillerndsten Casinos am Strip. Schauerliche Berühmtheit erfuhr das Hotel, als 2017 ein Attentäter neunundachtzig Menschen aus einem der Zimmer heraus erschoss. Abgesehen vom 11.September war es die bis dahin höchste Anzahl von Toten, die in den USA jemals bei einem Anschlag ums Leben gekommen waren. Dennoch erfreute sich das Casino nach wie vor großer Beliebtheit.

Mitch steuerte seinen Wagen in die Tiefgarage des Hotels und begab er sich direkt in die Lobby. Vor dem imposanten Tresen, der aussah, als wäre er aus Carrara Marmor gefertigt, reihte er sich in die Schlange der Touristen ein. Er betrachtete die gigantischen Wurzeln eines tropischen Baumes. Es würde dauern, alle Schalter waren besetzt.

„Was kann ich für Sie tun, Mister?" Endlich war er an der Reihe.

Er beugte sich ein wenig zu der aufreizend hübschen Dame, deren Namensschild sie als „Beth" auswies, über den Tresen und sprach so leise wie möglich.

„Ich bin auf der Suche nach jemandem, Beth! Der Mann hat hier eine oder zwei Nächte gewohnt und ist seitdem spurlos verschwunden. Sein Name ist John Sparks. Er hat sich nicht mehr gemeldet und sein Sohn macht sich verständlicherweise große Sorgen." Fairbanks zeigte ihr seine Karte und wartete auf ihre Reaktion.

„Ich kann Ihnen dazu leider keine Auskunft geben, Mister Fairbanks. Tut mir leid!"

Das war ein Hindernis, das sich nach Mitchs Erfahrung immer mit einem mittleren Dollarschein aus dem Weg räumen ließ. Und wie bei einem Zauberkünstler erschien ein Schein mit dem Konterfei von Ulysses Grant in seiner linken Hand. Ein leichtes Lächeln huschte über das hübsche Gesicht der Hostess. Dann fragte sie noch einmal nach dem Namen und gab ihn ein.

„Ja, er war hier! Aber es scheint wohl einen Zwischenfall gegeben zu haben, denn Mister Sparks wurde von einem Krankenwagen abtransportiert, und soweit ich sehen kann, ist ein Teil der Rechnung noch offen. Ich kann meine Kollegin fragen, ob sie etwas weiß. Sie war hier, als es passierte!"

„Das wäre sehr nett!", sagte Fairbanks und reichte den Ulysses über den Tresen.

Kurz darauf kam Charlene, eine kleine, äußerst geschmackvoll gekleidete Mexikanerin, an den Tresen und beäugte Mitch etwas misstrauisch. Er erzählte ihr noch einmal dasselbe und bat um Hilfe. Da er von Beth schon wusste, dass Marcs Vater in einem Krankentransportwagen weggebracht worden war, musste er jetzt nur noch in Erfahrung bringen, wohin.

„Das ist sehr nett, dass Sie mir helfen möchten. Wissen Sie zufällig, wohin Mister Sparks gebracht worden ist?"

Charlene überlegte einen Moment, bevor sie antwortete.

„Also, das war etwas seltsam, denn niemand von uns hatte einen Krankenwagen gerufen. Wir wussten nicht, dass es dem Mann nicht gut geht. Aber plötzlich wurde jemand auf einer

Trage hinausgetragen. Uns hat man nur gesagt, dass es sich um einen Notfall handele und der Mann aus 635 mit einem Flugzeug in eine Spezialklinik gebracht werden solle. Mehr kann ich ihnen dazu leider nicht sagen.

Im Übrigen, die Rechnung von Mister Sparks ist noch offen. Es handelt sich um knapp 130 Dollar. Bezahlen Sie das?"

Ohne ein Wort zu sagen, legte Fairbanks das Geld auf den Tresen, bedankte sich und ging. Dann kehrte er noch einmal zurück und fragte, ob sich jemand an den Namen des Rettungsdienstes erinnern könne. Beide Damen schüttelten den Kopf.

„Aber Sie haben doch bestimmt Überwachungskameras. Da müsste doch drauf zu sehen sein, was für ein Rettungsdienst das war."

Wieder Kopfschütteln.

„Ich befürchte, da können wir Ihnen nicht helfen. Die Aufnahmen werden nach achtundvierzig Stunden gelöscht. Tut uns leid."

„Ok, kann man nichts machen. Danke noch mal. Sie haben mir auch so schon sehr geholfen!"

Fairbanks verließ die Lobby, klappte sein Handy auf und wählte.

„Wusstest du, dass John Sparks an einer ernsten Erkrankung litt? Hatte er irgendwelche gesundheitlichen Probleme?"

Joe musste lachen.

„Tom und gesundheitliche Probleme? Im Leben nicht! Der war fit wie ein Fisch im Wasser. Das kannst du mir glauben! Warum fragst du?"

Mitch erzählte ihm, was er soeben in Erfahrung gebracht hatte.

„Das hört sich nicht gut an. Da muss etwas anderes dahinterstecken! Glaub mir, Tom war beneidenswert gesund!"

Mitch war nicht überzeugt. Manchmal gab es schwere Erkrankungen, die plötzlich akut wurden, von denen niemand wusste. Manche Menschen traf es aus heiterem Himmel. Das sagte er aber nicht.

„Ok, dann werde ich jetzt mal zum Flughafen fahren. Der liegt ja praktisch nebenan."

Tatsächlich lag das Mandalay Bay Casino direkt neben dem Harry Reid International Airport.

Was für ein merkwürdiger Zufall dachte Mitch. Konnte es sein, dass jemand genau deswegen das Hotel ausgesucht hatte, weil es unmittelbar neben dem Flughafen lag? Im Moment konnte er sich noch keinen Reim darauf machen. Also fuhr er zum Terminal und begab sich zur Info. Hier erfuhr er, dass Flugkrankentransporte vom sogenannten Verkehrslandeplatz abhoben und auch dort vor Ort auf dem Rollfeld abgewickelt wurden. Die Behörden waren immer sehr bemüht, die Genehmigungen so schnell wie möglich zu erteilen. Schließlich ging es in vielen Fällen um Leben und Tod. Eine freundliche Dame am Counter zeigte Mitch, wohin er sich wenden musste.

Als er dort angekommen war, beobachtete er durch die riesigen Glasscheiben fasziniert das Treiben auf dem Rollfeld. Die vor dem Ausgang befindliche Sicherheitsschleuse war mit einem bulligen Beamten besetzt. Als er Mitchs hilfesuchende Blicke registrierte, winkte er ihn zu sich heran.

„Kann ich Ihnen helfen, Sir?"

Mitch gab den völlig geknickten Freund.

„Ich hoffe! Wissen Sie, Officer, ich vermisse meinen besten Freund! Er hatte im Mandalay Bay eingecheckt und ist vor sechs Tagen als medizinischer Notfall irgendwohin transportiert worden. Zumindest hat man mir das im Hotel gesagt. Seitdem haben sein Sohn Marc und ich nichts mehr von ihm gehört. Niemand weiß etwas! Niemand hat uns informiert! Wir haben überall nach ihm gesucht, konnten ihn aber bis jetzt nicht finden. Vielleicht können Sie uns helfen. Die Hostess in der Lobby des Hotels sagte uns schließlich, dass er wohl zum Flughafen gebracht werden sollte."

Der Officer runzelte die Stirn und fragte nach dem Namen.

„Sparks, John Sparks aus Escalante, Utah!"

„Ok, dann sehen wir doch mal nach."

Es dauerte nicht lange, bis er fündig wurde.

„Stimmt, hier ist ein medizinischer Transport eines Mannes mit diesem Namen eingetragen! Das war vor genau sechs Tagen! Er ist mit einer Bombardier 604 geflogen worden. Das ist ein Ambulanzflieger!"

„Und wohin hat man ihn gebracht?

„Atlanta, die Maschine ging nach Atlanta. Das ist allerdings schon etwas merkwürdig." Der Beamte runzelte die Stirn.

„Warum?"

„Weil wir hier an der Westküste viele gute Krankenhäuser haben. Und Atlanta ist weit weg, an der Ostküste! Scheint etwas Spezielles gewesen zu sein, an dem er erkrankt ist. Sonst wären die nicht so weit geflogen!"

„Können Sie sehen, in welches Krankenhaus man ihn gebracht hat?"

„Leider nein! Wir sehen nur die Flüge. Die Einlieferung wird dann vor Ort geregelt. Meistens steht das in den Transportpapieren, aber nicht immer. Und hier kann ich leider nichts finden. Tut mir leid, Mister!"

Mitch dankte dem Officer für sein Entgegenkommen und verließ den Flughafen. Atlanta also. Jetzt mussten sie nur noch herausbekommen, in welche Klinik Tom in Atlanta gebracht worden war und warum. Und er wusste auch schon, wie er das anstellen würde.

Mitch Fairbanks war während seiner Zeit als Marine bei den NROTC Marines etwas nördlich von Atlanta stationiert gewesen. Und er hatte nach wie vor Kontakt zu einigen Leuten von damals, die noch im Dienst waren. Er beschloss, Jeff Bricks anzurufen und ihn um Hilfe zu bitten. Jeff und er hatten während seiner aktiven Zeit bei den Marines fast jeden Abend zusammen verbracht. Als Mitch dann ehrenvoll entlassen worden war, hatte

Jeffs Karriere gerade so richtig Fahrt aufgenommen. Im Laufe der Jahre hatten sie sich immer mal wieder getroffen und in alten Erinnerungen geschwelgt. Jeff hatte es bis zum Colonel gebracht. Dann war er im Krieg gegen den Terror im Irak verletzt und in den Ruhestand versetzt worden. Auf Jeff konnte man sich blind verlassen. Also beschloss Mitch, seinen alten Kumpel um Hilfe zu bitten.

„Mitch? Schön, von dir zu hören. Ich habe vorhin gerade noch mit Martha über dich gesprochen. Das muss Gedankenübertragung gewesen sein. Ich finde, wir müssen unbedingt mal wieder etwas zusammen machen, ehe wir ins Gras beißen!"

„Da hast du Recht. Aber im Moment brauche ich deine Hilfe, Jeff", kam Mitch sofort auf den Punkt. „Du musst etwas für mich herausfinden. Ist total wichtig!" Dann schilderte Mitch, worum es ging, und bat noch einmal um Jeffs Hilfe.

„Kein Problem! Ich fahre gleich morgen früh zum Flughafen und dann rufe ich dich an, ok?"

„Könntest du nicht schon heute Abend …? Je länger wir warten, umso schwieriger wird es herauszufinden, was passiert ist!"

„Du machst es aber dringend! Aber ok, ich werde mich gleich auf den Weg machen. Ich rufe dich später an. Dann schuldest du mir aber etwas!"

„Der Bourbon ist schon im Eisfach!"

Mit diesen Worten legte Mitch auf.

Tom

Als Tom die Augen öffnete, leuchtete die kleine Diode an der Kamera rot. Nachdem er für sich die Entscheidung getroffen hatte, vorerst zu kooperieren, ging es ihm etwas besser und er beschloss, noch ein wenig zu schlafen.

Aber kaum hatte er die Augen wieder geschlossen, stand Corve in der Tür.

„Wie geht's unserem Patienten?"

Tom versuchte nicht zu freundlich zu klingen, aber dennoch ein wenig mehr Zugänglichkeit in seine Stimme zu legen. Es fiel ihm nicht leicht, aber sein Plan gab ihm die nötige Kraft.

„Soweit so gut! Ich würde nur mal gerne aufstehen und aufs Klo gehen, wenn das möglich ist."

Corve winkte in Richtung Kamera, woraufhin die Chinesin erschien und Tom die Handschellen abnahm. Er setzte sich auf und versuchte aufzustehen, musste jedoch feststellen, dass ihm von dem Transport, dem langen Liegen und den Medikamenten die Beine fast den Dienst versagten. Er kippte leicht zur Seite, wurde aber von der Chinesin gestützt und setzte sich wieder.

„Einen Moment, ich brauche …", hielt er sich an ihrem Arm fest.

Nachdem er mehrfach tief durchgeatmet hatte, versuchte er es erneut. Diesmal ging es schon besser. Die Frau packte ihn am Arm, führte ihn nach draußen und brachte ihn zum Klo. Beim Pinkeln stellte er fest, dass er sich in einer Art Bunker befand. Von grauem Beton umgeben, ohne natürliches Licht, ohne Farbe an den Wänden, fühlte er sich wie eingemauert. Nach ein paar Minuten klopfte es an der Tür und er hörte so was wie „zhunbei?" Das sollte wohl heißen, ob er fertig sei. Also wusch er sich die Hände und trat zurück auf den tristen Flur, wo ihn die Frau erwartete. Sie bedeutete ihm, ihr zu folgen und führte ihn in ein kleines Büro, wo Corve bereits auf ihn wartete. Der deutete auf einen der Stühle und fragte:

„Kaffee?"

Tom, der seit Tagen nur in grelles Kunstlicht geblickt hatte, war angenehm überrascht, endlich ein wenig Tageslicht zu bekommen. Ein großes Fenster gab den Blick auf den blauen Himmel frei. Neugierig schaute er sich in dem Raum um. Nackte

Betonwände, die mit Bücherregalen vollgestopft waren. Ein Schreibbord an der Wand und mehrere blinkende Bildschirme auf einem überdimensionalen Schreibtisch komplettierten den Raum. Es gab Stapel von Fachzeitschriften und eine Reihe halb toter Pflanzen, die an der riesigen Fensterfront dahinvegetierten. Aus der Tatsache, dass er keine Straße oder ähnliches sehen konnte, schloss Tom, dass er sich in einem hohen Gebäude befand. Irgendwie machte der ganze Raum einen äußerst chaotischen, leicht angestaubten Eindruck.

„Kaffee? Ja gerne!"

Corve stand auf und zog zwei Tassen an einem Automaten. Während die Maschine mit lautem Mahlen auf sich aufmerksam machte und der Kaffee gebrüht wurde, drehte Corve sich zu Tom um.

„Ich möchte mich ausdrücklich für die Unannehmlichkeiten entschuldigen, die ich Ihnen zugemutet habe. Aber Sie werden bald verstehen, warum das nötig war. Ich hoffe sehr, dass wir auf einer neuen Ebene zueinanderfinden können. Ich bin mir bewusst, dass Sie noch etwas Zeit benötigen werden, um uns zu vertrauen. Aber ich kann Ihnen versichern, es wird nicht zu Ihrem Schaden sein. Wir alle hier", er deutete auf ein Bild, das vor Tom an der Wand hing und etwa zehn Personen zeigte, „sind ein hervorragendes Team, dem in den letzten Jahren bahnbrechende Fortschritte im Bereich der Gen- und Biotechnik gelungen sind. Und Sie, John, sind ein entscheidender Baustein in einem unserer zentralen Projekte. Wie Sie sich sicherlich vorstellen können, haben wir den Methusalem-Ansatz seit damals weiterverfolgt. Wir standen vor dreißig Jahren in den USA ganz kurz davor, das ultimative Medikament zu entwickeln. Aber wie Sie ja wissen, sind uns ein paar Dinge dazwischengekommen. Hier in China geht man wesentlich entspannter mit solchen Entwicklungen um. Im Gegenteil, ich habe die Unterstützung der Partei und keine Probleme, neue Geldquellen zu akquirieren, was die Sache natürlich sehr vereinfacht. Wir können einfach forschen. Es gibt keine Grenzen wie in den USA oder Europa, wo jeder Schritt ethisch und moralisch hinterfragt und bewertet wird. Es geht darum, den Menschen zu helfen. Außerdem ist es wie bei einem Wettlauf. Wer zuerst ein Patent anmeldet, hat gewonnen. The Winner takes it all! Aber ich will Sie nicht mit meinen Vorträgen langweilen, John. Ich möchte ihnen erklären, wie ich mir unsere Zusammenarbeit vorstelle!"

Tom glaubte dem Mann kein Wort. Er verachtete diesen Kerl, dessen Skrupellosigkeit und Geldgier keine Grenzen kannte. Corve hatte nicht das Wohl der Menschheit, sondern lediglich seinen eigenen Ruhm im Sinn.

Corve saß in seinem schmutzig-weißen Kittel hinter seinem Schreibtisch und hielt wie damals Reden, um ihn einzulullen. Aber das würde Tom nicht zulassen. Er durfte jetzt nicht wieder in irgendeine Falle tappen. Er musste wachsam sein.

„Zusammenarbeit? Ich habe keine Ahnung, was Sie sich darunter vorstellen."

„Oh nein, das brauchen Sie auch nicht." Corve lächelte selbstzufrieden. „Wir brauchen Sie, Ihre Erfahrungen und vor allem Ihr Blut. Wir müssen herausfinden, was Sie von anderen Menschen unterscheidet. Ich möchte, dass Sie uns genau schildern, was mit Ihnen in den Jahren seit San Franzisko passiert ist!"

Andere? Da war es wieder, dieses Wort. Gab es tatsächlich noch andere, außer ihm? Auch Li hatte scheinbar unabsichtlich eine solche Bemerkung gemacht. Tom ließ sich nichts anmerken.

„Was muss ich tun?"

„Nichts! Zunächst einmal werden wir Sie in einer hübschen Wohnung mit fantastischem Ausblick auf Shenzen unterbringen. Dort werden Sie die nächste Zeit verbringen. Wir sorgen für Ihr Wohlergehen und sind immer für Sie da. Hin und wieder wird Sie jemand in unser Labor bringen und dort eine Blutprobe abnehmen. Und, ich sagte es bereits, wir möchten alles über

Ihr Leben erfahren, seit Sie „Vita 1" bekommen haben. Meine Assistentin wird Interviews mit Ihnen führen und einige Tests machen. Nichts Schlimmes also. Und wenn Sie mitspielen, können Sie nach einer gewissen Zeit wieder nach Hause und sind um einiges reicher, das verspreche ich Ihnen." Corve versuchte Tom anzulächeln, was ihm aber zu einer Grimasse geriet.

„Aber ich darf diese Wohnung nicht verlassen, oder?"

„Sie dürfen schon, aber denken Sie daran, wir haben Sie gechipt. Das heißt, Sie dürfen sich vorerst nur in einem engen Radius um die Wohnung bewegen. Das Gebäude können Sie nicht verlassen. Sie können sich diesmal nicht entfernen, ohne dass wir es mitbekommen. Und denken Sie bitte daran, China ist ein Land mit etwa sieben Millionen Kameras, die überall im Land an allen öffentlichen Plätzen verteilt sind. Eine Flucht ist ausgeschlossen. Aber ich gehe ohnehin davon aus, dass wir uns einigen. Denn, wie ich schon sagte, werden Sie finanziell erheblich profitieren. Und wenn Sie dann in die USA zurückkehren, haben Sie und Ihr Sohn ausgesorgt."

Tom sah die blinkenden Bildschirme und stellte sich vor, wie er permanent von Corve beobachtet wurde. Aber ihm war klar, dass er keine Wahl hatte. Wenn er hier irgendwie wieder herauskommen wollte, musste er das Spiel mitspielen. Also sagte er mit einem gequälten Ton:

„Ich werde darüber nachdenken. Aber jetzt möchte ich erst einmal schlafen!"

„Bei Gelegenheit sollten wir noch über Ihren Sohn sprechen. Ich weiß, dass Sie das nicht wollen, aber ich kann es Ihnen nicht ersparen, tut mir leid!"

Tom schoss das Adrenalin in die Adern. Was sollte denn das jetzt?

„Mein Sohn, vergessen Sie`s!"

Corve lächelte Tom hintergründig an.

„Später!"

Dann drückte er einen Knopf. Diesmal erschien eine äußerst ansehnliche, Englisch sprechende Chinesin. Ganz anders als Schwester Rabiata, die ihn in dem Bunker gequält hatte. Sie brachte ihn zu einem Fahrstuhl, der sie in Sekundenschnelle nach oben fuhr. Am Ende eines langen Ganges legte die Frau ihrem Finger auf ein Display und öffnete so eine Tür. Sie machte eine einladende Bewegung. Tom trat ein und fand sich plötzlich in einer sonnendurchfluteten Suite mit grandiosem Blick auf die Skyline von Shenzen wieder. Vor der riesigen Fensterfront befand sich eine weiße Ledergarnitur mit einem Tisch, auf dem frische Blumen standen. Sogar eine kleine, gut gefüllte Bar war zu sehen. Tom atmetet tief durch. Der Kontrast zu dem Bunker, in dem er sich vorher befunden hatte, hätte nicht größer sein können.

„Möchten Sie noch einen Tee?"

„Ein Bier wäre mir lieber!", erwiderte Tom und legte sich auf das Bett, von wo aus er die obersten Etagen der Wolkenkratzer sehen konnte, die in den strahlenden Himmel ragten. Noch bevor er das Bier bekam, war Tom bereits eingeschlafen.

Jeff Bricks

Jeff hatte als Colonel der Marines regelmäßigen Kontakt zu den Sicherheitsbeamten des größten amerikanischen Flughafens, des Hartsfield Jackson in Atlanta, gehabt. Er wusste genau, in welchem Bereich er suchen musste. Um so viel Eindruck wie möglich zu machen und mögliche Nachfragen des Personals von vornherein zu vermeiden, hatte er seine Uniform angelegt. So begab er sich direkt zu dem Schalter, an dem bevorzugt medizinische Transporte abgefertigt wurden. Aber niemand konnte ihm helfen. Eine Maschine, auf die ein Passagier mit dem Namen John Sparks gebucht war, tauchte nirgendwo auf. Ein Officer gab ihm den Tipp, bei einem der kleineren Flughäfen nachzufragen.

Möglicherweise sei die Maschine umgeleitet worden oder hätte gezielt einen anderen Flughafen angesteuert.

Jeff telefonierte mit einer hilfsbereiten Dame vom Gwinnett County Airport, einem kleineren Flughafen, der ebenfalls medizinische Flüge durchführte. Sie bot ihm an, mit einem der zuständigen Agents zu sprechen. Jeff bedankte sich und fuhr mit seinem Wagen die dreißig Meilen bis zu dem kleinen Flughafen, wo er sich direkt in das Terminal des Flughafens begab. Bereits bei der Anfahrt konnte er verschiedene Ambulanzflieger sehen, die hier auf ihren Einsatz warteten. Und tatsächlich, der Agent, der schon auf Jeff wartete, hatte eine Bombardier 604 aus Las Vegas gefunden. Die Maschine war hier am Donnerstag vergangener Woche gelandet, hatte aufgetankt und war kurz darauf Richtung Shenzen, China, weitergeflogen. Es gab keinen Hinweis darauf, dass der einzige Passagier in ein Krankenhaus transportiert worden war. Also war davon ausgehen, dass der Patient nach China gebracht worden war. Und das war äußerst ungewöhnlich.

Jeff bedankte sich und verließ das Terminal. Kaum dass er in seinem Jeep saß, rief er Mitch an, um ihm mitzuteilen, was er herausbekommen hatte.

Mitch bedankte sich bei Jeff und versprach, bei der nächsten Gelegenheit in Atlanta Station zu machen.

„Und denk an den Bourbon!" Jeff legte auf.

Mitch

Mitch der gerade in seinem Wagen saß und Richtung St. George unterwegs war, stand im Stau und starrte auf die Fahrzeuge vor sich.

Er konnte es nicht fassen. Wie war es möglich, dass irgendjemand einfach so einen amerikanischen Staatsbürger nach

China entführen konnte? Warum in aller Welt sollte jemand so etwas tun? Eins wurde Mitch schlagartig klar, er hatte es hier wahrscheinlich mit einem Verbrechen größerer Dimension zu tun. Er musste dringend mit Joe und dem Sohn sprechen. Irgendwo würde es einen Hinweis darauf geben, worum es hier eigentlich ging. Hier steckte weit mehr dahinter als eine einfache Entführung.

Weil es nur sehr langsam voranging, bog er zu einem Dunkin Donuts Laden ab und überlegte bei zwei Schokodonuts und einem Kaffee, wie die Informationen zusammenpassten. Ein wahrscheinlich gesunder amerikanischer Staatsbürger wurde in einem Ambulanzjet nach China geflogen. Selbst wenn es sich um einen medizinischen Notfall gehandelt hätte, konnte Mitch sich nicht vorstellen, dass es irgendeine Krankheit gab, die man in China besser behandeln konnte als hier in den USA. Also musste es sich um eine Entführung handeln. Aber was war an diesem Kerl so besonders, dass jemand einen Haufen Geld in eine solche Aktion steckte? Worum ging es hier? Was wollten die Entführer? Gab es inzwischen irgendeine eine Forderung?

Er rief Joe an, erzählte, was er herausgefunden hatte, und bombardierte den alten Mann mit Fragen.

„Hast Du eine Ahnung, worum es hier geht? Wer ist dieser John Sparks, Joe? Hat das alles mit Spionage zu tun? Was wisst ihr über den Mann, was ich nicht weiß? Irgendwie erinnert mich das Ganze an einen dieser schlechten Filme aus dem kalten Krieg. Ganz ehrlich Joe, ich glaube, das ist eine Nummer zu groß für uns. Ich meine, wir sollten die Bullen oder gleich das FBI einschalten! Meinst du nicht auch, Joe? Und ich finde, wir sollten damit keine Zeit verlieren!", drängte Mitch, wurde aber von Joe gebremst.

„Nein, bitte nicht! Komm erst mal her, dann überlegen wir, was wir tun! Ich werde Marc Bescheid sagen", reagierte Joe für Mitchs Geschmack etwas zu kurz angebunden. Das war keine Antwort auf seine Fragen. Mitch hatte den Eindruck, dass der alte Mann ihm etwas verheimlichte. Was wusste Joe, was er nicht wusste? Er würde es aus ihm herausbekommen, da war er sich sicher.

Mitch schob die Hälfte des zweiten Donuts in den Mund, spülte mit Kaffee nach, zahlte und stieg in seinen Wagen.

Marc

Nach dem Telefonat mit Mitch rief Joe sofort Marc an.

Keine dreißig Minuten später traf Marc ein.

Es war nun schon zwei Tage her, dass Joe ihn in das Geheimnis seines Vaters eingeweiht hatte. Aber von welcher Seite Marc es auch betrachtete, es war ihm bisher unmöglich, sich an den Gedanken zu gewöhnen, einen Vater zu haben, der praktisch unsterblich war. Das war doch verrückt, oder?

„Wir haben ein Problem!", begann Joe und erzählte, was Mitch herausgefunden hatte.

„Mein Vater wurde nach China entführt? Ist das dein Ernst? Steckt da dieser Typ, dieser Corve, dahinter?" Joe sah die Panik in Marcs Augen.

„Offensichtlich ja. Und ich habe keine Ahnung, warum! Marc, es gibt da ein paar Dinge, die Du noch nicht weißt. Ich habe Dir neulich noch nicht alles erzählt, weil ich erst einmal abwarten wollte, was Mitch herausfinden würde. Ich wollte Dich einfach nicht verrückt machen, verstehst Du? Du musst mir vertrauen, Marc!"

Der junge Mann blickte Joe zweifelnd an.

„Wir haben noch ein Problem, denn wir müssen jetzt überlegen, was wir Mitch erzählen. Er wird bald hier sein und von uns wissen wollen, ob wir eine Ahnung haben, warum das alles passiert ist. Und wie ich deinen Vater kenne, würde er nicht wollen, dass Mitch von eurem Geheimnis erfährt."

„Aber wenn wir Dad helfen wollen, müssen wir es ihm erzählen. Sonst tappt er doch völlig im Dunkeln. Es wäre unfair und viel zu gefährlich, wenn er nichts davon weiß. Du hast selbst gesagt, dass sie hinter meinem Vater her waren. Vielleicht sind das dieselben Leute! Hast du denn eine Idee, warum es ausgerechnet China ist?"

„Genau weiß ich es natürlich nicht, aber ich habe da so eine Ahnung. Ich habe Dir vor zwei Tagen auch von Corve, also diesem Typen, der das Methusalem-Projekt maßgeblich vorangetrieben hat, erzählt. Er konnte sich damals im Gegensatz zu anderen absetzen. Angeblich nach China. Darüber wurde damals in den Medien berichtet. Ich habe den Zeitungsartikel noch. Erst kurz vor dem Verschwinden deines Vaters hat er mir von einem Anruf berichtet. Und wenn ich Tom richtig verstanden habe, dann war es genau dieser Kerl von damals aus dem Labor. Außerdem hat dein Vater auf den Zettel, den ich Dir gezeigt habe, geschrieben, dass seine Fahrt nach Vegas mit dem Geheimnis aus seiner Vergangenheit zusammenhängt.

Und als Mitch mir vorhin von einer möglichen Entführung nach China erzählt hat, da klingelte es bei mir. Es gibt niemanden, der außer uns sonst noch davon weiß. Nur du und ich und dieser Typ, der nach China abgehauen ist. Aber die Frage ist, was wir Mitch erzählen! Er wird gleich hier sein." Er machte eine kurze Pause. „Er meint, wir sollten das FBI einschalten. Aber was sollen die ausrichten? Die können auch nicht einfach nach China reisen und deinen Vater rausholen, oder?"

Im selben Moment knirschte der Kies in der Einfahrt und einen Augenblick später erschien Mitch auf der Veranda. Er holte sich ein Bier aus der Küche, und als er wiederkam, schaute er die beiden grimmig an.

„Da habt ihr mir ja etwas besonders Schönes eingebrockt. Hat jemand hier irgendeine Idee, worum es hier geht? Mir ist das alles nämlich äußerst schleierhaft. Was habt Ihr mir verschwiegen?

Ihr habt mich den ganzen Weg nach Vegas fahren lassen, ohne mir zu sagen was los ist. Also, wer ist dieser John Sparks? Was ist so Besonderes an ihm, dass man ihn in das Land der aufgehenden Sonne entführt hat?"

„Das wäre Japan! Man hat ihn nach China entführt!" warf Joe ein.

„Das ist mir scheißegal. Und wenn ich ehrlich bin, habe ich keine große Lust, in einem Land wie China Nachforschungen anzustellen."

Joe brummte.

„Jetzt setz dich erst mal, beruhige dich und erzähl, was genau passiert ist!"

„OK, ist 'ne völlig verrückte Geschichte!", gab Mitch zurück und berichtete von den Erlebnissen der letzten zwei Tage. Als er zu dem kam, was er von seinem Kumpel Jeff erfahren hatte, schob Mitch hinterher: „Und wisst ihr was, ich habe keinen Bock darauf, in irgend so eine scheiß Spionage- oder Agentennummer hineingezogen zu werden. Das ist mir nämlich eine Nummer zu groß!"

Marc rang mit den Händen.

„Aber wir müssen Dad helfen!"

Joe legte beruhigend seine Hand auf Marcs Schulter.

„Schon gut, Junge, schon gut", sagte er und traf eine Entscheidung, die eigentlich nur Marc hätte treffen können. „Ich erzähl`s ihm. Wir haben keine andere Wahl, und es kommt ja doch raus. Ich hoffe, wir haben jetzt noch die Chance, deinem Vater zu helfen!"

Mitch, der kein Wort verstand, lehnte sich zurück.

„Also, hört mal, Jungs. Ich kann verstehen, dass ihr mir nicht alles gesagt habt. Und ich verstehe auch, dass ihr verzweifelt seid. Aber meint ihr nicht auch, dass die Sache eine Nummer zu groß für uns ist? Vielleicht sollten wir …?"

„Stopp!", sagte Joe und sah Mitch direkt in die Augen. „Vergiss es, keine Bullen, kein FBI! Ich werde dir jetzt erzählen, warum das nicht geht. Aber nur wenn es unter uns bleibt. Du musst es versprechen, Mitch! Und du musst versprechen, uns weiter zu helfen! Tut mir leid, aber es geht nicht anders!"

Mitch stand vor den beiden und lehnte sich mit dem Rücken an das Geländer. Er hatte die Arme vor der Brust verschränkt und sah Joe fragend an.

„Du machst es aber spannend! Das grenzt ja fast an Erpressung. Und was ist, wenn ich nein sage?"

„Dann haben Marc und ich ein Problem, weil ich sonst niemanden kenne, dem ich vertrauen kann. Du bist der Einzige!"

„Das ehrt mich natürlich, alter Mann! Aber ich müsste ein Mandat abgeben, wenn ich mich um euch kümmern soll. Wichtigste Frage in dem Zusammenhang: Könnt ihr mich überhaupt bezahlen? Das wird teuer. Ich denke, ich werde fünfzigtausend als Vorschuss brauchen. Und ich kann für nichts garantieren. Ich muss nach China fliegen. Das kostet! Wenn ich zurückkomme, werde ich daher noch einmal so viel bekommen, klar?"

Joe, der wusste, wie es um Toms Finanzen bestellt war, richtete sich in seinem Schaukelstuhl auf.

„Das ist ok. Wir können dich bezahlen. Hauptsache, du übernimmst den Job!"

„Abwarten! Ich will zuerst wissen, was ihr mir bisher nicht erzählt habt, dann entscheide ich, ob ich den Job übernehme. Berufsgeheimnis, kann ich euch versprechen. Ich werde schweigen wie ein Grab." Wie zum Schwur hob er die rechte Hand.

Marc nickte Joe zu.

„Ich glaube, wir können ihm vertrauen. Und ich denke, wir sollten ihm die ganze Geschichte erzählen."

„Ok, dann wäre das geklärt." An Mitch gewandt sagte Joe: „Am besten, du setzt dich auf die Bank. Es ist eine etwas längere Geschichte." Dann begann er zu erzählen.

Als er zu Ende war, war die Sonne untergegangen, aber das Kaiparowitsplateau zeichnete sich noch scharf vor dem dunklen Himmel ab. Die Luft war warm und trocken. Ein leichter Wind trieb zu ihnen aus der Wüste herüber. Marc ging in die Küche und kam mit drei Dosen Bier zurück.

Mitch blickte nachdenklich zu dem kleinen Futterspender, an dem drei bräunliche Kolibris hin und her schwirrten. Er liebte diese Tierchen.

„Das ist so ziemlich die verrückteste Geschichte, die ich je gehört habe. Aber ich kann mich noch gut an den Skandal erinnern. Ich war damals noch nicht mal zwanzig. Alle unsere Freunde und Bekannten hatten Aktien dieser Firma gekauft und die, die rechtzeitig verkauft haben, sind dadurch reich geworden. Die anderen waren am Arsch. Es war ein absoluter Hype!" Er wandte sich an Marc. „Ist dein Vater wirklich unsterblich?"

„Keine Ahnung. Er altert auf jeden Fall nicht so wie andere Leute."

Mitch nickte, nahm einen Schluck Bier aus der Dose und blickte die beiden an.

„Ich weiß noch", sagte er, „dass sie das Mittel damals auch an einer jemand anderem getestet haben. Der ist dabei aber fast draufgegangen, soweit ich weiß. Danach brach die Firma zusammen, die Aktien stürzten ab und bald sprach niemand mehr davon, richtig?"

„Genauso war es. Den CEO der Firma haben sie eingebuchtet und sein Laborleiter ist damals einfach nach China abgehauen. Und mein Freund Tom ist unter seinem falschen Namen, John Sparks, hier in Escalante untergetaucht. Mitch?", fragte Joe unvermittelt, „was ist jetzt, machst du es?"

Der Detektiv schnaubte etwas unentschlossen, nahm einen großen Schluck und blickt in den Abendhimmel.

„Ok, ich mach`s! Aber nur unter zwei Bedingungen!"

„Und die wären?", schaltete Marc sich ein.

„Wenn ich feststellen sollte, dass ihr mir irgendetwas verschwiegen habt, bin ich sofort raus! Ist das klar?"

Beide nickten.

„Und zweitens?"

Der Detektiv brach urplötzlich in dröhnendes Lachen aus.

„Die zweite Bedingung? Nun ja, Joe, Du wirst Dich um Bo kümmern müssen, meinen Hund."

„Kein Problem, ich sollte mich sowieso etwas mehr bewegen. Dann auf gute Zusammenarbeit, Mitch", prostete Joe Mitch zu.

„Auf Dad!"

„Womit fangen wir an?" ließ Mitch seinen Gedanken freien Lauf. „Ich denke, als Erstes müssen wir herausfinden, wo dieser Corve lebt und was er macht. Als Ziel des Fluges konnte mir Jeff Shenzen, eine große Stadt in der Nähe von Hongkong, nennen. Ich denke, dort sollten wir mit unserer Suche nach Corve beginnen. Immerhin ist es kein chinesischer Name und damals überall durch die Presse gegangen."

„Ich setze mich sofort dran", sagte Marc erleichtert, endlich etwas Sinnvolles für seinen Vater tun zu können.

Sie verabredeten sich für den nächsten Morgen, um das weitere Vorgehen zu besprechen. Bis dahin würde er mehr wissen, da war Marc sich sicher.

Tom

Nachdem Tom mehr als zwölf Stunden geschlafen hatte, duschte er ausgiebig und sah sich seit langer Zeit zum ersten Mal wieder bewusst in einem überdimensionalen Spiegel an. Vor vielen Jahren war das sein tägliches Ritual gewesen. Jeden Morgen hatte er sich kritisch beäugt, um herauszufinden, ob er an sich irgendwelche Veränderungen feststellen konnte. Aber es schien ihm, als sei er mit Mitte fünfzig eingefroren worden. Es kamen keine Falten hinzu. Und die, die er schon hatte, verschwanden nicht. Das Haar war nicht ganz schwarz, wurde aber auch nicht wirklich grau, und die leichten Tränensäcke hatten sich in der ganzen Zeit ebenfalls nicht verändert. Nicht einmal an der Lesebrille, die er normalerweise brauchte, hatte sich etwas getan. Die Stärke war immer noch dieselbe wie vor dreißig Jahren, einskommafünf. Nur Pillen brauchte er nicht mehr einzunehmen. Sein Blutdruck war der eines gesunden Siebzehnjährigen.

Als er in die Suite zurückkam, stand dort ein üppiges Frühstück aus Eiern, Müsli, Toast, etwas Marmelade und einer Thermoskanne mit heißem Kaffee. Da er damit nicht gerechnet hatte, ging er in die Küche, sah aber niemanden. Dann öffnete er den Kühlschrank und stellte fest, dass dieser gut gefüllt war. Tom zog die Vorhänge vor den riesigen Fenstern auf und genoss die spektakuläre Aussicht auf die Hightechstadt Shenzen, die innerhalb weniger Jahre auf dem Reißbrett als Vorzeigestadt entstanden war. Gigantische Wolkenkratzer mit ihren Glasfassaden erhoben sich in den wolkenlosen Himmel. Er befand sich soweit oben, dass er die Straße nicht sehen konnte.

Dann setzte er sich, goss Kaffee ein und begann zu frühstücken. Erst jetzt merkte er, wie hungrig er war. In dem Bunker hatte er das Essen, das ihm die rabiate Chinesin hatte verabreichen wollen, verweigert. Jetzt war sein Hunger so groß, dass er einfach nicht widerstehen konnte. Während er aß, sah er sich im Zimmer um. Nach kurzer Zeit entdeckte er zwei Kameras, die beide grün blinkten. Er wurde also auch hier überwacht. Tom versuchte, nicht hinzusehen. Er fragte sich aber, wie seine Tage hier ablaufen sollten. So komfortabel es hier auch war, er konnte doch nicht jeden einzelnen Tag von morgens bis abends hier verbringen und Däumchen drehen.

Während er noch darüber nachdachte, klopfte es an der Tür.

„Mister Sparks? Darf ich abräumen?"

Tom war so perplex, dass er keinen Ton herausbrachte. Die hübsche Chinesin steckte ihren Kopf durch die Tür. Als sie ihn entdeckte und sah, dass er im Bademantel das Frühstück genoss, lächelte sie ihn freundlich an und betrat den Raum.

„Wie geht es Ihnen?"

Tom nickte zufrieden und ließ seinen Blick bewundernd über die langen Beine der Chinesin streichen.

„Mein Name ist Chen Lu. Ich werde Sie in der nächsten Zeit begleiten. Sollten Sie einen Wunsch haben oder etwas vermissen, lassen Sie es mich wissen. Sie brauchen nur die Sechs in der Maibentech-App auf Ihrem Telefon zu drücken. Sie ist bereits vorinstalliert." Sie gab ihm ein Gerät, das den amerikanischen Geräten mit dem Apfel im Logo ähnelte, aber offensichtlich einige ihm noch unbekannte Funktionen integrierte. „Das müssen Sie immer bei sich tragen! Sie entsperren es mit Ihrem Gesicht!" Dann zeigte sie ihm, wie er eine der vielen vorhandenen Apps öffnen konnte und sagte: „Hier sehen Sie auch die App, mit der wir Ihren Chip auslesen können. „Sehen Sie es sich ruhig einmal an." Ihre Stimme gluckste vor Stolz. „Es ist alles KI-gesteuert. Wir registrieren jede Ihrer Bewegungen. Unsere KI ist inzwischen so gut, dass sie voraussagen kann, wohin Sie sich bewegen wollen, noch bevor Sie es tun. Dasselbe gilt für bestimmte Tätigkeiten. Die KI erkennt in vielen Fällen, was Sie tun wollen oder als nächstes tun werden. Probieren Sie es aus. Sie werden begeistert sein." Während sie Tom über die Schulter ansah, verschwand ihr Lächeln plötzlich.

„Nein, bitte nicht, nicht jetzt!"

„Was meinen Sie?"

Die Chinesin lächelte wieder, jetzt etwas verlegen.

„Nun, Sie wollen gerade Sex mit mir!"

Tom lief rot an.

„Wie kommen Sie denn darauf?"

„Nun, das Gerät lügt niemals!"

Tom sah, dass das Gerät die Farbe gewechselt hatte. Das Display schimmerte jetzt leicht violett.

Er schaute Chen Lu fragend an.

„Es ist die Farbe der „erwachsenen Leidenschaft"!" Sie lächelte ihn wissend an. „In unserem Land haben alle Farben eine bestimmte Bedeutung, wissen Sie?"

Tom fühlte sich ertappt und konnte es nicht fassen. Er hatte sich tatsächlich gerade vorgestellt, wie es wohl wäre, diese hübsche Chinesin im Bett zu haben. Er wurde rot. Chen Lu kicherte und verließ den Raum.

Kaum war Tom wieder allein, überlegte er, was er als Nächstes tun sollte. Er wurde zwar komplett überwacht, aber es konnte ja nicht schaden, wenn er sich ein wenig umsah. Also verließ er seine Suite.

Der Kontrast war extrem. In seiner Suite war farblich alles aufeinander abgestimmt, hell und in ruhigen Pastelltönen gehalten. Große Fensterflächen gaben den Blick frei und Tageslicht flutete den Raum. Jenseits seiner Tür befand er sich dagegen in einem von fahlem Kunstlicht beleuchteten Gang, der katakombenartig um die Ecken des Gebäudes zu mäandern schien. Irgendwie erinnerte es Tom an die Gestaltung des Genforcegebäudes, wo man ihn damals untergebracht hatte. Auch hier wurden die Türen mit Fingerprints geöffnet und die langen Gänge wiesen dieselbe Farblosigkeit des Betons auf. Begann jetzt wirklich alles wieder von vorn? Er konnte sehen, wie kleine Kameras, die etwa alle zehn Meter unter der Decke angebracht waren, auf ihn herabzoomten. Orwell hätte seine Freude gehabt. Tom versuchte gar nicht erst, den Kameras auszuweichen. Am liebsten hätte er ihnen den Mittelfinger gezeigt. Aber was hätte das genutzt? Sie wussten, dass er hier war, und beobachteten ihn. Stattdessen blickte er bewusst in die Objektive und versuchte, so entspannt wie möglich zu erscheinen. Ob die Leute, die ihn beobachteten, eine Ahnung davon hatten, was in ihm vorging? Gab es irgendwo in diesem Gebäude noch einen Rest Privatsphäre für ihn? Auf jeden Fall ließ man ihn scheinbar unbehelligt durch das Gebäude laufen. Es war mit Sicherheit ein Test.

Tom ging weiter und erreichte so was wie eine Cafeteria. Auch hier gab es kein Tageslicht. Einige Leute saßen an den Tischen und unterhielten sich. Tom verstand kein Wort. Waren es Angestellte? Er beobachtete sie, während er sich ein Wasser aus einem der Spender nahm und an einen der Tische setzte. Als die Chinesen ihn bemerkten, erloschen die Gespräche augenblicklich. Er wurde angestarrt wie ein Außerirdischer. Nur das Geklapper von Geschirr war zu hören. Der ganze Raum schwieg, und Tom war der offensichtliche Grund. Die Situation war grotesk. Er nahm sein Wasser und verließ den Raum. Er hatte die Tür noch nicht geschlossen, als das Gesprächsgemurmel wieder einsetzte. Was war mit denen los? Wussten die alle über ihn Bescheid?

Nachdem er einmal um den zentralen Teil des Gebäudes herumgelaufen war, stand er plötzlich vor einem Fahrstuhl, den er beim ersten Mal übersehen hatte. Die Struktur des Gebäudes erschloss sich Tom nicht auf den ersten Blick. Durch die graue Betoneintönigkeit konnte man die Orientierung verlieren. Bestand das Gebäude aus einer inneren Röhre, um die sich ein spiralförmiger Gang wand? Darüber wiederum schien eine äußeren Hülle gestülpt, in der sich ebenfalls viele Räume, wie auch seine Suite, befanden. Es war eine verwirrende Struktur.

Er betätigte den Knopf mit dem Pfeil nach unten und stieg ein. Als er auf „Lobby" drückte, sauste der Fahrstuhl in die Tiefe. Tom hatte fast den Eindruck, sich im freien Fall zu befinden, denn der Fahrstuhl fiel mit einer Geschwindigkeit, die deutlich über der Erdanziehungskraft zu liegen schien. Mit einem sanften Glockenton fuhren die Türen auseinander und gaben den Blick auf die nüchtern eingerichtete Eingangshalle frei. Der Weg nach draußen schien frei zu sein. Aber war es möglich, dass er hier einfach so durchgehen konnte? Tom sah sich um.

Niemand schien von ihm Notiz zu nehmen. Er bewegte sich schnellen Schrittes auf den Ausgang zu, der von gläsernen Automatiktüren freigegeben wurde. In dem Moment, als er die großen Schiebetüren erreichte, gab es ein klickendes Geräusch und die Türen schienen wie von Geisterhand arretiert zu sein. Tom stand vor der Tür, konnte durch sie hindurch auf die Straße sehen und musste feststellen, dass sie für ihn unerreichbar war.

In dem Moment trat Chen Lu von hinten auf ihn zu und tippte ihm auf die Schulter.

„Das geht leider noch nicht. Aber bald, Mister Sparks! Wenn Sie erst ein bisschen bei uns sind, werden Sie das Gebäude auch verlassen können."

Tom drehte sich um und sah wieder in dieses schöne, scharf geschnittene Gesicht mit den dunklen Augen.

„Kommen Sie, ich bringe Sie wieder nach oben! Was halten Sie davon, wenn ich Ihnen ein wenig das Gebäude zeige? Wir haben die meisten unserer Labore und Forschungseinrichtungen hier integriert. Ich denke, das dürfte Sie interessieren."

Das ist mir im Moment scheißegal, dachte Tom, ließ sich aber nichts anmerken. Stattdessen sagte er:

„Stimmt, das würde mich sehr interessieren. Es geht schließlich auch um mich."

„Gut, dann hole ich Sie in einer Stunde wieder ab. Sie werden begeistert sein!"

Zurück in seiner Suite legte Tom sich auf die Couch und dachte über seine Situation nach. Er blickte nach draußen. Aber dieses „Draußen" war für ihn so weit weg wie New York City.

Es dauerte nicht lange und es klopfte. Tom öffnete die Tür und war erschrocken, als er sah, dass Ben Corve in einem seiner schmuddelig weißen Laborkittel vor ihm stand.

„Ich wollte es mir nicht nehmen lassen, Sie persönlich durch mein Heiligtum zu führen. Dabei können wir dann auch gleich besprechen, wie es mit Ihnen weitergeht. Kommen Sie!"

„Aber ich dachte …?"

„Chen Lu? Ist meine persönliche Assistentin. Sie hat mir von Ihrem Rundgang erzählt und gesagt, dass Sie sich für das Gebäude interessieren. Ich hoffe allerdings, dass Sie keine Fluchtmöglichkeiten auskundschaften wollen. Es wäre sinnlos. Aber abgesehen davon dachte ich mir, ich zeige es meinem Gast persönlich. Kommen Sie mit!"

Ohne etwas zu erwidern, folgte Tom Corve in den schwach beleuchteten Gang. Sie fuhren einige Etagen in die Tiefe, und die sich öffnende Fahrstuhltür gab den Blick frei auf einen großen hellen Raum, in dem es von weiß gekleideten Menschen nur so wimmelte.

Sie befanden sich in einer Art Vorraum, der von dem dahinterliegenden großen Raum durch eine Schleuse getrennt war. Corve gab Tom einen weißen Anzug, Mundschutz und blaue Überzieher für die Schuhe.

„Ziehen Sie das an! Wir befinden uns vor einem Reinraum! Mitten in unserem Zentrallabor. Meine Mitarbeiter arbeiten hier an verschiedensten Projekten im Auftrag der Partei, aber auch an eigenen Projekten, die nur wir betreuen. Beispielsweise steht meine Firma kurz davor, das Problem des Diabetes zu lösen. Wir können die sogenannten Langerhans'schen Zellen der Bauchspeicheldrüse, die wir von Schweinen gewinnen, also die Zellen, in denen das Insulin produziert wird, inzwischen so manipulieren, dass der Körper sie ohne Abstoßungsreaktionen akzeptiert. Dabei werden wir von der Partei massiv unterstützt, denn die überalterte Bevölkerung Chinas hat mit weit über einhundertfünfzig Millionen Diabetikern ein riesiges Problem. Außerdem arbeiten wir mit Hochdruck an einer erfolgreichen Alzheimertherapie. Noch sind wir nicht an der Börse gelistet. Aber wenn es so weit ist, dann sollten Sie unsere Aktie im Depot haben, John!" Corve ging mit stolzgeschwellter Brust voran. Überall verneigten sich die Leute vor ihrem Boss. Tom war beeindruckt.

Als sie den Raum wieder verließen, fuhren sie erneut einige Stockwerke tiefer und betraten einen Raum, in dem scheinbar riesige Gefriertruhen ruhig vor sich hinbrummten.

„Das hier ist unsere Organ- und Gewebebank. Ich sage das nicht ohne Stolz, denn es dürfte eine der größten weltweit sein. Wir lagern hier alles, was uns in der Forschung nützlich sein könnte, bei minus einhundertsechsundneunzig Grad Celsius."

„Das ist ja wie damals bei Genforce in der Kryonikabteilung. Ausreichend Erfahrung haben Sie also!", konnte Tom sich einen Seitenhieb nicht verkneifen.

Corve ging darauf nicht ein, sondern öffnete eine Tür, die sie wieder zurück in den Flur zum Fahrstuhl führte. Jetzt begriff Tom, wie diese Flure angelegt waren. Sie wanden sich wie eine Spirale um das gesamte Gebäude herum, so dass man von überall einen Fahrstuhl erreichen konnte. Die Labore und anderen Räume hingegen befanden sich in der Mitte. Das Konzept war genial.

„Was befindet sich denn in den Etagen zwischen dem Labor und dieser Organbank?"

Corve blieb stehen und sah Tom an.

„Vorrangig kleinere Labore, Lagerräume, Aufenthaltsräume, eine kleinere Krankenstation und meine bescheidene Wohnung natürlich. Das zeige ich Ihnen ein anderes Mal."

„Eine Krankenstation?"

„Für meine Angestellten. Ich möchte sichergehen, dass sie die bestmögliche Versorgung erhalten, wenn sie einmal ein Problem haben. Sie brauchen das Gebäude eigentlich niemals zu verlassen. Viele von ihnen wohnen hier. In der zweiten Etage gibt es sogar einen Supermarkt."

„Können Sie denn hier sogar operieren?"

„Natürlich, wenn es nötig sein sollte, können wir in kürzester Zeit unser Operationsteam aktivieren. Also ja, wir können auch operieren! Wissen Sie, dass wir bei einer Umfrage unter unseren

Mitarbeitern festgestellt haben, dass etwa sechzig Prozent das Gebäude in den letzten drei Wochen vor der Umfrage nur einmal verlassen haben? Sie haben alle ihre Fahrzeuge in der Tiefgarage, nutzen sie aber kaum! Das ist echter Umweltschutz, finden Sie nicht? Hier im Gebäude ist alles integriert, was der Mensch zum Leben braucht. Zum Entspannen gibt es sogar ein Schwimmbad und ein Kino!"

Tom war sprachlos. Dieses Gebäude war so eine Art Gesundheitsfabrik mit integrierter Kleinstadt. Und Corve war der Bürgermeister. Dumm nur, dass es für ihn selbst vorläufig kein Entrinnen gab.

„So, jetzt sollten wir uns aber etwas mit Ihnen beschäftigen!" Corve machte eine einladende Bewegung und öffnete eine Tür, die in eine Art Suite führte. Er bat Tom, Platz zu nehmen und deutete auf sehr bequem aussehende weiße Ledersessel. Auch von diesem Raum aus hatte man einen tollen Blick auf die Skyline der Stadt. Tom sah sich um und entdeckte ein ihm gut bekanntes großformatiges Bild in Schwarz-weiß. Es war eines dieser berühmten Fotos, die den Bau amerikanischer Wolkenkratzer zu Beginn des letzten Jahrhunderts durch Stammesindianer zeigte, die keine Höhenangst kannten. Man sah die Männer, wie sie scheinbar völlig ohne Angst und ohne Sicherung in schwindelnder Höhe auf den Stahlträgern balancierten.

Corve bemerkte, wie Tom das Bild fasziniert ansah.

„Eine letzte Erinnerung an mein Heimatland! Kaffee?"

„Gerne!"

Corve schenkte zwei Tassen ein und stellte eine vor Tom auf den kleinen Tisch.

„Ich will ganz ehrlich zu Ihnen sein", begann Corve und löste damit automatisch ein massives Unbehagen bei Tom aus.

„Für mich sind Sie die wichtigste Person im ganzen Gebäude. Nur ganz wenige, die hier arbeiten, wissen um Ihr Geheimnis. Ich sagte es schon, Sie tragen etwas in sich, das die Welt verändern kann. Wir müssen nur herausfinden, was es ist. Und …!" Corve machte eine Pause und sah sein Gegenüber mit einem undurchdringlichen Blick an.

Was würde jetzt kommen?

„Und ich brauche das neue „Vita 1" für mich. Ich weiß, ich habe nicht mehr viel Zeit. Aber es gibt noch so viel, dass ich erledigen muss! All das hier…", Corve machte eine raumgreifende Bewegung, „habe ich allein erschaffen. Und niemand hier ist in der Lage, die komplexen Probleme so gut zu verstehen wie ich. Darum brauche ich Sie. Sie werden mir helfen, mir Zeit zu verschaffen! Deswegen habe ich Sie hergeholt. Es tut mir leid, dass ich Ihnen das antun musste. Aber mir blieb keine andere Wahl! Denn Sie sind der Jungbrunnen, den ich brauche. Ich werde alles dafür tun, hinter Ihr Geheimnis zu kommen. Verstehen Sie? Alles!"

Da war dieses irre Flackern in Corves Augen und Tom erkannte erneut, wie gefährlich und skrupellos dieser Mann in seinem Tun war.

Er starrte den Mann an und wusste, dass er für Corve nichts anderes war als eine Laborratte. Ein Versuchstier, das diesem hässlichen alten Kerl den Weg zum Leben ohne Tod ermöglichen sollte. Tom versuchte, sich nichts anmerken zu lassen.

„Verstehen Sie, was ich sage?", hakte Corve nach.

„Natürlich verstehe ich das. Sie wollen mich also so lange hierbehalten, bis Sie ein neues „Vita 1" gefunden haben. Oder sagen wir, das alte so verbessert haben, dass es bei allen Menschen so wirkt, wie bei mir."

Im selben Moment schoss Tom der Gedanke durch den Kopf, dass es sehr unwahrscheinlich war, dass nur Corve, er und ein paar Mitarbeiter von dem neuen Methusalem Projekt wussten. Die Frage, die in Toms Kopf aufblitzte, war, inwieweit der chinesische Staat oder besser gesagt, die kommunistische Partei involviert war. Immerhin hatten die Chinesen schon vor dreißig

Jahren die Firma kaufen wollen, für die Corve das Medikament entwickelt hatte. Tom versuchte, seine Gedanken so zu verbergen, dass sie nicht in seinem Gesicht ablesbar waren.

„Genau, und bis dahin werden Sie mein Gast sein!"

Tom schüttelte den Kopf.

„Und wenn ich nicht will?"

„Sehen Sie, John. Sie können nirgendwohin, ohne dass wir es erfahren. Im Gegenzug für diese kleine Freiheitsberaubung werden wir es Ihnen aber so angenehm wie möglich machen. Sie werden es nicht bereuen. Außerdem werde ich Sie stets auf dem Laufenden halten, versprochen! Sie haben die Wahl zwischen dem Bunker, den Sie schon kennen oder einer luftigen Suite mit allen Annehmlichkeiten!"

Glaubte Corve wirklich, dass er ihn, Tom, mit solchen billigen Versprechen auf seine Seite ziehen konnte? Aber Corve war noch nicht am Ende.

„Wenn Sie mitspielen, wird es vermutlich schnell gehen. Apropos Zeit, mit dem Blut, das wir Ihnen abgenommen haben, haben wir bereits begonnen, Ihre DNA zu sequenzieren. Ihre Telomere entsprechen denen eines Siebzehnjährigen. Das ist eine echte Sensation! Wissen Sie, was Telomere sind?"

„Nicht genau! Das ist Biochemie und Genetik, ein Bereich, der mich nie wirklich interessiert hat."

„Das sollte es aber! Schließlich kann man an den Telomeren ablesen, wie lange wir noch zu leben haben. Ich will es Ihnen kurz erklären! Telomere sind die Enden der Chromosomen, also der Struktur, die unsere Erbinformation enthält. Sie stabilisieren die Chromosomen und schützen Ihre DNA. Im Laufe des Lebens verkürzen sie sich aber leider immer mehr und werden instabiler, was schließlich zu Alterungsprozessen führt. Deshalb sind die Telomere auch gute Marker für Alterungsprozesse. Bei Ihnen, soviel wissen wir schon, sind diese Telomere aber noch völlig intakt. Nachdem Sie „Vita 1" bekommen haben, müssen sich diese

Strukturen bei Ihnen wieder regeneriert haben. Normalerweise ist das ausgeschlossen. Schließlich waren Sie damals schon über fünfzig. Außerdem konnten wir eine sehr hohe Sirtuinaktivität in Ihren Zellen nachweisen. Das heißt, dass die Reparatur- und Aufräummechanismen hervorragend funktionieren. Sie haben im Gegensatz zu fast allen anderen Menschen keinen Müll in Ihren Zellen, was der Grund dafür sein dürfte, dass Sie nicht oder nur extrem langsam altern. Denn die Sirtuine, also bestimmte Enzyme, schaffen es auch, kleine Defekte in ihrem Erbgut zu reparieren. Die alles entscheidende Frage aber ist, warum „Vita 1" bei Ihnen funktioniert hat und bei anderen Probanden nicht."

„Sie meinen diesen deutschen Manager, der damals Genforce gekauft hat? Wie hieß der noch gleich?"

„Karl von Weinheim!"

„Genau! Der wäre doch damals fast an „Vita 1" verreckt, nicht wahr. Wann ist er gestorben?"

Corve sah Tom mit einem undurchdringlich lauernden Blick an.

„Das ist etwas, das Sie eigentlich nicht wissen dürfen. Aber wenn Sie schon so fragen! Er ist nicht tot. Er ist gewissermaßen ein Zombie!"

Tom war entsetzt.

„Ein Zombie? Was meinen Sie damit?"

„Er lebt nicht, er stirbt nicht! Also ist er ein Zombie, schon seit fast dreißig Jahren. Uns scheint es so, als blockiere etwas seine Rückkehr ins Leben. Er stirbt aber auch nicht. Andererseits altert er auch nicht. Es ist, als sei er in dem damaligen Zustand eingefroren!"

Tom wurde schlecht. Er versuchte, sich vorzustellen, wie es gewesen wäre, wenn ihm das damals passiert wäre.

„Ist er hier?"

„Das ist nicht Ihr Problem! Sie sollten einfach so gut wie möglich mit uns zusammenarbeiten. Dann können Sie bald wieder zurück. Und da Sie ja nicht altern, ist Zeit doch kein Problem für Sie, oder?"

Tom dachte an Marc. Und ob das ein Problem war. Einziger echter Vorteil an der momentanen Situation war, dass Corve ihn wie ein rohes Ei behandeln musste, um schnell sein Ziel zu erreichen. Bevor es ihn selbst erwischte. Umbringen würde er ihn also vorläufig nicht. Diesen Vorteil musste er nutzen! Er sah direkt in die wässrigen alten Augen.

„Ich will mit meinem Sohn sprechen. Sonst können Sie eine Zusammenarbeit vergessen. Ich will zuallererst mit meinem Sohn sprechen, jetzt sofort!"

Ohne ein Wort zu sagen, stand Corve auf, ging zu seinem Schreibtisch hinüber und kam mit einem Telefon zurück. Er reichte es Tom.

„Kein Wort dazu, wo Sie sind und was Sie hier machen, klar?"
Tom nickte und blickte auf die Uhr.

„Wie groß ist der Zeitunterschied?" Toms Uhr zeigte 11:00 Ortszeit.

„Es sind fünfzehn Stunden. Da drüben ist es also mitten in der Nacht."

Egal dachte Tom und wählte die Nummer von Joe in Boulder/Utah, da er die von Marcs neuem Smartphone noch nicht im Kopf hatte.

Marc

Marc hatte die ganze Nacht mit Joes Sammelmappe und vor seinem Rechner verbracht, um so viele Informationen wie möglich zu dem Methusalemprojekt, der Firma Genforce und ihrem Zusammenbruch zu bekommen. Und da das Internet zum Glück nichts vergaß, war er sehr schnell auf Dr. Ben Corve, der hinter der Entführung zu stecken schien, gestoßen. Man vermutete in immer noch in China, einem Land, das kein Auslieferungsabkommen mit den USA hatte. Marc fand keine aktuellen Bilder von dem Mann, der inzwischen über achtzig Jahre alt sein musste.

Zunächst hatte Marc in China nur nach Corve gesucht, war aber nicht fündig geworden. Dann hatte er sich auf Start-ups konzentriert, die an lebensverlängernden Medikamenten forschten. Es war gegen vier Uhr morgens, als er auf eine mittelgroße Firma mit dem Namen Maibentech stieß. Diese war in Shenzen vor etwa zwanzig Jahren von einer Frau mit dem Namen Mai Zhao gegründet worden. Es war eine Biotechfirma. Gegründet worden war sie zunächst unter dem Namen Sunnyskys Biotech.

Shenzen war eine dieser Millionenstädte, die im modernen China aus dem Boden gestampft worden waren. Firmengiganten wie Tencent oder Huawai hatten sich hier angesiedelt und nutzten die unmittelbare Nachbarschaft zu Hongkong.

Es war mitten in der Nacht, und Marc hatte eine Liste von Biotechfirmen in und um Shenzen erstellt, die er nun eine nach der anderen nach Hinweisen untersuchte. Eine der Seiten hatte er schon wegklicken wollen, als er in einem Untermenü fündig wurde. Bingo! Laborleiter und Mitinhaber der Firma, war ein Mann namens Dr. Ben Corve. Marc sah sich das Bild genauer an. Es handelte sich um einen alten Mann, dessen Frau und Gründerin der Firma mindestens zwanzig Jahre jünger war. Die Ähnlichkeit zu dem Typen aus den alten Zeitungsartikeln war nicht zu übersehen. Das musste er sein!

Es war kurz nach fünf, als Marc sich auf sein Bett legte. Aber er machte kein Auge zu. Die Gedanken schwirrten nur so durch seinen Kopf. Konnte es wirklich sein, dass dieser alte Mann seinen Vater nach China entführt hatte? Und wenn ja, warum?

Als die Sonne aufging, fuhr er nach Boulder zur Ranch, um sich mit Mitch und Joe zu besprechen. Normalerweise fuhr er die Strecke sehr gerne, weil sie von wirklich spektakulären

Landschaften gesäumt war. Aber heute hatte Marc keinen Blick dafür. Seine Gedanken waren in China bei seinem Vater. Was passierte dort mit ihm? Warum war er dorthin gebracht worden? Marc liebte seinen Vater, auch wenn er es oft nicht hatte zeigen können.

Als er Joe und Mitch erzählt hatte, was er herausgefunden hatte, meinte Mitch nur lakonisch, dass er auf dieselben Informationen gestoßen sei.

„Ich weiß noch nicht, ob uns diese Information nützlich sein kann, zumal wir ja noch nicht einmal Beweise dafür haben, dass dein Vater tatsächlich von dem Kerl entführt worden ist."

„Aber wer sollte denn sonst Interesse an Tom haben? Ich erinnere nur an den Zettel." Joe deutete auf die Tür. „Bis jetzt hat sich niemand gemeldet, geschweige denn eine Forderung gestellt! Ich frage mich langsam wirklich, was mit Tom passiert ist und ob er überhaupt noch lebt!"

Mitch nahm einen Schluck Kaffee aus seiner Tasse und sah mit zusammengekniffenen Augen in die noch tief stehende Sonne.

„Zuallererst müssen wir herauskriegen, wo genau sich dein Vater befindet." Er räusperte sich. „Im Internet bin ich auf Familie von Corve gestoßen. Es gab da eine jüngere Schwester an der Ostküste und deren Kinder. Zu denen könnte man Kontakt aufnehmen."

„Wir können ja seine Mutter als Geisel nehmen", meinte Joe nicht wirklich im Ernst.

„Du spinnst, alter Mann! Außerdem ist die schon lange tot. Corve ist über achtzig, schon vergessen?"

„Was ist mit unserer Botschaft?"

„Vergiss es, das sind doch keine Ermittler. Das müssen wir schon selber machen."

Während sie noch darüber beratschlagten, wie man am besten vorgehen solle, wieherte auf einmal ein Telefon. Dieser

Klingelton war Joes Markenzeichen. Vor vielen Jahren hatte Tom ihn aufgespielt und Joe hatte immer Freude daran gehabt.

„Kannst du mir das Ding mal bitte holen? Das Pferd liegt auf dem Küchentisch", bat Joe und sah Marc an, der sofort aufstand und das vorsintflutliche Handy holte. Er hielt das wiehernde Ding Joe hin und setzte sich wieder. Mitch grinste. Der Alte war schon immer etwas verrückt gewesen.

„Ja, bitte?" Joe verstand kein Wort. „Können Sie etwas lauter sprechen?"

„Ist Marc bei dir?"

Mitch konnte sehen, wie Joes Gesicht plötzlich blass wurde und den Ausdruck des Erkennens annahm. Der zeigte auf das Telefon und formte mit seinen Lippen das Wort „Tom".

„Ja, er ist hier! Wo bist du? Wir machen uns verdammt noch mal Sorgen!"

„Gib mir Marc!"

„OK!"

Joe reichte das Handy über den kleinen Tisch an Marc weiter.

„Dad?"

„Hallo, Marc! Wie geht es dir?"

„Wo bist du? Wann kommst du nach Hause?"

„Mir geht es gut. Macht Euch keine Sorgen. Es wird wohl noch eine Weile dauern, aber man hat mir gesagt, dass ich irgendwann wieder nach Hause kann. Sie brauchen mich hier für ein wichtiges Projekt. Es hat mit ein paar Dingen aus meinem früheren Leben zu tun. Frag Joe! Mehr kann ich dir dazu jetzt leider nicht sagen. Ich hoffe, dass ich mich von Zeit zu Zeit bei dir melden kann. Mach`s gut, Junge! Ich muss jetzt auflegen!"

„Dad?"

Aber Tom war schon wieder weg.

Die drei Männer saßen wie vom Donner gerührt auf der Terrasse und wussten nicht, was sie sagen sollten. Schließlich brach Mitch das Schweigen.

„Schön und gut, jetzt wissen wir, dass er noch lebt. Das ist doch auch schon mal etwas. Wahrscheinlich ist er in China. Genauer gesagt, in Shenzen. Aber wir wissen eben auch, dass er nicht freiwillig dort ist, stimmt's?"

Die beiden anderen nickten. Joe schaltete sich ein.

„Was hat dein Vater gerade gesagt?"

„Frag Joe!" Hat er gesagt.

„Genau, aber ich habe dir ja schon alles erzählt. Es hat auf jeden Fall mit damals zu tun. Die Frage ist, warum sie ihn jetzt plötzlich nach so vielen Jahren aufgespürt und entführt haben."

Mitch, der begonnen hatte, auf der knarzenden hölzernen Terrasse auf- und abzugehen, hielt plötzlich inne.

„Etwas geht mir schon seit gestern im Kopf herum. In den Artikeln stand doch, dass dieser Kerl damals mitsamt den Forschungsergebnissen verschwunden ist. Außerdem war er der wesentliche Mann hinter dem Methusalem-Projekt. Was, wenn er das Projekt in China weiterbetrieben hat? Aus der Presse wissen wir, dass die Chinesen damals versucht haben, gleich die ganze Firma zu kaufen. Also muss das Interesse groß gewesen sein. Und dann, nach dem Zusammenbruch der amerikanischen Firma, fällt der Kerl mitsamt den Ergebnissen den Chinesen in den Schoß. Was hat er da wohl gemacht?" Mitch sah Marc an.

„Weiter, er hat einfach weitergemacht! Ganz bestimmt hat er weitergemacht! Und die Chinesenbastarde haben ihm garantiert dabei geholfen!"

Joe nickte und blickte in die Ferne. Die Sonne stand inzwischen hoch am Himmel.

„Wie spät ist jetzt eigentlich da drüben?"

Marc blickte auf seine Uhr.

„Etwa einundzwanzig Uhr! Wieso?"

„Ich dachte nur, warum er gerade jetzt anruft? Immerhin haben sie ihn telefonieren lassen! Er sollte oder wollte ein Lebenszeichen geben. Das zeigt doch, wie wichtig er denen ist, oder nicht? Sie wollen uns damit garantiert von Nachforschungen abhalten, denke ich."

Mitch schüttelte unwillig den Kopf.

„Mag sein, das wird ihnen aber nicht gelingen. Wo waren wir? Ach ja, dabei, dass Corve da drüben einfach weitergemacht hat."

„Und die Chinesen sind nicht dafür bekannt, irgendwelche Forschungsergebnisse ethisch zu hinterfragen. Also ideale Bedingungen für einen Mann wie Corve", warf Marc ein.

Mitch fasste zusammen.

„Also, was wissen wir? Tom wurde von Ben Corve oder dessen Handlangern nach Shenzen entführt, wo er sehr wahrscheinlich in der Biotechfirma von Corve festgehalten wird. Wir wissen nur nicht, was sie mit ihm vorhaben. Er behauptet zwar, dass er irgendwann wieder zurückkommen wird. Aber ich bin mir sicher, dass er das sagen muss. In China ist es sehr leicht, Menschen auf Nimmerwiedersehen verschwinden zu lassen. Also ich denke, wir sollten nicht darauf warten, bis dein Vater hier von ganz allein wieder auftaucht. Denn das wird nicht passieren. Er ist in Gefahr und braucht Hilfe, unsere Hilfe."

Joe und Marc sahen den Detektiv an, der ihnen aus dem Herzen gesprochen hatte.

„Und was willst du jetzt machen?"

„Weiß ich auch noch nicht. Wir sollten jetzt erst einmal Informationen über die Firma, die Stadt und mögliche Querverbindungen sammeln." Was genau er mit den Querverbindungen meinte, ließ Mitch offen.

Sie verabredeten sich für den nächsten Abend.

„Dann wissen wir mehr und können überlegen, wie wir vorgehen. Wird nicht einfach, aber wir kriegen das hin, versprochen!"

Tom

Als Tom am nächsten Morgen erwachte, konnte er von seinem Bett aus sehen, wie Chen Lu im Nachbarraum den Frühstückstisch vorbereitete. Er genoss den Anblick.

„Mister Sparks, wenn Sie noch frühstücken wollen, müssen Sie jetzt aufstehen. Mister Corve hat nachher ein paar Tests für Sie vorbereitet."

„Ich habe aber momentan überhaupt keinen Bock auf irgendwelche Tests!"

„Ich weiß!", sagte Chen Lu mit dem süßesten Lächeln, dass man sich vorstellen konnte.

„Woher …?"

„Ihr Handy schimmert rosa, Mister Sparks!"

Tom konnte es nicht glauben, aber in dem Moment, als Chen Lu das gesagt hatte, ließ sie ihren Kimono fallen und stand nackt und lächelnd vor seinem Bett.

„Dann werde ich heute wohl mal auf mein Frühstück verzichten", sagte Tom und zog Chen Lu zu sich.

Eine halbe Stunde später, noch völlig erschöpft von ausgiebigem Sex, starrte Tom an die Decke und dachte an die Tests, von denen Chen Lu gesprochen hatte. Was konnten sie von ihm wollen, was nicht schon an Informationen in seinem Blut vorhanden war? Durch Sex war er jedenfalls nicht gefügig zu machen.

Als hätte sie Gedanken gelesen, stand Chen Lu auf und ging ins Bad, verfolgt von Toms bewundernden Blicken. Es war so ziemlich der knackigste Hintern, den er je gesehen hatte.

Er nahm sich vor, sie zu fragen, ob sie am Abend Zeit für ihn hatte. Während er nackt vor der großen Fensterfront aus Glas stand und darauf wartete, dass Chen Lu aus dem Bad kam, schaute er zum wiederholten Male fasziniert auf die Stadt. Neben den verspiegelten Fassaden der Wolkenkratzer konnte er einen kleinen Teil des Meeres sehen. Das war ihm zuvor noch gar nicht aufgefallen. Einige große Schiffe lagen dort vor Anker. Es war die Shenzen Bay mit ihrer Marina. Der Anblick des blauen Meeres erinnerte ihn ein wenig an den Pazifik vor San Fransisko. Ob es hier auch Wale gab? Die Spiegelungen der Sonne in den umliegenden Glasfassaden zeichneten die schönsten Bilder auf die Hauswände. Auf einigen der Dächer konnte er sogar kleine Dachgärten ausmachen. Wer dort wohl lebte? Vermutlich irgendwelche stinkreichen Chinesen oder Firmenchefs wie Ben Corve. Tom versuchte zum wiederholten Male, die Straße auszumachen. Aber soweit er auch in die Häuserschlucht blickte, er war so weit oben, dass er die Straße nicht sehen konnte. Er bekam Gänsehaut und fuhr herum, als Chen Lu ihm mit ihren langen Fingernägeln über den Rücken fuhr.

„Wir müssen. Corve wird schon warten!"

Tom lächelte und sah, dass das Display des Telefons schon wieder diesen pinken Farbton angenommen hatte. Dann ging er duschen.

Als er fertig war, betrat er die Suite, wo Chen Lu ihn mit diesem unergründlichen Lächeln begrüßte. Sie verließen den Raum und begaben sich zu dem Fahrstuhl. Tom merkte sich die Etage, in der der Fahrstuhl hielt, es war die dreizehnte. Chen Lu führte Tom in ein großes Büro, in dem Corve scheinbar schon auf sie wartete. Dann verschwand sie. Corve, scheinbar gut gelaunt, begrüßte Tom mit einem Lächeln.

„Gut geschlafen?" fragte er mit hintergründigem Grinsen.

Tom fielen im selben Moment die Kameras wieder ein. Der Mann war im Bilde!

„Sehr gut! Und was passiert jetzt?"

„Nichts Wildes! Wir möchten heute nur ein paar Fitnesstests mit Ihnen machen, Blutdruck messen, Lungenvolumen, Urinprobe, so Sachen eben! Wir brauchen das, um es mit Ihren

Blutwerten zusammenzubringen und mit denen von damals zu vergleichen. Dadurch gewinnen wir einen Gesamteindruck über den Zustand Ihres Körper und können die Blutwerte, die wir haben, besser interpretieren. Danach werden wir Sie erst einmal in Ruhe lassen!"

Tom überlegte, ob er Corve fragen sollte, wer noch alles von dem Projekt wusste und ob die chinesische Regierung eingeweiht war. Aber er beschloss, sich die Frage für später aufzuheben.

Corve war aufgestanden und forderte Tom auf, ihm zu folgen. Sie verließen den Raum erneut durch eine Zwischenschleuse, in der sie wieder weiße Schutzanzüge anlegen mussten. So langsam begriff Tom die Struktur des Gebäudes. Es gab nicht nur die Zugänge über die Flure, sondern die Räume waren scheinbar zusätzlich über Zwischentüren und oder Schleusen miteinander verbunden. Ihm fiel auf, dass man die Leute in den weißen Anzügen nicht voneinander unterscheiden konnte. Ein Punkt, der noch wichtig werden könnte, dachte Tom.

„Da wären wir", sagte Corve. Er stellte Tom seinem Assistenten Tian vor, der schon auf sie zu warten schien. Tian war ein kleiner Chinese mit der breitesten Nase, die Tom je gesehen hatte. Er machte einen freundlichen Eindruck, wobei Tom bei den Chinesen nie so genau wusste, woran er war.

„Ich lasse Sie jetzt mit Tian allein und werde zurückkommen, wenn die Tests abgeschlossen sind." Corve nickte Tian zu, sagte etwas auf Chinesisch und verließ das Labor.

Insgesamt dauerten die Tests über drei Stunden. In perfektem Englisch versuchte Tian, Tom zu erklären, was er tat. Er schallte sogar Toms Gefäße, um festzustellen, ob irgendwelche Ablagerungen zu sehen waren. Er fand nichts.

Während Tom sich wieder anzog, wertete Tian die Daten auf seinem Rechner aus.

„Es ist schon sehr erstaunlich, wie fit Sie für Ihr Alter sind. So etwas habe ich noch nie gesehen!"

Tom fragte sich, inwieweit Tian in das Projekt eingeweiht oder ob er nur für die Tests zuständig war. Aber er konnte dem Chinesen keine Äußerung in dieser Hinsicht entlocken.

Nachdem alles erledigt war, holte Corve ihn wieder ab und sprach kurz mit Tian. Dann begaben sie sich wieder in eines der beiden großen Büros, die Tom schon kannte.

Corve deutete auf einen der Sessel und stellte ein Glas Wasser vor Tom. Dann setzte er sich an den riesigen Schreibtisch und rief die Testergebnisse auf. Es dauerte eine Weile, bis er alles gelesen hatte. Dann pfiff er anerkennend durch die Zähne.

„Wunderbar, das ist wirklich wunderbar!" In Corves Gesicht spiegelte sich pure Begeisterung. „Genauso habe ich es mir vorgestellt! Sie haben Top-Werte, unglaublich in Anbetracht Ihres Alters! Allein Ihre Fitness ist großartig, mal ganz abgesehen von Ihrem Organbefund. Keine Ablagerungen in den Gefäßen, kein hoher Blutdruck, nichts! Wir werden morgen noch ein Ganzkörper-MRT von Ihnen erstellen. Aber sehr wahrscheinlich werden wir auch da nichts finden, das auf Ihr wahres Alter schließen lässt. Ich bin wirklich fasziniert, John!"

Tom, dem das Geschwafel gehörig auf den Geist ging, versuchte, Corve abzulenken.

„Sagen Sie mal, Ben, ich darf Sie doch Ben nennen? Was mich wirklich interessieren würde: Sie forschen jetzt schon so lange an dem neuen Medikament. Wie weit sind Sie denn damit? Was würden Sie machen, wenn Sie mich nicht hätten?"

Corves Mine verdunkelte sich, aber nur für einen winzigen Augenblick.

„Testen, wir testen immer weiter, bis wir das Ergebnis haben, das wir wollen. Wir kommen dem Erfolg immer näher, aber mit Ihnen wird es viel schneller gehen!"

„Das muss doch einen Haufen Kohle kosten. Woher kommt das Geld?"

„Das lassen Sie mal meine Sorge sein. Geld spielt hier keine Rolle. Vor allem aber haben wir, und das sage ich nicht ohne Stolz, die Unterstützung der Partei. Das macht vieles einfacher als damals in den USA. Ich muss mich hier nicht um Dinge kümmern, die uns in der sogenannten Demokratie der USA immer behindert haben, verstehen Sie, was ich meine?"

Tom konnte sich sehr gut vorstellen, was Corve meinte, hakte aber trotzdem nach.

„Ich kann es mir vorstellen, aber würden Sie es mir erklären?"

Der alte Mann verdrehte die Augen.

„Ich glaube ich kann es kurz machen. Hier in China zählen nur der Erfolg und das Wohlergehen des Landes. Ethik, Moral und der einzelne Mensch müssen sich dem Erfolg unterordnen. Das macht vieles einfacher! Nur ein Beispiel, wenn ich in China eine vielversprechende Idee habe, dann gehe ich zur Partei, erkläre denen mein Vorhaben und bekomme das Geld. In den USA muss ich erst mal meine Idee vor einer Ethikkommisssion verteidigen und darf dann Forschungsgelder einwerben oder muss mir private Geldgeber suchen. Alles viel zu kompliziert."

„Verstehe, aber die Tests? Sie sprachen eben von Tests, die Sie durchführen. Ich gehe mal davon aus, dass Sie an Menschen testen. Wo bekommen Sie denn die Testpersonen her? Geben Sie hier wieder Annoncen auf, so wie damals bei mir?"

Corve bekam fast einen Lachanfall. Dann wurde er sehr schnell wieder ernst. Er stand auf, trat an das große Fenster und ließ seinen Blick über die Skyline der Stadt schweifen.

„Wissen Sie, dass es noch gar nicht so lange her ist, dass das hier mal ein kleines vergessenes Fischerdorf war? Und heute? Sie finden hier viele der angesehensten Unternehmen aus der ganzen Welt. Sie fragen sich, warum das so ist? Ich sage es Ihnen. Weil man hier keine Angst vor der Zukunft und dem damit verbundenen Fortschritt hat. Unangenehme Fragen, die das Vorankommen des Landes behindern, werden gar nicht erst gestellt."

„Ich hatte Sie aber etwas anderes gefragt. Woher kommen die Testpersonen?"

„Ach ja, gute Frage!" Corve sah Tom nicht an, während er sprach. Seine Stimme hatte einen etwas bedauernden Ton angenommen. „Nein, das läuft hier ganz anders. Wir brauchen keine Annoncen. Ich brauche nur anzurufen und schon schickt man mir Testpersonen. Ganz China ist voll von Leuten, die ganz wild darauf, sich freiwillig testen zu lassen."

Tom zog ungläubig die Brauen hoch.

„Ganz China? Wie meinen Sie das?"

Tom bemerkte das Zögern in Corves Stimme.

„Wissen Sie John, die haben hier riesige Gefängnisse mit Hunderttausenden von Insassen. Und dann gibt es noch diese Umerziehungslager, von denen die Regierung immer behauptet, es würde sie nicht geben. Da können sich die Leute freiwillig melden. Und das tun sie in der Hoffnung auf ein besseres Leben!"

Tom nickte. Etwas in dieser Richtung hatte er sich schon gedacht. Es war noch nicht lange her, dass er einen Bericht darüber gelesen hatte, dass in China die Organe von Hingerichteten ohne deren Einverständnis für Transplantationen zur Verfügung gestellt wurden. Es wurde sogar vermutet, dass man schon Unschuldige hingerichtet hatte, nur um an ein Organ zu kommen.

„Und was passiert mit denen, denen es so ergeht wie diesem Deutschen, von dem Sie mir erzählt haben?"

„Dazu darf ich Ihnen nichts sagen. Aber da machen Sie sich mal keine Sorgen. Die Chinesen sorgen gut für ihre Leute!"

Tom hatte nur eine vage Vorstellung, was das hieß, aber er war sich sicher, er wollte nicht in der Haut derer stecken, die hier von Corve getestet wurden.

Er hatte die Nase gestrichen voll. Er wollte und konnte diesen von sich selbst überzeugten, skrupellosen Typen nicht länger ertragen. Deswegen sagte er, er sei müde und wolle nur noch in sein Bett.

Corve nickte verständnisvoll, war aber auch ein wenig enttäuscht. Dennoch rief er Chen Lu, die Tom zurück in seine Suite bringen sollte. Tom winkte ab.

„Ich finde den Weg!"

Aber Chen Lu wich nicht von seiner Seite, bis er die Tür hinter sich geschlossen hatte. Er blickte nach oben. Die kleine Diode an der Kamera hatte soeben auf Grün umgeschaltet.

Tom nahm sich ein Bier aus dem üppig gefüllten Kühlschrank und setzte sich vor die Glasfront, wo er die langsam untergehende Sonne beobachtete. Seine Gedanken wanderten zu dem kleinen Haus in der Wüste Utahs und zu Therese, seiner verstorbenen Frau. Sie hätte wahrscheinlich einen Ausweg gewusst, sie hatte immer einen gewusst. Er dachte an die vielen kleinen Momente, in denen sie ihm damals Mut gemacht und ihn unterstützt hatte. Sie war es gewesen, wegen der er aus dem Methusalem Projekt ausgestiegen war. Er konnte sich noch genau an den Abend in Eureka am Strand erinnern, wo sie stundenlang miteinander gesessen, geredet und sich dann geliebt hatten. Sie hatte ihm immer Hoffnung gegeben. Und jetzt? Jetzt war er wieder in eine ähnliche Situation wie damals geraten. Tom stiegen die Tränen in die Augen. Denn so allein wie jetzt hatte er sich schon lange nicht mehr gefühlt. Als die Skyline nur noch von einem gigantischen Lichtermeer erleuchtet wurde, war Tom in seinem Sessel eingeschlafen.

Marc

Marc stellte den Motor vor seinem Elternhaus in Escalante ab und blieb einen Moment im Wagen sitzen. Er musste unwillkürlich daran denken, was für eine glückliche Kindheit er in dem kleinen Haus verlebt hatte. Fast konnte er die Kinderstimmen von damals hören. Er sah sich bei Kindergeburtstagen und seine

Eltern auf der Veranda. Dann vor etwas mehr als zwei Jahren der Schock! Seine geliebte Mutter war so plötzlich verstorben, dass er sich nicht einmal von ihr hatte verabschieden können. Sein Vater schien seit damals wie innerlich erstarrt. Sie hatten versucht, sich in dem kleinen Haus aus dem Weg zu gehen. Und schließlich war irgendwann der Tag gekommen, an dem er, Marc, froh gewesen war, Escalante endlich verlassen zu können. Er ging zum Studium nach New York und hatte nicht vorgehabt, jemals wieder in diese Einöde zurückzukehren. Und doch war er jetzt wieder hier. Das Verhältnis zu seinem Vater hatte sich in den anderthalb Jahren, seit er studierte, abgekühlt. Aber er konnte nicht sagen, warum. Sie hatten nur selten telefoniert. Und wenn, dann war es meistens um Geld oder irgendwelche administrativen Dinge gegangen. Jetzt aber sah Marc das kleine Haus und verspürte einen Verlustschmerz, den er vorher so nicht gekannt hatte. Und je länger er darüber nachdachte, umso klarer wurde ihm, dass er seinem Vater helfen würde. Er musste Mitch auf jeden Fall begleiten, ob dem das nun passte oder nicht.

Marc stieg aus und schloss die Haustür auf. Er atmete tief ein, denn er liebte diesen vertraute Geruch seiner Kindheit. Er ging in das winzige Büro seines Vaters und begann zu suchen. Wonach wusste er selbst nicht. Aber irgendwo musste sein Vater doch etwas aus seiner Vergangenheit aufbewahrt haben. Er fand uralte Kontoauszüge, für die er sich noch nie interessiert hatte. Sie zeigten ihm, dass dort vor vielen Jahren erhebliche Beträge eingezahlt und wieder abgehoben worden waren – verteilt auf mehrere Konten. Alle liefen auf den Namen „Sparks".

Als er einen Aktenordner mit der Aufschrift „Sonstiges" fand, schlug er ihn auf und entdeckte ganz hinten einen Zettel, auf dem viele Zeilen notiert waren. Es war die leicht verblasste, krakelige Schrift seines Vaters. Er heftete den Zettel aus und begann zu lesen. Ein Datum war nicht zu erkennen, aber der Zettel enthielt offensichtlich zwei Listen, eine mit den Pros und eine mit den

Contras für das Methusalem Projekt. Marc begriff, dass sich sein Vater damals intensiv mit der Frage auseinandergesetzt haben musste, was da für und was dagegensprach, auszusteigen. Es ging um irgendwelche Angriffe auf seinen Vater und darum, wie er mit der Last des ständigen Versteckens und der Tatsache, den Kontakt zu seine Familie verloren zu haben, umgehen sollte. Er hatte aber offenbar selbst nicht gewusst, wer ihm dort nach dem Leben trachtete. An anderer Stelle stellte sein Vater die Frage, ob die Menschen noch Kinder bekommen würden, wenn alle ewig leben könnten. Daneben stand, „Therese ist die Liebe meines Lebens. Ich möchte Kinder mit ihr haben." Dahinter hatte sein Vater ein kleines Herz gemalt. Ganz am Ende des Zettels hatte er einfach nur die Wörter „Konsequenzen für die ganze Menschheit" mit einem Fragezeichen versehen. Marc drehte den Zettel um und las auf der Rückseite verschiedene Namen, die sein Vater notiert hatte. Garrison und auch dieser Ben Corve tauchten auf. Ganz am Ende stand ein Satz, der Marc besonders zu denken gab. Von Weinheim stirbt, Projekt gescheitert!

Marc fragte sich wieder einmal, warum seine Eltern nie mit ihm darüber gesprochen hatten.

Er war fasziniert und erschüttert zugleich. Aber dieser Zettel bestärkte ihn in seinem Wunsch, den Vater zu retten.

Er steckte den Zettel ein und rief Mitch an.

„Fairbanks!"

Marc straffte seinen Rücken und gab seiner Stimme einen festen Ausdruck.

„Hören Sie Mitch, hier ist Marc. Ich komme mit. Ob Sie das jetzt gut finden oder nicht, ist mir egal!"

Mitch verschlug es angesichts dieser Ansprache die Sprache.

„Das könnte aber gefährlich werden, mein Junge. Und ich kann und will mich nicht mit dir belasten!"

„Das habe ich verstanden. Aber ich habe mir geschworen, meinen Vater da rauszuholen. Wir hatten zuletzt keine gute

Zeit, verstehen Sie? Aber seit ich wieder hier bin, ist mir einiges klar geworden. Und ob Sie es nun wollen oder nicht, ich werde mitkommen und meine Vater finden. Ich werde dabei sein, klar?" betonte er noch einmal.

„Klare Ansage, Marc! Da kann ich dich wohl nicht mehr umstimmen! Aber es läuft nur zu meinen Konditionen, ok?"

„Ok!" Marc fiel ein Stein vom Herzen. Es fühlte sich gut an, etwas für seinen Vater tun zu können.

Tom

Es war mitten in der Nacht, als Tom aufwachte. Er schlug die Augen auf und konnte aus seinem Sessel die Wolkenkratzer erkennen, von denen er umzingelt zu sein schien. Milliarden von Lichtern, Werbung und blinkende Newsscreens erhellten die Nacht.

Tom stand auf und ging aufs Klo, nicht ohne zu registrieren, dass die Kamera auf Rot geschaltet hatte. Es war jetzt kurz nach drei Uhr morgens. Konnte er daraus schließen, dass er in diesem Moment tatsächlich nicht beobachtet wurde? Oder wollte man ihn auf die Probe stellen? Er stellte sich vor die Kamera und machte einige hektische Bewegungen, um herauszubekommen, ob sie mit einem Bewegungssensor gekoppelt war. Aber sie blieb auf Rot.

Es kam ihm schon etwas merkwürdig vor, aber Tom beschloss, diese möglicherweise unbeobachtete Gelegenheit zu nutzen. Er drapierte Kopfkissen und Bettdecke so, dass es aussah, als läge er noch immer unter der Decke. Dann öffnete er vorsichtig die Tür, spähte auf den Flur, konnte aber keine Kameras entdecken. Bewegungsmelder aktivierten das fahle Kunstlicht. Da Tom wusste, dass auch die Fahrstühle mit Kameras ausgerüstet waren, vermied er diese und ging in dem spiralförmig umlaufenden

Gang vorsichtig nach rechts. Er befand sich auf dem Weg nach oben. Er kam an einigen Türen vorbei, die mit Nummern markiert und zweisprachig als Labore oder Lagerräume beschriftet waren. Plötzlich stand er vor einer Tür mit der Aufschrift „Roof Terrace – Dachterrasse". Sie war fest verriegelt. Hier also war Schluss. Daher wandte er sich in die Gegenrichtung, und als er an den Laboren vorbeikam, ging er einfach weiter. Der breite Gang war menschenleer und führte nach unten. Nur die fade Beleuchtung erhellte ein wenig seinen Weg. Er kam an Türen vorbei, hinter denen er die Wohnungen der Angestellten vermutete. Zwei, drei Mal versuchte er vorsichtig, eine unbeschriftete Tür zu öffnen. Erfolglos, sie alle waren verschlossen. Also ging er weiter. Nachdem er auch diesen Teil des Ganges hinter sich gelassen hatte, gelangte er an eine Doppeltür, die deutlich größer war als die anderen. Darauf stand das Wort „Clinic 2". Etwas verwundert über die Größe der Tür und den automatischen Türöffner drückte er diesen. Tom erschrak, als sich die beiden Türflügel tatsächlich mit leisem Surren öffneten. Er trat ein und befand sich in einem großen Raum, an dessen Wänden verschiedene Geräte blinkten. Seine Augen mussten sich erst ein wenig an die Dunkelheit gewöhnen. Aber das hier machte nicht den Eindruck einer Klinik. Er konnte jedenfalls keine Betten sehen. Tom machte ein paar Schritte auf die Glasfassade zu. Erneut blickte er auf die hell erleuchtete Skyline der Stadt. Dann drehte sich wieder um und wollte den Raum schon verlassen, als er im abgewandten Teil des Raumes einen durch das Licht der Stadt leicht erhellten Bereich erblickte, der durch eine Art Paravent abgetrennt zu sein schien. Tom bewegte sich leise in diese Richtung. Eine Kamera konnte er nicht entdecken. Vorsichtig schob er einen dieser Paravents zur Seite und bekam einen fürchterlichen Schreck, denn er blickte unvermittelt in ein Paar toter Augen. Vor ihm saß ein alter Mann in einem Rollstuhl. Er blickte in Toms Richtung, aber irgendwie auch durch ihn hindurch. Er schien ihn nicht wahrzunehmen. Tom blieb kurz stehen und wartete ab, ob der Mann sich bewegen würde. Nichts geschah. Seinem Aussehen nach schien er kein Asiate zu sein. Als der Mann sich nicht bewegte, ging Tom näher an ihn heran. Nichts. Er schaute ihm direkt ins Gesicht. Keine Reaktion. Lediglich ein dünner Speichelfaden lief dem Mann aus dem Mund. Auf der Rückseite des Rollstuhls schien so was wie ein Therapieplan zu hängen. Darauf stand der Name. „Karl von Weinheim". Tom prallte vor Schreck zurück. Das war also der Zombie, von dem Corve gesprochen hatte. Er war dem Mann damals nicht begegnet und erinnerte sich nur noch vage an das Bild im Cronicle, das ihn sterbend gezeigt hatte. Das also war der Mann, der vor fast dreißig Jahren als Zweiter nach ihm die Spritze bekommen hatte. Er lebte also immer noch. Tom überlegte. Er müsste jetzt weit über neunzig sein. Und doch sah er immer noch so aus, als sei er in den Sechzigern. Bis auf sein scheinbar weitestgehend abgestorbenes Gehirn.

Hektisch sah Tom sich um und blickte hinter den nächsten Paravent. Auch hier lag ein Mann auf einer Pritsche und starrte mit demselben Blick wie von Weinheim an die Decke. Tom hätte ihn für tot gehalten, wäre da nicht dieses leise Röcheln gewesen, das gleichmäßig aus dem halb geöffneten Mund an sein Ohr drang. Bei dem Mann handelte es sich unverkennbar um einen Asiaten.

Auch hinter den nächsten zwei Paravents waren Pritschen und Rollstühle verborgen, auf denen diesmal weibliche Zombies saßen. Allen diesen Menschen war dieser starre, in sich gefangene Blick zu eigen. Corve hatte Recht gehabt. Es waren lebende Tote – Zombies eben. Sie wurden hier abgestellt oder besser gesagt, zwischengelagert, bis zu dem Zeitpunkt, wo man sich ihrer entledigen würde. Anders war das hier nicht zu erklären.

Tom lief es eiskalt den Rücken hinunter. Vermutlich waren das alles Opfer, an denen Dr. Ben Corve sein „Vita 1" erfolglos getestet hatte. Wusste jemand von diesen Menschen und was mit ihnen passiert war? Wurden sie von irgendwem vermisst? Corve hatte gestern etwas von chinesischen Gefängnissen gefaselt. Waren das hier Gefangene, denen man irgendetwas, vielleicht ihre Freiheit, im Gegenzug für die freiwillige Teilnahme an einer Studie versprochen hatte? Tom musste daran denken, dass auch er sich damals aus Geldmangel für das Methusalem Projekt beworben hatte. Gut, gegen eine Menge Geld. Das hatte man diesen armen Teufeln hier sicherlich nicht geboten.

Tom las die Namen, die an den Betten oder Rollstühlen befestigt waren – alles Chinesen, bis auf Karl von Weinheim. Er fragte sich, wie der Deutsche hierhergekommen war.

Tom hatte genug gesehen. Noch einmal schaute er sich um. Nicht eine einzige Kamera überwachte den Raum. Die Menschen, die hier dahinvegetierten, waren praktisch abgeschaltet. Sie brauchten nicht überwacht zu werden. Niemand interessierte sich für sie. Sie waren sich selbst überlassen.

So vorsichtig, wie er gekommen war, verließ er den Raum und erreichte nach etwa zehn Minuten seine Suite, wo er sich entsetzt und frustriert auf sein Bett fallen ließ. An Schlaf war nicht zu denken, verfolgte ihn doch der tote Blick des deutschen Zombies, Karl von Weinheim.

Mitch, Marc und Joe

Mitch, Marc und Joe trafen sich zu einer letzten „Lagebesprechung" in Boulder auf Joes Veranda.

Auf der Fahrt nach Boulder hatte Marc noch überlegt, ob er den anderen von dem Zettel aus dem Ordner seines Vaters erzählen sollte, sich dann aber dagegen entschieden. Das würde ihnen letztlich auch nicht weiterhelfen. Und bei Bedarf konnte er immer noch damit rausrücken.

Er stellte den Wagen in der Einfahrt der Ranch ab und setzte sich zu den beiden anderen, die mit einem Bier in der Hand schon auf ihn gewartet hatten. Sie nickten ihm schweigend zu. Was war los? Schließlich brach Mitch das Schweigen.

„Wenn wir herausfinden wollen, wo dein Vater sich befindet, müssen wir nach Shenzen fliegen. Und wenn uns das gelingt, dann entscheiden wir vor Ort, was wir tun. Am besten wäre es natürlich, wir könnten noch einmal Kontakt zu deinem Vater haben. Aber ich denke, wenn er sich nicht wieder wie gestern von selber meldet, dürfte das schwierig werden." Und zu Joe gewandt sagte er: „Marc hat darauf bestanden, mich zu begleiten."

Der Alte runzelte die Stirn und sah Marc besorgt an.

„Ich hoffe, du bist dir bewusst, in welche Gefahr du dich damit begibst. Da drüben kann dich niemand mehr schützen!"

„Ich weiß, Joe! Aber es ist mein Vater! Ich kann nicht studieren oder hier herumsitzen und darauf warten, dass etwas passiert. Ich muss ihm helfen!"

Joe nickte.

„Ich weiß, ich hätte an deiner Stelle wahrscheinlich genauso reagiert! Aber ich bin leider zu alt, um euch zu helfen. Ich wäre nur ein Risiko. Also werde ich hier die Stellung halten. Und jemand muss ja schließlich auf Bo aufpassen." Er grinste. „Und wenn es zu heftig kommt, werde ich das FBI einschalten, ok?"

Mitch wedelte abwehrend mit einem Arm.

„Dazu sollte es aus meiner Sicht besser nicht kommen. Ich habe über einen Freund einen zuverlässigen Kontaktmann in Hongkong. Die Stadt liegt nur dreißig Kilometer von Shenzen entfernt. Der Mann arbeitet für einen großen Autokonzern und ist bereit, uns zu helfen. Auf jeden Fall spricht er fließend chinesisch. Das ist schon mal ein großer Vorteil."

Mit dieser Aussage schien Mitch seinen alten Kumpel etwas beruhigen zu können, der sich offensichtlich ernsthafte Sorgen machte.

„Auf jeden Fall werden wir als erstes am Flughafen einige Prepaid Handys für China kaufen, um in Kontakt zu bleiben. Zwei davon bekommst du, Joe! Dann können wir jederzeit miteinander kommunizieren!"

Es war Zeit! Die Sonne war fast untergegangen und die länger werdenden Schatten des Kaiparowitsplateau schickten die spektakuläre Wüstenlandschaft in die Nacht.

Joe nahm Marc in den Arm und drückt ihn fest an sich.

„Mach`s gut, mein Junge. Komm gesund wieder und bring deinen Vater mit! Viel Glück!" So wie jetzt hatte Marc diesen alten knorrigen Mann noch nie gesehen. Er sprach mühsam und mit belegter Stimme. Dann ging er zu Mitch und nahm auch ihn in den Arm. „Ich freue mich schon so sehr darauf, mit Tom, Marc und dir ein Bier auf meiner Veranda zu trinken. Bring mir den Jungen heil wieder zurück und passt auf euch auf!"

„Versprochen!"

Schweigend stiegen sie in ihre Autos. Als Marc die Einfahrt zu der Schotterstraße hochfuhr, um auf den Highway 12 Richtung Escalante abzubiegen, konnte er im Rückspiegel sehen, wie der winkende alte Mann immer kleiner wurde.

In Escalante angekommen suchte Marc im Internet nach Flügen und musste feststellen, dass es nur von Los Angeles aus Direktflüge nach Hongkong beziehungsweise Shenzen (Festland) gab. Er wählte Hongkong, weil sie so noch etwas von der Gegend sehen würden. Und Shenzen war nur etwa 30 Kilometer entfernt. Die Flugdauer würde mit einem Stopp etwa fünfzehn Stunden betragen. Mit der Partnerkarte von Toms American Express Karte buchte er für Mitch und sich einen Flug. Glücklicherweise hatten die Chinesen die Einreisebedingungen für Amerikaner vor kurzem so geändert, dass man ohne Visum vierzehn Tage in dem Land bleiben konnte. Erstaunlicherweise war das sogar bei Einreise mit Zwischenstopp in Taiwan möglich.

Sie hatten sich für den nächsten Morgen in St. George, wo Mitch wohnte, verabredet. Die Stadt lag auf dem Weg nach LA. Die Flüge waren für den späten Abend gebucht.

Marc packte ein paar Sachen zusammen und setzte sich noch einmal in den winzigen Garten hinter dem Haus. Es war stockfinster. Irgendwo heulte ein Kojote. Der Wind bewegte die Zweige des großen Cottonwood Trees, in dem er als Kind immer gerne herumgeklettert war. Dann erinnerte er sich plötzlich, wie er mit seinem Vater genau hier zum ersten Mal den Baseball geworfen hatte. Seine Mutter hatte jeden von ihm gefangenen Ball beklatscht. Er musste lachen, als er daran dachte, wie sein Vater einmal bei dem Versuch, einen Ball zu werfen, ausgerutscht und in den Misthaufen gefallen war. Er hatte sich damals totgelacht. Überhaupt hatten sie als Familie viel Spaß miteinander gehabt. Als er etwas älter geworden war, hatte Tom ihn zum Peek-a-boo und dem daneben liegenden Spooky-boo Slotcanyon mitgenommen. Zwei sehr enge Slotcanons mit überraschenden Windungen, die es zu erklettern galt. Das war pures Abenteuer gewesen. Auch an Ausflüge zu den Dinosaurierspuren und in den mystischen Devilsgarden konnte er sich erinnern. Tagelang hatte er mit seinen Eltern irgendwo am Fluss zwischen roten Navajosandsteinfelsen übernachtet. Sein Dad hatte ihm die Natur und abends die gigantische Milchstraße gezeigt. Er hatte sich das damals nicht vorstellen können. Aber er glaubte noch den Ton seines Vaters im Ohr zu haben, als er in den Himmel gezeigt und zu ihm gesagt hatte: „Du musst verstehen, dass du nur ein winziger Teil davon bist." Für all das war er seinem Dad unendlich dankbar, auch wenn er es ihm später nie hatte sagen können. Aber er würde alles dafür tun, dass es diese Gelegenheit geben würde.

Stunden waren vergangen. Und als es langsam zu dämmern begann, saß er immer noch in dem Garten. Er sah hinauf zur schon verblassenden Milchstraße und dachte: ‚Dad, ich komm dich holen!'

Marc und Mitch

Nachdem Marc ein paar Sachen zusammengepackt hatte, schloss er die Haustür ab, stieg in den Wagen und machte sich auf den Weg nach St. George. Im Rückspiegel sah er, wie die Morgensonne die roten Sandsteinfelsen von dem immer kleiner werdenden Escalante aufglühen ließ. Als er die Interstate erreichte, passierte er Werbung für Hotels und jede Menge Outdooraktivitäten wie Quads, Reiten und anderes mehr.

Als er bei Mitch eintraf, wurde er schon erwartet.

„Kaffee?"

Marc schüttelte den Kopf.

„Lass uns losfahren, ok?"

Sie stiegen in Mitchs Pick-up und machten sich auf, Richtung Los Angeles.

Mitch und Marc gaben für den Betrachter ein etwas merkwürdiges Duo ab. Der eine dick, mit kahlem Schädel, buntem Hawaiihemd und verspiegelter Sonnenbrille, der andere smart mit blonden Locken und offenem Lächeln.

Als sie den Highway 15 erreicht hatten, sah Mitch zu seinem Partner hinüber und gab Gas.

„Gut, dann wollen wir mal deinen Dad abholen!"

Marc atmete tief durch.

„Abholen ist gut. Die werden uns meinen Vater vermutlich nicht so einfach herausgeben."

„Da könntest du Recht haben!"

Das war alles, was sie sich momentan zu sagen hatten. Marc hatte ohnehin keine Lust auf Konversation. Also schwiegen sie, während die öde Wüstenlandschaft in der Nähe von Las Vegas an ihnen vorbeizog. Als sie an dem Wegweiser zur Calico Ghost Town vorbeikamen, schaltete Mitch das Radio ein, aus dem passend, Bruce Springsteens „Born in the USA" erklang.

Marc erinnerte sich noch genau an den Tag, den er mit seinen Eltern in der Geisterstadt verbracht hatte. Er musste ungefähr acht Jahre alt gewesen sein und hatte es unglaublich spannend gefunden, insbesondere den Gunfight, der jeden Tag pünktlich um zwölf Uhr mittags stattfand.

Mitch unterbrach das Schweigen.

„Als erstes sollten wir die 12 Prepaidhandys kaufen und Joe vier mit UPS schicken, dann hat Joe sie übermorgen und wir können jederzeit telefonieren. Ich dachte mir, dass wir jede Woche ein Neues benutzen. Man weiß ja nie!"

Marc war regelrecht aus seinen Gedanken hochgeschreckt.

„Hört sich gut an. Und wir brauchen noch einen Reiseführer mit ein paar Basisinformationen zu China. Ich muss zu meiner Schande gestehen, dass ich nicht die geringste Ahnung von dem Land habe. Den kann ich dann im Flieger lesen."

„Dann kaufen wir besser zwei. Mir geht es nämlich genauso! Aber ich vertraue ein wenig auf unseren Kontaktmann dort. Zumindest in den ersten Tagen. Er wird uns am Flughafen in Hongkong abholen und dann nach Shenzen bringen. Und wenn wir angekommen sind, besorgen wir uns als erstes einen Mietwagen, damit wir ausreichend beweglich sind. GPS dürften die ja alle haben. Unsere Handys sind, was das angeht, dort wahrscheinlich nutzlos."

Als sie Barstow hinter sich gelassen hatten, klingelte plötzlich Marcs Telefon.

„Marc?"

„Dad?" Marcs Gefäßsystem wurde durch einen Adrenalinstoß geflutet. Er stellte sein Telefon auf „Laut", damit Mitch mithören konnte.

„Ja, ich wollte nur wissen, ob es dir gut geht. Man hat mir erlaubt, dich alle drei Tage anzurufen. Ich kann dir leider nicht sagen, wo ich bin, aber es geht mir gut. Ich muss hier ein paar Tests über mich ergehen lassen. Das ist kein Problem für mich! Und wenn das erledigt ist, komme ich nach Hause."

„Wann wird das sein? Ich habe mit Joe gesprochen. Er hat mir alles erzählt, Dad!"

Im selben Moment war das Gespräch tot. Marc schaute enttäuscht auf das Display seines Smartphones und überlegte.

„Das war Dad!", flüsterte er und deutete auf das Telefon, obwohl Mitch mitgehört, und die Leitung längst tot war. „Warum hat er aufgelegt? Und woher hat er meine Nummer? Die konnte er sich noch nie merken. Und die Nummer, von der er angerufen hat, das war nicht sein Handy."

„Ist ja auch nicht möglich. Sein Handy wurde mir an der Hotellobby ausgehändigt. Es ist kaputt und liegt bei mir im Kofferraum."

„Aber wieso …?"

„Sorry, das hatte ich ganz vergessen!" Mitch verzog ein wenig das Gesicht. „Die haben deinem Dad einfach den Saft abgedreht. Die Frage ist nur, warum! Außerdem dürfte es nicht besonders schwierig sein, deine Nummer herauszubekommen! Für die Chinesen schon gar nicht. Die wissen alles über uns! Das ist doch das Problem! Außerdem kann er die auch von Joe haben. Vielleicht hat er ihn zuerst angerufen und nach der Nummer gefragt."

„Wahrscheinlich haben Sie Recht!"

„Aber was sind das für Tests, von denen er sprach?"

„Ich habe keine Ahnung. Was ich aber sehr merkwürdig finde, ist, dass genau in dem Moment das Gespräch unterbrochen wurde, als ich erwähnte, dass ich mit Joe gesprochen habe. Kann es sein, dass derjenige, der meinem Dad das Gespräch erlaubt, mithört und verhindern will, dass mein Dad erfährt, dass ich sein

Geheimnis kenne? Ist doch seltsam, oder? Auf jeden Fall wird mein Vater ständig überwacht. Oder was meinen Sie, Mitch?"

„Da wirst du Recht haben. Im Übrigen, da wir ja jetzt so was wie Partner sind. Ich bin Mitch, lassen wir das mit dem Sie einfach weg, ok?"

„Ok, Mitch, danke!"

Als sie Victorville am Spring Lake Valley erreicht hatten, brachte die Sonne den Highway zum Flimmern. Sie hielten an einem dieser kleinen Diner und setzten sich neben eine Meute von Bauarbeitern, die Unmengen von Speck und Sunny Side Up-Spiegeleiern in sich hineinstopften.

Marc und Mitch bestellten Kaffee und Pancakes.

„Hab jetzt schon keinen Bock auf den Chinafraß", meinte Mitch und spülte einen großen Bissen mit Kaffee hinunter. „Ich hoffe nur, dass wir da drüben ankommen, deinen Vater finden und mit ihm das Land so schnell wie möglich wieder verlassen können!"

Marc nickte und sah hinaus auf den staubigen Highway.

„Ich habe über etwas nachgedacht, was mir zusätzlich Sorgen macht, Partner. Und das Telefonat vorhin hat mich darin bestätigt!" Mitch sah Marc ernst an.

„Was denn? Raus damit!"

„Ich frage mich die ganze Zeit, was passieren würde, wenn sie dich in die Finger kriegen!"

„Wie meinst du das?"

Mitch zeigte mit einem Finger auf Marc.

„Du bist nun mal das einzige Kind deines Vaters, nicht wahr?"

„Stimmt, ich wüsste nicht, dass er fremdgegangen ist!" Marc grinste.

„Denk doch mal nach. Die haben deinen Vater wegen dieser Geschichte damals gekidnappt! Und dein Dad hat vorhin etwas von Tests erzählt. Man muss doch nur eins und eins zusammenzählen, um zu verstehen, was die von deinem Dad wollen."

Marc knetete vor Anspannung seine Knöchel, dass sie knackten.

„Dieser Kerl, dieser Ben Corve, hat die Forschung bis heute nie aufgegeben, richtig?"

„Richtig!"

„Aber hast du mal etwas davon gehört oder gelesen, dass es jemandem wirklich gelungen ist, ein lebensverlängerndes Medikament zu entwickeln? Ich nicht. Das würde doch niemand geheim halten, oder? Damit würde sich doch eine riesige Menge Kohle machen lassen!"

„Da dürftest du Recht haben. Aber worauf willst du hinaus?"

„Verdammt, Marc! Du bist doch sonst nicht so begriffsstutzig! Dieser Corve forscht also seit dreißig Jahren in China immer noch an diesem Zeug. Und weil er es nicht hinkriegt, braucht er jetzt deinen Vater dafür, richtig? Denn der ist, soweit wir wissen, der einzige Mensch, bei dem das Zeug funktioniert hat. Er hat also irgendetwas in seinem Körper, dass für diesen Corve äußerst interessant ist. Ich denke mal, dafür sind die Tests. Sie brauchen deinen Dad also höchst lebendig, weil sie sonst mit der Forschung nicht weiterkommen. Und hier kommst du ins Spiel!"

„Wie meinst du das?"

Mitch verdrehte die Augen.

„Siehst du das denn nicht? Ich glaube, die würden alles dafür geben, auch dich noch in die Finger zu bekommen. Denn du bist nun mal der Sohn deines Vaters. Und wenn ich Corve wäre, dann wäre es für mich überaus interessant, zu erfahren, ob der Vater dem Sohn nicht diese eine besondere Eigenschaft weitergegeben hat. Das habe ich bisher zwar nur vermutet. Aber als dein Dad gerade von irgendwelchen Tests gesprochen hat, war ich mir sicher, dass es so ist!"

Marc war blass geworden.

„Scheiße Mann, so habe ich das noch gar nicht gesehen."

„Dachte ich mir. Die Sache liegt mir schon seit gestern im Magen. Das heißt, wir müssen verdammt vorsichtig sein, wenn wir da drüben ankommen. Die dürfen dich auf keinen Fall auch noch in die Finger kriegen, verstehst du?" Mitch fasste Marc am Ellenbogen an, um seiner Frage Nachdruck zu verleihen. „Verstehst du?"

„Ja, Mann!" Marc zog den Arm unwillig weg.

„Noch kannst du aussteigen und hierbleiben, Marc. Vielleicht wäre es besser so! Was meinst du? Du könntest mit Joe auf uns warten!"

Marc knackte mit seinen Fingerknöcheln und sah aus dem Fenster.

„Soll ich mit dem alten Mann auf der Veranda sitzen und Däumchen drehen, während du meinen Vater suchst? Ich kann das nicht! Ich muss mitkommen. Die werden mich schon nicht kriegen. Wir holen meinen Vater da raus und hauen ab. Ich kann jetzt nicht mehr umkehren, versteh das doch!"

Mitch sah seinen Partner an und nickte.

„Ok, dann ist es eben so. Lass uns aufbrechen!"

Mitch zahlte. Sie verließen den Diner, stiegen wieder in den Pick-up und fuhren weiter Richtung LA. Unterwegs hielten sie noch an einem Telefonladen und kauften die Prepaidhandys, wovon sie Joe vier Geräte per UPS zustellen ließen. Mitch ging immer noch davon aus, dass sie für die ganze Aktion etwa drei Wochen brauchen würden. Das einzige echte Problem sah er momentan in der Zeitspanne, denn sie mussten nach vierzehn Tagen das Land wieder verlassen. Aber damit konnte und wollte er sich jetzt noch nicht beschäftigen.

Nachdem auch das mit den Handys erledigt war, parkten sie den Pick-up in der Nähe des Flughafens in einem Parkhaus und begaben sich zum Terminal, wo sie bei Air China eincheckten. Die Sicherheitskontrolle war äußerst penibel, aber kein Problem.

Marc hatte ein äußerst mulmiges Gefühl im Magen, als sie schließlich den Flieger, eine Boeing, bestiegen. Während des Fluges wurden sie von chinesischen Stewardessen betreut, die jedem von ihnen ein Stück noch nicht durchgegartes Hühnchen brachten. Mitch beschwerte sich, wurde allerdings nicht wirklich ernst genommen und gab schließlich auf.

Als Marc, der das Land noch nie verlassen hatte, sah, wie der amerikanischen Kontinent unter ihm verschwand hatte, er das Gefühl, als ob ihm langsam den Boden unter den Füßen weggezogen würde. Er dachte an seinen Vater und daran, wie er wohl in dieses Land verfrachtet worden war. Um sich von diesen negativen Gedanken nicht zu sehr zu Boden drücken zu lassen, wollte er sich einen Film ansehen. Aber das Entertainmentsystem des Fliegers funktionierte nicht. Toller Start, dachte er und sah Mitch beim Schnarchen zu.

Tom

Als Tom am nächsten Morgen nach nicht einmal drei Stunden Schlaf aufwachte, war er wie gerädert. Es kam ihm vor, als hätte er das alles nur geträumt. Aber nur zu deutlich sah er die leeren Augen der Menschen vor sich, die er in der Nacht entdeckt hatte.

Aber was sollte er tun? Er konnte ihnen nicht helfen und sich selbst auch nicht. Tom beschloss, das Gesehene für sich zu behalten und abzuwarten, wie es weitergehen würde.

Gegen neun Uhr erschien Chen Lu und brachte ihm ein üppiges Frühstück. Er betrachtete die Frau, mit der er gestern noch schöne Stunden im Bett verbracht hatte, heute mit ganz anderen Augen.

„Dein Handy ist nicht pink. Was ist los? Muss ich mir Sorgen machen?" strahlte sie ihn an.

„Mir geht es heute Morgen nicht so gut. Vielleicht vertrage ich das Essen noch nicht. Weiß auch nicht", redete Tom sich raus, wissend, was für eine dümmliche Ausrede das war. „Ich glaube, ich brauche etwas Ruhe, Chen!"

Die Chinesin sah ihn etwas erstaunt an, nickte und verließ den Raum.

„Komme später wieder", sagte sie grinsend.

Tom blickte vorsichtig in Richtung der Kamera. Sie leuchtete grün! Tom stand auf, blickte auf die Wolkenkratzer und versuchte sich vorzustellen, wie es da unten wohl aussah. Er kannte die Straßenschluchten von New York, Los Angeles und San Franzisko. Aber das hier war anders. Soweit das Auge reichte, gab es nichts anderes außer diesen verspiegelten Wolkenkratzern. Es war fast unmöglich, sich vorzustellen, dass es hier früher nur kleine Fischerhütten gegeben hatte. Einige der Riesenkästen schienen noch nicht fertig zu sein. Gigantische Kräne drehten sich und man hatte den Eindruck, sie würden auf irgendeine merkwürdige Art miteinander kommunizieren.

Es musste doch eine Möglichkeit geben, dieses Gebäude zu verlassen. Er nahm sich vor, bei der nächsten Gelegenheit mit Corve darüber zu sprechen. Verschwinden konnte er doch sowieso nicht. Das war Tom völlig klar. Aber er wollte zumindest einmal raus hier.

Drei Tage verstrichen, in denen nichts passierte. Tom langweilte sich und fragte sich ständig, wie lange dieser Zustand noch anhalten würde. Chen konnte oder wollte ihm seine Frage nicht beantworten. Stattdessen servierte sie ihm das Essen und versuchte ständig, ihn mit einer unglaublich aufreizenden Garderobe sowie einem betörenden Duft zu verführen. Da aber Tom nicht reagierte, gab sie schließlich nach zwei Tagen auf.

„Was ist los mit dir?" wollte sie wissen.

„Ich muss mit Corve sprechen! So kann es nicht weitergehen!"

„Warum bist du so unzufrieden?" Sie versuchte sich an ihn anzuschmiegen, wurde aber sanft weggestoßen.

„Hat es etwas mit mir zu tun?"

„Nein, hat es nicht! Ich will einfach nur mal raus. Ich bin jetzt schon so lange hier eingesperrt und möchte mal wieder frische Luft atmen, verstehst du?"

Chen Lu nickte und öffnete die Fenster.

„Frische Luft!"

Tom lächelte vergeblich.

„Ich werde es ihm sagen!"

Tom schüttelte energisch den Kopf.

„Nein, das werde ich selber tun! Wo ist er?" Tom war aufgestanden und machte Anstalten, seine Suite zu verlassen.

„Das geht leider nicht!" Sie drückte auf ihre Uhr. Ein leises Klicken war zu hören. Die Tür war verriegelt.

Ungläubig starrte Tom seine chinesische Aufpasserin an. Aber die zuckte nur mit den Schultern und ging in den Nebenraum, wo er hörte, wie sie mit jemandem sprach. Kurz darauf kam sie zurück.

„Er erwartet uns!"

„Warum darf ich den Raum eigentlich nicht verlassen? Ich war doch schon draußen?" Er verschwieg ihr natürlich, dass er nachts bereits das Gebäude erkundet hatte, wurde aber den Verdacht nicht los, dass man ihm doch auf die Schliche gekommen war.

„Es ist zu gefährlich! Für uns und für dich!"

„Warum gefährlich?"

„Weil du Räume betreten könntest, die für dich gefährlich sein könnten", war die verklausulierte Warnung. „Dort haben nur die Mitarbeiter Zutritt, die in diesen Bereichen arbeiten. Außerdem wollen wir die Firma vor fremden Augen schützen."

‚Ausgerechnet die Chinesen wollen nicht, dass man hinter ihre Kulissen schaut, wo die doch in der ganzen Welt herumspionieren und plagiieren, was das Zeug hält', dachte Tom.

Er erinnerte sich, dass er nachts keine Türen hatte öffnen können bis auf die zu den Zombies.

Chen Lu deutete auf die Tür.

„Lass uns gehen! Corve wartet!"

Diesmal fuhren sie mit dem Fahrstuhl ganz nach oben und gingen durch die Tür, auf der „Roof Terrace" stand. Chen Lu öffnete mit ihrer Uhr die Tür, schob Tom hindurch und schloss sie wieder. Er war allein.

Einen Moment später kam Dr. Ben Corve auf ihn zu und begrüßte ihn äußerst freundlich.

„Wie geht es meinem Gast? Ich hoffe, es ist alles zu Ihrer Zufriedenheit?"

Tom verzog das Gesicht. Von wegen Gast! Er war die Geisel dieses Mannes, nichts weiter. Und trotzdem tat der so, als ob er sich in einer Art Erholungsurlaub befinden würde.

„Es geht mir nicht gut, Corve! Und das wissen Sie, denn Sie beobachten mich den ganzen Tag!"

„Ach das! Das ist doch nur zu Ihrer Sicherheit. Wir wollen auf keinen Fall riskieren, dass Ihnen etwas passiert. Ich sagte es schon, Sie sind für mich die wichtigste Person in diesem Gebäude. Das ist auch der Grund, warum Sie unser Forschungszentrum bisher nicht verlassen durften. Nicht auszudenken, wenn Ihnen etwas passieren würde. Das gilt so lange, bis wir hinter Ihr Geheimnis gekommen sind."

Tom fühlte, wie sein Adrenalinspiegel anstieg.

„Wissen Sie was? Das interessiert mich einen Scheiß. Erst kidnappen Sie mich, dann quartieren Sie mich in einer Luxussuite ein und teilen mir eine zugegebenermaßen sehr hübsche Nutte zu, um mir dann zu sagen, dass Sie mich hier für wer weiß wie lange einsperren." Er war drauf und dran, diesem hässlichen kleinen Männlein mal so richtig eins auf die Schnauze zu geben. Corve, der die Aggressivität in Toms Augen sehen konnte, wich einen Schritt zurück.

„Können wir das nicht in Ruhe besprechen?"

„Da gibt es nichts zu besprechen! Sie haben mich eingesperrt und ich will raus hier. Wenn Sie wollen, dass ich mitspiele, dann müssen Sie mir schon etwas mehr entgegenkommen!"

Corve legte scheinbar nachdenklich den Kopf etwas zur Seite, wandte sich Richtung Brüstung der Terrasse und machte eine raumgreifende Bewegung.

„Ist das nicht fantastisch? In diesem Land hier ist alles möglich. Vor etwas mehr als hundert Jahren war das hier noch eine sehr ärmliche Gegend. Und heute? Heute haben die Chinesen selbst die Amerikaner als größte Wirtschaftsmacht abgelöst und beim Lebensstandard überholt. Die Kommunistische Partei und ihr Führer zeigen dem Volk, wo es lang geht. Und sie haben Erfolg damit. Forschungszentren aus der ganzen Welt siedeln sich hier an. Silicon Valley, das war gestern, verstehen Sie? Genau deswegen bin ich hier. Nur hier wird es uns gelingen „Vita 1" so zu verändern, dass es funktioniert." Corve hatte sich regelrecht in Rage geredet.

„Und wie kommt es, dass dieser von Weinheim hier ist. Haben Sie den auch gekidnappt?"

Ruckartig drehte sich Corve um und nickte Tom wissend zu.

„Ich weiß, dass Sie ihn gesehen haben, mein Freund! Wir haben Sie beobachtet, um zu sehen, wie Sie reagieren würden. Sie haben sich tapfer geschlagen, muss ich sagen. Kompliment, nicht jeder hätte so reagiert!"

Tom dachte, der Boden unter seinen Füßen würde beginnen, sich zu drehen. Hatten die tatsächlich die Kamera ausgeschaltet und die Tür zu dieser merkwürdigen Klinik nur seinetwegen nicht verriegelt? Und alles nur, um zu sehen, wie er reagieren würde? Wie irre war das denn? Dahinter musste noch etwas anderes stecken. Er würde es noch herausfinden.

„Hören Sie, Corve, ich bin nicht ihr Freund. Und ich will nicht ständig von Ihnen verarscht werden! Ich will nur hier raus! Das wissen Sie!" Dann trat er mit lauter Stimme auf Corve zu, der abwehrend die Hände hob, schaute ihm direkt in die Augen und sagte: „Wie ist es Ihnen verdammt noch mal gelungen, diesen Deutschen hierherzuholen? Haben Sie den auch gekidnappt?" Tom machte einen kleinen Schritt zurück.

„Mitnichten. Eigentlich ist es eine recht traurige Geschichte. Aber er ist ganz freiwillig hier, wie die anderen auch. Es ist nicht geheim. Ich erzähle es Ihnen! Aber nehmen Sie doch bitte erst einmal Platz!" Corve deutete auf die weiße Sitzecke mit Blick über die Dächer der Stadt. „Etwas zu trinken?"

„Nein!"

„Wie Sie wollen!" Corve nahm sich einen Bourbon und lehnte sich mit dem Rücken an die Brüstung, hinter der es mehrere Hundert Meter in die Tiefe ging.

Tom überlegte kurz, ob das eine Lösung war, verwarf den Gedanken aber schnell wieder, da er das Gebäude nicht würde verlassen können.

„Eines Tages, es war etwa ein halbes Jahr nach meiner Flucht aus den USA, rief mich von Weinheim an. Ich weiß bis heute nicht, wie er an meine Nummer gekommen ist. Jedenfalls rief er mich an und wollte wissen, wo ich sei und was ich mache. Ich war damals in einem Labor tätig, um die hiesigen Gepflogenheiten und die Sprache zu lernen."

„Und was wollte er?"

„Na was schon? Es ging ihm dreckig, und er glaubte, ich sei der Einzige, der ihm wirklich helfen könne. Und so ganz Unrecht hatte er ja auch nicht. Immerhin hatte ich „Vita 1" entwickelt. Aber deswegen wusste ich noch lange nicht, was bei ihm schiefgelaufen war. Er saß damals im Rollstuhl, brauchte rund um die Uhr Pflege und fühlte sich elend. Ich sagte ihm, dass ich mich melden würde, sobald ich ein eigenes Labor hätte. Wir blieben in Kontakt. Ein halbes Jahr später schien es ihm etwas besser zu gehen. Er gewann Zuversicht und rief mich wieder an. Es war seine Idee, zu mir nach China zu kommen. Und er deutete an, dass er die Hälfte seines immer noch beträchtlichen Vermögens in ein von mir zu gründendes Unternehmen stecken würde, wenn es mir gelänge, ihm aus seinem erbärmlichen Zustand zu helfen."

Tom war fassungslos. Nahm diese Geschichte, denn nie ein Ende? Ungläubig starrte er Corve an.

„Ja, und was soll ich sagen? Ich hatte die Sache schon fast vergessen, als von Weinheim hier plötzlich auftauchte. Ich war damals gerade dabei, dieses Gebäude umzubauen. Es war eines derjenigen, die aus der Pleite einer Immobilienfirma übriggeblieben und für einen Schnäppchenpreis zu haben waren. Wir waren überhaupt nicht auf so was vorbereitet. Aber irgendwann teilte mir eine meiner Mitarbeiterinnen mit, dass in der Lobby ein Herr von Weinheim aus Deutschland sei, der mich zu sprechen wünsche. Ich war total überrascht, weil ich nicht damit gerechnet hatte, dass er tatsächlich hier auftauchen würde. Niemand hier hat mit ihm gerechnet. Und tatsächlich, da saß plötzlich dieser Deutsche in seinem Rollstuhl in meiner Lobby und wollte mit mir sprechen."

„Aber was ist mit ihm passiert? Sie sagten doch, es sei ihm besser gegangen. Den Eindruck hatte ich nicht, als ich ihn gestern Nacht gesehen habe."

Corve begann vor Tom auf- und abzugehen, so als wolle er gleich einen längeren Vortrag halten.

„Wir haben es bis heute nicht verstanden. Und was mit ihnen passiert, ist immer dasselbe! Aber der Reihe nach. Da er nun einmal da war, habe ich ihn aufgenommen und in einer der Wohnungen hier einquartiert – im Übrigen war es dieselbe Suite, in der Sie jetzt wohnen. Aber er war neben Ihnen nun mal der Einzige, der „Vita 1" bekommen hatte. Ich ging damals davon aus, dass er uns wichtige Informationen liefern würde. Und zu Beginn war das auch so. Sein Blut lieferte uns durchaus wichtige

Ansatzpunkte bei der Erforschung von „Vita 1". Aber irgendwann setzte eine Veränderung ein. Ich hatte den Eindruck, als würde der Mann bei ansonsten körperlicher Gesundheit in eine Art Koma fallen. Zu Beginn waren es nur leichte Aussetzer, aber nach einigen Wochen erreichte er den Zustand, in dem Sie ihn gesehen haben. Es war grauenvoll! Denn schließlich war er ja in der Hoffnung zu mir gekommen, dass ich ihn aus diesem jämmerlichen Zustand wieder zurückholen könnte, in dem er sich seit der ersten Gabe von „Vita 1" befand."

Tom hörte wie versteinert zu. Immer wieder musste er daran denken, was er für ein Glück gehabt hatte.

„Wir haben alles getan, um das Produkt zu verbessern. Aber zu meiner Schande muss ich gestehen, dass es uns trotz aller Forschungen und Tests bis heute nicht wirklich gelungen ist!"

„Und was ist mit den anderen Menschen, die ich gesehen habe?"

Corve senkte den Blick, wie jemand, der kurz davorstand, zum Schafott geführt zu werden.

„Das sind alles Menschen, die uns die Partei, also der Staat, zur Verfügung gestellt hat. Es waren vor allem Hinrichtungskandidaten aus dem ganzen Land. Verurteilte Mörder, Vergewaltiger, Leute, die die Gesellschaft aussortiert hatte. Sie müssen wissen, dass Ihr Leben hier in China zu Ende ist, wenn Sie sich nicht so verhalten, wie es von Ihnen verlangt wird! Sie erhalten niemals eine zweite Chance, wenn Sie die erste vertan haben, verstehen Sie? Und so kam es, dass wir mit Unterstützung des Staates an diesen Personen unsere neuesten „Vita 1" Versionen testen durften. Aber leider war das Ergebnis immer dasselbe. Nachdem es ihnen kurz nach der Spritze sehr gut ging, brach der Organismus in einer zweiten Phase zusammen, um sich dann eine Zeit lang zu stabilisieren. Manchmal hatten wir den Eindruck, dass es ihnen wieder besser ging. Aber dann passierte immer wieder dasselbe. Das Gehirn schien sich wie bei

Alzheimer aufzulösen, nur viel schneller. Und zurück blieben die Zombies, die Sie gesehen haben. Nur mit dem Unterschied, dass sie nun nicht mehr zu altern scheinen. Wir beschäftigen inzwischen eine kleine Armee von Ärzten, Physiotherapeuten und Technikern, um die Leute irgendwie wieder zurück ins Leben zu holen. Bisher leider vergebens. Kennen Sie den Film „Zeit des Erwachens" mit diesem berühmten Schauspieler?"

Tom nickte. Der Film schilderte in erschütternden Bildern die wahre Geschichte eines Patienten, der an der Europäischen Schlafkrankheit litt.

„Robert de Niro?"

„Genau. So, oder so ähnlich verhält es sich mit unseren Patienten. Sie versinken in sich selbst und finden keinen Rückweg ins Leben. Sie sind praktisch Gefangene im eigenen Körper. Leere Hüllen, nichts weiter, genau wie in diesem Film. Nur dass unsere Patienten, verursacht durch die Gabe des Medikaments, nicht altern. Möglicherweise können sie in diesem Zustand ewig so weiterleben. Eine entsetzliche Vorstellung! Um ihnen zu helfen, haben wir es sogar schon mit unserer neuesten Link-Technologie versucht. Das heißt, wir haben in ihre Gehirne Chips implantiert, um sie von außen durch eine Dauerstimulation wieder zurückzuholen. Alles vergebens. Verstehen Sie jetzt, warum Sie hier sind? Sie tragen etwas in sich, was diesen Menschen vielleicht helfen kann. Das ist auch der Grund, warum Sie diese Menschen sehen durften. Wir hoffen auf Ihr Kooperation, um ihnen zu helfen!"

Tom sah Corve abschätzig an. Er nahm ihm nicht ab, dass es ihm um diese Menschen ging.

„Und Sie, was ist mit Ihnen?"

„Ich werde der Erste sein, der das neue, wirksame „Vita 1" bekommt, das erste Medikament, das wirklich zuverlässig funktioniert. Und wir sind dank Ihnen so dicht dran!" Diesmal schaute Corve Tom direkt in die Augen, der dem Blick standhielt und seine ganze Kraft hineinlegte, um Corve zu zeigen, mit wem er es zu tun hatte. Corve wandte er sich ab, nahm das Glas mit dem Bourbon und trank es in einem Schluck aus. Dann hob er das leere Glas hoch. „Das hier ist das einzig Positive, das mir aus Amerika geblieben ist!" Corve ließ ein bitteres Lachen folgen. Dann machte er eine kurze Pause. „Kommen Sie her, John! Was für ein wundervoller Tag? Kommen Sie und genießen Sie mit mir den Ausblick!"

Tom, der nach dem Gehörten nicht die geringste Lust auf eine wie auch immer geartete Konversation mit Corve hatte, blieb demonstrativ sitzen. In ihm rumorte es. Die Gedanken überschlugen sich geradezu. Er musste immer wieder an von Weinheim denken, der dort unten vor sich hinvegetierte. Der Mann war reich gewesen und hatte Genforce gekauft, weil er glaubte, sich damit ein verlängertes oder vielleicht ewiges Leben zu erkaufen. Er hatte alles verloren und war nun auch noch als Versuchskaninchen in den Fängen dieses gierigen und völlig entmenschlichten Verbrechers gelandet. Tom verstand nicht, wie Corve angesichts dieses unermesslichen Grauens in der Lage war, scheinbar sorglos in die Sonne zu blicken. Eine Kategorie wie Verantwortung oder Schuld schien es für ihn nicht zu geben.

Andererseits hatte Tom nicht erwartet, dass Corve mit ihm so offen über seine Pläne sprechen würde. Er fühlte sich förmlich überrumpelt. Und plötzlich sah Tom den Mann hinter dieser widerlichen Fassade in einem ganz anderen Licht. Er sah einen verzweifelten alten Mann, der Angst vor dem Tod hatte und am Ende seines Lebens immer noch einem wahrscheinlich unerfüllbaren Traum nachjagte. Vielleicht irrte Tom sich aber auch, und der Mann vor ihm hatte inzwischen so große Schuldgefühle, dass er gar nicht mehr anders konnte, als weiterzumachen. Erst war es ihm aus Profitgier und Geltungsbewusstsein egal gewesen, ob Menschen bei seinen Versuchen zugrunde gingen, und nun, kurz vor seinem eigenen Ende, versuchte er, sich als Retter zu präsentieren. Schlimm war, dass er dabei von der Partei mit allem unterstützt wurde, was er brauchte, um das lang ersehnte Medikament herzustellen.

Tom versuchte, sich seine Gedanken nicht anmerken zu lassen. Aber je mehr er darüber nachdachte, umso deutlicher wurde ihm, dass auch sein Leben an einem seidenen Faden hing. Denn wenn es für seine Forschungen oder was auch immer irgendwie nützlich war, würde Corve wahrscheinlich keine Sekunde zögern, ihn zu opfern.

Er saß in der Falle dieses Wahnsinnigen. Tom sah mit einem Mal und noch viel deutlicher als noch vor ein paar Tagen, dass er nur dann eine Chance hatte, wenn er mitspielte. Solange er das tat, würden sie ihn wahrscheinlich in Ruhe lassen. Gleichzeitig, das sah er jetzt, musste er versuchen, einen Weg zu finden, von hier wegzukommen. Dann kam ihm der Gedanke, was eigentlich mit ihm passieren würde, wenn Corve erfolgreich war. Aber diese Frage konnte er sich stellen, wenn es so weit war.

Nachdem all diese Gedanken blitzartig durch seinen Kopf geschossen waren, gab Tom sich einen Ruck, stand auf und ging auf Corve zu, der immer noch an der Brüstung stand. Corve, der es aus dem Augenwinkel gesehen hatte, drehte sich blitzschnell zu ihm um. Misstrauen pur konnte Tom in seinen Augen lesen. Dieser Mann hatte Angst!

„Ich nehme dann doch noch einen Drink, Ben!"

Corve verzog sein Gesicht zu einem Lächeln, von dem sich nicht sagen ließ, ob es Freude oder Misstrauen widerspiegelte.

„Natürlich, John! Ich freue mich aufrichtig, Sie jetzt an meiner Seite zu haben!" Damit ging er zum Tisch, füllte die beiden Whiskeygläser, schob eines zu Tom und prostete ihm zu.

„Auf unseren Erfolg!"

Tom nahm das Glas, leerte es in einem Zug und stellte es wieder auf den Tisch.

„Wenn ich diesen Menschen helfen kann, warum nicht? Ich hätte nur gerne etwas mehr Bewegungsfreiheit und würde gerne regelmäßig mit meinem Sohn telefonieren können! Das werden Sie doch verstehen! Haben Sie eigentlich Kinder?"

„Darüber können wir reden! Geben Sie uns einfach noch ein paar Tage, bis wir uns etwas mehr aneinander gewöhnt haben. Ich möchte, dass wir uns ab jetzt täglich sehen und miteinander unsere Erfahrungen austauschen. Sagen wir eine Woche lang? Dann sehen wir, wie weit wir sind, John. Ist das für Sie ok?"

„Habe ich denn eine Wahl?"

„Eigentlich nicht!", erwiderte der kahlköpfige kleine Kerl mit schiefem Grinsen und drückte auf sein Telefon.

Sekunden später betrat Chen Lu den Raum und holte Tom ab.

„Morgen zur gleichen Zeit, John!"

„Gut, Ben, ich werde da sein!"

Hongkong - Shenzen

Knapp dreizehn Stunden später, nachdem sie in LA gestartet war, landete die Boeing auf dem Hongkong International Airport. Während des Landeanflugs blickte Marc mit äußerst gemischten Gefühlen auf das Meer und das sich nähernde chinesische Festland, das hier in Hongkong noch vor nicht allzu langer Zeit von den Briten als Kronkolonie verwaltet worden war. Als er jedoch den Flughafen von oben sah, war er beeindruckt. Er hatte die filigrane Form eines überdimensionalen Rochens.

Nach einem akribischen Sicherheitscheck, durchgeführt von humorlosen Beamten, deren Gesichter nicht den geringsten Rückschluss auf irgendwelche Gefühle zuließen, verließen Mitch und Marc das Terminal, wo sie Ausschau nach dem avisierten Kontaktmann hielten.

Der Mann stand etwas abseits der Automatiktüren und hielt ein Schild mit Mitchs Namen hoch.

„Robert Westinghouse! Mister Fairbanks? Mister Sparks? Herzlich Willkommen in Hongkong!", wurden sie freundlich von dem riesigen, schmalen, in einen schwarzen Businessanzug gekleideten Mann begrüßt. „Mein Wagen steht da hinten im Parkhaus. Hatten Sie einen guten Flug?"

„Ich denke schon. Wir haben beide vergeblich versucht, ein wenig Chinesisch zu lernen. Oder wie sieht es bei dir aus, Marc?"

Der zuckte mit den Schultern und überlegte, ob die kurze Lektion überhaupt etwas gebracht hatte. Immerhin hatte er etwas über chinesische Geschichte und Gebräuche gelernt. Und die Liste der sogenannten „Dos and Don'ts" würde ihnen wahrscheinlich noch nützlich sein.

„Da kann ich Sie etwas beruhigen. In den großen Städten kommt man mit Englisch meistens ganz gut zurecht! Auf dem Land ist es schwieriger. Aber da wollen Sie ohnehin nicht hin, oder?"

Sie stiegen in einen riesigen schwarzen SUV, der mit chinesischen Schriftzeichen, vermutlich Werbung, versehen war, und verließen das Parkhaus.

Westinghouse, ein Mann von zwei Meter Größe, stach aus der Masse der kleineren Chinesen heraus. Das glatte schwarze Haar und das schmale Gesicht verliehen ihm ein jugendliches Aussehen. So hatte Marc sich immer einen erfolgreichen Manager vorgestellt. Westinghouse blickte zu Mitch und Marc in den Rückspiegel und lächelte freundlich.

„Ich habe Sie in einem netten kleinen Hotel in der City von Shenzen untergebracht. Bis dahin sind es keine dreißig Kilometer. Aber vorher fahren wir noch zu einer Hertz Autovermietung. Mobil sein ist hier alles! Die Stadt hat zwar auch eine gut ausgebaute U-Bahn, aber manchmal ist ein Auto praktischer. Ich weiß, wovon ich rede!"

Nach einer halben Stunde fuhren sie auf den Hof einer Autovermietung und liehen sich einen der kleineren BYD's, die recht günstig angeboten wurden.

„Folgen Sie mir einfach bis zum Hotel. Ich muss Sie dort für heute leider verlassen. Aber ich denke, Sie werden sich erst einmal etwas erholen wollen. Rufen Sie mich einfach an, wenn Sie Hilfe brauchen. Hier ist meine Karte!" Er gab Mitch eine Visitenkarte, die dieser einsteckte.

„Danke, wir melden uns! Und schon mal vielen Dank, dass Sie bereit sind, uns zu helfen!"

„Eins noch!" Westinghouse hielt Mitch am Ellenbogen zurück. „Es ist nur ein Tipp. Laden Sie sich auf keinen Fall „We Chat" herunter. Es ist die perfekte Überwachungsapp. Wenn die Partei oder die Polizei etwas über Sie erfahren will, dann geht das am besten über diese App. Also Finger weg! Auch würde ich nicht unbedingt mit dem Autonavi navigieren. Auch das wird normalerweise überwacht. Am besten ist es, wenn Sie sich einen dieser vorsintflutlichen Stadtpläne besorgen, die in den Hotels ausliegen. Hier in China kommt man dem Überwachungsstaat, den Orwell in seinem berühmten Buch beschrieben hat, schon ziemlich nah. Das habe ich am Anfang auch erst einmal lernen müssen. Und Sie wollen doch so wenig wie möglich auffallen, stimmt's?"

Mitch und Marc sahen sich an und nickten.

„Am besten wäre es, wenn niemand merkt, dass wir überhaupt hier sind! Aber das ist bei den Kontrollen am Flughafen illusorisch!"

Sie verabschiedeten sich von Westinghouse, der in seinem Wagen voranfuhr und sie an einem der kleineren Hotels absetzte. Das Gebäude lag am Rande der Innenstadt im Stadtteil Shekou unweit der riesigen Konzernzentralen von Alibaba und Tencent. Dieser Stadtteil gehörte 1979 zur ersten Sonderwirtschaftszone, die unter Deng Xiaoping gegründet worden war. Heute war der Stadtteil nur noch einer von vielen, in denen sich Hightech Konzerne mit ihren gläsernen Protzbauten ausbreiteten. Aber auch wenn man es auf den ersten Blick nicht gleich wahrnahm, so konnte man auf den zweiten schon den beginnenden Verfall ausmachen. Konzerne wie Alibaba und Tencent hatten längst ernst zu nehmende Konkurrenz bekommen. Die Mieten waren zwar nicht mehr so hoch wie in den jetzt angesagteren Teilen der Stadt. Aber viele Firmen bemühten sich inzwischen dennoch, ihre Konzernzentralen zu verlagern.

Marc und Mitch fuhren in die Tiefgarage des Hotels, das direkt neben einem der sogenannten Dienstleistungszentren der Partei für die Massen lag. In diesen Zentren versuchte man, das Volk auf die Partei einzuschwören, indem man die Bevölkerung dazu anhielt, verschiedenste Kurse und Weiterbildungen im Sinne der Kommunistischen Partei zu besuchen.

Shenzen, das aus verschiedenen Fischerdörfern hervorgegangen war, hatte lange als Modellstadt gegolten. Und mit seiner Nähe zu Hongkong, den Elektrobussen, dem Fahrradverbot auf den Straßen, dem unglaublichen Bauboom und den Hightechfirmen war es das vielleicht auch einmal gewesen. Aber seit der Pleite von Evergrande waren mit einem Mal Fragen aufgetaucht, die man früher nie zu stellen gewagt hatte. Das Image der Modellstadt hatte begonnen zu bröckeln. Überall grinste einem der neue chinesische Führer entgegen, der den uralten Xi abgelöst hatte.

Beim Einchecken wurden sie von eine freundlichen Rezeptionistin darauf hingewiesen, ja fast genötigt, sich die App „WeChat" herunterzuladen. Sie würde das Leben gerade für ausländische Touristen sehr erleichtern. Sie versprachen, es sich zu überlegen. Sie taten es nicht!

Ein paar Stunden später und frisch geduscht, setzten sich Marc und Mitch zusammen. Sie brauchten einen Plan. Mitch schlug vor, sich am nächsten Morgen mit Westinghouse zu treffen. Sie mussten auszuloten, wie sie sich so unauffällig wie möglich in der Stadt bewegen konnten. Als Erstes würden sie das Gebäude finden müssen, in dem man Tom vermutlich gefangen hielt. Und wenn sie herausgefunden hatten, wo er war, mussten sie im zweiten Schritt versuchen, Kontakt zu ihm bekommen.

Gegen Abend beschlossen die beiden, die Stadt ein wenig näher kennenzulernen und fragten an der Lobby nach angesagten Clubs. Dann bestellten sie ein Taxi, dass sie in das Futian Viertel bringen sollte, dem laut Stadtführer und CityApp luxuriösen Zentrum des Nachtlebens in Shenzen. Mitch hatte von einer Bar für Bierliebhaber gelesen, dem Bionic Brew. Er schlug vor, sich dort bei ein oder zwei Bier und einer Pizza von dem Flug zu erholen. Als sie das Hotel verließen, riss sich Marc noch einen der Citypläne von dem Abreißblock ab. Das Taxi setzte sie in der Nähe der Bar ab. Der Fahrer beschrieb ihnen den Weg zu der Kneipe, die sich in einer kleinen Seitenstraße befand und noch nicht alles an chinesischer Ursprünglichkeit eingebüßt zu haben schien. Allerdings war Marc entsetzt über die Ratten, die vor ihnen in die Kanalisation huschten. Dann fiel ihnen auf, dass viele der Passanten der Gegend mit tief in das Gesicht gezogenen Basecaps unterwegs waren. Kein Wunder! Mitch zeigte auf die vielen Kameras, die überall an den Hauswänden und Laternenpfählen angebracht waren und permanent auf die Passanten herabzoomten. Hier, wo auch Alkohol ausgeschenkt wurde, war die Überwachung doppelt so intensiv.

Das Bionic Brew bestand scheinbar aus einem einzigen riesigen Bierregal. Mitch war hellauf begeistert. Bier aus den unterschiedlichsten Teilen der Welt wurde angeboten. Sie bestellten eine Pizza, die aus irgendeinem anderen Laden angekarrt wurde und daher nur noch lauwarm war. Das Bier aus dem Freistaat Bayern in Deutschland allerdings war gut.

Marc beobachtete, wie selbst der Eingang der Bar von zwei Kameras überwacht wurde. Er hatte auf dem Flug davon gelesen, warum das so war. Die chinesische Regierung hatte auf Wunsch der kommunistischen Partei ein sogenanntes Sozialkreditsystem eingeführt, mit dem man die totale Kontrolle der Bevölkerung sicherstellen wollte. Verkauft hatte man den Bürgern das System jahrzehntelang mit dem Argument der höheren Sicherheit. Der eigentliche Sinn aber war es, durch die Vergabe oder den Abzug von Punkten wünschenswertes Verhalten und Loyalität der kommunistischen Partei gegenüber zu erzeugen. Zu Punktabzug führte unter anderem der Genuss von Drogen, zu denen auch Alkohol, also Bier, zählte. Wer zu wenig Punkte auf seinem Sozialkreditkonto hatte, der musste mit Einschränkungen zum Beispiel im Bereich sozialer Dienste, bei der Arbeitsplatzsuche oder mit Reisebeschränkungen und Ähnlichem rechnen. Zu Beginn war das System freiwillig gewesen, inzwischen aber flächendeckend verpflichtend eingeführt worden.

Marc deutete mit einer Kopfbewegung in Richtung der Kameras und schüttelte den Kopf. Mit den Dingern wurde bei den Gästen automatisch ein schlechtes Gewissen erzeugt, was wohl auch Sinn und Zweck der Sache war. Marc trank sein Bier aus und stand auf.

„Weißt du, ich hab jetzt schon keinen Bock mehr auf das Land!"

Mitch hatte verstanden, also nahmen sie sich ein Taxi und fuhren zurück ins Hotel.

Am nächsten Morgen, die Sonne stand schon hoch am Himmel, trafen sie sich mit Robert Westinghouse zum Frühstück. Nach ein wenig Smalltalk kam Westinghouse schnell zur Sache.

„Peter Seller, also Ihr Kumpel," Westinghouse sah Mitch vielsagend an, „hat mir ja schon ein wenig von euch erzählt. Aber weil hier grundsätzlich alle Telefonate abgehört werden können, hat er darauf bestanden, dass ihr mir persönlich erzählt, worum es geht. Also bin ich jetzt sehr gespannt!"

Mitch nickte und blickte sich vorsichtig um, ob jemand zuhören konnte. Dann sah er Marc an, der unmerklich Zustimmung signalisierte. Das allgemeine Gemurmel in dem Frühstücksraum war eine willkommene Geräuschkulisse. Also beugte er sich zu Westinghouse und begann den Teil der Geschichte zu erzählen, von dem sein Gegenüber seiner Meinung nach wissen musste, damit er ihnen helfen konnte.. Das Geheimnis von Marcs Vater sparte er bewusst aus.

„Das Problem ist, dass wir bisher mit Sicherheit lediglich sagen können, dass Marcs Vater hierher nach Shenzen entführt worden ist, und zwar in einem Ambulanzflieger. Bisher gibt es keinen Kontakt zu den Entführern und auch keine Forderung."

„Und was ist Ihrer Meinung nach der Grund für die Entführung?", hakte Westinghouse nach.

Mitch machte ein Gesicht, als bereite es ihm körperliche Schmerzen, wenn er Geheimnisse preisgeben musste.

„Also, wir glauben, dass es mit einer alten Geschichte zusammenhängt. Dahinter scheint ein Mann zu stecken, der vor vielen Jahren in den USA an einem bahnbrechenden Medikament geforscht hat. Es ging um einen Milliardenmarkt. Aber dann ist etwas schief gegangen, und der Kerl hat sich mitsamt seiner Forschungsergebnisse hierher nach China abgesetzt. Seitdem hat man nichts mehr von ihm gehört. Wenn man aber im Internet nach ihm sucht, stößt man hier in Shenzen auf eine Biotechfirma namens Maibentech. Haben Sie den Namen schon mal gehört?"

Westinghouse schüttelte den Kopf.

„Also diese Firma hat er mit einer Frau gegründet, die wohl enge Beziehungen zur kommunistischen Partei pflegt. Das kann man jedenfalls ihrer Karriere im Internet entnehmen. Und sie forschen laut ihrem Internetauftritt an verschiedenen Projekten. Es ist also davon auszugehen, dass der Mann seine Forschungen weitergeführt oder wieder neu aufgenommen hat. Wir denken, dass es um verschwundene Forschungsergebnisse geht, die dieser

Typ bei seiner Flucht aus den USA damals nicht mitnehmen konnte. Es geht um ein entscheidendes Puzzleteil. Und Marcs Vater, der damals mit dem Mann zusammengearbeitet hat, ist vermutlich im Besitz von genau den Informationen, die der Typ braucht, um seine Forschungen abzuschließen. Warum sonst hätte der Mann seinen Vater", Mitch machte eine Kopfbewegung zu Marc, „warum sonst hätte er ihn sonst nach so vielen Jahren plötzlich kontaktieren sollen?"

Westinghouse rührte in seinem Kaffee herum.

„Das ist ja eine völlig verrückte Geschichte!"

„Wir gehen im Moment davon aus, dass sein Vater hier in Shenzen irgendwo im Gebäude dieser Biotechfirma gefangen gehalten wird. Soweit ich gesehen habe, ist es keine fünfzehn Minuten von unserem Hotel entfernt. Man hat ihn zweimal mit Marc telefonieren lassen, wahrscheinlich um uns von Nachforschungen abzuhalten!"

„Und was hat er gesagt?"

„Nicht viel. Nur dass er angeblich irgendwann wieder zurückkommen wird."

Marc nickte vielsagend und übernahm.

„Ich konnte heute Nacht nicht schlafen und habe noch lange im Internet gesurft, um so viele Informationen wie möglich über diese Firma herauszubekommen. Dabei bin ich auf verschiedene Forschungsansätze gestoßen, an denen man dort arbeitet. Bei einigen Projekten zur Überwindung von schweren Krankheiten wie Alzheimer, Diabetes und Krebs, arbeitet man eng mit der Shenzen Universität zusammen. Die wiederum unterhält verschiedene Labore, in der Technik und Methoden entwickelt werden, die auch im militärischen Bereich einsetzbar sind. Stolz präsentiert man dort Erfolge im Bereich der Link Technologie. Wissen Sie, was das ist?"

Westinghouse hatte keine Ahnung.

„Dabei geht es um eine Technologie, bei der man Chips in das Gehirn von Menschen implantieren und diese dann manipulieren konnte. Das hat vor Jahren schon Elon Musk mit seiner Firma Neuralink gemacht. Schon mal gehört?"

„Stimmt, davon habe ich gehört. Das ist aber schon eine ganze Weile her, oder?"

„Ist es! Was ich damit nur sagen will, ist, dass es hier um einen Forschungskomplex geht, der sowohl medizinische als auch militärische Ansätze verfolgt. Und wir glauben, dass die Entführung meines Vaters irgendwie damit im Zusammenhang steht."

„Ok, verstehe! Das ist aber eine ziemlich große Nummer. Ist das nicht zu gefährlich? Und wie stellen Sie sich jetzt meine Hilfe vor?"

„Zunächst einmal müssen wir herausfinden, wo sich Marcs Vater überhaupt befindet. Das geht nur, wenn wir Zugang zu Corve und seiner Firma bekommen. Wir können da aber nicht einfach so hineinspazieren. Schon gar nicht bei der Überwachung, die hier allgegenwärtig ist. Was schlagen Sie vor?"

Westinghouse brauchte einen Moment, um das Gehörte zu verarbeiten. Er überlegte, nahm sich einen Joghurt und rührte darin herum.

„Also, wenn ich an Ihrer Stelle wäre, würde ich mir jemanden suchen, der als Chinese glaubwürdig ist und dort anheuert! Haben Sie Geld?"

„Geld ist glücklicherweise nicht das Problem. Solange uns die Banken hier nicht sperren, sind wir flüssig! Aber ich wüsste nicht, wie wir so jemanden finden sollen."

„Gut, dann habe ich eine Idee!"

Marc blickte Westinghouse direkt in die Augen.

„Bevor Sie weitersprechen, wie können wir sicher sein, dass wir Ihnen vertrauen können?"

Westinghouse verzog etwas verächtlich das Gesicht.

„Wäre ich sonst hier, junger Mann? Was habe ich davon, Ihnen zu helfen? Ich habe einen super Job, in dem ich genug Geld bekomme. Außerdem habe ich eine Frau und einen Sohn. Ich müsste nicht hier sein. Es ist nur ein Gefallen, den ich meinem Kumpel Peter schuldig bin. Ich habe ihm versprochen, Ihnen zu helfen! Sie müssen sich schon entscheiden, ob Sie mir vertrauen, oder nicht! Wenn nicht, ist das für mich auch in Ordnung. Dann stehe ich jetzt auf und Sie sehen mich nie wieder."

Mitch sah Marc leicht missbilligend an und legte seine Hand auf Westinghouse Arm.

„So war das nicht gemeint! Wir waren nur noch nie hier und sehen überall diese Kameras. Da kann man sich schon mal Sorgen machen", versuchte er die Situation zu retten.

Westinghouse verzog sein Gesicht zu einem leichten Grinsen.

„Man gewöhnt sich dran. Am Anfang hat es mir auch ständig Angst gemacht. Genau das will man damit erreichen. Aber die Leute vergessen es irgendwann. Man kann sein Leben eben nicht nur nach diesen Kameras ausrichten, verstehen Sie? Aber natürlich hat man es als Ausländer etwas einfacher als die Chinesen. Denn schließlich können wir das Land jederzeit wieder verlassen. Wenn du aber ein Chinese mit einem schlechten Score bist, dann wird es schwierig!"

Marc hatte begriffen, dass sie keine andere Möglichkeit hatten, als mit dem Mann zusammenzuarbeiten. Er kannte sich hier aus und hatte die notwendigen Kontakte, die ihnen fehlten. Also versuchte er, sein Misstrauen zu unterdrücken.

„Ok, sorry! War nicht so gemeint", sagte Marc kurz, ohne Westinghouse anzuschauen. „Sie sagten gerade, dass Sie jemanden an der Hand hätten, den Sie in die Firma einschleusen würden – einen Chinesen?"

„Genau, ein Chinese, der intelligent genug ist, um unerkannt zu bleiben und dennoch effektiv sein wird. Er ist allerdings nicht ganz billig."

„Aber woher wissen wir, dass die Firma ihn überhaupt hineinlässt?"

„Wissen Sie, es ist hier wie in den USA oder in Europa. Überall herrscht Mangel an wirklich guten Leuten. Fachkräfte, insbesondere solche mit Erfahrungen, werden immer gesucht. Die Bevölkerung ist völlig überaltert und echte Fachkräfte schwer zu bekommen. Manche Firmen stellen sogar auf Vorrat ein. Baihu, so heißt der Mann, ist perfekt dafür geeignet! Er ist Maschinenbauingenieur und hat in den USA studiert. Außerdem hat er irgendeine Zusatzausbildung im Bereich Chemie. Nicht ganz das, was wir brauchen, aber Maibentech wird garantiert zugreifen. Zumal er ein perfektes Scoring Konto hat! Da können die gar nicht anders, als zuzugreifen. Eine Frage habe ich aber doch noch. Sie erwähnten vorhin auch etwas von Militärtechnik, mit der sich die Firma beschäftigt?"

„Genau", stöhnte Marc. „Das meiste ist natürlich geheim. Aber ein paar Dinge findet man dann doch. Nehmen Sie nur die Link Technologie. Aber die sind in mehreren Bereichen unterwegs! Das kann man zwischen den Zeilen lesen. Auf jeden Fall ist immer wieder von der engen Zusammenarbeit zwischen Maibentech und der Universität die Rede."

„Militärtechnik! Das passt doch perfekt zu einem Maschinenbauingenieur, finden Sie nicht?" Westinghouse musste grinsen.

Sie kamen überein, dass Westinghouse diesen Baihu anheuern und sie sich noch am selben Abend treffen würden. Als Treffpunkt schlug Westinghouse seine Wohnung vor, da diese nicht überwacht wurde.

„Ich hole Sie gegen achtzehn Uhr ab. Jetzt muss ich aber erst einmal in meiner Firma nach dem Rechten sehen!"

Die Männer verabschiedeten sich.

Mitch und Marc verließen kurz darauf das Hotel, um mit ihrem Mietwagen die Gegend um das Gebäude von Maibentech zu erkunden. Da ihr Wagen getönte Scheiben hatte und jeder von ihnen ein Basecap trug, konnten sie ziemlich sicher sein, von den Kameras an den Kreuzungen nicht erfasst zu werden. An das Nummernschild dachte keiner von beiden.

Als sie die Taizi Road entlangfuhren, staunten sie über die unzähligen Hochhäuser mit ihren Glasfassaden. Aber es gab auch einiges an Leerstand und einige nicht fertiggestellte Bauruinen, die man gut an den offenen Fensterhöhlen erkennen konnte. Auf einigen Baustellen wucherte das Unkraut. Hier wurde schon lange nicht mehr gearbeitet. Einige Blöcke weiter bogen sie in die Shuiwan Road ab. Schon von Weitem fiel ihnen ein Gebäude auf, das sich auch äußerlich stark von den nüchternen Fassaden abhob. Mitch hatte es auf der Internetseite der Firma gesehen. Es erinnerte mit seiner extravaganten Architektur an den berühmten Aesculabstab. Wie eine Schlange wanden sich die Etagen um ein feststehendes Zentrum. Das musste es sein. Ein großzügig angelegter Parkplatz, umrahmt von einem kleinen Park, grenzte die Straße gegen das Grundstück ab.

Mitch fuhr dreimal langsam an dem Gebäude vorbei und stellte den Wagen in zweihundert Meter Entfernung auf der gegenüberliegenden Straßenseite ab. Sie betraten ein kleines Café, setzten sich an die Fensterfront zur Straße, von wo aus sie einen guten Blick auf das Firmengelände hatten. Dann bestellten sie zwei Amerikano.

Marc krampfte sich der Magen zusammen, als er daran dachte, dass dort drüben, keine zweihundert Meter von ihm entfernt, möglicherweise sein Vater gefangen gehalten wurde. Die Vorstellung war kaum auszuhalten.

„Und was jetzt?"

„Abwarten, wir bleiben jetzt erst einmal hier sitzen und beobachten, was da drüben so passiert. Irgendetwas ist immer zu beobachten", versuchte Mitch seinen Partner mit der Erfahrung aus unzähligen Überwachungen zu überzeugen. Aber Marcs

Talent bestand offenbar nicht darin, geduldig abzuwarten und ein Objekt zu beobachten.

„Ich halte es nicht aus! Ich muss etwas tun! Ich werde da jetzt rübergehen und mir ein Bild machen!" Marc versuchte aufzustehen, wurde aber von Mitch wieder auf seinen Stuhl gedrückt.

„Bist du verrückt? Wenn die dich finden, dann kassieren die dich garantiert auch noch ein. Das hatten wir doch besprochen. Kein Risiko! Oder willst du deinem Vater Gesellschaft leisten?"

Marc schüttelte verzweifelt den Kopf.

„Aber wir sitzen hier nur rum, während mein Dad ...!"

In dem Moment hörten sie das Geräusch eines sich nähernden Hubschraubers. Nachdem sie den Helikopter entdeckt hatten, sahen sie, wie das Fluggerät ganz oben auf dem Gebäude von Maibentech verschwand. Der Hubschrauber war mit einem roten Kreuz markiert gewesen. Es schien sich um einen Krankentransport zu handeln. Allerdings konnten sie nicht erkennen, was da vor sich ging. Es war schlicht und ergreifend zu weit weg.

Mitch bestellte einen zweiten Kaffee und eine Cola für Marc. Augenblicke später vibrierte Marcs Telefon. Das konnte eigentlich nur sein Vater sein. Er schaute Mitch fragend an. Der nickte nur und Marc nahm ab.

„Marc?"

„Ja, Dad! Wie geht es dir? Wo bist du?"

„Alles ok, soweit! Mir geht es gut. Ich bin an einem Ort, den ich im Moment noch nicht verlassen darf. Ich gehe aber davon aus, dass sich das bald ändern wird."

„Und wann?"

„Ich weiß es nicht! Sie brauchen mich für ihre Studien, weißt du? Und wenn ich ausreichend kooperiere, dann vielleicht schon bald. Ich kann hier zu einer wirklich großen Sache beitragen."

„Nein, ich will nur, dass du wieder zu uns zurückkommst!"

„Wir müssen geduldig sein, Marc. Dann wird alles gut, glaub mir!"

Mitch formte mit seinen Lippen das Wort Gebäude. Marc verstand sofort und fragte seinen Vater noch einmal.

„Aber wo bist du, Dad? Wirst du in einer Zelle oder einem Keller gefangen gehalten?"

„Nein, kein Keller, keine Zelle. Wie gesagt, es geht mir gut. Ich befinde mich in einem großen Gebäude und kann auf das Meer blicken. Aber ich muss jetzt Schluss machen. Bis bald. Ich rufe dich wieder an!" Tom hatte aufgelegt.

Mitch und Marc saßen noch etwa eine halbe Stunde in dem Café.

„Was meint er damit, er könne zu einer großen Sache beitragen?"

„Und er hat etwas davon gefaselt, dass er kooperieren müsse. Die Frage ist, wobei er kooperieren muss. Freiwillig macht er es jedenfalls nicht. So viel ist sicher!"

Marc nickte resignierend.

„Und was machen wir jetzt?"

„Wir beobachten weiter und bleiben bei unserem Plan!" Mitch legte seine Hand auf Marcs Schulter. „Wir kriegen das schon hin. Wir müssen nur verdammt vorsichtig sein!"

Im selben Moment sahen sie, wie eine schwarze Limousine mit getönten Scheiben das Gelände der Firma verließ und sich mit hoher Geschwindigkeit entfernte.

„Er sagte, er könne das Meer sehen!" Mitch öffnete die App mit dem Stadtplan von Shenzen und rief ihren Standort auf.

„Hier, siehst du?" Er zeigte auf das Maibentechgebäude. „Wenn er sich irgendwo im oberen Teil des Gebäudes befindet und aus dem Fenster blickt, kann er mit großer Wahrscheinlichkeit die Shenzen Bay sehen. Das ist nicht weit von hier. Dort gibt es Schiffe und eine Marina. War es das, was dein Vater uns mitteilen wollte?"

Ahnte sein Vater, dass sie bereits hier waren und nach ihm suchten? Aber wenn sein Vater es ahnte, würden es dann nicht auch seine Entführer vermuten? Bei diesem Gedanken krampfte sich sein Herz zusammen. Es durfte einfach nicht sein. Deswegen stieß er hervor:

„Nein, ich denke, sie können nicht wissen, dass wir bereits in der Stadt sind. Das ist unser Vorteil."

Mitch schwieg.

Sie zahlten, verließen das Café und wollten gerade in ihren Wagen einsteigen, als Marc Mitchs Arm nahm und nach oben zeigte.

„Vielleicht sollten wir einmal auf die andere Seite des Gebäudes fahren, dahin, von wo aus man das Meer sehen kann. Vielleicht gibt es einen Anhaltspunkt, wo mein Dad sich aufhält."

„Gute Idee!"

Sie fuhren einmal um den ganzen Gebäudekomplex herum und konnten von der zweiten Parallelstraße aus auf die Shenzen Bay Marina blicken. Auch hier gab es Hochhäuser, die allerdings deutlich kleiner waren als das Maibentechgebäude. Es überragte die anderen um einige Stockwerke. Mit bloßem Auge war nichts zu erkennen. Also beschlossen sie, mit einem Fernglas wiederzukommen.

Außerdem war es jetzt schon kurz nach siebzehn Uhr. Sie waren spät dran, und Westinghouse hatte gesagt, er wolle sie gegen achtzehn Uhr am Hotel abholen.

Tom

Es klopfte und als Tom öffnete, stand Corve mit zwei Gorillas vor der Tür, die Tom sofort gegen die Wand pressten, ihm die Arme auf den Rücken drehten und Handschellen anlegten. Dann wurde er in einen der Sessel gepresst.

„Es tut mir leid, John! Aber wir können kein Sicherheitsrisiko eingehen! Deswegen werden wir Sie für eine Weile in mein

Privathaus verlegen. Aber keine Sorge, dort werden Sie es genauso angenehm haben wie hier. Meine Frau persönlich wird sich um Sie kümmern! Sie wartet bereits auf Sie!" Er machte eine Handbewegung Richtung Tür.

Tom verstand kein Wort. Wieso war er plötzlich ein Sicherheitsrisiko? Oder war er selbst in Gefahr? Er hatte keine Ahnung. Wütend zerrte er an den Handschellen, spürte allerdings nur einen Schmerz in der Schulter, als einer der chinesischen Kahlköpfe seine Arme nach hinten oben riss.

„Lass mich los, du Scheißkerl!", fauchte er den Mann an, der kein Wort verstand. Und an Corve gewandt: „Was wollen Sie denn noch? Ich war doch kooperativ!"

Corve grinste ihn an und sagte etwas auf Chinesisch, woraufhin der Mann seinen Griff etwas lockerte.

„Lassen Sie uns später darüber reden. Im Moment habe ich noch eine Menge zu tun. Wir sehen uns heute Abend! Dann werde ich es ihnen erklären." Dann machte er erneut eine Handbewegung Richtung Tür.

Unsanft zerrte der Chinese Tom auf die Beine, während der andere ihn nach vorne Richtung Aufzug stieß. Als sie auf der Ebene der Tiefgarage angekommen waren, wurde er von einem der beiden wortlos zu einer großen schwarzen Limousine geführt und im Fonds angekettet. Der andere stieg ein, und der Wagen verließ mit hoher Geschwindigkeit das Gebäude, das kleine Café passierend, in dem Toms Sohn saß.

Westinghouse

Sie trafen sich kurz nach achtzehn Uhr in der Lobby des Hotels mit Robert Westinghouse, der sie zu seinem Wagen brachte.

„Wo fahren wir hin?" wollte Marc wissen.

„Es ist nicht weit bis nach Futian! Dort wohne ich, wie viele andere Ausländer. Insbesondere, wenn sie noch Single sind. Denn die Wohnungen sind relativ klein und teuer. Aber das gilt eigentlich inzwischen für die ganze Stadt."

Sie passierten unendliche Hochglanzfassaden und dann wieder offensichtlich leerstehende Wolkenkratzer. Fahrradfahren war verboten, um den Verkehr flüssig zu gestalten. Dennoch stauten sich die Fahrzeuge, trotz der unzähligen autonom fahrenden Taxen und der Untergrundbahn.

„Wir haben hier ein riesiges Problem mit dem Klimawandel. Die Chinesen haben dem Meer unter ihrem ehemaligen Führer Xi immer mehr Landfläche abgetrotzt und darauf gigantische Gebäude errichtet. Aber jetzt droht das Ganze wieder zu versinken. Fast wie in Venedig. Nur dass hier die Gebäude erst knapp sechzig Jahre alt sind. Es ist schon paradox. Aber die Chinesen haben schon immer geglaubt, dass sie alle Probleme mit Hightech lösen könnten. Sie fühlen sich anderen Völkern weit überlegen. Und das lässt sie den gesunden Menschenverstand vergessen. Konfuzius wird zwar sehr häufig zitiert, hat aber in Wirklichkeit ausgedient. Vieles erinnert an die Zeiten von Mao, wo man angeblich zum Wohle des Volkes völlig irrwitzige Entscheidungen getroffen hat, gegen jeden Sinn und Verstand. Und davon sind auch wir Ausländer betroffen. Das ist ein Grund, warum sich viele westliche Firmen in den letzten Jahren aus dem Land zurückgezogen haben. Gleichzeitig ist das aber natürlich auch gefährlich, denn die Arroganz der Macht kommt schon mal auf sehr seltsame Ideen. Die Kommunistische Partei erreicht ihre postulierten Ziele nicht mehr. Und um ihre Allmacht zu zeigen, können die schon mal auf dumme Ideen kommen. Ich sage nur Taiwan und Indonesien. Ich bin jetzt im sechsten Jahr hier und überlege, in die Vereinigten Staaten zurückzugehen. Es wird immer schwieriger in diesem Land."

Mitch und Marc nickten, sagten aber nichts, während der Wagen durch die Straßenschluchten glitt.

Dann bog Westinghouse ab und fuhr in eine Tiefgarage.

Seine Wohnung befand sich im achtundsechzigsten Stock und bot einen traumhaften Ausblick. Es gab allerdings nur eine kleine Küche, ein Bad, einen winzigen Flur und drei kleine Zimmer.

Marc hatte sich die Wohnung eines Managers größer vorgestellt. Aber in Shenzen waren die Mietpreise seit Jahrzehnten exorbitant hoch und stiegen immer weiter. Eine Wohnung zu kaufen war selbst für einen erfolgreichen Manager praktisch unmöglich.

„Wo ist Ihre Frau?"

„Sie ist Chinesin und mit unserem Sohn ein paar Tage zu ihren Eltern aufs Land gefahren."

Westinghouse bot ihnen einen Platz an, holte Bier aus dem Kühlschrank, öffnete die Flaschen und setzte sich seinen Gästen gegenüber in einen der weißen Ledersessel. Es gab in dem Raum nicht viel zu sehen, weder Bilder noch anderen Schmuck. Lediglich eine hässliche Plastikpflanze und ein Saugroboter waren vorhanden. Dagegen hing an der Marc gegenüberliegen Wand eine Riesenglotze, die so groß war, dass sie fast zwei Drittel der Wand einnahm.

„Wie sollen wir Ihrer Meinung nach vorgehen, Robert? Wir dürfen Sie doch Robert nennen?"

Westinghouse nickte zur Bestätigung und reichte seinen Gästen die Hand.

„Gerne! Auf unser Vorhaben! Prost!" Die drei stießen an.

„Also, soweit wir in Erfahrung bringen konnten, sind in dem Maibentechgebäude verschiedenste Einrichtungen untergebracht, die aber alle zu dem Unternehmen gehören. Dazu zählen Dutzende von Laboren genauso wie eine Krankenstation, Versorgungseinrichtungen und Wohnbereiche für die Angestellten. Besonders interessant scheint mir der Teil ganz oben zu sein.

Wir wissen, dass sich dort ein Hubschrauberlandeplatz befindet. Und ich vermute, dass es Aufenthaltsräume für besondere Gäste gibt, vielleicht sogar eine Wohnung, die Corve nutzt."

„Corve?" Westinghouse hob die Brauen.

„Das ist der Boss von dem Laden und derjenige, der meinen Vater vermutlich hat entführen lassen!"

„Ich weiß, aber ist er allein?"

Marc zuckte mit den Achseln.

„Keine Ahnung, ob seine Frau Mai Zhao in die Sache verwickelt ist. Aber der Name der Firma setzt sich unverkennbar aus ihren Vornamen zusammen."

„Ist Ihnen bekannt, dass sie eine relativ große Nummer in der Partei ist?"

„Nein, woher?" fragte Mitch.

„Ich kenne die Frau nicht, aber ich habe mich natürlich seit gestern auch etwas schlau gemacht. Sie hat auf jeden Fall eine steile Parteikarriere hingelegt. Deswegen kann sie mit der Firma auch tun und lassen, was sie will. Ich denke mal, sie ist der eigentliche Boss in dem Laden. Ich kann allerdings nicht beurteilen, ob das ein Vorteil oder ein Nachteil für unser Unternehmen ist. Auf jeden Fall hat sie die Unterstützung der Partei und dürfte mit den Forschungen einen Haufen Kohle verdienen. Und wenn es um Geld geht, sind die Chinesen paranoid."

„Also, was tun wir?", drängte Marc leicht genervt von Westinghouse Vortrag.

„Ich hatte ja schon von Baihu, dem Ingenieur erzählt. Wenn ihr einverstanden seid, wird er sich von Maibentech als Techniker anstellen lassen, vorzugsweise im IT-Bereich. Dort wird er wahrscheinlich rasch Zugang zu internen Bereichen erhalten und kann möglicherweise in Erfahrung bringen, wo sich dein Vater befindet. Die können viel verstecken, aber nicht alles!"

In dem Moment klingelte es und die Kamera des Eingangs zeigte ein chinesisches Gesicht.

„Das ist er!"

Minuten später öffnete Westinghouse die Tür und ließ einen kleinen, gut gekleideten Chinesen ein, der ein perfektes Englisch sprach. Westinghouse stellte sie einander vor. Baihu hatte ein breites, freundliches Gesicht. Westinghouse und er hatten sich in Westinghouses Firma kennen und schätzen gelernt, wobei Westinghouse ihm mehrfach aus finanziellen Nöten geholfen hatte. Baihu war zwar ein top ausgebildeter Ingenieur, aber eben auch ein notorischer Spieler, tat dies aber nur in illegalen Lokalitäten, um seinen Social Score nicht zu gefährden und war noch nie erwischt worden.

Nachdem Westinghouse die Situation geschildert hatte, fragte er den Mann, wie viel er für den Job haben wolle.

Der Chinese streckte den Rücken durch, deutete eine leichte Verbeugung an und sah Mitch und Marc mit einem Blick in die Augen, den niemand zu deuten wusste.

„Zehntausend jetzt und zehntausend, wenn der Auftrag erledigt ist", war alles, was er sagte und schob „in bar natürlich" hinterher.

Mitch und Marc, die nicht den Eindruck hatten, dass die Summe irgendwie verhandelbar war, sahen sich an und nickten.

„Ok, das geht in Ordnung!"

Da in China Bargeld noch immer einen hohen Stellenwert hatte, weil auch Bankkonten mittlerweile streng überwacht wurden, bat Mitch Westinghouse darum, die Bezahlung für sie zu übernehmen. Er würde den Betrag umgehend auf sein Konto überweisen.

„Und wie geht es dann weiter?" drängte Marc.

Baihu griff zu seinem Rucksack und entnahm ihm ein Gerät, das alle hier nur noch Pod nannten. Wortlos öffnete er ein Menü und zeigte es Westinghouse.

„Bewerbungsunterlagen!"

Westinghouse überflog die Sachen und nickte zufrieden.

„Das sollte passen! Die werden auf jeden Fall anbeißen. So eine Initiativbewerbung kann sich heute keine Firma mehr entgehen lassen!"

Es war alles vorbereitet, so dass Baihu nur noch auf „Senden" klicken musste. Ein „Thank you for your mail, we'll answer as soon as possible" zeigte an, dass seine Bewerbung bei Maibentech angekommen war.

„Jetzt müssen wir abwarten. Wenn er eingestellt ist, wird er sich so bald wie möglich um das Problem kümmern!"

„Wie lange wird das dauern? Die Zeit drängt! Wir haben kein Visum. Und ohne müssen wir das Land in vierzehn Tagen wieder verlassen", gab Marc zu bedenken.

„Übermorgen ist ein neuer Monat. Da Baihu offiziell gerade keinen Job hat, ist es gut möglich, dass er sofort anfangen kann."

„Hört sich gut an", brummte Mitch. „Und wir werden das Gebäude mal von der anderen Seite in Augenschein nehmen. Vielleicht finden wir einen Anhaltspunkt! Wann telefonieren wir?"

Baihu schüttelte energisch den Kopf.

„Wir sollten uns treffen und so wenig wie möglich telefonieren! Man weiß nie, ob nicht doch irgendein Algorithmus zuhört. Ich melde mich, wenn ich den Job habe!"

Mitch und Marc

Mitch und Marc waren sich darüber im Klaren, dass es wohl ein paar Tage dauern würde, bis Baihu oder Westinghouse sich melden würden. Also versuchten sie, die Stadt und das nähere Umfeld der Firma auf eigene Faust zu erkunden. Als erstes besorgten sie sich in einem der zahllosen Billigläden ein Fernglas.

„Made in Germany, Carl Zeiss Jena", fuhr Marc bewundernd über die schwarze Oberfläche und freute sich über das

Schnäppchen, das sie gemacht hatten. Sein Vater hatte auch immer eines dieser Marke besessen und es äußerst pfleglich behandelt.

„Im Leben nicht. Das ist ein Fake, ein Plagiat, wenn du mich fragst. Niemand schmeißt einem ein echtes Zeiss Fernglas hinterher."

Marc verzog das Gesicht. Wahrscheinlich hatte sein Partner mal wieder Recht. Hauptsache, das Ding erfüllte seinen Zweck. Sie zahlten und verließen den Laden.

Dann zogen sie los und fuhren erneut zu dem Hauptgebäude von Maibentech, diesmal auf die Rückseite. Sie parkten den Wagen vor einem winzigen Park und vergewisserten sich, dass sie nicht von einer Kamera erfasst wurden. Zu sehen war jedenfalls keine. Sie zogen ihre Basecaps tief ins Gesicht und fuhren das Fenster im Fond des Wagens herunter. Im Gegensatz zur Frontseite des Gebäudes waren hier lediglich die obersten vier Stockwerke verglast. Man konnte sehen, dass diese verspiegelten Bereiche durch eine Stahlkonstruktion voneinander getrennt waren. Und ganz oben konnte man Bäume, Bambus und andere Pflanzen ausmachen. Also eine Terrasse, eine Wohnung oder Ähnliches.

Marc

Sie hatten bereits Stunden damit zugebracht, die rückwärtige Fassade sowie die Umgebung des Maibentechtowers zu beobachten. Mitch hatte die Schnauze inzwischen voll, weil sein Magen durchhing. Er schlug vor, etwas in einem dieser kleinen Restaurants zu essen. Aber Marc war noch nicht hungrig und wollte bleiben.

„Dann hole ich mir da drüben irgendwas", deutete Mitch in die andere Richtung, wo sie vorhin an einem Schnellimbiss vorbeigekommen waren.

„Ok, bring mir einfach etwas mit – vielleicht mit Huhn, ok? Und eine Cola!"

Mitch tippte sich an die Stirn und stieg aus. Marc sah ihm hinterher und war froh, mal eine halbe Stunde seine Ruhe zu haben. Allein mit sich und seinem Vater, der irgendwo da oben sein musste.

Der Verkehr hatte inzwischen deutlich zugenommen. Es war Rushhour. Das ständige Hupen der Fahrzeuge ging Marc gehörig auf den Geist. Aber er ließ sich nicht beirren und beobachtete weiter, so gut er konnte.

Mitch war gerade einmal fünf Minuten weg, als Marcs Handy vibrierte.

„Dad?"

„Ja, wie geht es dir?"

„Sitze gerade auf unserer Terrasse und trinke ein Bier!"

„Wie spät ist es jetzt eigentlich bei dir?"

Marc wurde plötzlich heiß. Warum stellte sein Vater so eine seltsame Frage? Er konnte so schnell nicht reagieren, weil er die Uhr in seinem Handy natürlich auf Hongkonger Zeit umgestellt hatte. Deswegen sagte er wenig überzeugend:

„Es ist schon spät! Die Sonne …" Er hatte den Satz noch nicht zu Ende gesprochen, als er ein Klicken hörte. Die Leitung war tot. Warum hatte sein Vater so plötzlich aufgelegt? Oder hatte er auflegen müssen? Was für ein Mist. Irgendetwas war merkwürdig. Warum hatte sein Dad nach der Uhrzeit gefragt? Es ergab keinen Sinn. Wussten die etwa, dass er hier war?

Aus dem Augenwinkel nahm er zwei Polizisten wahr, die sich in seine Richtung zu bewegen schienen. Er blickte in ihre Richtung und merkte nicht, wie jemand eine Dose mit Reizgas in den offenen Fond des Fahrzeuges hielt und abdrückte. Zuerst nahm

Marc einen scharfen Geruch war, dann konnte er schlagartig nichts mehr sehen. Seine Augen brannten wie Feuer. Er hörte, wie jemand die Tür des Wagens aufriss und spürte, wie Hände nach ihm griffen, um ihn aus dem Wagen zu zerren. Marc schrie, wehrte sich mit Händen und Füßen, aber die fremden Hände waren stärker. Er hörte chinesische Stimmen, verstand kein Wort und schrie nochmals um Hilfe.

„Mitch!" Wo war Mitch? Der Schmerz in seinen Augen fraß sich durch den ganzen Körper und nahm ihm seine Kraft. War Mitch auf dem Rückweg? Er versuchte noch einmal zu rufen, erhielt allerdings einen Schlag gegen den Kopf, der diesen so heftig gegen den Türholm des Wagens schmetterte, dass er ohnmächtig wurde. Ein gnädiges Schwarz breitete sich aus.

Da sie darauf geachtet hatten, möglichst allen Kameras aus dem Weg zu gehen, hatte niemand von der Entführung etwas mitbekommen. Und niemand in den vorbeifahrenden Fahrzeugen interessierte sich dafür, was die Männer in der Polizeiuniform dort taten. Es war besser, wenn man sie ignorierte. Der Verhaftete war in den meisten Fällen selbst schuld an seinem Schicksal, das sagte zumindest die Partei.

Tom

Der Wagen hielt vor einer imposanten Auffahrt, deren Edelstahltor sich wie von Geisterhand zur Seite schob.

„Wo sind wir?"

Keine Reaktion! Der Fahrer blickte stur geradeaus. Wahrscheinlich verstand der Mann nicht einmal Englisch. Langsam rollte der Wagen auf einem gewundenen Weg bergan. Der Kies knirschte unter den Reifen. Üppiges Grün, vor allem große, alte Lorbeerbäume standen dicht an dicht und säumten die Auffahrt. Tom konnte verschiedene kleine Wege sehen, die in einen dschungelartigen Wald führten. Bunte Vögel flogen kreischend davon und beobachteten die Eindringlinge aus sicherer Entfernung. Ein paar Minuten später hielten sie vor einer Villa im alten englischen Stil, den jemand wahrscheinlich aus Hongkong abgekupfert hatte.

Der Fahrer ließ Tom angekettet im Wagen sitzen, ging die große marmorne Freitreppe hinauf und klingelte. Es dauerte nicht lange, bis eine kleine, elegant gekleidete Frau öffnete. Tom konnte nicht verstehen, worüber sie sprachen. Aber offensichtlich ging es um ihn. Die Frau zeigte auf einen kleinen Pavillon, der rechts, etwa fünfzig Meter neben dem Hauptgebäude stand.

Tom vermutete richtig, dass man ihn dorthin bringen würde. Im selben Moment kam der Fahrer zurück, richtete seine Waffe auf ihn und machte die Handschelle los. Die Waffe zuckte in Richtung des Pavillons. Also schälte Tom sich aus dem Fahrzeug. Der Chinese stieß ihn in Richtung Pavillon, macht ihn dort an einer in die Wand eingelassenen Stange fest und schloss die Tür. Tom hörte nur noch die Reifen des Wagens auf dem Kiesweg, die sich entfernten.

Er sah sich um. Wo hatten sie ihn hingebracht und warum? Es gab aus seiner Sicht keine sinnvolle Erklärung.

Der kleine Raum mit dem Bett und einem Vorraum war äußerst geschmackvoll eingerichtet. Sogar eine Vase mit Blumen stand auf dem Tisch. Links vom Bett führte eine Tür in ein Bad. Und natürlich gab es die unvermeidliche Kamera – es war das gleiche Modell wie in Corves Firma. Wahrscheinlich war das Ganze so vernetzt, dass Corve jederzeit sehen konnte, was Tom gerade tat. Das Gebäude machte von außen zwar einen altertümlichen und nicht besonders stabilen Eindruck. Aber wenn man genauer hinsah, konnte man feststellen, dass sich die Fenster nicht öffnen ließen. Vermutlich hatte man Panzerglas installiert. Eine Klimaanlage brummte leise vor sich hin. Indem er an der Stange nach links rutschte, konnte er mit der rechten

Hand einen kleinen Kühlschrank erreichen und öffnete ihn. Jemand hatte ihn mit Bier und anderen Getränken gefüllt. Er nahm sich eine Dose und trank sie fast mit einem Mal leer. Die hatten wirklich an alles gedacht.

Die alles entscheidenden Frage war, warum man ihn überhaupt hierhergebracht hatte. Tom nahm sich noch ein Bier und versuchte zu erkennen, ob draußen etwas passierte. Er konnte gerade noch sehen, wie sich die Tür des großen Hauses öffnete und die zierliche Chinesin, die er schon zuvor gesehen hatte, sich auf den Pavillon zubewegte. Sie zog etwas, das aussah wie ein Handy, aus der Tasche und öffnete damit die Tür des Pavillons.

„Mein Name ist Mai Zhao. Endlich lerne ich Sie auch mal kennen. Mein Mann hat schon so viel von Ihnen erzählt, Mister Sparks! Es tut uns ausgesprochen leid, dass wir Ihnen solche Unannehmlichkeiten bereiten müssen. Aber ein klein wenig sind Sie auch selber daran schuld, nicht wahr?" Sie lächelte.

Mai Zhao war eine äußerst zierliche Person, die sich mit ihren scharf geschnittenen Gesichtszügen von vielen ihrer Landsleute abhob. Sie trug ein buntes Gewand mit Blumen und Vögeln, das ihr bis zu den Füßen reichte und hatte die langen schwarzen Haare hinten zusammengebunden.

Tom wollte etwas sagen, verkniff es sich aber. Man sollte den Gegner immer erst einmal kommen lassen. Daher versuchte er, ein erstauntes Gesicht zu machen und zuckte mit den Schultern.

„Geht es Ihnen gut, Mister Sparks? Mein Mann und ich möchten, dass Sie sich bei uns wohlfühlen wie ein gern gesehener Gast!"

„Wie soll ich mich wohlfühlen, wenn ich hier festgekettet bin?" Ungeduldig zerrte er an seiner Fessel.

„Natürlich! Warten Sie, ich nehme sie sofort ab."

Wieder holte die Frau das kleine Gerät aus der Tasche und entsperrte die Handschelle. Tom überlegte, ob er einfach an ihr vorbei ins Freie stürmen sollte. Die zierliche Person würde ihn nicht aufhalten können. Er warf einen sehnsüchtigen Blick nach draußen.

„Sie machen doch keine Dummheiten, oder?" Mai Zhao, die Toms Blick wohl richtig gedeutet hatte, machte eine einladende Bewegung Richtung Garten.

„Kommen Sie, wir können gerne einen kleinen Spaziergang machen. Ich zeige Ihnen den Garten. Es ist schön hier, vor allem ruhig. Und man hat einen großartigen Blick auf die Stadt!" Sie betraten einen schmalen Pfad, der sich durch üppiges Grün schlängelte. Die Lorbeerbäume standen hier so dicht, dass sie wie eine grüne Mauer wirkten. Tom stand der Schweiß auf der Stirn. Die Luftfeuchtigkeit war extrem hoch. Er blickte sich suchend um, konnte aber keine Kamera oder ähnliches entdecken. Warum sollte er nicht jetzt, in diesem Moment abhauen? Aber dann fiel ihm wieder der Chip ein. Außerdem hatte er keine Ahnung, wo er war.

„Mein Mann und ich haben diese Firma gemeinsam vor Jahren aufgebaut. Ich bin Biochemikerin wie er und beschäftige mich zudem mit Humangenetik."

Wohl, weil er noch keinen Ton gesagt hatte, zupfte sie ihn vorsichtig an seinem schweißnassen Hemd.

„Nun kommen Sie schon. Es ist doch wirklich schön hier draußen!"

Sie tat so, als sei er ein Gast und frei. Aber er hatte den Chip in sich. Er konnte nicht weg. Das wussten sie beide.

„Was meinten Sie mit, ich sei selber ein wenig schuld an meiner Misere, Miss Zhao?"

Die Frau lächelte ihn mit einem hintergründigen Gesichtsausdruck an.

„Sagen Sie Mai zu mir, bitte! Und nun zu Ihrer Frage. Waren es nicht Sie, der damals aus dem Projekt ausgestiegen ist? Wenn das nicht passiert wäre, vielleicht hätte mein Mann sein Ziel schon längst erreicht. Und meinen Sie wirklich, es sei uns entgangen, dass hier in Shenzen jemand nach Ihnen sucht? Wir Chinesen sind nicht so dumm, wie Sie vielleicht glauben! Und es gibt noch ein paar Gründe mehr. Aber davon erzähle ich Ihnen vielleicht später einmal!"

„Ich habe keine Ahnung, wovon Sie reden. Und wer sollte schon nach mir suchen?"

Auf dem Gesicht der Frau zeichnete sich ein leichtes Lächeln ab.

„Das hätte ich an Ihrer Stelle auch gesagt! Aber auch, wenn Sie es tatsächlich nicht wissen sollten, wir haben es recht schnell mitbekommen. Und das ist auch einer der Gründe, warum wir Sie erst einmal hier in Sicherheit gebracht haben. Alle Tests und was wir sonst noch von ihnen brauchen können wir auch hier durchführen. Ich werde mich persönlich um Sie kümmern. Und vielleicht, haben wir uns gedacht, macht es die Sache für Sie und uns etwas angenehmer. Aber kommen Sie erst einmal mit, John!"

Sie ging mit federndem Schritt voraus und führte ihn zu einem Platz, von dem aus man einen grandiosen Blick über die Stadt und die Shenzenbay hatte. Tom folgte ihr mit bewunderndem Blick. Corve hatte wenigstens Geschmack bewiesen. Urplötzlich endete der Weg an einer steilen Abbruchkante.

„Bei gutem Wetter können Sie von hieraus bis nach Hongkong sehen. Aber heute ist es leider etwas zu diesig."

Tom, dem nicht nach Sightseeing war, fragte sich, was als Nächstes passieren würde. Deswegen tat er so, als würde ihn die Aussicht nicht interessieren. Er sagte kein Wort.

„Sie können sich hier überall frei bewegen, aber versuchen Sie nicht, das Gelände zu verlassen. Ihr Chip wird von unseren Sicherheitsanlagen erkannt und die schlagen sofort Alarm, wenn Sie auch nur in ihre Nähe kommen. Sehen Sie diese weißen Markierungen?" Sie zeigte auf einen der großen Bäume.

Tom hatte sich schon gefragt, warum viele der Lorbeerbäume in zwei Meter Höhe mit weißen Augen bemalt waren.

„Bis dorthin dürfen Sie sich bewegen. Aber nicht darüber hinaus. Dort ist Schluss!" Ihr Gesicht nahm einen harten Ausdruck an. „Möchten Sie es ausprobieren? Es wird ihnen eine bleibende Erinnerung sein!" Sie lächelte ihn auffordernd an.

„Danke, nein!"

„Sehr vernünftig, John. Wir wollen doch unser gemeinsames Projekt nicht gefährden! Ich werde Sie jetzt allein lassen, denn ich habe noch ein paar wichtige Dinge zu erledigen. Schauen Sie sich ruhig um. Mein Mann wird heute Abend mit uns essen. Bis dahin sind es noch etwa zwei Stunden. Also bis später, und genießen Sie die Aussicht."

Mit diesen Worten drehte sich Mai Zhao um und ging mit schnellen Schritten einen kleinen Seitenweg zurück Richtung Haupthaus. Tom blickte ihr hinterher und fragte sich, wie es einem so hässlichen Typen wie Corve gelungen war, diese schöne Frau an sich zu binden. Sie musste um die fünfzig sein, wobei man das bei den Asiaten ja nie so genau sagen konnte. Auf jeden Fall hatte sie eine tolle Figur, und die schwarzen Haare fielen ihr beim Gehen fast bis auf den straffen Hintern, den sie beim Laufen verführerisch hin und herbewegte.

Es war so surreal. Vorhin noch eingesperrt in einem Hochhaus, befand er sich jetzt plötzlich völlig allein mitten im Wald. Er atmete einmal tief durch und genoss das Übermaß an frischer Luft, die er so lange vermisst hatte. Gleichzeitig war er sich sicher, dass man ihn beobachtete. Er sah sich um und versuchte, eine Kamera zu entdecken. Er konnte keine finden. Die weißen Augen waren Abschreckung genug! Mai Zhao hatte ihn tatsächlich aufgefordert, das Sicherheitssystem zu testen. Sollte er es jetzt versuchen? Die Versuchung war groß! Dann würde er wissen, was passieren würde. Aber dazu fehlte ihm der Mut.

Mitch

Schon von weitem erkannte Mitch, dass etwas nicht stimmte. Die hintere Tür des Wagens stand offen. Mitch begann zu rennen. Als er schwer atmend bei dem Wagen ankam, stellte er fest, dass Marc nirgendwo zu sehen war. Verdammt noch mal, was war passiert? Er war doch nur wenige Minuten weg gewesen. Voller Wut und Verzweiflung schlug er auf das Wagendach. Er hätte den Jungen nicht allein lassen dürfen. Mitch setzte sich in den Wagen und riss eine der Bierdosen auf und rief Westinghouse an. Wenn jemand Rat in diesem fremden Land wusste, dann er.

Sie verabredeten sich in einem kleinen Park unmittelbar neben Mitchs Hotel.

Westinghouse, der es normalerweise nur mit Geschäftsleuten und weniger mit Detektiven und Gaunern zu tun hatte, war außer sich vor Entsetzen.

„Mitten in der Stadt?"

„Ja, direkt hinter dem Maibentechgebäude! Das ist kein Zufall. Die müssen gewusst haben, dass wir hier sind! Mir ist nur schleierhaft, wie sie das herausgefunden haben!"

„Die müssen euch schon von Anfang an auf dem Schirm gehabt haben. Möglicherweise über die Anrufe von Marcs Vater. Das ist jetzt aber auch egal. Wir müssen verhindern, dass sie Dich auch noch kriegen!"

Mitch stand schockiert neben Westinghouse und hatte die Hände vor das Gesicht geschlagen.

„Ich habe keine Ahnung, was wir jetzt tun sollen. Polizei ist wahrscheinlich die schlechteste aller Lösungen."

Westinghouse nickte. Polizei kam nicht infrage. Die waren gleichzeitig korrupt und unfähig.

„Ich muss nachdenken, Mitch!"

Sie gingen eine Runde durch den Park und setzten sich an einem kleinen künstlichen Wasserfall auf eine der Steinbänke. Niemand außer ihnen war zu sehen.

„Was wollen die von dem Sohn, frage ich mich?" Westinghouse sah Mitch fragend an.

Mitch überlegte kurz, ob er Westinghouse einweihen sollte, verwarf den Gedanken aber sofort wieder. Was sollte das bringen?

„Keine Ahnung. Möglicherweise denken die, dass sie sich mich damit vom Hals halten können, quasi als Warnung! Vielleicht wollen sie ihn aber auch gegenüber seinem Vater als Faustpfand einsetzen."

„Wir müssen jetzt zuallererst einen kühlen Kopf bewahren. Und das heißt, dass unser Plan nach wie vor gilt. Wir müssen herausfinden, wo der Vater ist. Wenn wir das wissen, ist der Sohn auch nicht mehr weit. Oder wie sehen Sie das, Mitch?"

Mitch schüttelte resigniert den Kopf.

„Eine Lösegeldforderung wird es wohl nicht geben. Die wollen kein Geld. An wen sollte die auch gehen? Ist ja niemand mehr da. Die wollen einfach in Ruhe ihr Ding, was auch immer es ist, durchziehen. Davon bin ich überzeugt. Wenn ich großes Glück habe, dann wissen die noch nicht, dass es mich gibt."

Westinghouse machte ein skeptisches Gesicht. Genau das konnte er sich nicht vorstellen. Er glaubte eher daran, dass beide enttarnt worden waren, sagte aber nichts.

„Gut, dann bleibt es dabei. Wir können nur hoffen, dass Baihu etwas herausfindet. Die Firma hat sich gestern, kurz nachdem er die Mail abgeschickt hatte, schon bei ihm gemeldet. Das ist ein gutes Zeichen. Ich sagte ja, dass sie sich eine echte Fachkraft nicht entgehen lassen werden!"

Marc

Langsam, aber sicher kehrte das Tageslicht wieder. Inzwischen hatten seine Augen keine Tränen mehr, brannten aber immer noch wie verrückt. Dieses verdammte Reizgas hatte ganze Arbeit geleistet. Während er vorsichtig sein Gesicht abtastete, stellte er fest, dass die Augenlider aufgequollen waren und nur noch einen kleinen Schlitz freigaben. Marc hatte jedes Zeitgefühl verloren. Er versuchte ein Augenlid anzuheben, um etwas mehr erkennen zu können. Alles, was er sah, war, dass er sich in einem hohen Raum mit grauen offenen Betonwänden befand. Von oben drang etwas Licht in den dunklen Raum. In der Ecke gab es ein Klo und auf einem kleinen Tisch neben der Pritsche, auf der er lag, hatte jemand einige Eisbeutel deponiert. Vermutlich, damit er sein Gesicht etwas kühlen konnte. Er griff danach, legte den Beutel über seine Augenpartie und war überrascht, wie angenehm sich die Kälte anfühlte. Er versuchte erst gar nicht, seine Augen offenzuhalten.

Marc versuchte zu rekapitulieren, was passiert war. Was war mit Mitch? Hatten sie ihn auch erwischt? Wo war sein Vater, und wie ging es ihnen? In einem Anfall unbändiger Wut schlug er mit seiner Faust auf die Pritsche. Dabei hörte er nicht, wie sich genau in dem Moment die Tür öffnete.

„Marc?"

Er bekam einen solchen Schrecken, dass er fast von seiner Liege fiel.

„Wer ist da?" Marc versuchte sich zu orientieren und etwas zu erkennen, aber es gelang ihm nicht. Wer sprach ihn hier mit seinem Vornamen an? Die Stimme kannte er nicht.

„Corve, mein Name ist Dr. Ben Corve! Ich bin verantwortlich für das hier! Tut mir aufrichtig leid, dass wir Ihnen wehtun mussten." Er ließ die letzten Worte im Raum verschwinden.

Marc drehte sich einfach weg.

„Ich kann verstehen, dass Sie sauer auf mich sind. Aber ich bin mir sicher, Ihr Vater wird es schätzen, wenn er erfährt, dass Sie jetzt auch hier sind."

„Lassen Sie mich, lassen Sie uns einfach in Ruhe. Wir haben Ihnen nichts getan!"

„Ok, ich komme später wieder, wenn Sie sich etwas beruhigt haben. Dann werden wir uns unterhalten. Und Sie werden verstehen, warum Sie hier sind und was Ihr Vater damit zu tun hat. Schlafen Sie sich erst einmal aus. Wir bringen Ihnen noch ein paar neue Kühlakkus. Damit wird es Ihnen schnell besser gehen. Neben Ihrem Bett steht auch etwas zu trinken." Mit diesen Worten verschwand der Mann aus Marcs eingeengtem Sichtfeld. Er hörte die Tür ins Schloss fallen.

Baihu

Baihu stellte seinen Wagen in der Tiefgarage des Maibentechtowers ab. Er fuhr mit dem Fahrstuhl in die Lobby, wo er sich an seinem ersten Arbeitstag in seiner neuen Firma meldete. Eine der Rezeptionsdamen nahm seine Unterlagen entgegen und führte ihn in den Technikbereich, der sich in der zwölften Etage des Gebäudes befand. Baihu war als stellvertretender Systemadministrator für die komplette Haustechnik eingestellt worden.

Aus Sicherheitsgründen hatte man bei der Installation der wesentlichen IT-Systeme darauf geachtet, die Systeme der Labor-IT und der Ver- und Entsorgung voneinander unabhängig laufen zu lassen. Denn auch wenn China früher für einen Großteil der weltweiten Hackerangriffe verantwortlich gewesen war, so hatte das Imperium mittlerweile zurückgeschlagen. Auch China war inzwischen unzähligen Hackerangriffen ausgesetzt.

Baihu wurde von seinen neuen Kollegen freundlich begrüßt. Dann begannen sie, man den neuen Kollegen rasch auf die redundant angelegten Systeme zu schulen. Aufgrund seiner Erfahrung war es für ihn nicht besonders schwierig, sich in den internen technischen Systemen rund um die Versorgung und dem intelligenten Hausbus zurechtzufinden. Schon nach zwei Tagen hatte er sich einen Überblick über das Gebäude und seine Strukturen verschafft. Der Ausweis, den man ihm am zweiten Tag ausgehändigt hatte, berechtigte ihn zu jeder Zeit, fast alle Ebenen und Installationen zu inspizieren. Also machte er sich daran, eine Etage nach der anderen kennenzulernen. Er begann ganz oben, wo Mitch Tom und den Chef der Firma am ehesten vermutete.

In der vorletzten Etage gab es sechs Suiten, zu denen ihm die Keycard Zutritt verschaffte. Durch den Belegungsplan wusste er, welche Suite zurzeit genutzt wurde und welche nicht. Jedes Mal, bevor er eine von ihnen betrat, schaltete er per Fernwartung die örtliche Kamera aus, so dass er nicht beobachtet werden konnte. Mehr als einmal stand Baihu fasziniert vor der Fensterfront. So lebten also die wirklich reichen Chinesen.

In Suite Nummer drei entdeckte er schließlich neben ein paar Klamotten eine Geldbörse mit zwei Eindollarscheinen. Dies war zwar noch kein wirklicher Beweis, aber ein Indiz auf die zumindest vorübergehende Anwesenheit des Amerikaners. Baihu ließ alles so, wie er es vorgefunden hatte und begab sich in den Kontrollraum, um sich die Aufzeichnungen der Kamera anzusehen. Aber im Gegensatz zu den Aufnahmen aus den anderen Suiten waren die aus Suite Nummer drei gelöscht. Er fragte einen seiner Kollegen, warum man keinen Zugriff auf die Suite bekam. Aber der zuckte nur die Achseln und meinte, der Chef persönlich habe angeordnet, die Überwachung von Nummer drei zu stoppen. Also habe man die Kamera abgeschaltet und die Aufnahmen der letzten Tage gelöscht. Es dürfe sich bei dem Gast in dieser

Suite wohl um eine besonders wichtige Person handeln. Baihu wollte wissen, ob jemand anderer Zugriff auf die Daten hatte.

„Nur der Chef, sonst hat niemand einen Zugang!"

Dieser Satz war für Baihu mehr als ein Indiz.

Unter dem Vorwand, die Systeme noch besser kennenzulernen, um sicherheitsrelevante Verbesserungen vorschlagen zu können, blieb Baihu über Nacht. Niemand schien an dem fleißigen Kollegen zu zweifeln.

Nach einigen Fehlversuchen gelang es ihm, die Kamera in der Suite Nummer drei freizuschalten. Allerdings konnte er selbst in der Nacht keine Veränderung ausmachen. Der Raum schien leer zu sein. Wo also war dieser Tom?

In den nächsten zwei Nächten checkte er die daruntergelegenen Ebenen, fand aber nur Labore sowie zwei Großraumbüros und darunter zwei Ebenen, in denen sich Wohnungen von Angestellten befanden. Seine eigene Wohnung befand sich ebenfalls dort. Die Wohnräume waren klein, aber äußerst praktisch eingerichtet.

Am nächsten Morgen betrat er die Krankenstation „Clinic 2" und ließ sich von einer Krankenschwester die dortigen Programme erklären.

„Und wo befinden sich die Kranken?"

Die Schwester machte eine Kopfbewegung in Richtung einiger weißer Stellwände.

„Brauchen Sie mich jetzt hier?"

„Danke, ich sehe mir nur rasch die Protokolle an!" sagte Baihu und deutete mit dem Kopf in Richtung der Monitore.

Die Schwester verließ ihn, um in der Cafeteria einen Kaffee zu trinken.

Baihu, der registriert hatte, dass es hier merkwürdigerweise keine Überwachungskameras gab, schob vorsichtig den ersten Paravent ein wenig zur Seite. Der Anblick, der sich dem Ingenieur bot, war so entsetzlich, dass er wie angewurzelt stehen blieb. Die Gesichter der Menschen, die hier untergebracht waren, hatten alles Menschliche verloren. Es stank nach Exkrementen. Die Menschen hier waren alt. Tom, das erkannte Baihu auf den ersten Blick, war nicht darunter. Es war totenstill. Bis auf ein gelegentliches Röcheln war nichts zu hören.

Baihu entdeckte einen Rechner, aus dem verschiedene dünne Kabel zu den Köpfen einiger dieser Menschen führten. Sie schienen in der Schädeldecke zu verschwinden. Baihu schob den Paravent zurück und verließ den Raum so schnell er konnte.

Er hatte zwar noch nicht alles gesehen, war sich allerdings sicher, dass Tom sich nicht oder nicht mehr in dem Gebäude befand. Er beschloss, Mitch und Westinghouse so bald wie möglich zu informieren.

Sie trafen sich in Westinghouse Wohnung, wo Baihu berichtete, was er gesehen hatte.

„Ich bin mir ziemlich sicher, dass man ihn an einen anderen Ort gebracht hat!"

„Hast du eine Ahnung, wo das sein könnte?" drang Westinghouse in den Chinesen. Der aber schüttelte nur den Kopf.

Mitch rieb sich sein unrasiertes Kinn.

„War das alles? Sie haben doch bestimmt noch viel mehr gesehen! Wir wollen alles wissen, jede Kleinigkeit und wenn Sie Ihnen noch so unwichtig vorkommt!"

Baihu nickte und fuhr fort, auch wenn er nicht verstand, was das mit Tom zu tun haben sollte. Als er zu der Krankenstation kam und von den scheinbar im Koma liegenden Patienten erzählte, zog Mitch die Brauen hoch und sagte:

„Das ist es! Darum geht es!"

Westinghouse verstand kein Wort.

„Was meinen Sie? Worum geht es?"

„Ich kann es nicht erklären, aber ich bin mir sicher, dass sie dort oder woanders Versuche an Menschen durchführen. Wofür brauchen sie sonst eine eigene Krankenstation, die eigentlich keine ist, sondern nichts anderes als ein geheimes Versuchslabor? Zumindest kam es mir so vor! Die eigentliche Krankenstation ist einige Etagen tiefer."

„Für die eigenen Angestellten?", glaubte Westinghouse zu wissen.

Baihu schüttelte den Kopf.

„Das glaube ich nicht! Das waren alles schwerstkranke Patienten. Keine Angestellten, die ein kleines Problem auskurieren. Diese Menschen dort sahen irgendwie alle gleich aus. So, als hätte sie jemand in Trance versetzt. Und dann waren da diese Drähte…! Es war wirklich schrecklich anzusehen!"

„Aber was hat das mit Tom zu tun?", wollte Westinghouse wissen.

„Damals, als dieser Dr. Corve aus den USA abgehauen ist, ging es auch um Tests und Forschung am Menschen. Er hat die Ergebnisse mitgenommen und Tom war irgendwie involviert. Ich weiß nicht genau, worum es dabei ging. Aber es muss sich um eine große Nummer gehandelt haben."

„Kann es sein, dass es um ein bahnbrechendes, lebensverlängerndes Medikament gegangen ist?" fragte Westinghouse mit einem lauernden Blick, der den Namen des Firmeninhabers inzwischen gegoogelt und schnell auf die alte Geschichte gestoßen war.

„Warum erzählen Sie mir nicht einfach die ganze Geschichte?"

Mitch fühlte sich unangenehm ertappt und nickte.

„Stimmt, so war es. Tom ist damals unter einem anderen Namen untergetaucht und die Sache geriet in Vergessenheit, wohl auch, weil sich herausgestellt hatte, dass das Medikament nicht funktionierte. Im Gegenteil, es hatte massive Nebenwirkungen. Vermutlich ist es das, was Sie gesehen haben.", wandte er sich an Baihu.

„Dann verstehe ich aber immer noch nicht, warum man den Amerikaner gerade jetzt entführt hat. Was wollen die von ihm?"

„Die Frage ist berechtigt. Das wüsste ich auch gerne. Es gibt einen Grund den wir herausfinden müssen, wenn wir die beiden da rausholen wollen. Deswegen bin ich hier."

Mitch war klar, dass jetzt der Punkt gekommen war, an dem er die Karten auf den Tisch legen musste. Er atmete tief durch.

„OK! Tom war damals der einzige Proband. Er war der Erste, der „Vita 1", so hieß das Medikament, bekommen hat. Und bei ihm hat es scheinbar bis heute funktioniert. Er ist inzwischen über achtzig, sieht aber aus wie fünfzig!"

Westinghouse schaute ihn ungläubig an.

„Jetzt schau doch nicht so. Das ist die Wahrheit. Wir haben es nicht erzählt, weil es niemand wissen sollte."

„Und du glaubst, dass das der Grund ist, warum …?"

„Glauben? Nein, wir wissen oder besser gesagt, wir gehen davon aus, dass dieser Corve und seine Leute an einem Punkt angekommen sind, an dem sie nicht mehr weiterwissen. Und da kommt Tom ins Spiel. Denn er ist der Einzige, bei dem es funktioniert hat! Sie brauchen seine Gene oder was auch immer, um das Medikament herzustellen!"

Marc

Weniger Stunden später, er hatte seine Augen ständig gekühlt, war Marcs Gesicht ein wenig abgeschwollen. Allerdings konnte er immer noch nur verschwommen sehen. Als er so da lag und über seine Situation nachdachte, flammte plötzlich ein Bildschirm auf, der in die Wand eingelassen zu sein schien. Das Gesicht eines Mannes, den Marc nicht richtig erkennen konnte, tauchte auf und erkundigte sich mit freundlich besorgter Stimme nach seinem Befinden. Marc riss die Augen auf, um mehr erkennen zu können, was ihm aber misslang, und spürte maßlose Wut in sich aufsteigen.

„Lassen Sie mich raus! Sie haben kein Recht, mich hier festzuhalten!" schrie er den Bildschirm an.

„Ruhig, ruhig!" versuchte die Stimme ihn wie einen kleinen Hund zu beschwichtigen.

„Ich bin nicht ruhig. Ich will raus hier!"

„Ich wusste gar nicht, wie temperamentvoll der Sohn von John Sparks sein kann!" Der Fremde lachte.

„Sie können mich mal!"

„Wir werden Sie hier rauslassen, wenn Sie versprechen, sich ruhig zu verhalten! Ach ja, ich wollte Ihnen noch etwas zeigen!"

„Ich kann aber nichts sehen!"

„Nun, dann will ich es Ihnen beschreiben."

Das fremde Gesicht verschwand. Stattdessen tauchte eine Villa mit einem üppigen grünen Garten und großen Bäumen auf. Marc hörte, wie Wasser aus einem kleinen Springbrunnen plätscherte. Dann machte die Kamera einen Schwenk und mit einem Mal war ein Mann zu sehen, der von einem kleinen Plateau aus auf die dahinter liegende Stadt hinunterblickte. Die Kamera stoppte.

„Haben Sie eine Idee?" fragte die Stimme.

„Dad!" rief Marc in der Hoffnung, dass sein Vater ihn hören konnte.

Dann war das Bild weg. Stattdessen hörte Marc dieselbe Stimme wie vorher.

„Gut kombiniert, Marc! Ich wollte Ihnen nur zeigen, dass es Ihrem Vater gut geht. Vielleicht können wir Sie zu einem späteren Zeitpunkt zu ihm bringen. Das wollen Sie doch, oder? Das geht aber nur, wenn Sie sich entscheiden, mitzuspielen!" Noch ehe Marc etwas sagen konnte, wurde der Bildschirm schwarz.

„Was wollen Sie von mir?" schrie Marc in die Dunkelheit.

Er setzte sich auf. Schwärzeste Nacht umfing ihn, denn von oben drang kein Tageslicht mehr in den trostlosen Raum.

Er begann er fieberhaft darüber nachzudenken, wie er sich aus dieser Situation befreien konnte. Aber über allem stand die Frage, was man von ihm wollte.

Plötzlich erinnerte sich an das, was Joe einmal angedeutet hatte. Und Mitch hatte ihn auf der Fahrt nach LA genau vor dieser Situation gewarnt. Er hatte ihn sogar bekniet, auszusteigen. Es wäre möglich, hatte er gesagt, dass er, Marc, etwas von seinem Vater geerbt haben könnte. Etwas, das bei Tom dazu geführt hatte, dass der Alterungsprozess gestoppt worden war. Und darum ging es doch hier. Sie brauchten seinen Vater, um ihm sein Geheimnis zu entlocken. Und dass sie ihn, Marc, jetzt erwischt hatten, war für Corve ein Glücksumstand. Er war sowas wie ein Faustpfand. Marc wurde schlecht. Er erkannte, in welch gefährlichen Situation er sich befand. Wenn sie mit seinem Vater nicht zum Ziel kamen oder wenn der dabei drauf ging, dann hatten sie immer noch ihn, sozusagen in Reserve.

Eine entsetzliche Vorstellung! Aber er brauchte nur eins und eins zusammenzuzählen, um zu verstehen, warum man ihn entführt hatte. Erstens hatten sie damit verhindert, dass er seinen Vater befreien konnte und zweitens brauchte man ihn als Back-up, falls Tom versagte. Das also war es. Es gab einen einzigen Vorteil. Vorerst würde er wohl nicht um sein Leben fürchten müssen. Dafür war er zu wichtig. Aber wie lange noch? Und vor allem, was war, wenn man ihn nicht mehr brauchte? Würde man ihn dann einfach beseitigen? Immerhin war selbst in China eine Entführung ein Verbrechen. Nur wusste niemand davon! Fragen über Fragen schwirrten ihm durch den Kopf – Fragen, auf die es keine Antworten gab, die ihm Angst machten!

Dann musste er an das eben Gesehene denken. Wohin hatte man seinen Vater gebracht und was passierte dort mit ihm?

Marc beschloss zu fliehen, sobald sich eine Gelegenheit bieten würde. Nur so würde er sich und seinem Vater helfen können. Was hatte der Typ auf dem Bildschirm gesagt? „Wir werden Sie rauslassen und zu Ihrem Vater bringen, wenn Sie versprechen, ruhig zu bleiben."

Ja, er würde ruhig bleiben!

Tom

Tom hatte sich inzwischen einen Überblick über das großzügige Grundstück verschafft. Es gab weder einen Zaun noch sonst irgendwelche sichtbaren Sicherheitsvorrichtungen. Für den Besucher gut versteckt, konnte Tom aber schließlich die kleinen Kameras in der Nähe der Bäume mit den aufgemalten weißen Augen ausmachen.

Er konnte sich zwar frei auf dem Gelände bewegen, aber in Kombination mit dem Chip in seiner Blutbahn, das begriff Tom jetzt, befand er sich in einem Gefängnis, wenn auch in einem großzügig eingerichteten.

Als es zu regnen begann, und die Luft immer schwüler wurde, setzte er sich unter das kleine Vordach seiner Unterkunft und beobachtete, was auf dem Gelände vor sich ging. Regelmäßig kamen Lieferwagen und gaben Pakete ab, die von einigen wenigen Angestellten entgegengenommen wurden. Dann, kurz vor achtzehn Uhr, fuhr ein großer Elektro SUV vor und Ben Corve persönlich stieg aus. Er drehte sich kurz zu Tom um, winkte und betrat das Haus.

Es dauerte nicht lange, und Mai Zhao holte Tom zum Abendessen mit ihrem Mann ab.

Tom betrat das große Haus und hatte den Eindruck, sich soeben in eine Zeitmaschine begeben zu haben. Mai Zhao führte ihn in einen hochherrschaftlichen Raum voller Kerzenleuchter, dicker Teppiche und sonstiger Accessoires, die an Europa aus dem achtzehnten Jahrhundert erinnerten. Vor vielen Jahren hatte er einen Fotoband von französischen Schlössern in der Hand gehabt. Jetzt fühlte er sich daran erinnert. Mai Zhao führte ihn durch die Räume, und er konnte an ihrem Kichern erkennen, dass sie wusste, was er dachte.

„Mein Mann ist Sammler und umgibt sich gerne mit Dingen aus der alten Welt", erklärte Mai den offensichtlichen Pomp. „Ich könnte gut darauf verzichten, aber was tut man nicht alles aus Liebe, nicht wahr, mein Schatz?" Sie hakte sich bei demonstrativ bei Corve unter, der gerade den Saal durch eine Seitentür betreten hatte.

Corve grinste verlegen und gab seiner schönen Frau einen flüchtigen Kuss auf die Wange. Sie setzten sich an den mit schweren Kerzenleuchtern verzierten Esstisch, der sich in der Mitte des großen Raumes befand. An der Wand gegenüber hing ein Porträt vom Doktor persönlich! ‚Wie dekandent', dachte Tom.

„Ein Glas Rotwein?" fragte Corve und schenkte ein, noch bevor Tom etwas sagen konnte.

Mai Zhao trug ein köstlich duftendes Reiscurry auf und bat ihn, sich zu bedienen.

Während des Essens fiel Tom auf, dass Mai Zhao ihn immer wieder verstohlen von der Seite anblickte. Er tat so, als würde er es nicht bemerken.

Nachdem sie sich etwas durch ein wenig Small Talk gequält hatten, begann Corve vom aktuellen Stand des Projektes zu berichten. Er hatte ihm den Namen „Vita 2" gegeben. ‚Wie einfallslos', dachte Tom nur. Nach Corves Aussage waren bei den Untersuchungen von Toms DNA einige interessante Veränderungen festgestellt worden. Dies allein könne aber Corves Meinung nach nicht der einzige Grund für Toms Langlebigkeit sein. Aber sie seien dem Geheimnis auf der Spur.

„Und wissen Sie, John, es ist wieder da!"

Tom sah von seinem Teller auf.

„Was ist wieder da?"

„Dieses Gefühl, ich habe es so lange vermisst!"

Tom verstand nicht, sah aber dieses Leuchten in Corves Augen.

„Dieses Gefühl, das wir endlich auf dem richtigen Weg sind, dieses unbändige und inspirierende Gefühl, kurz vor dem entscheidenden Durchbruch zu stehen."

„Und wenn es wieder schief geht?"

„Nein, diesmal wird uns niemand stoppen! Es muss und es wird funktionieren."

Das alte Gesicht des Forschers strahlte. Seine Frau legte stolz ihre Hand auf seine.

„Und wenn es so weit ist, werden wir die ersten sein, die das neue Präparat bekommen, nicht wahr?"

„Ja natürlich, mein Schatz! Wir müssen nur noch ein ganz klein wenig Geduld haben! Wir sind ganz nah dran!"

Tom fand diese Gefühlsduselei peinlich, nein, es war nicht nur peinlich, sondern unerträglich. Was ging in diesem Mann und seiner Frau vor? Sie saßen mitten in China in einem Raum, der an das achtzehnte Jahrhundert erinnerte und gaben ein Liebespaar, dem eine große Zukunft bevorstand.

„Und dann, was passiert Ihrer Meinung danach?", fragte er mit einem genervten Unterton.

„Gute Frage! Aber darüber dürfen wir mit Ihnen nicht sprechen, John. Nur so viel. Hier in China hat man große Pläne mit unserer Erfindung. Unsere Forschung wird nicht nur die Medizin, sie wird die Welt verändern. Wir arbeiten ja nicht nur an „Vita 2". Es gibt noch einige, viel weitergehende Ansätze. Alles unglaublich spannend, glauben Sie mir, es ist hochinteressant!"

Corve machte eine Pause und sah seine Frau mit einem Blick an, den Tom nicht deuten konnte. Dann fuhr er fort. „Wenn Sie bereit sind, uns zu helfen und sich entscheiden, in China leben zu wollen, können wir Sie vielleicht irgendwann in die Geheimnisse unserer Forschung einweihen. Aber etwas Wichtiges wissen Sie jetzt schon! Das Medikament wird der zentrale Baustein sein!"

Tom wusste nicht, wie er reagieren sollte. Also versuchte er, nur mittelmäßiges Interesse zu zeigen. Mehr würde Corve ihm im Moment nicht verraten. Vielleicht war das bei Mai Zhao anders. Er beschloss, sich nichts anmerken zu lassen und abzuwarten.

„Da bin ich ja mal gespannt!", war das Einzige, was er erwiderte.

„Ach ja, ich habe da noch eine kleine Überraschung für Sie. Aber lassen Sie uns erst einmal dieses hervorragende Curry genießen. Du hast dich mal wieder selbst übertroffen." Corve sah seine Frau bewundernd an. „Wenn ich sie nicht hätte, wäre ich vermutlich schon verhungert", versuchte Corve unbeholfen zu scherzen und sah seine Frau an. „Du bist eben nicht nur eine tolle Biochemikerin, sondern kannst auch noch hervorragend kochen!"

Corve hatte nicht unrecht, das Essen war hervorragend, der Wein auch.

Als sie fertig waren, räumte Mai Zhao alles weg und ließ die beiden Männer allein.

„Sie hatten mir eine Überraschung versprochen! Worum geht es?"

„Immer mit der Ruhe, John! Ich bin mir nicht sicher, ob es der richtige Zeitpunkt ist. Vielleicht verschieben wir es besser auf morgen. Sie sind erst sehr kurz hier. Es könnte Sie vielleicht ein wenig zu sehr aufregen! Ich, also wir, möchten, dass Sie sich hier so gut wie möglich einrichten." Er ließ diese Aussage im Raum schweben und beobachtete, wie Tom sich verhielt. Tom merkte, wie sich seine Nackenhaare aufstellten. Er hasste es, wenn jemand Andeutungen machte, denen er dann keine Fakten folgen ließ. Ein unerklärliches Gefühl in Toms Magen verhieß nichts Gutes.

Nach diesem Abend sollten zwei Tage vergehen, in denen bis auf eine weitere Blutabnahme durch Mai Zhao persönlich, nichts weiter geschah. Das Gefühl wurde nicht besser.

Mitch

Diesmal trafen sie sich in einem hübschen kleinen Park in der Nähe von Westinghouse Wohnung, wo sie einigen Chinesen beim traditionellen Qigong, einer alten Meditationsform für Körper und Geist zusahen.

Baihu berichtete kurz von der Infrastruktur des Firmengebäudes, die sich ihm inzwischen im Wesentlichen erschlossen hatte. Eigentlich gab es nur einen einzigen Bereich, zu dem er keinen Zugang erhalten hatte. Dieser Teil des Gebäudes, hatte man ihn wissen lassen, sei nur bestimmten ausgewiesenen Biotechnikern vorbehalten. Hier waren angeblich Labore untergebracht, in denen Forschung unter Reinraumbedingungen erfolgte. Baihu kaufte seinen Vorgesetzten diese Begründung nicht ab, denn er hatte bereits Zugang zu anderen, sich in den oberen Ebenen befindenden Reinraumlabors erhalten. Aber vorerst konnte er nichts dagegen tun. Er hatte auch nicht weiter nachgefragt.

Dann berichtete er, dass er noch einmal auf der sogenannten Krankenstation gewesen war. Hier lagen, wie Westinghouse und Mitch inzwischen wussten, die von den Schwestern betreuten „Zombies". Bei seinem zweiten Besuch hatte er etwas entdeckt, was ihm äußerst merkwürdig vorgekommen war. Denn zwei der Patienten hatte man in einen extra mit Glas abgetrennten Bereich geschoben und scheinbar an einen Computer angeschlossen. Die beiden Patienten wurden permanent durch zwei hochauflösende Kameras beobachtet, die bei seinem ersten Besuch noch nicht dagewesen waren. Nachdem er dieselbe Schwester wie beim ersten Mal beiläufig nach dem Zweck des Gesehenen gefragt hatte, war diese zunächst seiner Frage ausgewichen. Dann aber hatte sie Baihu unter dem Mantel der Verschwiegenheit erklärt, dass es sich wohl um ein geheimes militärisches Projekt von höchster Priorität handelte. Worum es dabei genau ging, wusste sie nicht. Ihr Job war es, die Patienten zu versorgen. Um keinen Verdacht zu erregen, hatte er auch nicht weiter nachgehakt.

Westinghouse und Mitch sahen sich an.

„Und Tom? Irgendeine Spur von Tom oder Marc?"

Baihu schüttelte den Kopf.

„Wie ich schon beim letzten Mal sagte, gehe ich davon aus, dass man Tom inzwischen woanders hingebracht hat! Ich kann mir nicht vorstellen, dass er in dem Gebäude in einer Zelle oder ähnlichem gefangen gehalten wird. Dafür gibt es heute viel intelligentere Methoden. Immerhin wollen sie etwas von ihm. Sie brauchen ihn lebend und bei guter Gesundheit. Aber wenn ihm etwas zustößt oder er sich umbringt, dann ist es vorbei." Baihu holte tief Luft und fuhr fort. „Zudem gibt es wie in jeder großen Firma in China so etwas wie eine zentrale Überwachungseinheit. Hier werden auch GPS-Daten von Fahrzeugen und Personen der Firma gespeichert." Ein breites, selbstzufriedenes Grinsen breitete sich auf Baihus Gesicht aus. „Ich konnte mir Zugriff darauf verschaffen. Hier!" Baihu holte sein Smartphone aus der Tasche, loggte sich in einen Rechner der Firma ein und legte es so auf den Tisch, dass Westinghouse und Mitch das Display gut sehen konnten. „Hier kann man die Bewegungsdaten von Fahrzeugen und Personen sehen."

Mitch, der sofort begriffen hatte, was Baihu damit sagen wollte, griff nach dem Display und sah es sich genau an. Er pfiff durch die Zähne.

„Interessant, aber woher wissen wir, wer davon Tom ist?" Auf dem Display blinkten etwa dreißig verschieden Kürzel, von denen sich einige zu bewegen schienen, andere nicht. Baihu ließ ihn ein wenig zappeln. Dann begann er stolz das Durcheinander zu erklären.

„Seht ihr das hier?" Baihu zeigte auf eine Ansammlung von Kürzeln, die sich nicht bewegten. „Das ist die Krankenstation! Alle Personen, die sich dort befinden, sind markiert. Ich weiß nur nicht, wie die das angestellt haben, denn ich konnte keine einzige elektronische Fußfessel entdecken. Aber niemand von denen könnte verschwinden, ohne dass es bemerkt wird, versteht ihr? Niemand!"

„Und Tom?"

„Auf der Krankenstation ist er nicht!" Baihu schüttelte den Kopf. „Bei der Wichtigkeit, die er für Corve besitzt, ist er aber mit Sicherheit markiert. Davon bin ich fest überzeugt. Wir müssen nur herausbekommen, hinter welchem Kürzel er steckt. Wenn wir das wissen, dann kennen wir auch seinen Aufenthaltsort!" Baihu schaltete das Smartphone aus. „Ich sollte diesen Zugang nicht zu lange offen haben. Ich bin mir nicht sicher, ob das nicht auch überwacht wird. Es würde mich nicht wundern. Daher habe ich jetzt einen Screenshot erstellt und werde ihn alle zwei Stunden erneuern. Dann sehen wir, wer sich bewegt hat und wer nicht. So können wir den Kreis der Leute eingrenzen."

Mitch nickte.

„Verstanden! Tom dürfte zu den Personen gehören, die sich nicht oder nur sehr wenig bewegen! Aber wahrscheinlich an einem anderen Ort! Was ist mit Marc?"

Baihu zuckte mit den Achseln.

„Bisher habe ich keinen Hinweis. Tut mir leid!"

Damit hatten sie gerechnet. Dennoch machte sich bei Mitch und Robert Westinghouse etwas Zuversicht breit. Sie hatten jetzt immerhin einen Ansatzpunkt.

Marc

Marc wachte wieder auf und blickte sich in dem dunklen, muffigen Raum um. Er wusste zum wiederholten Male nicht, wie lange er sich nun schon hier befand. Sein Gesicht war komplett abgeschwollen. Also musste er schon eine lange Zeit, wenn nicht Tage hier verbracht haben. Als er versuchte, aufzustehen, wurde ihm schwindelig. Aber noch schlimmer war, dass es ihm so vorkam, als müsse er sich besonders anstrengen, um sein Gehirn einzuschalten. Irgendwie gelang es ihm nur sehr mühsam, einen klaren Gedanken zu fassen. Was war los? Das einzige, an das er sich erinnern konnte, war, dass er ein Glas Wasser getrunken hatte. War er betäubt worden? Dann ertastete er ein kleines Pflaster unterhalb seiner linken Armbeuge. Was war das? Hatte man ihm irgendetwas injiziert? Warum hatten Mitch und er sich bloß getrennt? War auch Mitch überwältigt worden? Und was war mit seinem Vater?

Dann erblickte er die blinkende grüne Leuchtdiode der Kamera über sich, die ihn offensichtlich permanent überwachte.

Bei seinem Versuch aufzustehen, wurde, wahrscheinlich durch einen Bewegungsmelder ausgelöst, ein kleiner Tisch neben seiner Pritsche beleuchtet. Dort hatte jemand etwas Undefinierbares zu essen und eine Flasche Wasser hingestellt. Marc hatte Durst, testete aber zuerst den Verschluss der Flasche. Er war unversehrt. Also öffnete er sie und trank in gierigen Schlucken. Das Essen ließ er stehen.

Marc schloss die Augen und lehnte sich auf seiner Pritsche gegen die Wand.

Während er so dasaß, leuchtete mit einem Mal erneut das in die Wand eingelassene Display auf, auf dem das Gesicht des Mannes erschien, den er schon zuvor gesehen hatte.

„Hallo, Marc", begann die nicht unfreundlich klingende Stimme.

Er antwortete nicht.

„Können wir Sie jetzt in die Welt des Lichts entlassen? Oder werden Sie wieder Schwierigkeiten machen?"

„Keine Schwierigkeiten!" Alles war besser als dieses Loch.

„Gut, dann lasse ich Sie abholen. Aber denken Sie daran, keine Schwierigkeiten. Sonst sind Sie schneller wieder hier, als Sie glauben!"

Marc hatte noch fragen wollen, was sie ihm gegeben hatten, aber da war das Display schon wieder dunkel.

Endlich würde er hier rauskommen. Aber er hatte sich getäuscht. Niemand kam, um ihn aus seiner Lage zu befreien. Er hörte, wie der Regen an das kleine Fenster trommelte, dann wurde es wieder Nacht.

Tom

Mai Zhao hatte ihm das Essen in den kleinen Pavillon gebracht, süßsaures Schweinefleisch. Sie hatte die dampfende Schüssel wortlos abgestellt und den Pavillon sofort wieder verlassen.

Tom der ihr hinterherblickte, musste sich eingestehen, dass er sich zu der Frau hingezogen fühlte. Sie war äußerst gebildet und schien ihn zu respektieren. Außerdem konnte er sich des Eindrucks nicht erwehren, dass sie seit dem Abend mit Corve seine Nähe suchte. Es waren nur Blicke und hin und wieder eine leichte Berührung. Zunächst hatte er es nicht bemerkt, aber irgendwann konnte er es nicht mehr ignorieren. Was wollte sie von ihm? Tom war irritiert. Während der Blutabnahme war sie ihm so nahegekommen, dass er fast versucht gewesen war, sie zu küssen. Ihr Duft war unwiderstehlich, und ihr war zweifellos nicht entgangen, wie gierig er ihn eingeatmet hatte. Aber er hatte sich in letzter Sekunde zusammengerissen und sie nur angelächelt.

Immer wieder verwickelte Mai Zhao Tom in ein Gespräch, in dem es um die Zeit nach dem Methusalemprojekt und Toms scheinbare Alterslosigkeit ging. Dabei erfuhr er auch, dass sie, noch bevor sie Corve in den USA kennengelernt hatte, an einem ganz ähnlichen Projekt hier in China beteiligt gewesen war. Sie war damals noch sehr jung und in der Ausbildung gewesen. Aber man hatte sie aufgrund ihrer hervorragenden Studienergebnisse an untergeordneter Stelle an einem Projekt an der Universität teilnehmen lassen. Dabei war es darum gegangen, Zwillinge zu klonen und zu versuchen, deren Gene so zu manipulieren, dass viele Krankheiten von vornherein ausgeschlossen waren. Die Priorität der Forschungen und deren offene Unterstützung durch die kommunistischen Partei und Chinas damaligem Führer Xi waren kein Geheimnis gewesen. Die Ergebnisse, in mehreren medizinischen Zeitschriften veröffentlicht, hatten international für Aufsehen gesorgt. Aber im Westen war China für diese angeblich unethischen Forschungen verurteilt worden.

Mai Zhao nahm Tom an die Hand und führte ihn durch die parkähnliche Anlage des Anwesens. Die Vegetation zeigte sich von ihrer schönsten Seite, üppig wuchernd mit Blüten im Überfluss. Sie zeigte ihm besonders schöne Stellen, an denen Bänke zum Verweilen einluden.

Dabei sprachen sie erneut über Toms Vergangenheit. Mai Zhao wusste von Therese und brachte immer wieder das Gespräch auf sie und ihren gemeinsamen Sohn. Bei diesen Spaziergängen führte sie ihn zu einem kleinen chinesischen Pavillon, der von einigen großen Büschen verdeckt wurde. Als er Mai danach fragte, zog sie ihn hinter sich her und öffnete die Tür. Kaum standen sie in dem kleinen Raum, presste sie sich an ihn und küsste ihn leidenschaftlich auf den Mund. Tom, der der Schönheit dieser Frau ohnehin verfallen war, drückte sie an sich und erwiderte den Kuss. Dann streifte er ihr die klassisch chinesische Hanfu ab, was Mai widerstandslos geschehen ließ.

Später, als sie erschöpft auf dem riesigen Bett lagen und Tom draußen die Vögel zwitschern hörten, setzte sein Verstand wieder ein.

„Was wird mit mir passieren?" Er blickte ihr direkt in die Augen.

Mai Zhao stütze sich auf und legte ihren Kopf auf seine Brust.

„Keine Sorge, ich werde dich beschützen, John! Mein Mann weiß, dass er von mir abhängig ist. Er kann nichts dagegen tun. Wenn er nicht nach meinen Regeln spielt, wird er alles verlieren. Das weiß er! Also wird er nichts gegen uns unternehmen."

Tom hörte zwar die Worte, verstand aber nichts von dem, was Mai Zhao ihm soeben gesagt hatte. Vor allem hatte er keine Ahnung, was das für Konsequenzen für ihn haben würde. Also sagte er kein Wort. Stattdessen beugte er sich wieder über sie, um ihre Brüste zu liebkosen. Als er schließlich erneut in sie eindrang, stöhnte sie leise und drückte ihn fest an sich.

Unmittelbar nach dem Akt erhob sich Mai Zhao zum zweiten Mal und suchte das Klo auf. Als sie wiederkam, schaute sie kurz aus dem Fenster.

„Mein Mann!"

Tom bekam einen Riesenschreck und sprang aus dem Bett. Aber Mai Zhao lachte nur und machte nicht die geringsten Anstalten, sich etwas anzuziehen.

„Was ist?", zischte er. „Zieh dir etwas an!" Er konnte bereits die knirschenden Schritte auf dem Kiesweg hören!

„Warum? Er kann es ruhig wissen!"

Tom glaubte, nicht richtig gehört zu haben. Die Frau, mit der er eben geschlafen hatte, schien es förmlich darauf anzulegen, dass ihr Mann davon erfuhr. Es klopfte!

„Komm rein, ist offen!" rief sie mit fester Stimme.

Tom hatte es gerade noch geschafft, seine Hose anzuziehen, für das Hemd war nicht mehr genug Zeit gewesen. Mai Zhao hingegen war völlig nackt.

Corve öffnete die Tür und sah, wie seine schöne Frau aufreizend nackt an dem kleinen Tisch lehnte und ihn anlächelte.

„Na, Schatz, wie war dein Tag?", fragte sie ihren Mann und gab ihm einen Kuss auf die Stirn. „John ist auch hier!" Sie zeigte auf den Sessel, in dem Tom sich niedergelassen hatte.

„Hallo!", erwiderte Corve völlig emotionslos. „Hattet ihr Spaß miteinander?"

„Und wie, nicht wahr, John?" Sie schenkte Tom ein strahlendes Lächeln.

„Freut mich, zu hören! Aber jetzt habe ich Hunger!"

Ohne ein weiteres Wort zu verlieren, machte Corve kehrt und verließ den Pavillon Richtung Haupthaus. Die Schritte entfernten sich.

„Das ist doch irre! Wie kannst du nur so kalt sein?", fragte er die schöne Frau vor sich.

Sie lächelte ihn nur an.

„Er ist ein alter Mann. Und er weiß das! Wir haben schon lange nicht mehr …! Daher lässt er mich gewähren. Er weiß, dass er mich sonst verliert. Das motiviert ihn zusätzlich bei seinen Forschungen an „Vita 2". Er denkt wahrscheinlich, wenn er es erst einmal geschafft hat, dann kann er mir auch im Bett wieder etwas bieten. Dabei dürftest du ihm ein Vorbild sein. Manchmal, glaube ich, nimmt es bei ihm wahnhafte Züge an. Seit er gesehen hat, dass er mit seiner Forschung bei dir Erfolg gehabt hat, jagt er diesem Phantom hinterher. Natürlich haben wir in all den Jahren Fortschritte gemacht, aber ein entscheidendes Puzzleteilchen fehlt noch! Also setzt er alles daran, es noch vor seinem eigenen Tod zu finden. Ich habe noch viel mehr Zeit, wie du siehst, John! Seine Zeit hingegen läuft ab!", sagte sie und drehte sich, ihren fast makellosen Körper anschauend, vor dem Spiegel. Dann trat sie auf Tom zu und stieß ihn anzüglich lächelnd zurück in Richtung Bett. Als sie aber merkte, dass er nicht richtig bei der Sache war, zog sie sich an und verließ, ohne ein Wort zu sagen, den Pavillon.

Tom

Corve begrüßte seinen Gast mit einem milden Lächeln auf der großen Terrasse des Hauses, die einem schönen Wintergarten vorgelagert war. Die Türen des Wintergartens standen weit offen. Aufgrund der feuchten Hitze hatte man das Dach abgeschattet. Eine Klimaanlage produzierte trotz der offenen Tür ein angenehmes Klima. Corve bot seinem Gast einen Platz an.

„Wie wäre es mit einem Erfrischungsgetränk?"

Tom, immer noch verwirrt von dem Erlebten, nickte und setzte sich auf einen der Korbstühle, die um einen großen Tisch gruppiert waren. Die Bepflanzung des Wintergartens war gigantisch und von Blüten durchdrungen.

Tom gab sich als Bewunderer der Pflanzenpracht, während er den Mann aus dem Augenwinkel beobachtete, dem er soeben Hörner aufgesetzt hatte. Aber entweder hatte der seine Gefühle hervorragend im Griff, oder es war ihm schlicht egal, wer seine Frau fickte.

„Jetzt schauen Sie mich nicht so an, John! Für mich ist es wirklich kein Problem! Ich bin es gewöhnt, schließlich führen wir seit vielen Jahren eine offene Beziehung. Also machen Sie sich keine Gedanken. Ich freue mich, dass es Ihnen gefallen hat. Und Mai ist dann immer deutlich entspannter, wenn Sie verstehen, was ich meine. Lassen Sie uns lieber zum Geschäftlichen kommen!" Mit diesen Worten schaltete er einen riesigen, an der Wand hängenden Bildschirm ein. „Ich denke, das wird Sie interessieren. Wir haben in den letzten Tagen, seit Sie hier sind und uns ihr Blut zur Verfügung gestellt haben, einige Fortschritte gemacht. Es sind nur wenige Änderungen an der Struktur von „Vita 1" notwendig. Das ist zwar sehr aufwendig, aber mit unserer Erfahrung und ein wenig Glück, können wir vielleicht schon in wenigen Wochen ein neues „Vita 2" herstellen und testen. Wir werden in der Lage sein, den Fehler, den wir bei „Vita 1" gemacht haben, zu beseitigen. Ich werde Sie darüber auf dem Laufenden halten. Schließlich haben wir ihnen diesen Durchbruch zu verdanken, nicht wahr?"

Tom sah Corve fragend an.

„Sie wollen natürlich wissen, was das für Sie bedeutet John? Das kann ich verstehen. Sehen Sie, ich werde das neue „Vita 2" schon sehr bald zur Verfügung haben und zunächst an mir selbst testen. Und wenn alles funktioniert, wovon ich fest ausgehe, können Sie zurück in die Staaten. Das habe ich ihnen ja bereits versprochen. Es sei denn, Sie entschließen sich, hier zu leben! Es gibt viele Vorteile, glauben Sie mir. Darüber sollten wir aber ein andermal reden!" Kaum hatte er das gesagt, bekam sein Blick mit einem Mal etwas unerbittlich Hartes, das Tom das Blut in den Adern gefrieren ließ.

„Ach ja, ich hätte es fast vergessen, da wäre noch etwas. Ich hatte ihnen doch gestern eine Überraschung versprochen. Hier ist sie!" Corve wies in Richtung gegenüberliegender Wand auf einen riesigen Bildschirm. Der zeigte ein Standbild von einem dunklen Raum, der vom Winkel der Kamera aus nicht zu überblicken war. Dann zoomte die Kamera etwas weiter nach unten, und eine leicht gekrümmte Gestalt auf einer Pritsche wurde sichtbar. Die Kamera erfasste den Körper und wanderte nach oben zum Gesicht. Und plötzlich füllte Marcs Gesicht den Bildschirm aus. Er schien nicht zu schlafen und sagte etwas, aber der Ton war abgestellt.

Tom wurde schlecht. Ein grauenvolles Gefühl von Ohnmacht und brennender Wut überkam ihn. Er sprang auf, schleuderte den Stuhl, auf dem er eben noch gesessen hatte in Corves Richtung und brüllte sein Gegenüber an.

„Du verdammtes Dreckschwein!", schrie er und war gerade im Begriff, sich auf sein Gegenüber stürzen, als ihm zwei stämmige Chinesen, die Corve offensichtlich über einen Notruf herbeigeordert hatte, die Arme so auf den Rücken drehten, dass Tom sich nicht mehr bewegen konnte. Tom fluchte und versuchte, sich dem schmerzhaften Griff zu entwinden. Es gelang ihm nicht.

„Jetzt beruhigen Sie sich doch erst einmal", begann Corve wieder mit dieser verdammt belehrenden Stimme. „Ich kann Ihnen versichern, dass es Ihrem Sohn gut geht. Er hat alles, was er braucht und wird, wenn Sie tun, was ich sage, schon bald an einem besseren Ort sein. Das kann ich Ihnen versprechen!"

„Wo ist er? Was macht er überhaupt hier?", stieß Tom keuchend hervor. „Wir hatten eine Abmachung!"

Corve lächelte verächtlich.

„Eine Abmachung? Nicht, dass ich wüsste!" Er gab den beiden Chinesen einen Wink, die daraufhin ihren Griff etwas lockerten.

„Ich hatte Ihnen gesagt, dass mein Sohn nichts damit zu tun hat! Das ist eine Sache nur zwischen uns beiden!"

„Stimmt! Das hatten Sie gesagt. Ich erinnere mich!" Corve lachte kurz auf. „Aber erstens habe ich Ihnen das nicht zugesagt und zweitens ist er freiwillig zu mir gekommen. Sagen wir, fast freiwillig. Wir brauchten ihn nur in Empfang zu nehmen. Ich gehe mal davon aus, dass er nach Ihnen gesucht hat. Aber wie das bei den jungen Menschen heute so ist. Die kümmern sich nicht um Datenschutz. Und so war es ein Leichtes für uns, ihn ausfindig zu machen. Sie erinnern sich an die Telefonate?"

Tom knirschte vor Wut mit den Zähnen. Es war seine eigene Blödheit, die seinen Sohn in Schwierigkeiten gebracht hatte! Er war es, der seinen Sohn immer wieder unter Aufsicht von Corve angerufen und dadurch wahrscheinlich dessen Position verraten hatte. Natürlich hatte er nicht mit Sicherheit wissen können, dass Marc in China nach ihm suchen würde. Aber er hätte seinen Sohn besser kennen sollen.

„Und das Beste kommt noch, John! Wir wissen, dass Ihr Sohn nicht allein ist! Er hat einen Detektiv angeheuert, der nach Ihnen suchen soll. Und wenn Sie etwas für Ihren Sohn tun wollen, sollten Sie mir jetzt sagen, ob Sie den Mann kennen und ob Sie eine Ahnung haben, wo er sein könnte. Wir wissen, dass er unter dem Namen Mitch Fairbanks eingecheckt hat. Also, kennen Sie den Mann? Helfen Sie Ihrem Sohn und sich selbst! Wie ich schon sagte, wir können keine unangenehmen Überraschungen gebrauchen."

Corve sah seinen Gefangenen an und wartete auf eine Reaktion. Aber Tom reagierte nicht, sondern stöhnte nur.

„Es liegt in Ihrer Hand, was mit Ihrem Sohn passiert! Ich sagte es bereits, ich werde nicht akzeptieren, dass Sie mir noch einmal im Wege stehen!", ließ Corve die Drohung im Raum stehen.

„Das ist doch nicht alles! Was wollen Sie von meinem Sohn? Sie haben bei Ihrem Anruf …!"

Corve schnitt ihm das Wort ab und verließ überlegen lächelnd den Raum. Die Chinesen ließen Tom los, blieben aber in seiner Nähe, während er sich Gefühl der Ohnmacht in einen der Sessel fallen ließ.

Baihu

Am folgenden Tag trafen sie sich erneut in Westinghouse Wohnung. Baihu hatte die Struktur des Maibentechtowers nochmals unauffällig in Augenschein genommen und durch Gespräche mit einem Kollegen erfahren, dass es unterhalb der Krankenstation, in den angeblichen Reinraumlabors, zu denen man ihm den Zutritt verweigerte, ein Labor gab, in dem man wahrscheinlich Experimente für militärischer Zwecke durchführte.

„Und woher wissen Sie das so genau?" wollte Mitch wissen.

„Der Kollege hat mir erzählt, dass einige der Leute, die dort arbeiten, einen mittleren militärischen Rang haben. Es sind zwar alles Ärzte, aber sie sind beim Militär angestellt. Das scheint zu stimmen, denn ich konnte die Liste mit den Zugangsberechtigungen einsehen."

„Und was passiert da?"

„Keine Ahnung, aber ich auf einer Flurkamera sehen, wie man einige der Zombies in das Labor gebracht hat. Und als man sie zurückgebracht hat, schien es mir, als ob die vorher so abgestumpften Gestalten plötzlich vitaler seien. Sie bewegten die Köpfe, rollten mit den Augen und schlugen mit den Armen auf die Tragen oder Rollstühle, obwohl man sie fixiert hatte."

„Das ist ja grauenvoll!" Mitch sah Baihu fragend an. „Und Marc, haben Sie etwas über Marc erfahren?"

„Leider nein. Bisher habe ich noch nicht den geringsten Hinweis. Aber ich bin zuversichtlich, dass wir ihn in den nächsten Tagen mittels der Tracker finden werden."

Westinghouse, der zunehmend begann, sich Sorgen um seine eigene Sicherheit und die seiner Familie zu machen, wollte wissen, ob Baihu Tom hatte ausfindig machen können.

Der legte nur wortlos sein Smartphone auf den Tisch.

„Hier!" Er zeigte auf den Bildschirm. „Das sind die Screenshots der letzten zwölf Stunden. Dabei sieht man, dass es neben der Krankenstation lediglich zwei Tracker gibt, die sich so gut wie nicht bewegt haben. Und beide befinden sich dicht zusammen auf einem privaten Gelände in Yantian. Das ist das Stadtviertel für die Schönen und Reichen dieser Stadt. Es handelt sich um einen Teil der sogenannten Sonderwirtschaftszone zwischen Luohu und Longgang. Das Gelände befindet sich nicht weit entfernt vom Meer in den Bergen und ist höchstwahrscheinlich gut gesichert. Es sollte mich nicht wundern, wenn es sich hier um das Privatgrundstück des Chefs von Maibentech, Dr. Corve handelt." Baihu nickte vielsagend.

Mitch schaltete sich ein.

„Das würde zu dem Scheißkerl passen. Er hält Tom in seinen Privaträumen gefangen. Die Frage ist, wie wir an ihn herankommen. Und der zweite Tracker? Haben Sie eine Idee?"

„Noch nicht. Ich kann mir jedenfalls nicht vorstellen, dass man Marc zu seinem Vater gebracht hat. Aber ich habe inzwischen herausgefunden, dass es auch dort zumindest ein Labor gibt. Sie sind alle miteinander in der Zentrale vernetzt. Und jedes Labor auf dieser Welt braucht Material für alle möglichen Forschungen. Das heißt, es muss beliefert werden. Hier könnte eine Möglichkeit liegen, dort einzudringen. Einfach wird es nicht sein, aber auch nicht unmöglich."

Mitch, der es hasste, untätig zu sein, öffnete auf seinem Smartphone die Cityapp von Shenzen und suchte die von Baihu angegebene Adresse. Es war gar nicht so weit entfernt von seinem Hotel.

„Gut, ich werde mir die Gegend mal ansehen."

Westinghouse legte seine Hand auf Mitchs Arm.

„Sie müssen verdammt vorsichtig sein! Dort wird es vermutlich noch mehr Kameras als sonst geben."

Sie verabredeten sich für den nächsten Abend.

Marc

Er hatte schon nicht mehr damit gerechnet, als das Licht in dem dunklen Raum plötzlich aufflammte und die trostlosen Betonwände erhellte.

Er kniff die Augen zusammen, weil die plötzliche Helligkeit geradezu unerträglich war. Er spürte, wie Arme nach ihm griffen und versuchten, ihn auf die Beine zu stellen. Einer, ein Hüne von gefühlt zwei Metern, zerrte Marc nach oben, während ein anderer ihm die Hände auf den Rücken drehte und Handschellen anlegte.

„Was soll das? Ich habe doch gesagt, ich mache keine Schwierigkeiten!"

Wütend zerrte er an dem eisernen Griff des Riesen. Aber das schien den überhaupt nicht zu interessieren. Wahrscheinlich verstand er ihn nicht einmal. Im Gegenteil, der Griff schloss sich noch enger um seinen Oberarm. Marc wurde stolpernd vorwärts zu einem Fahrstuhl gestoßen.

Kurz darauf betrat er ein großes Büro, wo ihn der Riese auf einen Sessel drückten. Er nahm ihm die Handschellen ab und postierte sich hinter ihm. Keiner von ihnen sprach auch nur ein Wort.

Marc spürte, wie er vor Angst zitterte. Er schaute sich um, niemand war da. Von seinem Sessel aus konnte er auf die Stadt hinunterblicken. Gegenüber war das tiefblaue Wasser der Shenzenbay zu sehen, hinter der die Sonnenball kurz davorstand, im Meer zu versinken und seine Reststrahlen in die Stadt schickte.

„Ist das nicht ein toller Anblick?" fragte eine Stimme hinter ihm.

Marc fuhr herum. Er hatte den Mann nicht kommen hören. Es war derselbe, den er auf dem Screen in seinem Verlies gesehen und derselbe, den er von seinen Internetrecherchen kannte.

„Wenn Ihr Vater wüsste, dass Sie hier sind", begann der Mann, der sich als Dr. Ben Corve vorgestellt hatte, mit leiser Stimme. „Er wäre vermutlich stolz auf Sie!"

„Was ist mit meinem Vater? Wo ist er?"

„Nun, er wird es bald erfahren und ich denke, er wird sich freuen, von Ihnen zu hören!"

„Ich will ihn sehen!"

„Ich denke, das lässt sich arrangieren. Aber nur, wenn Sie friedlich sind!"

„Was wollen Sie von mir?"

„Die Frage müsste ich ja wohl eher Ihnen stellen. Aber mir ist schon klar, dass Sie nur hier sind, um Ihrem Vater zu helfen. Aber was ist mit diesem Mitch Fairbanks?"

Marc zuckte mit den Schultern.

„Woher soll ich das wissen? Sie sind doch der, der die Leute verschwinden lässt!" Marc sah Corve mit unbändigem Hass im Blick an.

„Ich will nichts von Ihnen. Sie wollen etwas von mir, stimmt`s? Sie wollen Ihren Vater wieder haben. Aber wenn das so ist, dann sollten Sie auch etwas für mich tun! Sie und Ihr Vater werden uns bei unserem Projekt helfen, dann lassen wir Sie wieder laufen. Und Sie werden dafür sorgen, dass uns dieser Detektiv nicht in die Quere kommt."

„Wie soll ich das denn machen? Ich weiß nicht, wie lange Sie mich hier schon festhalten. Außerdem habe keine Ahnung, wo er ist und was er macht!"

Corve setzte ein überhebliches breites Grinsen auf, griff zu einem Handy, das auf dem gläsernen Schreibtisch vor ihm lag und hielt es Marc hin. Es war eines der beiden Prepaidhandys, die Marc bei sich gehabt hatte, als er überwältigt worden war.

„Rufen Sie ihn an und sagen Sie ihm, dass es Ihnen gut geht und es sinnlos ist, wenn er nach Ihnen und Ihrem Vater sucht. Er bringt Sie beide und sich nur in Schwierigkeiten. Ach ja, sagen

Sie ihm noch, dass Sie irgendwann in die Staaten zurückkehren werden. Wir wissen nur noch nicht, wann das sein wird! Sagen Sie ihm das! Und sagen Sie ihm auch, dass wir ihn, wenn er nicht mitspielt, ebenfalls in unsere Gewalt bringen werden! Mit ihm werden wir dann allerdings nicht so gastfreundlich verfahren wie mit Ihnen!" Das Grinsen war verschwunden.

Marc hielt das Handy in der Hand, als wäre es aus glühendem Eisen. Er drehte es hin und her und überlegte, wie er das Telefonat vermeiden konnte. Denn inzwischen war ihm klar geworden, wie sie ihn gefunden hatten. Dasselbe durfte nicht auch noch mit Mitch passieren.

Corve beobachtete ihn genau.

„Was ist? Rufen Sie an! Sonst muss ich Sie wieder in die Dunkelheit schicken!"

Marc wählte die Nummer.

„Marc? Verdammt, wo steckst du? Wie geht es dir?"

„Gut, es geht mir gut! Aber ich soll dir sagen, dass du nicht nach meinem Vater suchen sollst!" Dann legte er auf und konnte an Corves Gesicht erkennen, dass der stinksauer war. Marc hatte erreicht, was er wollte. Das Telefonat war so kurz gewesen, dass Corve es nicht geschafft hatte, Mitch zu orten.

Corve nahm Marc das Gerät aus der Hand und legte es wieder auf seinen Schreibtisch.

„Was passiert jetzt mit mir? Wann kann ich meinen Vater sehen?"

„Ich will versuchen, es Ihnen zu erklären! Ich gehe davon aus, dass Sie die Geschichte Ihres Vaters und damit im Wesentlichen auch meine kennen! Uns verbindet so einiges."

Marc nickte.

„Dann wissen Sie wahrscheinlich auch, dass uns nur noch ein entscheidendes Puzzleteil zum Durchbruch bei unseren Forschungen fehlt. Ihr Vater und möglicherweise auch Sie tragen es in ihren Genen. Ihr Vater hat als Voraussetzung für seine

Kooperation zwar von mir verlangt, Sie außen vor zu lassen. Aber wo Sie nun einmal hier sind, werden Sie uns tatkräftig unterstützen. Meine Frau und ich werden Ihnen sehr dankbar sein. Wir gehen davon aus, dass Sie durch die Weitergabe des Genoms Ihres Vaters an Sie die Eigenschaft der Endlosüberlebensfähigkeit ausprägen werden. Das ist zwar nicht sicher, aber die Wahrscheinlichkeit ist hoch! Auf jeden Fall haben wir jetzt die einmalige Möglichkeit, Unterschiede oder Gemeinsamkeiten zwischen dem Genom Ihres Vaters und seinem nächsten Angehörigen zu untersuchen." Corve starrte Marc mit einem Ausdruck der Begeisterung an. „Darwin hätte seine Freude gehabt."

Marc schüttelte nur verzweifelt den Kopf. Dieser Mann musste wahnsinnig sein. Das Gehörte war an Zynismus nicht mehr zu überbieten.

Corve sah ihn lauernd an.

„Ich kann verstehen, dass Sie im Moment nicht sonderlich begeistert sind. Aber sehen Sie es doch einmal so. Sie und Ihr Vater haben die Möglichkeit, das Leben der Menschen auf ein ganz neues Level zu heben. Wir streben danach, den perfekten Menschen zu erschaffen. Und in vielen Jahren wird man sich an Ihre Namen noch als diejenigen erinnern, die der Forschung auf dem Weg zum endlosen Lebens zum Durchbruch verholfen haben. Ist das nicht unglaublich?" Wieder dieses entrückte Grinsen.

„Sie brauchen nicht einmal viel dafür zu tun. Ich brauche nur ein wenig Blut von Ihnen, und meine Frau wird ein paar harmlose genetische Tests durchführen. Dann können Sie mit einem Haufen Geld wieder nach Hause zurückkehren. Wie klingt das für Sie?"

Marc sah diesen kleinen hässlichen Kerl mit zusammengekniffenen Augen an.

„Ich will wissen, wo mein Vater ist!" war das Einzige, was er im Moment zu sagen hatte.

Mitch

Noch am selben Abend, nach dem Gespräch mit Westinghouse und Baihu, fuhr Mitch mit seinem Mietwagen in die Tiefgarage eines dieser großen Supermärkte in Yantian und begab sich in die erste Etage, um einen Einkauf vorzutäuschen, für den Fall, das ihm jemand folgte. Wie jedes Mal hatte er seine Baseballkappe tief ins Gesicht gezogen. Es war immer noch eine der besten Methoden, um eventuellen Verfolgern unerkannt zu entkommen. Mit einer Flasche Cola verließ er das Gebäude und orientierte sich auf der Beishan Ave Richtung Yantian Inspection Station. Als diese etwa einen Kilometer weiter in Sichtweite kam, bog er nach rechts in den Wald ab, wo er sich entlang einer sehr schmalen, sich in die Berge windenden Nebenstraße hielt. Es war mehr ein Pfad als eine Straße. Schließlich erreichte er eine kleine Lichtung, auf der er den Wagen abstellen konnte. Er stieg aus. Kein Mensch war zu sehen. Auf der Karte hatte er gesehen, dass es hier einige Wanderwege gab. Einer davon führte zu einem See. Er versuchte sich zu orientieren und schlug den Weg nach Norden ein. Nach etwas mehr als zwanzig schweißtreibenden Minuten konnte er von einer kleinen Anhöhe aus auf einen See blicken. Schwer atmend musste er einen kleinen Moment verschnaufen. Wieder einmal kam ihm deutlich zu Bewusstsein, dass er in den letzten Jahren zu wenig auf sein Kampfgewicht geachtet hatte. Seit der Zeit bei den Marines war seine Gewichtskurve immer weiter nach oben gegangen.

Der See unter ihm, es war nicht auszumachen, ob es sich um ein natürliches Gewässer oder um einen Stausee handelte, befand sich in einer schönen hügeligen Waldlandschaft, an dessen oberem Ende das Gelände lag, um das es ging.

Jetzt galt es erst einmal zu dem Gebäudekomplex zu gelangen, der nach Baihus Informationen das Ziel sein musste. Mitch vergewisserte sich noch einmal anhand des Screenshots, dass er sich auf dem richtigen Weg befand. Und dank des Programms auf seinem Handy konnte er sehr schnell seinen Standpunkt mit dem Standort der Tracker vergleichen. Es gab keinen Zweifel, dass es sich um das gegenüberliegende Gelände handeln musste. Zufrieden zog er das plagiierte Carl Zeiss Jena Fernglas aus der Tasche und versuchte, etwas zu erkennen. Aber es war noch zu weit weg. Lediglich eine große Villa mit mehreren Anbauten war zu sehen. Hier wohnte jemand, der Geld hatte.

Mitch rutschte mehr als er ging den Abhang hinunter, durchquerte ein kleines Waldstück und stand schließlich am Ende einer breiten Auffahrt, die weiter vorne durch ein beeindruckendes Stahltor versperrt war. Baihu hatte Recht gehabt, denn an dem Tor prangten die zwei ineinander verschlungenen Buchstaben M und B – das Logo der Firma Maibentech. Das eigentliche Gebäude war nicht zu sehen. Merkwürdig war, dass es außer diesem Tor weder einen Zaun noch einen Graben oder ähnliches gab. Bei Mitch schrillten die Alarmglocken. Hier würde er besonders wachsam sein müssen. Um nicht in den Bereich irgendwelcher Überwachungssysteme zu gelangen, umging er das Gelände auf der rechten Seite weiträumig. Jemand hatte eine Bresche von mindestens zehn Metern rings um das Gelände in den Wald geschlagen. Mitch hielt sich weit von dieser Schneise entfernt und kam an zwei Schildern vorbei, auf denen „Private Property" und vermutlich dasselbe nochmals in chinesischen Schriftzeichen stand. Er blieb stehen und versuchte, mit dem Fernglas zu erkennen, was sich hinter der Schneise verbarg. Und mit einem Mal sah er, dass einige der Bäume mit einem weißen Auge gekennzeichnet waren. Was war das? Eine perfide Überwachungsmethode oder eine Warnung vor unbefugtem Betreten? Er beschloss, noch mehr Abstand zu halten und ging vorsichtig immer weiter. Plötzlich ging es nicht mehr weiter. Er stand vor einem felsigen Abhang. Hier war Schluss. Als er vorsichtig nach unten blickte, sah er fünf Meter unter sich und etwa zehn Meter weiter in Richtung des bewachten Geländes einen kleinen felsigen Vorsprung. Wenn er den erreichen könnte, würde er von da aus wieder nach oben klettern können. In diesem Bereich waren mit Sicherheit keine Kameras angebracht – wofür auch? Niemand würde mit einem Eindringling aus dieser Richtung rechnen. Nein, im Bereich der Abbruchkante gab es weder Bäume noch diese weißen Augensymbole. Er müsste sich von seinem Standpunkt aus nur etwa fünf Meter nach unten abseilen. Dort hatten sich einige abgestürzte Baumstämme ineinander verkeilt, die man vermutlich beim Anlegen der Schneise einfach in den Abgrund geworfen hatte. Wenn er die erreichen könnte, wäre es leicht möglich, zu dem Felsvorsprung zu gelangen. Von dort aus konnte er sich unbemerkt über die Kante auf das Grundstück ziehen. Das Problem war nur, dass er nichts dabeihatte, womit er den Felsvorsprung hätte erreichen können. Ein Seil wäre gut gewesen. Da er aber nichts hatte, zog er sich vorsichtig wieder zurück und machte Fotos von der Situation rund um die Villa. Er würde wiederkommen.

Als er wieder in dem Supermarkt angekommen war, kaufte er als erstes ein gutes Seil und einen Rucksack. Aber es war bereits so dunkel, dass Mitch beschloss, es am nächsten Abend zu versuchen. Bis dahin war noch ein ganzer Tag Zeit und wer wusste schon, was bis dahin noch alles passieren würde.

Mai Zhao

Tom schlief noch, als Mai sich auf seine Bettkante setzte und ihn mit einem Kuss weckte.

Sie hatte die Nacht in ihrem Zimmer verbracht, nachdem ihr Mann sie noch am selben Abend über das Gespräch mit Tom informiert hatte.

„Lust auf Frühstück? Das Wetter ist schön und wir könnten es auf der Terrasse genießen! Was meinst du?"

Tom, dessen erster Gedanke nicht dieser schönen Frau galt, sondern seinem entführten Sohn, sah Mai mit einem undefinierbaren Blick an.

„Weißt du davon?"

„Was meinst du?"

„Du weißt genau, was ich meine! Dein Mann hat meinen Sohn entführt und hält ihn irgendwo gefangen", brach es aus ihm heraus.

Mai Zhao schlug die Augen nieder und erwiderte leise.

„Ja, ich weiß es. Aber ich habe damit nichts zu tun. Das musst du mir glauben. Es ist der wahnsinnige alte Mann in ihm, der das getan hat. Er ist so besessen von seinem Projekt, dass er alles dafür tun wird, sein Ziel zu erreichen. Ben kann es kaum erwarten, sich als erster die Spritze zu setzen, um seinen Tod aufzuhalten. In dieser Hinsicht habe ich keinen Einfluss mehr auf ihn."

Tom setzte sich auf. Diese Frau war nicht nur schön, sie war auch äußerst intelligent. Aber war sie auf seiner Seite, konnte er ihr vertrauen? Sie sprach so, als ob sie zu Corves Forschungen eine eigene Meinung hätte, ja fast so, als ob sie nicht mit allem einverstanden wäre. Konnte er das für sich nutzen? Und gleichzeitig fragte er sich, was sie von ihm wollte, außer Sex. Er sah ihr in die Augen, konnte aber keine Hinterhältigkeit erkennen. Dennoch musste er vorsichtig sein. Selbst für den unwahrscheinlichen Fall, dass sie ihm helfen wollte. Corve würde es niemals zulassen! Wehmütig musste er an Therese denken. Die einzige Frau, die er wirklich geliebt hatte.

„Gut, dann lass uns frühstücken! Ich ziehe mir nur kurz etwas an!"

Während er sich anzog, sah ihm Mai offensichtlich lüstern zu und strich sich mit der Hand über die Brust. Sie war schon wieder bereit, verdrängte aber ihre Lust und ging mit Tom zur Terrasse, wo der Tisch bereits üppig gedeckt war.

Mai Zhao goss Kaffee und Orangensaft ein. Tom nahm einen Schluck Kaffee, hatte aber keinen Hunger. Der gestrige Abend steckte ihm noch zu sehr in den Knochen.

„Ich frage dich das jetzt genau einmal!" Tom sah Mai Zhao dabei fest in die Augen. „Was willst du von mir?"

Mai Zhao setzte ein bezauberndes Lächeln auf und lehnte sich in ihrem Rattan Sessel zurück.

„Mehr als du dir vorstellen kannst!" Sie ließ die Worte in der Luft schweben.

„Wie meinst du das?"

„Ich will es dir zu erklären!"

Tom ahnte, dass das nichts Gutes zu bedeuten hatte. Und obwohl er innerlich bebte, beschloss er abzuwarten.

„Ich hatte reiche Eltern, die immer eine sehr gute und enge Beziehung zu höchsten Parteikreisen hatte. Als ich achtzehn wurde, ging ich in die USA, wo ich in Stanford Biochemie studierte. Hier habe ich während des Studiums in verschiedenen Firmen gejobbt. Unter anderem auch in einem damals noch kleinen Start-up namens Genforce. Ich glaube, du kennst den Namen, nicht wahr?"

Da war er wieder, der Name dieser verdammten Firma. Die Zeit schien rückwärtszulaufen. Irgend sowas hatte Tom geahnt.

Mai Zhao fuhr fort.

„Ein paar Monate früher und wir wären uns damals vielleicht schon begegnet! Hier habe ich auch Ben Corve kennengelernt, meinen späteren Mann. Er war Laborleiter. Er mochte mich gerne und war mit meiner Arbeit sehr zufrieden. Deshalb erzählte er mir wahrscheinlich damals unter dem Mantel der Verschwiegenheit von einer sehr erstaunlichen Beobachtung, die er gerade bei Ratten gemacht hatte. Aus irgendeinem Grund schienen die Tiere wieder vitaler, geradezu jünger zu sein." Sie nahm einen Schluck Orangensaft. „Damals hatte ich mein Studium gerade beendet und musste in mein Land zurückkehren. Nicht lange danach schien Corve der Durchbruch gelungen zu sein. Die Aktien von Genforce gingen durch die Decke und die Nachrichten waren weltweit voll von Berichten über das Medikament!"

„Kann mich noch sehr gut erinnern!"

„Nach meiner Rückkehr, es war etwa ein Jahr vergangen und das Medikament in aller Munde, wurde ich in die Parteizentrale nach Peking bestellt. Man hatte sich offenbar daran erinnert, dass ich in genau der Firma gearbeitet hatte, die dieses Medikament auf den Markt bringen wollte. Ich wurde damals befragt und es wurde beschlossen, zu versuchen, die Firma zu kaufen, zumindest aber an die Daten heranzukommen. Du musst wissen, dass auch wir an einem ähnlichen Programm gearbeitet haben, allerdings ohne den erhofften Erfolg. Ich war zwar noch jung, dennoch übertrug man mir schließlich die Leitung des Projektes. Aber dann ging Genforce den Bach runter, weil das Medikament nicht so funktioniert hatte wie gehofft."

„Ich habe den armen Kerl gesehen!"

„Was meinst du?"

„Ich habe gesehen, dass ihr diesen Deutschen, Karl von Weinheim, in eurem Zombielabor in eurer Firmenzentrale gefangen haltet. Er war es, der damals fast draufgegangen wäre und das ganze Chaos ausgelöst hat, das weißt du!"

„Du scheinst mehr zu wissen, als ich dachte!" Mai Zhao goss Kaffee nach und machte eine kleine Pause.

„Wir hatten das Ganze also schon fast abgeschrieben, als plötzlich Ben Corve persönlich hier auftauchte. Und er hatte etwas mitgebracht."

„Die Forschungsergebnisse! Ich weiß, die hat er geklaut!"

„Geklaut? Nein! Es waren doch seine Ergebnisse!", insistierte Mai.

„Nicht ganz! Er war doch nicht allein. Es gab immerhin Garrison, den CEO und ein Team. Und es gab die Firma, der die Daten eigentlich gehörten. Außerdem hat sich doch damals die Regierung Vereinigten Staaten eingeschaltet, soweit ich weiß. Sie haben versucht zu verhindern, dass die Forschungsergebnisse um das Medikament außer Landes geschafft werden. Ben hatte großes Glück, dass er entkommen konnte. Sonst würde er vermutlich heute noch im Knast sitzen, so wie der ehemalige CEO der Firma, Neil Garrison!"

Mai Zhao wiegte ihren Kopf hin und her.

„Vielleicht hast Du ein bisschen Recht. Aber es ist, wie es ist. Die Daten waren nun einmal hier, und Bens Ziel blieb es bis heute, das Medikament so weit zu entwickeln, dass es zuverlässig und weltweit eingesetzt werden kann."

„Und dann gab es Probleme!"

„Ja, aber lass mich etwas ausholen! Zunächst einmal muss ich sagen, dass ich damals von Ben und seinem Forscherherz fasziniert war. Außerdem sah ich die Chance auf einen vollkommen neuen Ansatz in der bei uns festgefahrenen Forschung auf dem Gebiet der Lebensverlängerung, heute würde man wohl Longevity dazu sagen. Zudem unterstützten mich sowohl meine Familie als auch die Partei bei meinen Bemühungen. Ich gebe zu, dass ich damals sehr naiv gewesen bin. Auf jeden Fall heiratete ich den Mann zwei Jahre später. Wir hatten eine gute Zeit, haben uns aber immer mehr entfremdet. Wir leben inzwischen in einer offenen Beziehung, wie du gemerkt hast." Mai Zhao lächelte etwas traurig. „Das Einzige, was uns bis heute zusammenhält, sind unsere Forschungen. Sie gehen mittlerweile weit über die Lebensverlängerung hinaus. Während er sich vorrangig mit „Vita 1" beschäftigt, wollen mein Team und ich den perfekten Menschen erschaffen!"

„Und den perfekten überlebensfähigen Kämpfer für das Militär liefert ihr gleich mit, oder wie?"

Mai Zhao zuckte zusammen.

„Woher…?"

Was war das denn jetzt? Aus einem Blindschuss heraus schien Tom gerade einen wunden Punkt berührt zu haben.

„Das ist der Grund, warum man uns bis heute so großzügige Unterstützung zukommen lässt. Die Partei erwartet Ergebnisse, aber sie wird langsam ungeduldig. Du weißt vielleicht, dass unsere Partei angekündigt hat, dass China 2045 das führende Land in allen wesentlichen Bereichen sein wird. Das hat leider bis heute nicht funktioniert. Immer noch sind uns die USA in einigen Bereichen überlegen. Aber wir holen auf!"

Tom war aufgestanden. Er konnte es nicht mehr hören, die Partei, die Partei.

„Warum erzählst du mir das alles?"

„Damit du mich verstehst. Vielleicht können wir auf einer ganz anderen Ebene zusammenfinden? Ich gebe es ganz offen zu, seit ich dich das erste Mal gesehen habe, wünsche ich mir, dass es für uns beide eine Zukunft gibt. Ich weiß nur nicht, wie ich es anstellen soll, mich von meinem Mann zu trennen. Das würde auch die Partei nicht tolerieren."

„Wissen die denn schon von mir?"

„Ich weiß es nicht. Aber ich glaube, Ben versucht, es so lange geheim halten, bis ihm der Durchbruch gelungen ist. Es kann jeden Tag so weit sein. Ich kann nicht in seinen Kopf blicken, aber ich denke, er will sich ein Maximum an Aufmerksamkeit sichern, wenn es soweit ist. Und wenn er jetzt offenbaren würde, dass er dich und deinen Sohn gekidnappt hat, würde es schwere diplomatische Verwicklungen geben. Das wäre nicht gut für das Projekt, denn unsere Beziehungen zu Amerika sind, wie du weißt, nicht die besten. Ich denke er wird in dem Trubel, den es geben wird, versuchen, es so hinzustellen, als hättet ihr euch freiwillig zur Mitarbeit entschieden."

Toms Gedanken arbeiteten fieberhaft. Welche Möglichkeiten hatte er, dieses Wissen zu seinem Vorteil und gegen die schöne Frau zu nutzen, mit der er nun schon mehrfach geschlafen hatte? Der Gedanke etwas weh, besonders schmerzhaft war er aber nicht. Er durfte sich nichts anmerken lassen.

„Ok, was schlägst du also vor?"

Baihu

Baihu saß in seiner Technikzentrale und lehnte sich in seinem Sessel zurück. Seit zwei Stunden beobachtete er nun schon die Tracker.

Hin und wieder kam ein Kollege in den Kontrollraum, um etwas zu checken oder freizugeben. Dabei versuchte er, mit Baihu Small Talk zu machen. Bei diesen Gesprächen gab Baihu stets den ahnungslosen, noch nicht vollständig orientierten Neuling. So erfuhr er beispielsweise, dass Corve persönlich vor kurzem veranlasst hatte, dass die Anzahl der Personen, die Zutritt zu einem großen Labor hatte, immer wieder für einige Tage stark reduziert wurde. Dafür waren spezielle Ausweise erstellt worden. Allerdings wusste niemand, was das zu bedeuten hatte. Baihu nickte leicht desinteressiert und wandte sich wieder seinem Rechner zu.

Es gab nicht viel Neues. Anhand der Kürzel, die auf dem Bildschirm blinkten, konnte er erkennen, dass es bei den Trackern keine Abweichungen von dem bisherigen Verhalten gab. Die Zombies lagen scheinbar friedlich in ihren Betten und die Fahrzeuge, die sich in der Stadt bewegten, wurden von Angestellten gesteuert. Dann aber fiel ihm ein neues Kürzel auf. Es musste am Morgen hinzugefügt worden sein. Jedenfalls befand es sich in einem der oberen Stockwerke, genau in dem Bereich, wo die Kameras vorher abgeschaltet gewesen waren. Jetzt blinkten sie wieder grün und waren online. Baihu schaute sich um und stellte befriedigt fest, dass er allein war. Also schaltete er sich auf die Kamera auf. Diese gewährte ihm einen fast kompletten dreihundertsechzig Grad Rundumblick in die Suite.

Baihu konnte einen jungen Mann erkennen, der nackt vor dem Fenster stand und in die Stadt hinunterblickte. Komm, zeig dein Gesicht, dachte Baihu. Und tatsächlich, der Mann tat Baihu den Gefallen und drehte sich um, ohne sich um die Kamera zu kümmern. Wahrscheinlich hatte er sie noch nicht entdeckt. Baihu war nicht überrascht, der Mann war eindeutig nicht asiatischer Herkunft. Es war der Amerikaner, Marc Sparks. Baihu schloss den Kameraausschnitt auf seinem Rechner und überlegte, wie er Kontakt zu Marc aufnehmen konnte, ohne dass es jemand bemerkte. Dann hatte er eine Idee.

Er öffnete ein Untermenü in der Kameraprogrammierung und brachte diese mit einem Trick zum Absturz. Ein Kollege aus der Überwachung, meldete sich umgehend und meinte, mit der Kamera in der Suite sei etwas nicht in Ordnung.

„Vielleicht ist das Ding im Arsch. Die werden auch nicht besser, wenn die immer billiger werden! Ich werde gleich mal einen Techniker hinschicken. Die Überwachung der Suite ist unserem Boss sehr wichtig!"

„Verstehe! Lass mich das machen! Dabei kann ich mir gleich einmal einen Überblick über den Zustand der Klimaanlage da oben verschaffen. Die läuft seit vorgestern nicht ganz optimal und in den letzten Tagen kam man dort ja nicht rein. Ok?"

Der Kollege war einverstanden und schickte Baihu ein Installationsset für ein neue Kamera.

Baihu, der sich seine Kappe tief ins Gesicht gezogen hatte, klopfte an die Suite und der Amerikaner öffnete.

„Technikservice! Ich muss nur kurz etwas überprüfen." Marc schaute in den Flur und ließ den Mann ein.

Marc starrte den Chinesen, den er das letzte Mal in Westinghouse Wohnung gesehen hatte, an wie einen Alien.

„Sie erinnern sich? Sie und Ihr Freund haben mich engagiert. Ich habe tagelang versucht, Sie zu finden."

Marc blickte den Mann immer noch an, als habe er einen Geist gesehen. Baihu sah sich hektisch um, konnte aber nichts Verdächtiges entdecken.

„Wo ist Mitch?", war das Erste, was Marc hervorbrachte.

„Alles ok, er ist in Sicherheit, soweit man das von hier aus sagen kann. Wir haben nicht viel Zeit. Ich habe denen gesagt, dass ich die Kamera da oben", er zeigte an die Decke über dem überdimensionalen Fernseher, „reparieren muss! Haben Sie eine Ahnung, was Corve mit Ihnen vorhat oder was er von Ihnen will?"

Marc schüttelte verzweifelt den Kopf.

„Nicht wirklich. Aber ich glaube, er braucht mich, um meinen Vater zu erpressen! Haben Sie eine Ahnung, wo mein Vater ist?"

„Den haben sie an einen anderen Ort gebracht! Wir suchen nach ihm! Wichtig ist, dass Sie sich jetzt ruhig verhalten. Sie müssen versuchen, dieses Spiel mitzuspielen. Wir werden eine Möglichkeit finden, zu helfen, aber Corve darf keinen Verdacht schöpfen, ist das klar?"

Marc nickte heftig.

„Aber noch einmal. Wissen Sie, was Corve von Ihnen will?"

„Dieses Arschloch hat etwas davon gefaselt, dass er mein Blut will und irgendetwas von Genetik und dass ich wohl dieselben Eigenschaften wie mein Vater hätte. Ich soll ihm bei seiner Forschung helfen. Aber ich will nur meinem Vater helfen."

„Das deckt sich mit unseren Überlegungen!"

Baihu war aufgestanden und hatte sich der riesigen Glasfront zugewandt. Dann drehte er sich um.

„Ich werde jetzt gehen und komme wieder, wenn ich etwas weiß. Und versuchen Sie nicht, abzuhauen. Es wäre sinnlos. Sie sind gechipt! Das heißt, man hat Sie markiert und kann Sie jederzeit aufspüren. Sie können nicht einfach so verschwinden, klar?"

Marc machte große Augen. Er glaubte, nicht richtig gehört zu haben.

„Gechipt? Was heißt das?"

Baihu nahm sein Smartphone, rief die App auf, mit der er die Tracker verfolgen konnte und zeigte es Marc.

„Hier, sehen Sie! Das sind Sie! Man hat ihnen einen Nanochip verpasst. Ich habe keine Ahnung, wie das geht und was man damit alles machen kann. Auf jeden Fall kann man Sie jederzeit orten und Ihren Aufenthaltsort feststellen! Also sollten Sie sich ruhig verhalten! Beobachten Sie, was passiert. Verwickeln Sie Corve wenn möglich in Gespräche. Je mehr wir wissen, was hier wirklich passiert, umso besser! Im Übrigen, es hat auch etwas Positives! Wir wissen jetzt, dass Corve Sie braucht. Und solange das so ist, wird man Ihnen nichts tun. Da wir davon ausgehen, dass Ihr Vater ebenfalls gechipt ist, glauben wir zu wissen, wo sie ihn hingebracht haben, denn hier ist er nicht mehr."

Für Marc brach die ganze Welt zusammen. Er begann, hemmungslos zu weinen. Er war freiwillig in einen Staat gereist, der seine Bürger der totalen Überwachung aussetzte, um seinen Vater zu finden, und war nun selber ein Opfer dieser Überwachung.

Baihu, der nicht wusste, wie er mit diesem Gefühlsausbruch umgehen sollte, packte sein Reparaturset wieder zusammen und verließ die Suite. Kurz darauf schaltete er die Kamera wieder frei. Er war erstaunt, wie einfach es gewesen war, das Ding außer Gefecht zu setzen. Er konnte sehen, wie Marc immer noch auf dem Sessel saß und in die Ferne starrte.

Corve

Die Sonne begann bereits zu sinken, als Ben Corve plötzlich vor Toms Pavillon auftauchte. Tom öffnete widerwillig und sah, dass der Mann in der einen Hand eine Flasche und in der anderen zwei Gläser hielt.

„Lust auf einen guten Bourbon?" Corve hielt grinsend die Flasche hoch und zeigte auf zwei weiße Stühle vor dem Pavillon, die an einem kleinen Tisch standen.

„Warum nicht?"

Als er herauskam, hatte Corve die Flasche geöffnet und eingegossen.

„Auf gute Zusammenarbeit, John!"

Ohne ein Wort zu sagen, nahm Tom das Glas, leerte es in einem Zug und stellte es wieder auf den Tisch.

„Langsam mein Freund, der Abend ist noch lang!" Corve füllte wortlos nach.

„Eins möchte ich klarstellen! Ich bin nicht Ihr Freund, sondern Ihr Gefangener. Und meinen Sohn haben Sie auch gekidnappt. Also lassen Sie uns beim „Sie" bleiben. Da kann ich besser Klartext mit Ihnen reden.

Corve zuckte zusammen.

„Sie sind also immer noch sauer! Aber eigentlich kann ich das verstehen. Sie würden jetzt lieber vor Ihrem Haus in Ihrer beschissenen Wüstengegend sitzen und dem Sonnenuntergang zusehen."

„Genau! Und ich würde es mit meinem Sohn genießen!", schob Tom wütend hinterher, während er das zweite Glas Bourbon hinunterstürzte. „Am besten lassen Sie mich einfach in Ruhe. Werten Sie meine Blutproben aus und lassen Sie meinen Sohn und mich endlich gehen! Mehr will ich nicht!"

Corve blickte in die untergehende Sonne und streckte den Rücken. Dabei atmete er tief durch.

„So einfach ist das leider nicht! Die Partei, meine Frau und ich brauchen einen Erfolg, verstehen Sie? Wir haben in all den Jahren viel Geld bekommen, aber bisher ist uns der Durchbruch nicht gelungen. Aber durch Sie wird sich das sehr schnell ändern. Die Partei hat Pläne mit uns. Pläne für das Land und für die ganze Welt!"

Tom schaute Corve ungläubig an.

„Ihre Pläne interessieren mich einen Scheiß!", fauchte Tom zurück, um nach einer kurzen Pause etwas zurückhaltender zu formulieren: „Was meinen Sie überhaupt mit Plänen für die ganze Welt?"

„Schon mal darüber nachgedacht, was für ein unglaubliches Potenzial derjenige oder sein Land haben wird, der als erster das Mittel zur Verfügung hat?" Corve schenkte erneut nach und nippte an seinem Glas.

„Interessiert mich nicht!"

„Oh, das sollte es schon, denke ich! Das Land der Mitte ist heute schon fast zur stärksten Nation der Welt aufgestiegen. Die USA dominieren längst nicht mehr in allen Bereichen. Aber das ist noch längst nicht alles. China möchte der Welt den Takt vorgeben. Sie wollen, nein, sie müssen zeigen, dass sie das überlegenere System sind. In ein paar Jahren werden die Chinesen die Welt dominieren." Corve schaute Tom abwartend an. „Stellen Sie sich einfach mal vor, es gäbe dieses Mittel bereits. Dann hätten wir, also die Chinesen, das perfekte Druckmittel für die Reichen und Mächtigen in der Hand. Außerdem gehe ich im Moment noch davon aus, dass eine Dosis für ein endloses Leben nicht ausreichen wird. Dafür wird man es also in bestimmten Abständen neu nehmen müssen. Und daraus ergibt sich ein wunderbares, nennen wir es ruhig Motivationspotenzial. Verstehen Sie, was ich meine?" Corves Stimme begann sich zu überschlagen. Er hob das Glas in Toms Richtung. „Und ich werde derjenige sein, der der führenden Weltmacht dieses fantastische Druckmittel liefert!"

Tom starrte sein Gegenüber an. Der Mann war nicht nur irre, sondern auch noch größenwahnsinnig.

„Was ist? Verstehen Sie mich immer noch nicht? Gut, dann will ich es ihnen versuchen zu erklären. Stellen Sie sich doch einfach mal vor, was passieren wird. Jeder, der Geld hat, will das Zeug haben. Und wenn es einmal da ist, werden wir den Eliten dieser Welt die erste Dosis zu einem sehr günstigen Preis zur Verfügung stellen. Irgendwann, wenn der Alterungsprozess wieder einsetzt, werden wir ihnen dann mitteilen, dass sie regelmäßig, sagen wir alle fünf oder zehn Jahre, eine neue Dosis brauchen. Aber fünf Jahre sind schnell um. Und den Leute wird es mit dem Mittel sehr gut gehen. Es ist wie mit einer Droge, denn sie werden bereit sein, fast alles für die nächste Dosis zu tun! Denn die Alternative wäre der sichere Tod!" Corves Gesicht verzog sich zu einer arroganten Grimasse. „Und es gibt noch einen zweiten, für die Chinesen fast noch wichtigeren Aspekt. Denn wir werden die Mächtigen dieser Welt daran erinnern, dass sie die nächste Dosis nur bekommen, wenn sie in unserem Sinne handeln. Oder besser gesagt, im Interesse dieses großartigen Landes!"

Tom, bei dem der Bourbon langsam seine Wirkung zu entfalten begann, versuchte, klar zu denken.

„Und diesen Blödsinn glauben Sie wirklich selber? Irgendwann werden auch andere auf Ihr Geheimnis kommen!"

„Mag sein, aber niemand ist in der Forschung so weit wie ich. Und nicht zu vergessen, ich habe Sie und Ihren Sohn hier und damit Zugang zu exklusiven Informationen, die allen anderen fehlen. Die Projekte, von denen ich weiß, stecken alle noch in den Kinderschuhen. Und in den USA hat man damals", er konnte sich ein hämisches Grinsen nicht verkneifen, „aus ethischen

Gründen die Forschung an dem Projekt eingestellt! Solche Probleme kennen die Chinesen nicht!"

„Warum erzählen Sie mir das alles?"

„Verstehen Sie das denn nicht? Weil ich Sie für unsere Sache begeistern will. Wir werden zusammen in der Lage sein, einen ganz neuen Menschen zu schaffen. Damit können wir die Welt nach unseren Maßstäben verändern. Die Möglichkeiten sind praktisch grenzenlos. Denken Sie doch nur mal an das Gesundheitswesen. Unglaubliche Mengen an Geld werden frei und können andere sinnvollere Sachen zur Verfügung stehen. Davon profitieren auch die, die sich unser Medikament nicht werden leisten können. Einfach nur deshalb, weil die Kosten im Gesundheitssystem massiv sinken und so auch ärmere Menschen den Zugang zu benötigten Therapien bekommen. Sicher, die ärmeren Menschen werden immer noch sterben müssen. Aber die Gesundheitsspanne, also die Zeit, die sie in ihrem Leben gesund verbringen, wird sich verlängern. Der Arbeitskräftemangel wird kein Problem mehr sein, weil wir alle länger arbeiten können und müssen. Es wird weniger Kriege geben, weil langfristig die gebildeten langlebigen Eliten unsere Welt dominieren werden. Denn die Armen dieser Welt, die normalerweise für die Kriege gebraucht werden, werden im Laufe der Zeit aussterben. Und die Gebildeten werden begreifen, dass sie sich einigen müssen, bevor jemand zur Waffe greift. Alles in allem fantastische Aussichten, finden Sie nicht, mein Freund?"

Tom fuhr aus der Haut.

„Verdammt, ich bin nicht Ihr Freund! Merken Sie sich das!" Benebelt durch den Alkohol stand er auf, betrat den Pavillon und schlug die Tür hinter sich zu, während Corve noch eine Weile davor sitzen blieb.

Corve schien mit sich zufrieden zu sein. Er hatte versucht, John Sparks eine Tür zu öffnen und einen gemeinsamen Weg aufzuzeigen. Aber wenn der Kerl es partout nicht verstehen wollte, dann konnte er auch anders. Er trank sein Glas aus und ging.

Mitch

Es dämmerte bereits, als Mitch den Wagen aus der Hotelgarage lenkte. Er fuhr die schmale Straße bis zu der kleinen Lichtung und stellte den Wagen dort ab. Die Vögel in den Bäumen hatten ihr Konzert begonnen. Es war noch sehr früh am Morgen. Ursprünglich hatte er das Unternehmen für den Abend geplant, sich dann aber für den frühen Morgen entschieden. Um diese Zeit herrschte einfach viel weniger Verkehr als abends. Außerdem lag das Grundstück um diese Zeit Grundstück noch im Schatten der Berge und er würde dennoch ohne Taschenlampe auskommen. Diesmal hatte er auch das nötige Equipment dabei. Mitch umging in weitem Abstand zu den weißen Augen das Gelände, um zu der Stelle zu gelangen, an der er beim letzten Versuch umgekehrt war. Dort angekommen, setzte er den Rucksack ab, zog das Seil hervor und schlang es um einen Baum. Er prüfte, ob der Baum stabil genug war. Dann setzte er den Rucksack wieder auf, trat an den Rand der Abbruchkante und ließ sich vorsichtig hinab. Schweiß tropfte ihm von der Stirn. Da war es wieder, das Problem mit seinem Gewicht. Er stöhnte, aber schließlich erreichte er einen der dicken, umgestürzten Baumstämme, die einige Meter unter ihm am Abhang lagen. Der Stamm hatte sich zwischen zwei anderen Bäumen so verkeilt, dass er sich nicht bewegen konnte. Schwer atmend verharrte Mitch einen Moment. Dann balancierte er auf dem Stamm ein paar Meter hinüber zu dem kleinen Felsvorsprung, den er jetzt mühelos erreichte. Er vergewisserte sich, dass niemand zu sehen war, und begann von dem Vorsprung aus hochzuklettern. Hier war der Abhang nicht so steil, so dass es ihm schließlich gelang, die Kante zu erreichen. Vorsichtig lugte er auf das Grundstück. Alles war ruhig. Bäume mit warnenden weißen Augen waren nicht zu sehen. Auch eine Kamera konnte er nicht ausmachen. Jedes Gebäude hatte seine Schwachstelle. Er hatte sie gefunden. Vorsichtig zog er sich nach oben. Noch lag die Stelle, an der er das Grundstück betrat, im Schatten und die blühenden Büsche boten zusätzlichen Schutz. Das einzige Problem war der breite geharkte Kiesweg, den er überqueren musste, um in die Nähe der Gebäude zu gelangen. Das würde unweigerlich ein Geräusch geben. Vorsichtig bewegte er sich so lautlos wie möglich vorwärts. Als er den Weg überquert hatte, duckte er sich in den Schutz der Büsche und beobachtete das Gebäude. Er entdeckte eine Kamera an der Ecke der von ihm abgewandten Seite des Hauses. Aber der Bereich, in dem er sich befand, schien unbeobachtet zu sein. Er vermutete, dass es mit dem Abgrund zu tun hatte, der das Gebäude gegen ungebetene Gäste abschirmte. Mitch gab sich einen Ruck, rannte im Schutz der großen Büsche auf das Haus zu und versuchte zunächst einmal, sich zu orientieren. Da das Gebäude einen hohen Sockel hatte, konnte er nicht direkt in die Fenster sehen. Vermutlich war auch das einer der Gründe, warum in diesem Bereich keine Kameras angebracht waren. Zudem waren zu seinem Glück rings um das Haus diese mannshohen blühenden Büsche gepflanzt. Durch das Gestrüpp der Äste konnte er sich unbemerkt in ihrem Schatten entlang des Gebäudesockels bewegen. Nach einigen Minuten erreichte er einen flachen Anbau, dessen Fenster bis auf den Boden reichten. Da es noch früh am Morgen war, war keine Menschenseele zu sehen. Über dem Eingang gab es eine Kamera, die aber nur den Zutrittsbereich im Blick hatte. Sie bewegte sich nicht. Mitch spähte in den Raum und konnte alle möglichen medizinisch wirkenden Geräte ausmachen. An der gegenüberliegenden Wand sah er viereckige Kästen stehen, die ihn an Brutkästen in einer Frühchenstation erinnerten. In einem extra abgetrennten Bereich war eine Station mit einer laminaren Luftströmung auszumachen, in der das Personal wahrscheinlich mit giftigen Stoffen hantierte. So ein Ding hatte er schon einmal im Apothekenlabor eines Freundes gesehen. Es war richtig teuer und wurde unter anderem dafür verwendet, Krebsmedikamente herzustellen. Zudem gab es jede Menge Monitore, auf denen irgendwelche Zahlenreihen zu sehen waren.

Mitch zog sich in den Schutz der Büsche zurück. Dann setzte er seine Erkundung in der Gegenrichtung fort. Als er um die Ecke des Gebäudes bog, konnte er die Auffahrt und die pompöse Freitreppe sehen. Ab hier war äußerste Vorsicht geboten. Denn Mitch musste davon ausgehen, dass dieser Bereich vollständig überwacht wurde. Er ließ seinen Blick über den Vorplatz schweifen und konnte rechts von sich im gegenüberliegenden Teil der Parkanlage einen kleinen Pavillon ausmachen, den er vorhin noch nicht wahrgenommen hatte. Er zog sich vorsichtig zurück und ging in der Richtung um das Haus, aus der er gekommen war. Inzwischen war die Sonne aufgegangen, allerdings lag die Seite, auf der er sich bewegte, noch im Schatten. Mitch suchte sich einen besonders dichten, üppig blühenden Busch aus, dessen Blätter fast bis auf den Boden reichten und beschloss, zunächst einmal zu beobachten. Es dauerte nicht lange, bis er einen kleinen Mann mit kahlem Schädel aus dem Haus kommen und in einen Wagen steigen sah. Mitch erkannte ihn sofort. Es war Corve! Der Wagen verließ das Gelände.

Nachdem Corve weg war, dauerte es nicht lange, bis eine in einen mit bunten Blumen verzierten Morgenmantel gehüllte Frau mit federnden Schritten auf den kleinen, etwas versteckten Pavillon zuging und in diesem verschwand. Wer war sie? Und was machte sie so früh morgens da drüben? Mitch überlegte, was er tun sollte. Er sah sich um und erkannte die weißen Augen an den Bäumen gegenüber. Diesen Bereich würde er vermeiden müssen. Er schob sich also entlang der Mauer vorwärts. Aber auch von dieser Seite der Freitreppe aus gab es kein Weiterkommen. Er würde also abwarten müssen. Er zog sich bis zur hinteren Hausecke zurück, von wo aus er mit dem Fernglas sowohl den Eingang zum Labor als auch den Pavillon im Auge behalten konnte.

Lange passierte nichts. Mitch wollte sich schon erneut dem Labor zuwenden, als plötzlich die Vorhänge des Pavillons zurückgezogen wurden. Die Tür des öffnete sich und eine schöne Frau trat in die frische Morgenluft hinaus. Sie war vollständig nackt. Sie streckte die Arme von sich und wandte sich den Sonnenstrahlen zu. Erst jetzt konnte Mitch ihr Gesicht richtig sehen und erkannte sie sofort. Es war Mai Zhao, die Gründerin von Maibentech und Frau von Dr. Ben Corve. Er überlegte noch, ob es sich bei dem Pavillon um einen Wellnesstempel handelte, als plötzlich ein Mann, ebenfalls nackt, aus der Tür trat. Die Frau nahm ihn bei der Hand und lachte. Mitch konnte kaum glauben, was er mit seinem Fernglas sah. Es handelte sich eindeutig um Marcs Vater. Fast wäre ihm das Fernglas aus der Hand gefallen. Was genau war hier los? Eine Weile später konnte er sehen, wie die Frau den Pavillon verließ, während Tom nackt auf einem der Rattanstühle vor dem kleinen Gebäude Platz nahm und die warmen Strahlen der Sonne genoss. Mitch fragte sich plötzlich, ob Marcs Vater nicht doch freiwillig hier war. Aber war dem wirklich so? Das, was die beiden dort nach Corves Abfahrt getan hatten, war eindeutig. Sie hatten es miteinander getrieben! Mitch war völlig verwirrt. Konnte das wirklich sein? Während Toms Sohn entführt worden war und sich in den Fängen von Corve befand, und er, Mitch Fairbanks, unter Lebensgefahr nach ihnen suchte, fickte Tom die Frau des Entführers! Was war hier los? Er konnte sich keinen Reim darauf machen. Und vor allem konnte sich nicht vorstellen, dass Tom freiwillig hier war. Nein, das war ausgeschlossen.

Mitch sah sich nach einer Möglichkeit um, Kontakt mit Tom aufzunehmen. Er wusste, dass es riskant war, nahm aber trotzdem einen der Kiesel vom Weg, suchte sich einen guten Platz im Schutz der Büsche, zielte und warf den Stein in Toms Richtung. Tom, der den Laut wohl gehört, aber nichts hatte entdecken können, drehte sich wieder um. Also versuchte Mitch es mit einem zweiten Stein. Diesmal hatte er mehr Glück. Tom entdeckte ihn, erstarrte, nickte dann aber unmerklich. Er stand auf und ging zurück in den Pavillon, um sich etwas anzuziehen. Kurz darauf trat er mit einer Tasse in der Hand ins Freie und schaute sich um. Er war allein.

So, als ob er den Morgen nach dem Sex mit einer guten Tasse Kaffee in der Sonne genießen wolle, spazierte Tom langsam in die Richtung, in der Mitch hinter den großen Büschen auf ihn wartete. Als die beiden sich gegenüberstanden, musterte Tom den Mann, den er noch nie gesehen hatte.

„Mein Name ist Mitch, Mitch Fairbanks. Ich bin ein Freund von Joe und habe mich mit Ihrem Sohn auf die Suche nach Ihnen gemacht."

Tom sah sich vorsichtig um und flüsterte:

„Wissen Sie, was mit meinem Sohn passiert ist? Wo ist Marc?"

Mitch schüttelte den Kopf.

„Noch nicht, aber wir sind dran. Wir glauben, dass man ihm nichts tun wird, solange man Sie braucht. Aber wir wissen natürlich nicht, wie lange dieser Zustand noch anhält!"

„Wer ist denn wir?"

Mitch nickte und erzählte in kurzen Zügen die gesamte Geschichte, seit Tom verschwunden war. Tom lauschte sprachlos.

Dann erzählte Tom, warum er seiner Meinung nach hier war und was es mit Mai Zhao auf sich hatte. Mitch schüttelte ungläubig den Kopf. So eine irre Geschichte hatte er in seinem ganzen Berufsleben noch nicht gehört. Und er hatte wirklich schon so einiges erlebt.

„Aber das könnte uns doch vielleicht noch nützlich sein, oder? Ich bin mir noch nicht sicher, aber ich glaube, die Frau hat sich tatsächlich in mich verliebt!"

Dann wollte Tom wissen, ob sie schon einen Plan zu seiner und Marcs Befreiung hatten. Aber Mitch schüttelte den Kopf.

„Zunächst einmal müssen wir in Erfahrung bringen, wo genau sich Marc befindet. Und dann müssen wir Sie beide hier herausbringen. Das Problem ist nur …!"

„Ja, ich weiß, der Chip. Dieser verdammte Chip, mit dem sie mich überall orten können!"

„Genau, aber auch dafür wird es eine Lösung geben. Ich hatte doch von diesem Chinesen, Baihu erzählt. Er versucht, Ihren Sohn zu finden und wird uns helfen, Sie hier rauszubringen."

Das waren ja endlich mal gute Nachrichten. Tom spürte, wie sich ein ganz kleines bisschen Hoffnung in ihm ausbreitete. Es fühlte sich angenehm an.

„Aber wir müssen äußerst vorsichtig sein. Corve ist wahnsinnig und gefährlich. Er wird alles tun, um zu verhindern, dass er Sie verliert. Und er hat mächtige Unterstützer, wie Sie wahrscheinlich wissen!"

Tom nickte.

„Die Partei! Das stimmt, aber letztlich steckt meine schöne neue Freundin hier dahinter. Sie hat dort scheinbar einigen Einfluss. Und das Beste ist, Corve weiß, dass er von ihr abhängig ist. Er frisst ihr deswegen aus der Hand. Sie ist es, die die Beziehungen hat und die Finanzierung absichert. Solange sie an seiner Seite ist, kann er weitermachen. Aber sie treibt, soweit ich das beurteilen kann, ihr eigenes Spiel. Und da sie mich ständig ins Bett zerrt, konnte ich ihr so einige Interna entlocken. Das kann uns noch nützlich werden."

„Sehr gut, aber seien Sie vorsichtig! Was sind das für Interna?"

Tom erzählte in Kurzfassung, was er von Mai Zhao über ihren Werdegang und die Forschungen wusste. Er berichtete auch, wie abhängig Corve von ihr war.

Mitch nickte.

„Wer weiß, wofür diese Informationen noch gut sein werden. Ich werde jetzt verschwinden und erst wiederkommen, wenn wir Ihren Sohn gefunden haben. Dann müssen wir überlegen, wie wir weiter vorgehen. Also, immer schön brav sein und die Herrin mit gutem Sex bei Laune halten!" Mitch prustete über seinen eigenen blöden Witz, riss sich aber schnell wieder zusammen.

„Wie sind Sie überhaupt unbemerkt hier reingekommen?"

„Es gibt immer einen Weg!", flüsterte Mitch und zeigte in die Richtung, aus der er gekommen war.

„Das kann auch der Weg für uns beide sein. Aber erst müssen wir Marc finden, klar? Wenn Sie jetzt mitkommen würden, dass ich Sie gefunden habe, wer weiß, was dann mit Marc passieren würde. Das können wir nicht riskieren!"

„Nein, auf keinen Fall!", stimmte Tom ihm zu.

„Und noch etwas Wichtiges! Wir müssen irgendwie in Verbindung bleiben." Er sah sich suchend um. Dann zeigte er auf einen Stein mit einem markanten schwarzen Fleck, der nicht zu übersehen war. „Sehen Sie diesen Stein hier?"

Tom nickte.

„Was ist damit?"

„Wenn der schwarze Fleck oben liegt, dann war ich hier und möchte mit Ihnen sprechen. Heben Sie ihn hoch und sehen Sie nach, ob ich eine Nachricht hinterlassen habe!" Mitch drehte den Stein auf die Seite um, die lediglich etwas grau schimmerte. „Sehen Sie jeden Abend nach, aber nicht, bevor es absolut dunkel ist. Wenn der schwarze Fleck oben liegt, treffen wir uns am nächsten Morgen um fünf Uhr genau hier, klar?"

Mit diesen Worten begab er sich in Richtung Abbruchkante und verschwand wie ein Geist. Tom blickte ihm wehmütig hinterher.

Mai Zhao

Kaum hatte Tom sich wieder in den Pavillon begeben, stand Mai mit einer Tasse Tee in der Hand vor ihm.
„Du bist schon wieder zurück? Ich hatte gedacht, du wärst den ganzen Tag beschäftigt."
„Wollte nur mal sehen, was mein geheimnisvoller Liebhaber so macht", sagte die Frau und wiegte sich verführerisch in den Hüften.
Diese Frau konnte einem wirklich den Kopf verdrehen, musste Tom sich eingestehen. Aber mit Mitch im Hinterkopf musste er aufpassen, dass er sich nichts anmerken ließ. Also sagte er:
„Du könntest mich ja mal durch deine Spielwiese, also ich meine, dein Labor führen und mir erklären, woran du gerade arbeitest."
„Gerne! Im Moment ist allerdings einer meiner Onkel da und bekommt eine Apherese."
„Eine was?"
„Blutwäsche! Er leidet an einer Störung des Fettstoffwechsels und benötigt regelmäßig eine Blutwäsche. Onkel Li ist schon alt, aber sehr nett. Ich werde dich ihm vorstellen."
„Ist das so was wie eine Dialyse?"
„So ähnlich, aber bei ihm werden eben nur die schädlichen Blutfette entfernt."
Adrenalin schoss mit einem Mal durch Toms Blutbahn. Er brauchte nicht weiter zu fragen, denn in dem Moment, in dem sie seine Frage bejaht hatte, wusste er, wie er seinen Chip wieder loswerden konnte. Dasselbe Verfahren hatte er schon einmal,

damals in San Franzisko, über sich ergehen lassen müssen, um den Chip loszuwerden, den Genforce ihm zusammen mit „Vita 1" in die Blutbahn gebracht hatte. Therese hatte ihn auf die Idee gebracht und vorgeschlagen, es bei einem befreundeten Arzt zu versuchen. Und es hatte funktioniert. Das war mehr als ein Hoffnungsschimmer. Tom musste sich zusammenreißen, um sich nicht zu verraten.

Aber Mai Zhao hatte sich schon wieder zum Gehen gewandt. Endlich schien er mal einen Schritt im Vorteil zu sein, ohne dass seine Peiniger es wussten.

Als Mai Zhao schon ein paar Schritte weg war, drehte sie sich noch einmal um.

„Ich muss nur noch ein paar Dinge erledigen, dann hole ich dich ab und du bekommst eine Privatführung!" Sie warf Tom einen Luftkuss zu, drehte sich wieder um und begab sich in Richtung Haupthaus.

Es dauerte etwas mehr als eine Stunde, bis sie zurückkam. Sie führte ihn zu einem der Seiteneingänge, legte ihren Finger auf einen Scanner, und die Tür zu dem Labor fuhr zur Seite. Sie betraten eine Schleuse. Mai reichte Tom einen weißen Overall und gab ihm besondere Schuhe, die er vor dem Betreten des Labors anziehen musste. Dann öffnete sie an einem Display die Schleuse.

Gleich rechts von ihnen lag ein alter Mann auf einer Liege, in dessen Arm zwei Kanülen steckten. Der Mann hatte ein greisenhaftes Aussehen. Ein leises Klicken war zu hören. Es kam von der Maschine, an die der Mann angeschlossen war. Er hatte die Augen geschlossen und schien zu schlafen.

Mai Zhao sagte leise ein paar Worte zu ihrem Onkel, woraufhin der wie zum Gruß ein wenig eine Hand hob und ein zahnloses Lächeln sehen ließ. Dann gingen sie weiter. Mai Zhao zeigte Tom die Computer mit den darauf laufenden Datenreihen. Dann hielt sie vor einem der Apparate an.

„Das bist du."

Tom schaute sie verständnislos an.

„Hier wird gerade deine sequenzierte DNA untersucht. Mein Mann hält es für sehr wahrscheinlich, dass das Medikament an der falschen Stelle angreift und so eine irreversible Katastrophe auslöst."

„Du meinst die Zombies in eurer Zentrale?"

„Ich weiß, wir sprachen bereits darüber. Du hast sie gesehen?" Mai Zhao schlug die Augen nieder.

„Ja, und es war schrecklich. Ihr habt sogar diesen Deutschen dort!"

„Ja, ich weiß, aber im Gegensatz zu dir ist er tatsächlich freiwillig in der Hoffnung zu uns gekommen, dass wir ihm helfen können! Und glaub mir, wir haben es versucht."

„Das hat ja toll funktioniert!", ätzte Tom. Wieder hatte er den Eindruck, dass Mai Zhao ihm nur die Hälfte erzählt hatte. Was verheimlichte die Frau?

„Aber dank der Informationen, die uns dein Blut geliefert hat, wissen wir jetzt, an welcher Stelle der neue Wirkstoff angreifen muss, damit es funktioniert. Das neue Medikament muss nur ein klein wenig verändert werden. Wenn uns das gelingt, werden wir einen Stoff in der Hand haben, der endlich bei den meisten Menschen positiv wirkt", fügte sie nicht ohne Stolz hinzu.

Tom hasste, was er auf dem Bildschirm sah, hielt sich aber mit Kommentaren zurück. Wie viel Zeit hatte er noch, bis Corve so weit war? Es war ein Rennen gegen die Zeit. Er fragte sich zum wiederholten Male, was passieren würde, wenn er nicht mehr gebraucht wurde.

„Und wo stellt ihr das Zeug her?"

„Das kann nur unten in der Stadt passieren. Dort haben wir alle notwendigen Geräte und die Infrastruktur, die man für so was benötigt. Dafür ist das Labor hier zu klein. Außerdem habe ich hier noch mein eigenes Forschungsprogramm laufen." Sie grinste ihn an.

„Was meinst du?"

„Das muss vorerst noch mein Geheimnis bleiben. Aber wenn wir lange genug zusammen sind, werde ich dir davon erzählen!"

Was sollte das denn nun wieder heißen? Lange genug? Glaubte diese Frau wirklich, dass er ewig bei ihr bleiben würde? Nur weil sie gut im Bett war? Tom versuchte, sich nichts anmerken zu lassen, und nickte.

Sie gingen weiter durch die eine Reihe von Inkubatoren. Im hinteren Teil des Raumes, abgetrennt durch eine Schleuse und eine Glaswand, sah er zum ersten Mal einen anderen Menschen in diesem Labor, jemanden, der gerade damit beschäftigt war, Labortiere zu füttern. Er sah Mai Zhao fragend an.

„Einer unserer Laboranten. Wir haben insgesamt fünf hier. Sie kümmern sich um die Proben und um die Tiere."

„Und dahinten, was passiert da?" Tom zeigte in eine Ecke des Raumes, in der sich mehrere Kästen befanden. Auch hier gab es eine gläserne Abtrennung mit Schleuse. Solche Kästen kannte er aus dem Fernsehen. Es sah aus, als befände sich dort eine Frühchenstation.

Mai Zhao schüttelte energisch den Kopf.

„Dort läuft ein Projekt, das ich im Auftrag der Universität von Shenzen betreue! Aber darüber darf ich dir nichts erzählen. Es ist geheim. Vielleicht später einmal."

„Sieht aber nicht besonders geheim aus!"

„Stimmt, aber normalerweise haben wir hier keine Besucher. Du bist seit langem der Erste außer meinen Angestellten und mir, der dieses Labor betreten durfte. Und nun lass uns wieder gehen!"

Tom, der nichts Gutes ahnte, folgte Mai Zhao in die Schleuse. Gemeinsam verließen sie das Labor.

Baihu

Mitch, der von seinem Ausflug in die Berge von Shenzen zurückgekehrt war, traf sich mit Baihu und Robert Westinghouse in einer kleinen Bar, die laut Baihu nur halbherzig überwacht wurde, weil auch viele Parteibonzen regelmäßig ihren Abend hier verbrachten.

Sie setzten sich in den hinteren Bereich, wo es etwas dunkler und intimer war. Der Alkohol in Form von Bier floss reichlich in dem Laden. Die Leute waren laut und kümmerten sich nicht um andere.

„Ich habe ihn gefunden!", platzte Baihu mit der guten Neuigkeit heraus, wie immer, ohne eine Gefühlsregung zu zeigen. „Er befindet sich in einer der oberen Suiten des Gebäudes."

„Wirklich, Sie haben Marc gefunden?"

Baihu nickte. Die anderen sagten nichts, bis Mitch das Schweigen brach.

„Das sind doch mal gute Nachrichten. Weiß er von uns?"

„Ich habe kurz mit ihm sprechen können. Und bevor Sie fragen, es geht ihm gut! Aber natürlich macht er sich Sorgen."

Mitch hakte ein.

„Gut, dann will ich jetzt mal erzählen, was ich herausgefunden habe. Ich habe tatsächlich einen Weg gefunden, wie ich ihn oder noch besser beide, da rausholen kann. Die Frage ist nur, was dann mit dem Chip passiert und wie wir denen entkommen können."

„Dasselbe gilt leider inzwischen auch für den Sohn", warf Baihu ein. „Auch er ist markiert worden."

Mitch fuhr fort.

„Nicht gut, aber nicht zu ändern, dann müssen wir dasselbe Problem eben zweimal lösen. Aber hört mir erst einmal zu!"

„Es wäre natürlich viel einfacher, wenn sich beide am gleichen Ort befinden würden", überlegte Baihu laut und nahm einen großen Schluck von seinem Guinness.

„Du hast Recht, aber ich habe keine Ahnung, wie wir das bewerkstelligen sollen?" meinte Westinghouse.

Mitch sah die beiden an.

„Genau die Frage habe ich mir gestern auch gestellt. Und dabei ist mir folgende Idee gekommen. Wir könnten versuchen, sie mit ihren eigenen Waffen zu schlagen!"

Westinghouse und Baihu starrten Mitch erwartungsvoll an.

„Aus meiner Sicht gibt es nur eine Möglichkeit. Wir wissen, dass Corve Tom braucht, um dieses Medikament zu entwickeln. Und wir vermuten, dass er den Sohn in Reserve halten will, falls bei Tom etwas schief geht. Corve wird so lange auf Toms Kooperationsbereitschaft setzen, bis er diesen Stoff entwickelt hat. Und wenn Tom nicht will, kann er jederzeit Marc als Druckmittel einsetzen, stimmt`s?"

Verständnisloses Nicken.

„Was meinst du?" Westinghouse Stimme klang ungeduldig. Er sah sich schon in irgendeinem chinesischen Knast verschwinden.

„Warum drehen wir den Spieß nicht einfach um? Die Frage war doch, wie wir die beiden an ein und denselben Ort bekommen. Idealerweise dahin, wo ich die Fluchtmöglichkeit sehe."

„Mein Gott, mach`s doch nicht so spannend", insistierte Westinghouse.

Mitch legte seine Stirn in Falten, trank einen Schluck Guinness und lehnte sich nach vorne.

„Ok, also ich glaube, wenn einer beiden, idealerweise Tom, signalisieren würde, dass er nur dann noch mitspielt, wenn er mit seinem Sohn zusammengelegt wird, dann wird Corve nachgeben. Insbesondere auch, wenn er Druck von seiner Frau bekommt."

Baihu und Westinghouse schauten sich erstaunt an.

„Wie bitte, wie soll das denn gehen?"

„Ganz einfach, denn Tom, und jetzt haltet euch fest, fickt Corves Frau. Und die scheint darüber sehr glücklich zu sein. Ich habe es mit eigenen Augen gesehen. Corve könnte es natürlich mit Zwang versuchen, aber das wird er nicht tun. Dazu ist ihm das vorläufige Wohlergehen der beiden viel zu wichtig! Und wie gesagt, die Frau will auch ihren Spaß haben. Außerdem werden sie glauben, dass sie mit einer Zusammenlegung kein Risiko eingehen. Denn erstens ist das Gelände sehr gut bewacht und gechipt sind die beiden auch. Womit wir beim zweiten Problem wären."

Baihu und Robert Westinghouse nickten. Dann wandte Mitch sich an den Chinesen.

„Könnten Sie Marc über unsere Idee informieren? Ich würde Tom eine Nachricht zukommen lassen. Und wenn das erledigt ist, warten wir einfach ab. Auf ein, zwei Tage kommt es jetzt auch nicht mehr an, oder? Ich bin mir sicher, es wird funktionieren!" Mitch nahm sein Glas, winkte den Kellner heran und bestellte noch eine Runde. Sie waren sich einig.

„Und die zweite Frage wäre", er sah Baihu an, „ob es eine Möglichkeit gibt, diese Chips abzuschalten? Das müsste doch möglich sein. Ist doch auch nur Elektronik. Im übrigen, ich habe mich gefragt, wie lange eigentlich die Batterien von so einem Chip halten?"

Baihu zuckte mit den Schultern.

„Das ist zwar nicht mein Bereich, aber ich werde versuchen, es herauszufinden."

Westinghouse bezahlte und sie verabredeten sich für den nächsten Tag.

Marc

„Kommen Sie, ich möchte Ihnen etwas zeigen!"

Marc zuckte mit den Achseln und folgte dem kleinen Mann zu einem der Fahrstühle. Corve berührte die Anforderungstaste. Als sie wieder ausstiegen, zeigte Corve auf ein Symbol. Intensivstation! Zutritt verboten!

„Was ich Ihnen jetzt zeigen werde, wird Ihnen vielleicht nicht gefallen. Aber es spielt eine wichtige Rolle, um zu verstehen, was ich tue und warum ich es tue! Kommen Sie!" Er winkte Marc, ihm zu folgen. Als er eine Tür öffnete, betraten sie eine Schleuse, in der sie Overalls anlegten, die Schuhe wechselten und sich mit Gummihandschuhen und Mundschutz in einen Raum begaben, in dem sich mehrere durch Stellwände abgetrennte Bereiche befanden. Hinter jeder dieser Wände gab es ein Bett, in dem ein Mensch lag, den man an verschiedenste Kabel angeschlossen hatte. Atmen konnten diese Personen scheinbar noch aus eigenem Antrieb. Genauso hatte sich Marc immer eine Intensivstation vorgestellt. Irgendwelche Geräte gaben klickende Geräusche von sich. Irgendetwas piepste. Im hinteren Bereich gab es einen Raum, der scheinbar vom Personal genutzt wurde. Hier schien ein Arzt die Monitore und Gerätschaften zu überwachen. Corve nickte ihm freundlich zu.

„Warum zeigen Sie mir das?"

„Sie kennen doch die Geschichte Ihres Vaters?"

Marc nickte.

„Dann wissen Sie ja auch, dass er immer noch der Einzige ist, bei dem das Mittel gewirkt hat, oder sagen wir, immer noch wirkt. Diese Menschen hier haben das Medikament ebenfalls bekommen, aber bei ihnen hat es das Gegenteil bewirkt. Sie wären alle gestorben, wenn wir sie hier nicht behandeln würden. Aber bisher war es leider vergebens. Bei denen hier ", er zeigte auf die Patienten, „haben wir noch Hoffnung, da ihr Gehirn noch nicht völlig zerstört ist!"

Marc war erschüttert, denn wenn er richtig verstanden hatte, gab es Patienten, denen man nicht mehr helfen konnte.

„An dieser Stelle kommt Ihr Vater ins Spiel. Sehen Sie das hier?" Corve zeigte auf einen Infusionsständer, der direkt neben einem Bett stand und dessen Schläuche unmittelbar zu dem Patienten führten. Es war ein älterer Mann, dessen Blick starr an die Decke ging. Nichts deutete auf eine Reaktion hin.

Marc verstand nicht, was Corve ihm sagen wollte und schaute ihn fragend an.

„Ja und? Was hat das mit meinem Vater zu tun?"

„Er hat uns die Möglichkeit gegeben, diese Menschen vielleicht wieder ins Leben zurückzuholen. Wir haben seine DNA sequenziert und konnten dadurch einige Veränderungen vornehmen. Letztlich haben wir damit das Medikament verbessert. Und jetzt werden wir es diesen Menschen geben, um zu sehen, wie es wirkt. Ich bin mir ziemlich sicher, dass etwas passieren wird. Und da dachte ich mir, ich lasse Sie an diesem erhebenden Moment teilhaben."

Corve gab dem Arzt ein Zeichen und ging zu dem Infusionsständer wo er behutsam, fast feierlich den Hahn aufdrehte. Marc sah, wie die farblose Flüssigkeit begann, durch den Schlauch in den Patienten zu laufen.

„Warum tun Sie dem Mann das an? Sie haben doch keine Ahnung, was passieren kann!"

Corve lachte auf.

„Was glauben Sie, wie die Chancen für ihn stehen? Dieser Mann hier ist so gut wie tot. Er hat kein lebenswertes Leben mehr in oder vor sich. Ich bin der, der es ihm zurückgeben kann."

In Corves Augen blitzte etwas auf, das Marc Angst einjagte. Es war der Hass auf die Menschen, die Corve schon seit Jahrzehnten die eigentlich fällige Anerkennung verweigerten. Hatte Marc sich zu weit vorgewagt?

„Sie verstehen nichts, gar nichts! Ich hatte geglaubt, Sie wären etwas intelligenter als Ihr Vater! Aber wie er sind Sie zu dumm, um zu erkennen, was für einem erhabenen Moment Sie gerade beiwohnen durften! Sehr schade. Wir können nicht immer nur an Ratten testen. Irgendwann ist der Punkt gekommen, es am Menschen zu versuchen. Und denen hier kann es nicht mehr schaden! Im Gegenteil, ich gebe ihnen eine letzte Chance."

Corve beugte sich noch einmal über den Patienten und kontrollierte die Pupillenreflexe.

„Warum versteht mich bloß niemand?", murmelte er vor sich hin. Dann zog er den Vorhang zu.

„Kommen Sie. Wir müssen jetzt abwarten. Was mit ihm passiert, werden wir erst später sehen. Währenddessen wird der Patient von einem Arzt und einer KI überwacht."

Sie kehren in Corves Büro zurück.

In Marc arbeitete es. Er war von der Skrupellosigkeit, mit der Corve sein Ziel verfolgte, erschüttert. Der Mann glaubte von sich, Gott spielen zu können. Er nahm und gab Leben, ganz, wie es ihm beliebte. Marc sah es glasklar: Corve würde keinen Moment zögern, seinem Vater und ihm etwas anzutun oder sie beide beseitigen lassen, wenn es ihm nutzte.

„Wo halten Sie meinen Dad gefangen? Ich will zu ihm sonst …!"

Corve drehte sich ruckartig zu Marc um. Da war es wieder, dieses Blitzen in den Augen.

„Sonst was? Wollen Sie versuchen, mir zu drohen?" Er lachte ein zynisches Lachen. „Das haben schon viele versucht. Und viele sind damit gescheitert. Also belassen wir es besser dabei!"

„Ich will nur wissen, wo mein Vater ist! Ich will ihn sehen! Und zwar jetzt!"

Marc konnte sehen, wie das Gesicht seines Gegenübers mit einem Mal rot anlief. War er zu weit gegangen?

Corves Stimme überschlug sich.

„Sie sind nicht in der Position, hier irgendwelche Forderungen zu stellen! Ich entscheide, was mit Ihnen passiert und ob Sie Ihren Vater vielleicht einmal wiedersehen können, sonst niemand! Ist das klar?" Corve kam näher und blickt dem jungen Mann mit einem Blick in die Augen, der ihm das Blut gefrieren in den Adern ließ. Dabei konnte Marc den widerlich alkoholgeschwängerten Atem eines alten Mannes riechen. Er wandte den Kopf ab.

Corve ließ sich in einen Sessel fallen und beruhigte sich offenbar genauso schnell, wie er explodiert war. Er schien über etwas nachzudenken. Dann erhob er sich, nahm ein Glas und kippte einen Bourbon. Seine Stimme hatte mit einem Mal einen freundlicheren Ton angenommen.

„Hören Sie, Marc! Sie sind zwar nur einer von diesen arroganten jungen Schnöseln, die keine Ahnung vom wirklichen Leben haben. Aber ich will versuchen, das jetzt mal zu vergessen. Da Sie und Ihr Vater so freundlich waren, uns zu helfen, werde ich Sie morgen zu Ihrem Vater bringen lassen. Aber bilden Sie sich nicht ein, dass Sie von dort verschwinden können. Das ist ausgeschlossen. Und ich schwöre Ihnen, sollten Sie es dennoch versuchen, werde ich Sie finden. Und dann gnade Ihnen Gott. Und jetzt verschwinden Sie, ehe ich es mir anders überlege."

Corve drückte einen Knopf auf seinem Schreibtisch. Fast im selben Moment öffnete sich die Tür zu einem Nebenraum.

„Der Herr möchte uns verlassen", sagte er auf Englisch, wohl um Marc seinen Unwillen spüren zu lassen. Dann wiederholte er seine Anweisung auf Chinesisch, woraufhin ihn eine kleine Chinesin in seine Suite geleitete.

Nur eine Stunde später klopfte es an Marcs Suite. Diesmal standen zwei schwarz gekleidete Typen vor der Tür, die nicht den Eindruck machten, als ob man mit ihnen Spaß haben könnte.

„Mitkommen!" brummte der eine, während der andere sich in der Suite umsah und Marcs Sachen zusammensuchte.

„Was soll das, wohin bringen Sie mich?"

Der stämmigere von beiden sah ihn verständnislos an und deutete auf den Fahrstuhl. In der Tiefgarage wurde er in einen riesigen SUV geschoben, von dessen Marke er noch nie gehört hatte. Als er saß, legte der Fette ihm Handschellen an und befestigte diese an dem Sitz vor ihm, in dem extra zu diesem Zweck Haken eingelassen waren. Dann quetschte er sich neben ihn.

„Wo bringen Sie mich hin?"

Aber der Kerl neben ihm grinste ihn nur dümmlich an. Es hatte keinen Sinn. Wahrscheinlich verstanden die Kerle ihn nicht einmal. Also fügte er sich in sein Schicksal.

Mai Zhao

Es dauerte nicht lange, bis sie eine hügelige Gegend etwas außerhalb der Stadt erreicht hatten. Dort bogen sie an einem schmalen Weg ab, der in einer opulenten Auffahrt endete. Nachdem sich das Tor zur Einfahrt geöffnet hatte, konnte Marc erkennen, dass hier alles durch Kameras überwacht wurde. Kaum hatte der Wagen an der großzügigen Freitreppe gehalten, als eine in traditionelle chinesische Kluft gekleidete Frau erschien. Sie wartete, bis der Fahrer ausgestiegen und die paar Stufen zu ihr erklommen hatte. Sie besprach sich kurz mit dem Fahrer und schien ihm Anweisungen zu geben. Marc wurde unsanft aus dem Wagen gezerrt und in das Haus gebracht. Er hatte kaum Zeit, sich umzusehen, registrierte aber die gediegen anmutende Einrichtung, die er aus amerikanischen Häusern kannte, deren Besitzer sich wiederum an dem alten Europa orientierten. Dann wurde er auf einen Stuhl gedrückt.

Marcs Blick ging zu einem großformatiges Gemälde an der gegenüberliegenden Wand. Es zeigte einen überlegen lächelnden Corve mit einer Katze. Marc musste unwillkürlich an einen dieser alten James Bond Filme denken, wo der Oberschurke Dr. No eine Katze auf seinem Arm krault.

„Hallo Marc!"

Es war dieselbe Frau, die er schon auf der Treppe gesehen hatte. Sie war für eine Chinesin relativ groß und äußerst attraktiv. Er war überrascht, als sie ihn auf Englisch ansprach.

„Mein Name ist Mai Zhao. Ich bin die Frau von Ben Corve, den Sie ja schon kennengelernt haben. Kommen Sie, machen wir es uns bequem."

Das war also die zweitwichtigste Person in diesem Spiel, dachte Marc und folgte ihr in den üppig bewachsenen Wintergarten des Gebäudes. Mai Zhao zeigte auf einen Sessel und bat ihn, Platz zu nehmen.

„Einen kühlen Drink vielleicht? Es ist sehr heiß heute, finden Sie nicht?"

Marc schüttelte den Kopf.

„Sie werden sich fragen, warum Sie hier sind! Nun, ich will es Ihnen sagen! Wir möchten, dass Sie mit uns zusammenarbeiten. Daher sind wir bereit, es Ihnen und Ihrem Vater so angenehm wie möglich zu machen."

„Mein Vater, ist er hier?"

Mai Zhao nickte und schaute aus dem Fenster in den Garten.

„Ja, er ist hier. Aber er weiß noch nicht, dass auch Sie jetzt hier sind!"

„Kann ich ihn sehen?"

„Natürlich!"

„Wann?"

„Sobald Sie meine Bedingungen erfüllt haben!"

„Was für Bedingungen?"

Mai Zhao ließ ein hintergründiges Lächeln erkennen, das augenblicklich wieder von ihren Lippen verschwand.

„Das erkläre ich Ihnen, wenn wir Sie sicher untergebracht haben."

Sie nickte dem Gorilla zu, der lässig hinter Marc an der Wand lehnte. Der Mann, der Oberarme von der Dicke eines mittleren SUV-Reifens hatte, packte Marc am Ellenbogen und zog ihn mit sich.

„Keine Sorge! Wenn Sie brav sind, werden Sie Ihren Vater schon sehr bald sehen!"

Marc wurde von dem Fleischberg in ein Zimmer gesperrt, das nur unwesentlich freundlicher gestaltet war als das Verlies im Maibentechtower. Aber wenigstens gab es ein vergittertes Fenster, durch das er sehen konnte, welche Tageszeit gerade war. Hatten sie seinen Vater in ein ähnliches Verlies gesperrt, vielleicht direkt nebenan? Er lauschte auf irgendwelche Geräusche, konnte aber nichts hören. Ein Gefühl der Ohnmacht breitete sich in ihm aus. Hier würde Mitch sie niemals finden. Er schloss die Augen.

Einige Stunden später öffnete eine kleine Chinesin die Tür und stellte wortlos eine Mahlzeit vor Marc ab. Ohne ihn auch nur anzusehen, verließ sie den Raum wieder. Er konnte hören, wie die Tür verriegelt wurde. Marc, der inzwischen unbändigen Hunger verspürte, verschlang die Mahlzeit, die wider Erwarten ausgezeichnet schmeckte. Mit einem Glas Mijiu, dem chinesischen Reiswein, spülte er nach. Dann begann er sein Gefängnis zu untersuchen, fand aber nichts Besonderes. Durch das Fenster konnte er immerhin erkennen, dass der Mond aufgegangen war. Ansonsten blickte er auf Bäume und eine parkähnliche Landschaft. Irgendwann fiel er in einen traumlosen Schlaf.

Am nächsten Morgen weckte ihn der Gorilla und brachte ihn erneut in den Wintergarten, wo Mai Zhao bereits auf ihn wartete.

„Gut geschlafen?"

„Wo ist mein Vater?"

Mai Zhao war aufgestanden, ignorierte seine Frage und öffnete eine der gläsernen Türen. Sie atmete tief ein und streckte die Arme von sich.

„Ist das nicht ein herrlicher Morgen? Ich liebe diese Uhrzeit, wenn die Hitze des Tages noch nicht und die Kühle des Morgens noch ein wenig da ist." Dann wandte sie sich um und blickte Marc an.

„Aber jetzt sollten Sie erst einmal etwas essen!", sagte Mai Zhao und goss Marc ein Glas Orangensaft ein. Sie deutete auf den Tisch, der mit allen möglichen Köstlichkeiten wie Teigtaschen, Pfannkuchen, Gemüse und Fleisch gedeckt war. „Greifen Sie zu!", machte Mai Zhao eine auffordernde Bewegung und zeigte auf die Baozi, mit Gemüse gefüllte Teigtaschen. „Die sind wirklich gut!"

Marc, der trotz seiner Lage Hunger verspürte, legte sich einige von ihnen auf seinen Teller und musste zugeben, dass die Küche hier nicht schlecht war.

„Sie sprachen gestern von Bedingungen! Was meinten Sie damit?"

„Wie sagt man bei Ihnen? Eine Hand wäscht die andere?"

Marc blickt sie mit vollem Mund erstaunt an. Woher kannte diese Frau solche Sprüche?

„Sie müssen wissen, ich habe lange in den Staaten gelebt! Ich habe in Stanford studiert. Das heißt, ich weiß, wie Sie denken! Sie können mir also nichts vormachen! Amerikaner machen gerne Deals, nicht wahr? Und so einen Deal werden wir beide auch machen!"

Marc lehnte sich abwartend in seinem Stuhl zurück. Was würde denn jetzt kommen?

„Sie wollen Ihren Vater sehen und irgendwann wieder in die USA zurückkehren. Und wir wollen Informationen und Daten, die nur Ihr Körper preisgeben kann! Mein Mann hat von Ihnen Blut bekommen. Ich hingegen", über ihr Gesicht huschte ein nicht zu deutendes Lächeln, „will Ihr Sperma!"

„Was?" Marc klappte die Kinnlade herunter.

„Haben Sie ein Problem damit? Wenn Sie wollen, kann ich es Ihnen besorgen, oder Sie machen es sich selber. Das ist mir egal. Wenn das erledigt ist, können Sie Ihren Vater sehen, vorher nicht!"

Noch ehe Marc etwas erwidern konnte, machte sie eine Kopfbewegung in Richtung Tür, woraufhin er von dem Fleischberg von seinem Stuhl gezerrt und zurück in seine Zelle gebracht wurde.

„Überlegen Sie es sich!", rief Mai Zhao ihm hinterher.

Als die Tür hinter ihm ins Schloss fiel, begannen seine Gedanken fieberhaft zu arbeiten. Was wollte die Frau mit seinen Spermien? Die hatten doch schon sein und das Blut seines Vaters, um diese verdammte Pille neu zu erfinden. Wofür brauchten sie dann noch sein Sperma? Die verrücktesten Ideen spukten durch seinen Kopf. Aber irgendwann begann sich die seiner Meinung nach plausibelste Erklärung festzusetzen. Es konnte gar nicht anders sein! Das Ziel war, Menschen zu züchten, die seine DNA bekamen. Sie setzten zwar darauf, mit dem Blut eine Pille entwickeln zu können, die ewiges Leben versprach. Aber wenn das aus irgendeinem Grund nicht funktionieren sollte, dann konnten sie über die Züchtung von menschlichen Kreaturen mit seiner DNA versuchen, an die notwendigen Informationen zu kommen. Menschen als Laborratten. Bei den Chinesen war alles möglich. Und er, Marc, würde der Ausgangspunkt sein. Eine andere Erklärung dafür gab es nicht.

Als sich früh am nächsten Morgen erneut die Tür öffnete und Marc wieder an dem üppig gedeckten Tisch platziert wurde, erschien Mai Zhao mit einem strahlenden Lächeln auf den Lippen.

„Wie geht es meinem Gast heute?"

Marc hätte kotzen können. Er sagte kein Wort.

„Greifen Sie zu! Sie müssen sich stärken, damit die Qualität hoch ist!"

Marc wusste erst nicht, was die Frau meinte. Aber als er in das hinterhältig lächelnde Gesicht sah, wurde ihm schlagartig klar, was sie gemeint hatte.

„Haben Sie es sich überlegt?"

Das war der Moment, in dem Marc verstand, dass er keine andere Wahl haben würde. Wenn er nicht einwilligte, würde er seinen Vater niemals zu sehen bekommen, geschweige denn wieder nach Hause zurückkehren können. Außerdem, wer sagte denn, dass diese Frau nicht auch willens war, andere Methoden anzuwenden, um an ihr Ziel zu kommen? Ohne ein Wort zu sagen, nickte er.

Mai Zhao nickte nur.

„Gute Entscheidung, sehr gute Entscheidung!"

Marc verdrehte die Augen. Diese hinterhältige Chinesin würde er nicht an sich heranlassen.

„Wenn Sie sich gestärkt haben! Es ist alles vorbereitet, gleich hier nebenan."

Tom

Kaum hatte Marc ejakuliert, öffnete sich die Tür und Mai Zhao betrat den kleinen Raum. Sie nahm ihm den Becher aus der Hand und schien mit dem Ergebnis äußerst zufrieden zu sein.

„Das ist genau das, was ich von Ihnen brauche. Gut gemacht, mein Junge", frohlockte ihre Stimme, während sie ihn lüstern betrachtete. Sie verließ den Raum und kam schon nach ein paar Minuten wieder.

„Was passiert jetzt damit?", wollte Marc wissen, obwohl ihm gleichzeitig klar war, dass er nicht mit einer ehrlichen Antwort rechnen konnte.

„Wunderbare Dinge, das kann ich Ihnen versprechen. Aber zunächst einmal wird Ihr Sperma eingefroren. So bleibt es haltbar und kann jederzeit eingesetzt werden. Es hat übrigens ganz im Gegensatz zu den meisten modernen Männern heutzutage eine ausgezeichnete Qualität. Genau das, was wir für unsere Forschung brauchen. Aber jetzt werde ich Sie erst einmal zu Ihrem Vater bringen, einverstanden? Und eins noch. Es wäre besser, wenn Sie Ihrem Vater nichts von unserem kleinen Deal erzählen!"

So, als wäre sie eine gute Freundin, nahm sie Marc bei der Hand und führte ihn durch einen Nebeneingang aus dem Haus. Sie überquerten den Kiesweg und gingen direkt auf einen kleinen Pavillon zu.

„Dort wohnt er. Aber wie ich ihn kenne, schläft er noch. Er steht nie vor neun Uhr auf. Klopfen Sie ruhig, er wird überrascht sein, Sie zu sehen." Mit diesen Worten drehte sie sich kichernd um und begab sich wieder in Richtung Hauptgebäude.

Marc sah auf seine Uhr. Es war jetzt gerade kurz vor neun. Woher wusste diese Frau so genau, wie lange sein Vater schlief? Er sah sich um. Niemand war zu sehen. Er schien tatsächlich allein zu sein. Marc machte einen Schritt auf die Tür zu, blieb dann aber erneut stehen, um seine Gedanken zu ordnen. Was würde sein Vater sagen, wenn er so plötzlich vor ihm stand? Vorsichtig spähte er durch eines der Fenster, konnte aber nur einen kleinen verzierten Tisch mit einer Teetasse darauf erkennen. Er ging zur Tür und klopfte leise. Nichts geschah, also klopfte er noch einmal.

„Mai?", hörte er tatsächlich die Stimme seines alten Herrn.

„Komm doch rein, ist offen, das weißt du doch."

Marc war irritiert. Wieso nannte er diese Frau beim Vornamen? Er öffnete die Tür und trat ein. Er stand mitten in einem hübschen kleinen Pavillon, der von einer Seite von der Sonne durchflutet wurde. Dort stand auch das Bett, in dem sein Vater lag und sich gerade mit abgewandtem Gesicht ausstreckte.

„Ich bin`s, Dad!"

Es dauerte einen Moment, bis sein Vater reagierte. Dann fuhr er herum.

„Was zur Hölle? Marc? Wie kommst du denn hierher? Ich fass es nicht! Komm her, mein Junge!" Tom sprang aus dem Bett und nahm seinen Sohn in die Arme. „Was machst du denn hier?"

Er starrte Marc ungläubig von oben bis unten an. Tränen liefen ihm über das Gesicht. So hatte Marc seinen Vater noch nie gesehen. Er drückte ihn an sich und stieß einen tiefen Seufzer der Erleichterung aus.

„Wir, also Joe und ich, haben versucht, dich zu finden. Das war, wie du dir sicherlich vorstellen kannst, gar nicht so einfach. Aber jetzt habe ich dich endlich gefunden und bin froh, bei dir zu sein!"

„Gefunden? Du bist doch garantiert nicht freiwillig hier, oder?"

„Das ist eine lange Geschichte! Und nein, natürlich bin ich nicht freiwillig hier. Aber irgendwie haben sie mitbekommen, dass ich hier bin und ihre Zentrale beobachte. Dabei haben sie mich gekidnappt. Erst haben sie mich unten in der Stadt gefangen gehalten, aber gestern hat Corve mich hierherbringen lassen. Und sie wissen, dass ich nicht alleine war!"

Tom nickte, sagte aber nichts und blickte aus dem Fenster.

„Dad?"

„Genauso habe ich es mir vorgestellt. Dieser Corve ist ein Wahnsinniger und ein Verbrecher. Er scheut vor keiner Sauerei zurück, um sein Ziel zu erreichen."

Tom schüttelte den Kopf und deutete auf die Tür. Beide verließen den Raum.

„Ich, also wir beide, sind hier gefangen und können nicht weg. Corve überwacht jeden unserer Schritte. Hier sind überall Kameras, und das Gelände ist geschützt wie ein Hochsicherheitstrakt. Ich weiß nicht, ob sie uns abhören. Aber wundern würde es mich nicht. Und was wollen die von dir?"

Marc druckste herum. Es war ihm peinlich. Er wollte eigentlich nicht, dass sein Vater von ihm erfuhr, was diese Frau von ihm gewollt hatte. Er wich dem Blick seines Vaters aus. Aber der schaute ihm direkt in die Augen.

„Raus damit, was wollen sie von dir? Ich weiß, dass Corve auch von dir eine Blutprobe haben wollte. Das hat er mir schon damals in Escalante am Telefon gesagt, für einen Haufen Geld. Ich habe das abgelehnt!"

Marc schüttelte den Kopf.

„Mein Blut haben sie bereits bekommen. Aber sie ist es, die etwas von mir will!"

Tom verstand zuerst nicht, was sein Sohn meinte. Dann ging ihm ein Licht auf. Er machte eine fragende Bewegung in Richtung Haupthaus.

„Verdammt, jetzt komm endlich raus mit der Sprache!"

„Sie will mein Sperma!"

„Was will sie?" Tom tat, als hätte er seinen Sohn nicht richtig verstanden.

„Du hast richtig gehört! Das war die Voraussetzung dafür, dass ich dich sehen durfte!"

Toms Puls raste. Er fühlte seine Schläfen pochen. Er hatte schon seit ein paar Tagen so ein seltsames Gefühl nach den Zusammenkünften mit Mai Zhao gehabt. Seine Miene verfinsterte sich.

„Seit ich hier bin, frage ich mich, was genau auf diesem Gelände passiert. Es geht nicht nur um Corve. Sie unterstützt ihn zwar, aber sie hat auch eine eigene Agenda." Er legte den Finger auf die Lippen.

Sie hörten Schritte. Mai Zhao kam ihnen mit dem immer gleichen strahlenden Lächeln auf dem Kiesweg entgegen.

„Na Tom, wie ist mir die Überraschung gelungen?"

Er wusste nicht, wie er reagieren sollte.

„Jetzt hab dich doch nicht so. Ich hatte geglaubt, du würdest dich freuen! Möchtet ihr einen Tee? Oder soll ich euch noch etwas mehr Zeit geben? Ihr habt euch mit Sicherheit noch viel zu erzählen. Mein Mann wird etwas später auch noch zu uns stoßen."

Es war einfach unglaublich. Diese Frau tat so, als sei die Situation, in der sie sich befanden, die normalste von der Welt. Stattdessen befanden sie sich in diesem luftigen Gefängnis, in dem sie ständiger Überwachung ausgesetzt waren. Und ihre Gefängniswärter konnten mit ihnen machen, was sie wollten.

„Tee ist gut!"

Mai Zhao hakte sich bei Tom unter und führte die beiden in den Salon, von wo aus man einen wunderbaren Blick in den Garten hatte. Sie bot den beiden einen Platz an einem wunderschön verzierten kleinen Tisch an, auf dem eine Kanne Tee und ein paar Tassen standen.

Tom rümpfte die Nase.

„Was soll das werden?"

„Was meinst du?", gab sich die Dame des Hauses unwissend.

„Du weißt genau, was ich meine! Was habt ihr mit meinem Sohn und mir vor? Ich warne dich! Lass meinen Sohn aus dem Spiel. Er hat damit absolut nichts zu tun! Das habe ich deinem Mann schon bei unserem ersten Telefonat gesagt. Lass Marc da raus, verdammt!"

Mai Zhao lächelte nur ein wenig, dann sah sie Tom direkt an.

„Willst du mir drohen?" Dann lächelte sie ihn etwas traurig an. „Ach Tom, das hatten wir doch schon. Aber scheinbar hast du mich immer noch nicht verstanden? Du hast mich im Labor gefragt, was wir hier tun." Mai Zhao blickte Marc an. „Wir haben etwas ganz Wichtiges mit euch vor. Ihr seid die ersten einer ganz neuen Generation von Menschen. Unsere Partei und China, wir brauchen frisches Blut. Ihr wisst wahrscheinlich, dass wir durch die jahrzehntelange Einkindpolitik eine völlig überalterte

Gesellschaft haben. Zu viele Menschen sterben. Und es werden immer noch zu wenige Kinder geboren. Es gibt also nur zwei Möglichkeiten. Entweder wir finden etwas, das die Menschen länger leben lässt. Oder wir bekommen Kinder, die per se länger leben. Nur so wird unsere Gesellschaft langfristig überleben. Das ist das Ziel der Partei. Und jetzt, wo wir euch beide hier haben, können wir dieses Ziel erreichen. Und wir sind ihm so nahe wie nie zuvor!"

„Und was ist mit diesen Zombies, wenn wir schon einmal dabei sind?", hakte Marc nach.

„Das ist eine sehr gute Frage. Das sind Menschen, die man uns für unsere Tests zur Verfügung gestellt hat. Leider sind die bisher nicht so gelaufen, wie wir uns das gewünscht haben. Ihr habt es ja gesehen. Aber mit euch ändert sich das nun. Und was diese Menschen betrifft, versuchen wir ihnen auf verschiedenen Ebenen zu helfen, wieder zu Menschen zu werden, für die sich das Leben lohnt! Wir wissen inzwischen, dass wir ihre Gehirne mit einem kleinen Chip steuern können. Da stehen wir zwar noch am Anfang. Aber wenn es so weit ist, dann werden wir diese endlos lebenden Zombies mit einem Gehirnchip beeinflussen können. Aber wie gesagt, soweit sind wir noch nicht. Es handelt sich übrigens um ein System, das ursprünglich in den USA entwickelt wurde. Dort hat man es vor Jahren mit Erfolg bei querschnittsgelähmten Patienten eingesetzt. Wir haben es nur etwas weiterentwickelt."

Tom und Marc waren sprachlos. Diese Frau hatte soeben einen Albtraum skizziert, der im Rest der Welt zu einem Aufschrei führen würde. Aber sie waren hier in China. Marc und Tom sahen sich an. Fast zeitgleich war ihnen soeben bewusst geworden, dass man sie wahrscheinlich niemals würde gehen lassen. Egal, ob man sie noch brauchte oder nicht, sie hatten zu viel gesehen.

„Ihr müsst endlich verstehen, dass es hier um etwas ganz Großes geht. Erst wenn ihr das akzeptiert habt, bekommt Ihr auch einen Großteil eurer Freiheit wieder!"

„Einen Großteil unserer Freiheit? Was soll das sein? Darf ich dann unter Bewachung in den Supermarkt oder in den Puff? Das ist doch alles Scheiße! Ich will einfach nur nach Hause", entfuhr es Marc. Er blickte die Frau voller Hass an.

Aber die sagte kein Wort, lächelte nur und nahm einen Schluck aus dem teuren chinesischen Porzellan. Einen kurzen Moment nach Marcs Ausbruch herrschte gespenstische Stille.

„Nach Hause? Wo ist das? Ich habe überall auf dieser Welt gearbeitet und ich fühlte mich immer da zu Hause, wo der Fortschritt war. Bis ich irgendwann begriffen habe, dass wirklicher Fortschritt nur hier in China stattfindet. Denn hier gibt es keine Grenzen und ethische Bedenken wie bei euch. Ihr mit eurer westlichen Einstellung werdet den Wettlauf um den perfekten Menschen niemals gewinnen. Also werden wir euch auch so lange nicht gehen lassen, bis wir unser Ziel erreicht haben. Gewöhnt euch an diesen Gedanken!" Ihr Lächeln war verschwunden, das Gesicht steinhart geworden.

Bei diesem Anblick lief Tom ein Schauer den Rücken hinunter. Mit diesem Monster hatte er geschlafen. Er hatte es geahnt und dennoch verdrängt. Nun aber war die Maske gefallen. Sie würden für sehr lange Zeit ihre Gefangenen sein.

„Und noch etwas! Ihr solltet euch etwas dankbarer erweisen. Denn wir geben euch so viel Freiheit wie möglich, sorgen für euch wie für liebe Gäste. Die Partei, mein Mann und ich möchten, dass es euch gut geht. Ihr habt hier auf dem Gelände alle Möglichkeiten. Ihr könnt euch fast frei bewegen. Solltet ihr jedoch versuchen, unser Vertrauen zu missbrauchen, müssten wir noch mehr für eure Sicherheit sorgen. Das würde euch nicht gefallen, denke ich. Also nutzt unsere Großzügigkeit nicht aus!" Ihr Gesicht hatte einen hinterhältigen Ausdruck angenommen.

Sie stand auf und wollte gerade den Raum zu verlassen, als sie sich noch einmal umdrehte und mit dem strahlendsten Lächeln sagte: „Wir sehen uns später." Einem Lächeln, das Tom jetzt so sehr hasste.

„Möchtest du deinem Sohn nicht unseren wunderschönen Park zeigen, Tom?"

Mitch

Um die Gefahr der Beobachtung so gering wie möglich zu halten, trafen sie sich in einer anderen kleinen Bar als beim letzten Mal. Sie war erfüllt von gedämpftem Licht und dem Rauch der wenigen chinesischen Gäste. Es gab Cocktails und Bier. An einer Stange drehte sich, von einem Lichtspot in Szene gesetzt, lustlos eine junge Frau, die aber von den meisten Gästen ignoriert wurde.

Mitch berichtete von seiner Erkundungstour und wie es ihm gelungen war, trotz der umfangreichen Sicherheitsvorkehrungen auf das Gelände zu gelangen.

„Aber was ist mit Tom? Hast du ihn gesehen?" wollte Robert Westinghouse wissen.

Mitch setzte ein breites selbstzufriedenes Grinsen auf.

„Ob ihr es glaubt oder nicht, ich habe sogar mit ihm gesprochen. Er weiß jetzt, dass wir versuchen werden, ihn da rauszuholen. Aber was ist mit Marc?" Er sah Baihu erwartungsvoll an, der trotz der guten Nachricht kein besonders erfreutes Gesicht machte.

„Verschwunden! Ich habe wirklich alles versucht, ihn aber bisher nicht ausfindig machen können. Tut mir leid!"

Westinghouse und Mitch starrten ihn enttäuscht an.

„Wie, verschwunden? Ich dachte, Sie könnten ihn jederzeit orten?"

Baihu nickte.

„Habe ich auch gedacht, zumal ich noch kurz mit ihm sprechen konnte. Aber vorhin war plötzlich sein Signal weg. Er ist wie vom Erdboden verschluckt. Die einzige Erklärung und vielleicht Hoffnung, die ich habe, ist die, dass man ihn in einem der abgeschirmten Fahrzeuge zu Tom gebracht hat. Die haben für die Führungsmannschaft einige dieser Fahrzeuge in ihrem Pool. Diese SUVs sind nach außen abgeschirmt. Man kann sie nicht orten, geschweige denn ihre Insassen. Wenn ich wieder ein Signal von ihm habe, melde ich mich sofort!"

Dann wandte Westinghouse sich an Mitch.

„Hast du denn etwas darüber in Erfahrung bringen können, was dort auf dem Gelände sonst noch so passiert?"

„Leider nein! Darüber konnte ich in der Kürze der Zeit mit Tom auch nicht sprechen. Was ich gesehen habe, war ein Labortrakt mit medizinischen Geräten, Brutkästen, Computerbildschirmen und Ähnlichem. Da gab es sogar eine Sicherheitsschleuse."

„Und was machen wir jetzt?", Westinghouse blickte ratlos in die Runde.

Mitch strich sich über seinen Dreitagebart.

„Wir können nur abwarten und hoffen, dass Baihu herausfindet, wo Marc sich befindet. Irgendwann muss er ja wieder auftauchen. Umbringen werden sie ihn nicht. Dazu ist er viel zu wichtig."

Westinghouse machte ein deprimiertes Gesicht, nahm einen Schluck aus seinem Bierglas und blickte die beiden anderen an.

„Die Frage, die mir schon seit Tagen schlaflose Nächte bereitet ist, was machen wir, wenn es uns tatsächlich gelingen sollte, einen oder vielleicht sogar beide rauszuholen?"

„Meiner Meinung nach müssen wir sie auf kürzestem Weg in die amerikanische Botschaft bringen. Dort sind sie sicher und können das Land verlassen", gab Mitch sich überzeugt. Er dachte, dass die beiden anderen zustimmen würden, musste aber zur Kenntnis nehmen, dass weder Westinghouse noch Baihu dies für eine gute Idee hielten.

„Das kannst du vergessen! Auf keinen Fall."

„Das amerikanische Konsulat in Hongkong ist zwar nur dreißig Kilometer entfernt, aber es wird so scharf bewacht, da kommen wir nicht rein", bestätigte Baihu.

„Aber sie haben doch nichts getan. Sie sind von einem Feind der USA entführt worden! Und die Botschaft ist verpflichtet, ihren Landsleuten zu helfen", insistierte Mitch.

Westinghouse runzelte die Stirn.

„Natürlich hast du Recht, Mitch! Aber ich bin inzwischen lange genug hier, um zu wissen, dass die Partei alles dafür tun wird, um solche Dinge zu vertuschen. Die werden deswegen keine diplomatische Krise riskieren. Das käme einem Gesichtsverlust für die Chinesen gleich. Und das ist etwas, das nicht passieren darf! Außerdem hat Baihu Recht! Der ganze Bereich ist so abgeriegelt, das können wir vergessen! Die Botschaft eine Falle. Das Risiko sollten wir nicht eingehen."

„Und was dann?"

Baihu, der permanent die Nachbartische im Blick hatte, im Bemühen, selbst keine Aufmerksamkeit zu erregen, beugte sich vor.

„Meiner Meinung nach gibt es nur drei Möglichkeiten. Entweder bringen wir sie mit einem kleinen Schiff raus aus Hongkong, Richtung Taiwan, oder sie gehen von hier aus an Bord einer Yacht. Dritte Möglichkeit, nach Taiwan mit dem Zug oder einer Autofähre. Das ist alles nicht einfach, wird aber funktionieren, wenn wir vorsichtig sind. Aber die Botschaft könnt ihr vergessen! Ich persönlich würde die erste Version bevorzugen, weil Hongkong nicht weit ist und normalerweise niemand auf die Idee kommt, von dort aus nach Taiwan zu flüchten! Fischerboote, die Lamma Island verlassen, werden, soweit ich weiß, so gut wie nie kontrolliert."

„Lamma Island?"

„Ist eine Insel vor Hongkong, auf der die Fischerei schon eine sehr lange Tradition hat. Ist übrigens auch ein Touristenmagnet!"

Corve

Tom hatte seinen Sohn auf dem Gelände herumgeführt. Nachdem Mai Zhao gegangen war, hatte er seinen Sohn auf Abhörtechniken untersucht, aber nichts gefunden. Dann hatte er von dem Chip erzählt, der in seiner Blutbahn kreiste, und erfahren, dass auch Marc gechipt war. Man würde sie beide also jederzeit aufspüren können. Solange sie diese Chips in sich trugen, schien eine erfolgreiche Flucht ausgeschlossen.

Während sie durch die großzügige Parkanlage spazierten, hatte Marc seinem Vater von der Suche nach ihm und von Mitch erzählt. Tom hingegen hatte seinem Sohn gegenüber so getan, als höre er den Namen des Privatdetektivs zum ersten Mal. Weil er wusste, wie panisch sein Sohn reagieren konnte, wollte er Marc langsam auf die Flucht vorbereiten. Also schärfte er ihm erst einmal ein, worauf er zu achten hatte, wenn er sie nicht in Schwierigkeiten bringen wollte. Oberste Priorität hatte jetzt, die Bewegungsfreiheit für den Fall zu erhalten, dass Mitch sie hier rausholen würde. Die beängstigenden weißen Augen an den Baumstämmen waren Marc nicht entgangen. Und das war auch gut so. Sein Vater erklärte ihm ihre Bedeutung.

„Also halte dich fern davon, Junge. Sonst legen die uns an die Kette!"

Während sie noch auf einer Bank saßen und auf die Bucht von Shenzen blickten, stieß Mai Zhao zu ihnen, um sie zum Mittagessen zu holen.

„Ist es nicht wunderschön hier?" Sie machte eine raumgreifende Bewegung. „Ich liebe diesen Blick! Das ist einer der

Hauptgründe, warum wir dieses Grundstück damals ausgewählt haben. Außerdem ist es so abgelegen, dass man hier wirklich seine Ruhe hat."

‚… und unbeobachtet alle möglichen Sauereien veranstalten kann', dachte Tom ihren Satz zu Ende.

„Mein Mann wird uns beim Essen Gesellschaft leisten! Er kommt extra her", sagte sie mit einem Unterton, den Tom nicht einzuschätzen wusste.

‚Da könnten wir gerne drauf verzichten', dachte Marc und blickte seinen Vater an, der dasselbe zu denken schien.

Seit diese Frau die Katze aus dem Sack gelassen hatte, hasste Tom sie. Aber er war fest entschlossen, sich nichts anmerken zu lassen. Ja, er würde sogar noch einmal Sex mit ihr haben, wenn es nötig sein sollte. Nur um sie zufriedenzustellen. Daher lächelte er sie jetzt freundlich an.

Kaum hatten sie an dem großen Tisch auf der Terrasse Platz genommen, als sie knirschende Reifen auf dem Kiesweg hörten. Kurz darauf betrat Ben Corve den Raum. Er machte einen äußerst aufgeräumten Eindruck, küsste seine Frau auf die Wange und fragte nach dem Befinden der beiden Männer.

„Na, wie ist mir die Überraschung gelungen, John? Sagen Sie, dass Sie überrascht waren, bitte!"

„Das kann man so sagen! Aber es ist gegen unsere Abmachung."

„Und ich dachte schon, dass ich Sie damit etwas besänftigen könnte! Aber nein, der geneigte Herr ist immer noch sauer auf mich!" Corve schüttelte den Kopf.

Marc legte die Stirn in Falten. Was für eine Abmachung meinte der Mann?

Corve, der das bemerkte, lachte auf.

„Fragen Sie Ihren Vater. Er wird es Ihnen mit Sicherheit erklären!"

In dem Moment wurde das Essen von zwei Chinesinnen in traditionellen Kleidern aufgetragen. Es gab süßsaures Schweinefleisch mit Paprika, Ananas und Reis. Die Schüsseln dampften, und Marc lief trotz allem das Wasser im Mund zusammen.

Corve, der äußerst gut gelaunt zu sein schien, bat sie zuzugreifen. Nachdem er einige Bissen gegessen hatte, ließ er Wein einschenken, legte seine Stäbchen zur Seite und erhob sein Glas.

‚Was wird das hier', dachte Marc und blickte seinen Vater von der Seite an.

„Ich habe Ihnen etwas äußerst Wichtiges mitzuteilen, nicht wahr, mein Schatz?" Corve sah seine Frau an und lächelte. „Wir glauben, das heißt, wir wissen jetzt, warum das Mittel nicht gewirkt hat. Oder besser, warum es bei allen außer Ihnen, John, so katastrophale Folgeerscheinungen ausgelöst hat. Sie tragen eine Mutation in sich, die Sie schützt und die die anderen in ihrem Genom nicht aufweisen. Wir mussten die chemische Struktur des Grundstoffes nur ein klein wenig verändern, um es jetzt erfolgreich einsetzen zu können. Wir haben bereits mit der Produktion einer kleinen Menge des Wirkstoffes begonnen. Sind das nicht gute Nachrichten?" Seine Stimme überschlug sich fast vor Stolz. „Und das alles nur dank Ihrer Hilfe. Das heißt, ich werde es in wenigen Tagen an mir selbst testen können." Wieder sah er seine Frau an, die ihm aufmunternd zunickte.

„Und was heißt das jetzt für uns?"

„Wenn es wie vorgesehen funktioniert, werden Sie nach Hause zurückkehren können, genauso wie ich es Ihnen versprochen habe! Es sei denn, Sie entscheiden sich, in diesem wunderschönen Land zu bleiben. Aber das steht Ihnen frei."

‚Im Leben nicht' dachte Marc.

„Wann wissen wir denn, ob es funktioniert hat? In etwa dreißig Jahren?", ätzte Tom. „Und was ist, wenn es nicht funktioniert?"

„Nicht so pessimistisch, John! Diesmal wird es funktionieren. Wir konnten eine Vorstufe des Präparates an unseren Zombies testen. Ihr Sohn war dabei, nicht wahr? Es gab keine Nebenwirkungen, keine!"

„Und geht es denen jetzt besser?", wollte Marc wissen.

„Das muss die Zeit zeigen!" Corve machte eine kurze Pause, um dann fortzufahren, „Ich werde der zweite gesunde Langzeitüberlebende nach Ihnen sein, Tom! Nicht wahr, mein Schatz?" Er strahlte seine Frau an.

„Ich bin so stolz auf dich!" war das Einzige, was Mai Zhao über die Lippen kam. Allerdings machte ihre Freude auf Tom nicht unbedingt den Eindruck, als sei sie echt. Irgendetwas stimmte zwischen den beiden nicht. Aber das konnte ihm egal sein. Hauptsache, sie kamen hier weg. Also nahm er das Weinglas und prostete Corve zu.

„Na dann, Herzlichen Glückwunsch!"

Baihu

Baihu hatte Robert Westinghouse angerufen und sich mit ihm zu einem Spaziergang in einem kleinen Stadtpark verabredet. Der brachte Mitch zu dem Treffen mit.

„Ich habe ihn gefunden. Er ist tatsächlich auf dem gleichen Grundstück wie sein Vater. Der Plan hat also funktioniert." Er zeigte ihnen einen Screenshot von dem Firmenrechner, den er mit seinem Handy abfotografiert hatte.

Westinghouse ballte die Faust.

Mitch frohlockte und starrte auf den kleinen Bildschirm, der exakt das Gelände zeigte, auf dem er schon gewesen war.

„Hab ich`s mir doch gedacht!"

„Und jetzt?" Westinghouse, der ja eigentlich nur als Chinakenner und Organisator der nötigen Infrastruktur in die Sache eingeweiht worden war, hatte keine Vorstellung, was jetzt passieren würde.

„Unser Hauptproblem sind jetzt diese Chips, die die beiden in sich tragen! Denn wo immer wir auch mit ihnen sind, sie werden uns damit finden können. Das heißt, sie müssen die Dinger irgendwie loswerden, oder sie abschalten. Das muss doch möglich sein." Seit Tagen schon zermarterte sich Mitch mit dieser Frage den Schädel. Er hatte keine Idee, wie man dieses Problem lösen konnte. Den beiden anderen ging es genauso.

Baihu nickte resignierend.

„Bevor Sie fragen, ich habe schon so ziemlich alles versucht. Bisher leider erfolglos. Außerdem muss ich aufpassen, dass mir niemand auf die Schliche kommt, denn die Personenüberwachung gehört nicht zu meinem Bereich. Das ist leider eine ganz andere Ebene. Die Technik dieser Dinger ist zu komplex. Die kann man nicht einfach so abschalten. Das ist ja genau der Zweck der Nanochips. Sie dienen der Überwachung. Ihr Träger soll sie eben nicht abschalten können. Zugang zu dieser Technik dürften nur ganz wenige Personen haben, zu denen ich aber leider nicht gehöre. Gesetzt den Fall, es gelänge mir tatsächlich, Zugang zu bekommen, glaube ich nicht, dass es so einfach wäre, die Chips zu manipulieren. Wir sind hier in China, schon vergessen? Es muss also einen anderen Weg geben."

Alle schwiegen ratlos. Da keiner von ihnen wusste, wie sie mit dem Problem umgehen, geschweige denn, wie sie es lösen konnten, kamen sie überein, dass Mitch die Situation zunächst noch einmal vor Ort aufklären und wenn möglich mit Tom besprechen sollte.

Baihu und Robert Westinghouse würden sich in der Zwischenzeit mit den logistischen Problemen der Flucht von zwei offensichtlich nicht chinesisch aussehenden Männern beschäftigen, was eine mindestens genauso große Herausforderung darstellte.

„Können Sie mir zwei oder drei Waffen und vielleicht etwas Sprengstoff besorgen?"

Baihu sah Mitch an.

„Pistolen ja, Sprengstoff dürfte schwierig werden! Was haben Sie vor?" wollte der Chinese wissen.

„Weiß ich auch noch nicht, ich dachte nur, etwas Unruhe im Moment der Flucht stiften, könnte nicht schaden, zumindest für den Fall, dass man uns entdeckt! Aber vielleicht wissen wir mehr, wenn ich mit Tom gesprochen habe!"

„Ich könnte ein schönes großes Feuerwerk besorgen. Das hat eine große Tradition hier!"

Mitch verzog verächtlich den Mund. Er konnte nicht einschätzen, ob der Vorschlag ernst gemeint war. Deshalb versuchte er im Gesicht des Chinesen zu lesen, der aber wie immer keine Miene verzog.

„Sei bloß vorsichtig!", ermahnte ihn Westinghouse. „Mir wird das langsam alles etwas zu heiß!"

„Du willst ja wohl jetzt nicht kneifen, Robert, oder?"

„Natürlich nicht, es ist nur so …!"

„Was?"

„Ach nichts!"

Sie kamen überein, sich in zwei Tagen am selben Ort wiederzutreffen.

Mitch

Diesmal kannte sich Mitch aus. Als er sich abgeseilt und über den querliegenden Baum gelaufen war, erreichte er problemlos den Felsvorsprung. Er zog sich hoch und beobachtete das Grundstück im Schutz der Büsche, die ihm, da sie am Boden kahl waren, ausreichend Sicht boten. Es war bereits kurz vor zwanzig Uhr und schon fast dunkel.

Er schwang sich über die Kante und lief im Schutz der Bäume Richtung Haus zu der Stelle, an der er sich beim letzten Mal von Tom verabschiedet hatte. Er fand den Stein, drehte ihn auf die andere Seite, und verließ er das Grundstück so, wie er gekommen war. Er begab sich zurück zu seinem Wagen, klappte den Sitz herunter und legte sich hin. Wenn jemand kam, würde er den müden Wanderer geben. Immerhin gab es in der Gegend einige Sehenswürdigkeiten, die man als Tourist abarbeiten konnte. Aber niemand kam und stellte Fragen. Das Zwitschern der Vögel in den Bäumen wurde immer leiser und erstarb irgendwann. Schließlich ging der Mond auf und strahlte mit seiner silbernen Sichel, als wolle er jemandem den Weg weisen. Aber Mitch konnte nicht schlafen. Es arbeitete in seinem Kopf. Hoffentlich würde Tom den Stein finden. Der Mond schien so hell, dass er sich mit einem Bier auf einen Baumstumpf vor den Wagen setzte. Er dachte an morgen. Es durfte nichts schief gehen. Deshalb begann er in seinem Kopf noch einmal alles durchzugehen, was er mit Tom klären musste. Insbesondere die Frage mit den Chips mussten sie besprechen. Aus Mitchs Sicht hatten sie nur eine Möglichkeit, und die bestand darin, Corve und seine Frau direkt anzugreifen und so zu bedrohen, dass diese die Chips ausschalteten. Dafür brauchten sie eine Waffe und die genaue Kenntnis der Räumlichkeiten. Gut, eine Waffe würde Baihu besorgen. Außerdem musste geklärt werden, wie sie von dort wegkamen. Mitch ging fest davon aus, dass der Weg, den er nun schon zweimal genommen hatte, am sichersten war. In jedem Sicherheitssystem gab es eine Schwachstelle. Er glaubte, sie gefunden zu haben. Aber wer weiß, vielleicht hatten Tom oder sein Sohn ja eine noch bessere Idee. Auch mussten sie einen Zeitpunkt festlegen, an dem die Flucht stattfinden sollte. Natürlich in Abstimmung mit Baihu, der die eigentliche Flucht aus China organisieren würde. Wenn es klappen sollte, musste ein Rädchen ins andere greifen und das möglichst reibungslos.

Während er über all diese Dinge nachdachte, senkte sich langsam die Feuchtigkeit der Nacht über ihn. Es wurde kühl. Also trank er sein Bier aus, stellte den Wecker in seinem Smartphone auf drei Uhr morgens und legte sich wieder hin.

Ein paar Stunden später weckte ihn das leise Zirpen, das er als Klingelton eingestellt hatte. Er schlug die Augen auf und konnte zunächst nichts erkennen, so beschlagen waren die Scheiben. Außerdem war es noch völlig dunkel. Er öffnete ein Fenster ein wenig. Das Einzige, was er hörte, war das Rascheln der Blätter, die durch einen leichten Windstoß bewegt wurden. Mitch schaute auf seine Uhr. Es war kurz nach drei. Er hatte also noch genug Zeit. Um fünf Uhr war er mit Tom verabredet.

Im Dunkeln musste er sehr aufpassen, wohin er trat. Er ließ seine Stirnlampe dennoch ausgeschaltet, um nichts zu riskieren. Dadurch ging alles langsamer. Aber als er schließlich erneut an der Abbruchkante stand und hinüberspähte, schien alles ruhig zu sein. Allerdings konnte er die Umrisse des Hauses noch nicht genau ausmachen. Frühnebelfetzen waberten durch die Luft. Vögel hatten inzwischen begonnen zu zwitschern. Mitch klettert über die Kante, lief zu dem verabredeten Treffpunkt und lauschte in die sich langsam lichtende Dunkelheit. Der Stein war umgedreht. Tom musste seine Nachricht also gesehen haben. Mitch versteckte sich hinter einem der Büsche und wartete. Der Zeiger seiner Uhr rückte unerbittlich auf fünf vor. Wo war Tom? Warum kam der Kerl nicht? War etwas dazwischengekommen? Es war jetzt kurz nach fünf. Mitch beschloss noch zehn Minuten zu warten. Dann hörte er von rechts leise Schritte auf dem Kiesweg. Er duckte sich und versuchte zu erkennen, wer da kam. Wenn sie ihn jetzt entdeckten, hatten sie verloren. In dem Moment sah er, wie Tom den Stein aufhob und sich umsah.

Erleichtert entschlüpfte Mitch seinem Versteck und begab sich zu Tom. Der Nebel, der immer noch über der Landschaft lag, machte sie fast unsichtbar. Die beiden Männer umarmten sich kurz.

„Wo bist du gewesen?"

„Bei der Alten im Bett! Ist gar nicht so leicht, da wegzukommen. Hab gesagt, ich muss aufs Klo und setz mich noch ein wenig auf die Terrasse, um den Morgen zu genießen. Glücklicherweise hat sie sich einfach wieder umgedreht."

„Hör zu, wir wissen, dass Marc bei dir ist. Das größte Problem für eure Flucht sind die Nanochips. Wenn es uns nicht gelingt, sie auszuschalten, können sie uns jederzeit finden."

Tom schnitt Mitch mit einer Geste seiner Hand das Wort ab.

„Ich glaube, dafür habe ich eine Lösung! Ich habe ja bei meiner ersten Begegnung mit Corve in San Franzisko auch so einen Chip bekommen. Es handelte sich damals aber noch nicht um einen Chip, mit dem man mich orten konnte. Wir, also Therese und ich, haben das damals zwar immer geglaubt. Es stellte sich aber als falsch heraus. Als das Ganze dann vorüber war, habe ich mir den Chip in einer Klinik in Frisco entfernen lassen, in der man täglich professionelle Blutwäschen durchführte, also praktisch Dialysen!"

Mitch schaute Tom fragend an.

„Ja und? Glaubst du etwa, ihr könnt hier einfach so abhauen und dann in eine Klinik marschieren, unter dem Motto, Herr Doktor, ich habe da so einen Chip, können sie mir den nicht mal eben entfernen? Das kannst du vergessen!"

Tom grinste breit.

„Das brauchen wir nicht! Das könnten wir, glaube ich, hier vor Ort erledigen!"

Mitch hielt es nicht mehr aus.

„Was meinst du, verdammt? Mach schnell, wir haben nicht so viel Zeit! Vergiss nicht, du musst wieder zurück ins Bettchen, zu deiner Liebsten! Die wartet bestimmt schon."

Tom verdrehte die Augen.

„Ich habe gesehen, wie Mai Zhao hier im Labor bei einem Verwandten eine Blutwäsche durchgeführt hat. Sie hat es mir selber bei einem Rundgang gezeigt. Ich kann nur leider das Gerät nicht selbst bedienen. Dabei muss uns jemand helfen! Aber ich wüsste nicht, wer das sein sollte. Zu den Laboranten, die hier tagsüber herumlaufen, habe ich keinen Kontakt."

„Da habe ich schon eine Idee! Deine Liebste wird uns dabei helfen!"

„Im Leben nicht! Sie wird das Projekt niemals aufs Spiel setzen, niemals!"

„Sie wird! Das lass mal meine Sorge sein! Wir werden sie uns schnappen und dazu zwingen, die Dinger aus eurer Blutbahn zu entfernen. Anderer Punkt, weißt du, wann ihr Mann zu Hause ist?"

Tom starrte Mitch an, bevor er antwortete.

„Soweit ich es mitbekommen habe, kommt er fast jeden Abend nach Hause und verlässt das Grundstück gegen acht Uhr morgens."

„Gut. Hast du noch irgendwelches Sicherheitspersonal gesehen? Wie wird das alles hier eigentlich überwacht? Wer kümmert sich darum?"

„Außer zwei bulligen Chinesen, die hier gelegentlich herumlaufen, habe ich niemanden gesehen. Aber ich denke, das Gelände wird von der Zentrale aus überwacht." Tom deutete auf die weißen Augen an den Bäumen weiter vorne.

„Verstehe! Da könntest du Recht haben. Die brauchen hier kaum Sicherheitspersonal, weil eh alles online überwacht wird. Nur der Bereich diesseits des Abgrunds nicht." Mitch war mal wieder stolz darauf, dass er die Schwachstelle gefunden hatte.

„Und die Sache mit der Blutwäsche wird funktionieren?"

„Ich gehe davon aus! Wenn du die Frau dazu bringen kannst, das Gerät anzuschließen, sollte es funktionieren. Immerhin hat sie selbst einen ihrer Verwandten damit behandelt. Glaub mir, es wird funktionieren."

Mitch grinste.

„Das wird sie natürlich nicht ganz freiwillig tun. Aber sie wird erkennen, dass sie keine andere Wahl hat."

Tom zeigte in die Gegenrichtung.

„Da hinten, dort befindet sich das Labor. Da müssen wir rein! Gleich vorne rechts hinter der Schleuse lag der Verwandte auf einer Liege und war an das Gerät für die Blutwäsche angeschlossen."

Mitch nickte.

„Und was passiert da sonst noch?"

Tom zuckte mit den Achseln.

„Soweit ich es gesehen habe, gibt es verschiedene Bereiche. Aber was genau dort passiert, kann ich nicht sagen. Mai Zhao hat zwar mal ein paar Andeutungen gemacht. Ich glaube, dass sie dort Experimente an und mit menschlichen Embryonen macht. Das hat diese Frau schon früher getan. Sie hat es mir selber erzählt. Aber die Sache ist streng geheim. Aber seit sie mich durch das Labor geführt hat, habe ich den Verdacht, dass es das Ziel ist oder sie zumindest planen, eine neue Art von Menschen zu züchten. Ich kann mich noch gut erinnern, wie vor ein paar Jahren diese geklonten Zwillinge durch die Medien gingen. Das war sie. Überall auf der Welt wurde das verurteilt, nur hier in China war man stolz auf das Ergebnis. Die haben keine Skrupel, vor gar nichts! Die wollen den ultimativ intelligenten und widerstandsfähigen Menschen schaffen."

Mitch lief eine Gänsehaut den Rücken hinunter.

„Frankensteins Labor?"

„So ähnlich!"

„Wie lange wird das mit den Chips dauern?"

„Damals in San Franzisko hat es etwa zwei Stunden gedauert, bis ich das Ding los war. Das ist jetzt dreißig Jahre her. Es dürfte also schneller gehen!"

„Gut, dann lass uns den späten Mittwochabend nächste Woche als Termin festhalten. Zweiundzwanzig Uhr. Dann haben wir die ganze Nacht Zeit für die Chips. Und am Donnerstag ist in China Feiertag. Ich werde bis dahin versuchen, alles zu organisieren, damit wir euch hier rausholen können. Bis dahin sind es noch fünf Tage. Wenn du nichts mehr von mir hörst, bleibt es dabei. Dann treffen wir uns genau hier, zweiundzwanzig Uhr, verstanden? Und kontrolliere jeden Abend den Stein!"

Tom nickte mit dem Kopf, wollte Mitch unwillkürlich in den Arm nehmen, der sich der Umarmung aber entzog. Noch hatten sie nicht gewonnen.

„Ich kann es kaum erwarten!"

„Und sag es Marc so spät wie möglich. Je weniger er weiß, desto besser!"

Dann kramte Mitch noch ein altes, nicht registriertes Handy aus dem Rucksack, das Baihu ihm gegeben hatte. Er reichte es Tom. „Meine Nummer ist die Einzige, die eingespeichert ist. Nur für den Notfall und nur ein Anruf. Und der darf nicht länger als zwanzig Sekunden dauern, klar? Danach musst du das Ding entsorgen!"

„Klar." Tom betrachtete das Ding, als wäre es ein Edelstein.

„Mach`s gut, bis Mittwoch!" flüsterte Mitch und war schon wieder auf dem Rückweg.

‚Und danke,' dachte Tom, schaute ihm nach und war erstaunt, wie behände sich der übergewichtige Mann über dem Abgrund bewegte. Dann kehrte er ins Bett von Mai Zhao zurück.

Dapeng Fortress

Sie trafen sich in der alten Festung von Shenzen, Dapeng Fortress aus dem vierzehnten Jahrhundert. Dort schlenderten sie mit einigen anderen Touristen durch die Straßen der gewaltigen Befestigungsanlage. Bei der Festung handelte es sich um eine der wenigen Sehenswürdigkeiten etwas weiter draußen im Osten der Stadt, die nicht der Modernisierung zum Opfer gefallen war. Neben der historisch bedeutsamen Festungsanlage, die ursprünglich als Bollwerk gegen Piraten gedacht war, gab es einige enge Gassen mit vielen Verkaufsständen und einen Tempel. Hier konnten sie sich unter die vielen Touristen mischen, ohne Gefahr zu laufen, aufzufallen. Nachdem sie sich die Festung und den Tempel angesehen hatten, gingen sie zum Jiaochangwei Strand, der nur wenige Minuten von der Festung entfernt lag. Kameras waren keine zu sehen. Sie setzten sich auf eine der Treppenstufen, die zum Wasser führten. Der Blick auf das tiefblaue Meer und die der Bucht gegenüberliegende Bergkette war toll. Kleine Wellen liefen am Strand aus. Vor ihnen dümpelten winzige Motorboote im Wasser. Gerade war es noch sonnig gewesen. Aber jetzt, da leichter Regen eingesetzt hatte, waren nur wenige Menschen am Strand unterwegs.

Mitch berichtete Westinghouse und Baihu von seinem Besuch bei Tom und was der ihm über die Möglichkeit erzählt hatte, die Nanochips zu entfernen.

„Das hört sich zwar super an, aber wie soll das funktionieren? Die werden euch doch da nicht einfach so hineinlassen!", meinte Robert Westinghouse mit leichter Panik in der Stimme.

Mitch legte seine Hand beruhigend auf Westinghouse Schulter.

„Immer mit der Ruhe, Robert! Es wird funktionieren! Mach die keine Sorgen! Dein Name wird nirgendwo auftauchen, versprochen!" Dann wandte er sich wieder Baihu zu.

Baihu, der wie immer keine Miene verzog, deutete auf eines der Boote, die vor ihnen im Wasser lagen.

„Das ist die Lösung! Wir müssen es schaffen, die beiden hierherzubringen."

„Ok, und dann?", drängte Mitch.

„Ich habe einen Freund, der ist Fischer auf Lamma Island. Gegen entsprechende Bezahlung hat er sich bereit erklärt, die beiden mit seinem Boot nach Taiwan zu bringen. Von dort können sie dann in die USA zurückkehren."

„Aber sie haben keinen Pass mehr. Den hat Corve ihnen als Erstes abgenommen!"

„Das dürfte kein Problem sein, auf Taiwan gibt es das American Institut of Taiwan. Dabei handelt es sich offiziell zwar nicht um eine amerikanische Botschaft, ist aber defacto eine. Dort wird man ihnen helfen!"

„Hört sich an, als könnte es funktionieren. Was will ihr Freund dafür haben? Und, wie kommen wir auf diese Insel, Lamma Island?"

Wieder deutete Baihu auf die Boote vor ihnen.

„Wir werden eins von denen hier nehmen. Nachts und bei gutem Wetter sollte es kein Problem sein. Ein alter Mann, der früher hier Fischer war, kennt sich bestens in den Gewässern aus. Er wird euch hinbringen!"

Mitch sah die kleinen Motorboote etwas geringschätzig an.

„Das sind aber ziemliche kleine Nussschalen! Da sollen wir mit vier Mann drinsitzen? Kommt mir gefährlich vor."

„Ist es auch! Aber erstens ist es nicht sehr weit bis Lamma Island und zweitens hat der Mann, der euch dort hinbringen wird, sein Leben lang nichts anderes getan, als in diesen Gewässern zu fischen. Er weiß genau, was er tut. Gebt ihm tausend Dollar und er bringt euch bis ans Ende der Welt. Mein Freund auf der Insel will dreitausend haben. In bar natürlich! Kannst du das Geld besorgen?", wandte Baihu sich an Westinghouse.

„Das ist kein Problem!" Westinghouse nickte inzwischen etwas entspannter. Er hatte mit einer deutlich höheren Forderung gerechnet.

Baihu sah sich noch einmal um, konnte aber niemanden in ihrer Nähe entdecken. Die wenigen Spaziergänger nahmen keine Notiz von den auf der Treppe sitzenden Touristen.

„Ihr trefft euch am Mittwochabend und zieht das Ding durch. Ich hole euch auf der Lichtung, die Sie mir beschrieben haben, ab, und wir treffen uns mit Robert am Donnerstagmorgen genau hier!" Baihu schaute Mitch an, der immer noch skeptisch die Boote betrachtete. „Hören Sie mir zu?" Er stieß Mitch in die Seite.

„Ja, natürlich höre ich zu! Ich dachte nur, diese Boote sehen ein wenig …!"

„Die sind viel besser, als sie aussehen! Glauben Sie mir! Außerdem haben Sie keine andere Wahl, oder?"

Mitch war immer noch nicht überzeugt, nickte aber, während Baihu den Faden wieder aufnahm.

„Also, an diesem Donnerstag ist Qingming Fest, das nationale Fest zum Gedenken an die Toten, das heißt, es ist Feiertag. Alle Geschäfte sind geschlossen, niemand arbeitet. Normalerweise schlafen die Leute an diesem Tag aus und kommen erst sehr spät an den Strand."

Mitch brummte etwas Zustimmendes.

„Genau, ich habe mit Tom verabredet, dass wir, wenn alles gut geht, am Mittwoch spät abends bei Corve und seiner Frau eindringen, die beiden in unsere Gewalt bringen und sie dazu zwingen, bei den Jungs eine Blutwäsche durchzuführen. Dafür haben wir die halbe Nacht Zeit. Und wenn die Chips raus sind, verschwinden wir. Tom war einverstanden. Sollte es vorher irgendein Problem geben, wird er mich kontaktieren. Er hat ein Handy! Baihu wird uns dort abholen, wo ich bisher immer den Wagen abgestellt habe und uns hierher an den Strand bringen."

„Ich habe da noch etwas für Sie." Baihu deutete unauffällig auf seinen Rucksack." Wir sollten tauschen, bevor wir gehen!"

Mitch sah sich um, nahm seinen Rucksack ab und schob ihn vorsichtig zu Baihu rüber. Dann stand er auf, drehte sich noch einmal um, als wolle er gehen. Dabei setzte er Baihus Rucksack auf, der ein deutliches höheres Gewicht hatte. Mitch ahnte, was die Ursache war.

„Danke, mein Freund!" Aber wie immer verzog der Chinese keine Miene.

Sie schlenderten noch eine Weile getrennt voneinander durch die Gassen der Festung, bevor sie sich wieder trafen und zusammen zurück in die Stadt fuhren. Niemand hatte von ihrem Treffen Notiz genommen.

Mai Zhao

Mai Zhao richtete sich ein wenig auf und strich mit ihrem Zeigefinger über Toms Brust. Sie lächelte ihren Liebhaber an.

„Da war ich wohl etwas zu ehrlich gestern?"

Tom tat so, als ob er noch schliefe. Er wollte nicht schon wieder Sex mit diesem Monster haben. Aber die Frau war unersättlich und wandte sich ihm erneut zu. Tom drehte sich um.

„Was meinst du?"

„Nun, als ich euch erzählt habe, worum es geht. Dein Sohn schien etwas, sagen wir, dagegen zu haben! Außerdem habe ich euch noch längst nicht alles erzählt!"

„Du hast ihn erschreckt. Wundert dich das? Er hat mit der ganzen Sache schließlich nichts zu tun. Er ist nur meinetwegen hier! Kannst du ihn nicht einfach nach Hause schicken? Er wird nichts erzählen. Du brauchst sein Sperma nicht! Schließlich hast du immer noch mich!" Er sah ihr direkt in die Augen.

„Das geht leider nicht. Mein Mann würde es nie zulassen. Und was dich angeht, so habe ich noch lange nicht genug von dir", grinste sie ihn lüstern und gleichzeitig hinterhältig an.

Was er seit gestern geahnt hatte, hatte sie ihm gerade indirekt bestätigt. Tom verstand mit einem Mal, warum die Frau nach dem Sex immer sofort aufs Klo rannte. Bis jetzt hatte er sich nur gewundert, warum das immer so lange dauerte. Sie sammelte, was er ihr kurz zuvor gegeben hatte, um es dann später im Labor einzufrieren oder sonst was damit zu machen. Diese Frau kannte keine Skrupel.

„Das geht leider nicht. Das kann ich nicht riskieren, nicht jetzt, wo alles so gut läuft. Auch die Partei würde das niemals zulassen. Warum könnt ihr nicht einfach akzeptieren, dass es höhere Interessen gibt? Euch geht es doch gut hier, oder etwa nicht? Stell dir doch nur mal all die Möglichkeiten vor, die wir mit dem Medikament in die Hand bekommen werden."

Tom sah Mai Zhao mit einer Mischung aus Angst, Verachtung und gleichzeitig auch so etwas wie Bewunderung an. Da saß diese schöne nackte Frau vor ihm und sprach ohne jede Scham von Dingen, die in seinen Augen niemals wahr werden durften. Tom stellte sich die sogenannten neuen, mit optimalen Eigenschaften ausgestatteten Menschen vor, die zwar ein endlos langes, dafür aber langweiliges Leben lebten.

Mai Zhao sah, dass es in Tom arbeitete.

„Was denkst du?"

„Ach nichts, es ist nur…!" Tom machte eine Pause. „Ich will euch nicht belehren, aber habt ihr euch niemals gefragt, ob…?"

„Kommst Du mir jetzt mit eurer westlichen Moralkeule? Nein, haben wir nicht, denn die Zukunft der Menschheit wird hier in China gemacht. Wir legen andere Wertmaßstäbe an unser Leben an als ihr im Westen. Wusstest du, dass Erfolg und Gesundheit in der chinesischen Werteskala ganz oben stehen? Eure berühmte Freiheit kommt bei uns nach den neuesten Erhebungen erst auf Platz 5. Außerdem, wenn wir es nicht machen, würde es jemand anders tun! Wir werden den neuen Menschen hier in China schaffen. Und natürlich muss dieser neue Mensch zum Wohle der Gesellschaft auch, sagen wir mal, sinnvoll geleitet werden. Auch daran arbeiten wir."

Tom fühlte Übelkeit in sich aufsteigen, die er nur mit Mühe niederringen konnte. Vor seinem geistigen Auge sah er Kolonnen gleichgeschalteter Menschen, die alle mittels irgendwelcher Chips von der Partei oder wem auch immer ferngesteuert wurden. Er musste an Reportagen über die Maozeit denken, in der die Massen mit den kleinen roten Büchern, der sogenannten Maobibel, ihrem Führer gehuldigt hatten. Spätestens dann würde Orwells 1984 Realität sein.

Seine Lust auf Sex mit dieser Frau bewegte sich zunehmend in den Minusbereich.

Mai Zhao wandte sich mit einem leicht beleidigten Knurren ab, stand auf und schaute auf ihr Handy, das soeben eine Nachricht empfangen hatte.

„Gute Nachrichten!" Ihre Stimme gluckste vor Erregung. „Es ist scheinbar so weit. Mein Mann schreibt, dass sie es heute Morgen geschafft haben. Sie haben die ersten Dosen des neuen Medikamentes produziert. Und wenn es keine Komplikationen bei den Testzombies mehr gibt, wird er die zweite Dosis morgen an sich selber testen." Sie strahlte ihn an. „Du kannst dabei sein, wenn du willst! Ich werde den Verlauf hier überwachen! Das ist dann wohl der lang ersehnte Durchbruch."

Tom hielt die Augen geschlossen. Er wusste nicht, wie er reagieren sollte. Was war, wenn es wirklich funktionierte? Würde Corve sie freilassen? Das schien ihm ausgeschlossen! Er traute diesem Mann und seiner Frau nicht über den Weg! Trotzdem ihm diese finsteren Gedanken durch den Kopf schossen, überwand er sich zu einem Lächeln.

„Das klingt doch fantastisch!" In Wahrheit kreisten seine Gedanken jedoch weiter darum, was diese Neuigkeit für seinen Sohn und ihn selbst bedeutete. Sollte er den einen Anruf riskieren, um Mitch zu informieren?

Marc

Marc, der im Haupthaus in einem Gästezimmer untergekommen war, hatte natürlich mitbekommen, dass sein Vater ständig mit dieser Frau ins Bett ging. Er machte Tom bei einem Spaziergang Vorwürfe und wollte wissen, wie es jetzt weitergehen sollte. Daraufhin teilte Tom seinem Sohn die Neuigkeit mit.

„Glaubst du daran, dass sie uns gehen lassen, nur weil sie jetzt das Zeug herstellen können?", wollte Marc von seinem Vater wissen. Aber der schüttelte nur den Kopf.

„Nein, das glaube ich nicht. Aber wir müssen jetzt so tun, als ob wir daran glauben. Wir müssen zuversichtlich erscheinen!"

„Wir müssen etwas tun, Dad! Ich bin mir inzwischen auch darüber klar geworden, warum sie mich hierbehalten wollen. Es ist nämlich durchaus nicht sicher, ob ich dieselben Eigenschaften entwickeln werde wie du. Das wollen die herausfinden. Bis das geklärt ist, wird man mir nichts tun. Aber wenn sich herausstellt, dass ich kein Langzeitüberlebender bin, werden sie mich entsorgen wie einen Haufen Müll. Ich habe keine Lust, die nächsten Jahre hier in diesem goldenen Käfig zu verbringen!"

Marc sah seinen Vater an.

„Was ist los, Dad?"

Sie waren inzwischen bei einem der riesigen Bäume angekommen, die mitten auf dem Gelände standen. Es waren großartige Schattenspender bei der feuchten Hitze, die hier tagsüber herrschte. Sie setzten sich auf eine kleine Bank, und Tom erzählte seinem Sohn von Mitchs Plan.

Marcs Augen leuchteten vor Freude. Endlich ein Leuchtstreifen am Horizont. Er konnte kaum an sich halten. Übermorgen früh würden sie endlich von hier wegkommen.

Tom sah seinen Sohn an und bereute fast im selben Augenblick, dass er ihm so früh davon erzählt hatte.

„Reiß dich zusammen, verdammt. Niemand darf davon erfahren. Wenn du so grinsend hier entlang langläufst, wissen die sofort, dass etwas nicht stimmt. Also reiß dich zusammen!"

Tom und Marc

Einige Stunden, nachdem Tom und sein Sohn wieder in den kleinen Pavillon zurückgekehrt waren, hörten sie, wie ein großer Wagen knirschend vor dem Hauptgebäude hielt. Es war Ben Corve, der ausstieg und eiligen Schrittes das Haus betrat.

Es war am frühen Dienstagabend. Noch einen Tag, dann würde Mitch kommen. Der Stein war nicht mehr umgedreht worden. Die Anspannung stieg von Stunde zu Stunde. Tom und Marc fragten sich, was als Nächstes passieren würde. Immerhin hatte Mai Zhao angekündigt, dass Corve sich unter ihrer Aufsicht das Mittel spritzen wollte. Aber zunächst einmal geschah nichts. Das Warten fiel Marc besonders schwer. Er verließ immer wieder den Pavillon und versuchte, sich das Gelände mit den weißen Augensymbolen so genau wie möglich einzuprägen. Als der Tag zu Ende ging, waren sie sich sicher, dass spätestens morgen früh etwas passieren würde. Mehrere Hinweise sprachen dafür. Und so war es auch.

Corve

Kaum war die Sonne aufgegangen, klopfte es an der Tür des Pavillons. Tom, der ohnehin nicht hatte schlafen können, stand auf, öffnete und wurde von der in ein besonders schönes traditionelles Gewand gehüllten Mai Zhao begrüßt.

„Mein Mann ist so weit! Wir möchten euch einladen, der Zeremonie beizuwohnen. Immerhin haben wir diesen Erfolg auch euch zu verdanken!" Sie machte eine einladende Bewegung. „Er erwartet euch in einer halben Stunde im Labor!"

„Gut, wir werden da sein!", war Toms knappe Antwort. Er sah ihr hinterher. Wie schaffte es diese schöne Frau sich innerhalb von Sekundenbruchteilen, von einer charmanten, liebenswerten Person in eine derartig harte, menschenverachtende Wissenschaftlerin zu verwandeln?

Durch die Glastür des Labors konnten sie sehen, wie sich Corve und seine Frau an irgendwelchen Geräten zu schaffen machten. Neben einem Tisch stand der Gorilla, den Tom und Marc bereits kennengelernt hatten. Es war nicht zu übersehen, dass er trotz des Schutzanzuges bewaffnet war.

Eine Videokamera war neben einem Stuhl und einer Liege aufgebaut, die offensichtlich den für die weitere Entwicklung der Menschheit so wegweisenden Moment festhalten sollte.

Tom und Marc betraten die Schleuse wo sie sterile Kleidung anlegten. Dann begaben sie sich ebenfalls in das Labor.

Corve kam mit ernster Miene auf sie zu. Mai Zhao reichte jedem ein Glas, drückte auf den Auslöser und schwenkte die Kamera von ihrem Mann in Toms Richtung.

Corve schien einen Toast ausbringen zu wollen. Marc verdrehte die Augen. Auch dass noch!

„Mein lieber John Sparks, ich möchte Sie und Ihren Sohn Marc ganz herzlich zu dem nun folgenden Ereignis begrüßen."

Tom, der nicht wusste, wie er sich verhalten sollte, grinste verlegen in die Kamera, während Marc den Kopf wegzudrehen versuchte.

„Wir sind heute an einem Punkt angekommen, von dem man später sagen wird, dass er den Verlauf der Geschichte verändert hat. Wir, und gewissermaßen auch Sie", Corve machte eine raumgreifende Bewegung, „haben mit großem Enthusiasmus, Zuversicht und Freude im Interesse dieses großartigen Landes sowie im Auftrag der Kommunistischen Partei jahrelang daran geforscht, dem Tod seinen Schrecken zu nehmen." Er machte eine Pause, um der Bedeutung des Gesagten Raum zu geben. „Ich bin sehr stolz, sagen zu können, dass wir heute nichts weniger als einen Wendepunkt in der Geschichte der Menschheit erreicht haben. Und ich möchte noch einmal ausdrücklich betonen, dass diese Forschung ohne die Unterstützung der Partei und ihres großen Führers nicht möglich gewesen wäre. Sie war es, die uns ständig ermutigt, Hindernisse aus dem Weg geräumt und auch bei Schwierigkeiten immer zu uns gestanden hat."

Tom hatte den Eindruck, als würde Corve gleich abheben. Dessen Stimme überschlug sich fast und hatte einen höheren Ton angenommen. Er fragte sich, warum sie neben dem Gorilla die Einzigen waren, die dem angeblich so erhebenden Moment beiwohnen sollten. Wo waren die Parteibonzen?

Corves Stimme kreischte förmlich, als er fortfuhr.

„Hat die Welt je verstanden, woran wir arbeiten? Nein! Sie haben uns ignoriert und nicht für voll genommen, damals in den USA. Nur weil einmal etwas nicht funktioniert hat, haben sie alles zerstört. Aber jetzt bin ich zurück und kann der Menschheit etwas geben, dass alles verändern wird."

Marc fiel auf, dass Corve nicht mehr von „Wir" sondern nur noch von sich selber sprach. Er hielt sich wie vor ein paar Tagen im Labor tatsächlich für Gott.

„Denken Sie an all die kranken Menschen, die heute sterben müssen, nur weil es keine echte Therapie für sie gibt. Junge Menschen müssen sich Gedanken über ihre Rente machen, weil sie irgendwann zu alt sind, um zu arbeiten. Denken Sie an die Alten, die in den vielen Gerontokratien der Welt heute schon über die Jungen herrschen. All das wird sich ändern. Denn wenn die Menschen ewig leben können, werden die Unterschiede zwischen ihnen verschwinden. Die Zahl der Menschen auf dieser überbevölkerten Welt wird abnehmen. Und hier in diesem wunderbaren Land wird es beginnen. Die Welt, davon bin ich überzeugt, wird endlich wieder zu jenem Garten Eden werden, der sie einmal gewesen ist. Und nicht zuletzt werden wir durch meinen Erfolg den Lauf der Geschichte in unserem Sinne, also auch im Sinne unserer großartigen Partei beeinflussen können."

‚Weil du Arschloch die ganze Welt erpressen willst', fügte Tom im Stillen hinzu.

Corve machte eine kurze Pause, um Luft zu holen.

„Aber jetzt sollten wir erst einmal zur Tat schreiten!"

Tom kam plötzlich in den Sinn, dass Corve ein alter Mann geworden war. Als er die USA verlassen hatte, war er Mitte fünfzig und vermeintlich schon fast am Ende seiner Laufbahn gewesen. Er hatte auch damals schon einen getriebenen Eindruck gemacht. Aber jetzt war er zu einem wahnsinnigen, skrupellosen Irren auf seiner Jagd nach dem ewigen Leben geworden. Für ihn war es, und das wusste er, die letzte Chance, sein Leben in die Endlosigkeit zu retten.

Tom wünschte, es gäbe eine Möglichkeit, diesen Kerl auszuschalten. Er sah sich hilfesuchend um, wurde aber misstrauisch von dem hünenhaften Chinesen beobachtet.

Marc hingegen musste sich zusammenreißen. Was bildete der Mann sich ein? Hielt er sich für den Messias? Auf jeden Fall war er größenwahnsinnig.

Mai Zhao war neben ihren Mann getreten und strahlte in die Kamera. Nein, bitte nicht, dachte Marc, konnte aber nicht verhindern, dass auch sie noch eine Ansprache hielt, die wer weiß wohin übertragen wurde.

„Auch ich möchte unserer Partei und ihrem großen Führer für die jahrelange Unterstützung danken. Ohne sie wären wir heute nicht da, wo wir sind. Und wir sind noch lange nicht am Ende. Das chinesisches Volk wird sich, da bin ich mir sicher, dank unserer Forschungen als das Volk erweisen, das der Welt den Weg in eine grandiose Zukunft weist. Früher hat man auf uns herabgesehen und uns als „Werkbank der Welt" bezeichnet.

Aber diese Zeiten sind vorbei. Wir werden erhobenen Hauptes den Takt vorgeben und Länder wie die USA werden uns folgen. Darauf bin ich sehr stolz!"

Mai Zhao drehte die Kamera in Richtung einer kleinen Schatulle, neben der Corve inzwischen Platz genommen hatte.

Corve öffnete die Schatulle und hielt sie so, dass die Kamera den Inhalt erfassen konnte.

In diesem Moment kam Tom schmerzhaft die Erinnerung an jenes kleine Haus in Eureka, Kalifornien, in dem ihm damals eine junge hübsche Biotechnikerin eine ähnliche Spritze verabreicht hatte. Nichts hatte sich geändert.

„Wir haben hier die Spritze, in der die erste Charge des neuen „Vita 2" enthalten ist." Stolz drehte Corve das Kästchen in der Hand und hielt seinen Inhalt in die Kamera, eine Edelstahlcarpule, in der sich eine durchsichtige Flüssigkeit befand. Er entnahm die Spritze der Schatulle und reichte sie feierlich seiner Frau.

„Es ist soweit!"

Corve legte sich auf die Liege und krempelte den linken Ärmel hoch. Dann drehte er den Kopf weg.

„Mein Mann konnte noch nie sehen, wenn er eine Spritze bekommt!", scherzte Mai Zhao in die Kamera. Dann legte sie einen Stauschlauch an, suchte sich eine Vene, desinfizierte die Einstichstelle, nahm die Spritze vom Edelstahltablett und sah ihren Mann an.

„Jetzt?"

Corve nickte mit abgewandtem Kopf.

„Jetzt! Ich bin bereit!"

Mai Zhao gab einen Tropfen der kostbaren Flüssigkeit aus der Kanüle ab und schob diese in Corves Körper. Nachdem sie aspiriert und den Stauschlauch gelöst hatte, drückte sie vorsichtig auf den Kolben der Spritze. Langsam verschwand „Vita 2" in seinem Arm.

Obwohl das, was gerade geschah, an Wahnsinn nicht zu überbieten war, hatte der Moment etwas Erhabenes an sich. Es war tatsächlich passiert.

Mai Zhao zog die Kanüle aus dem Arm ihres Mannes, versorgte die Einstichstelle mit einem Pflaster und sah Corve an.

„Wie geht es dir?"

„Fantastisch! Hast du etwas anderes erwartet?"

Sie schüttelte überzeugend den Kopf.

Corve richtete sich ein wenig auf.

„In wenigen Tagen werden wir die zweite Dosis haben. Die sollst du bekommen!"

Mai Zhao legte ihrem Mann eine Manschette für eine Dauerblutdruckmessung an und gab ihm etwas Wasser zu trinken. Alles schien in bester Ordnung zu sein.

„Ruh dich etwas aus!" Dann gab sie dem Gorilla einen Wink, der Tom und Marc daraufhin hinauskomplimentierte. Als Marc sich noch einmal umdrehte, konnte er sehen, wie Mai Zhao sich neben die Liege setzte und sich mit ihrem Mann unterhielt.

„Was machen wir jetzt?", wollte Marc wissen.

„Keine vierundzwanzig Stunden mehr. Geduld! Die werden sich jetzt den ganzen Tag vermutlich um Corve kümmern, alles andere ist unwichtig. Wir müssen nur aufpassen, dass uns dieser Gorilla nicht in die Quere kommt. Aber noch ist Zeit. Vielleicht ist der ja heute Nacht verschwunden!"

„Ist dir etwas aufgefallen?"

Marc sah seinen Vater an und schüttelte den Kopf.

„Ich hatte dir doch von der Blutwäsche erzählt, die Mai Zhao bei ihrem Verwandten durchgeführt hat. Corve hat genau auf dieser Liege gelegen und das Aggregat stand nur etwas weiter nach hinten geschoben im selben Raum."

Dann erzählte er von seinem Plan, Corve und seine Frau in ihre Gewalt zu bringen, um sie zu zwingen, die Nanochips abzuschalten oder besser noch, sie mittels Blutwäsche zu entfernen.

Marc und Tom konnten nichts weiter tun, als abzuwarten. Die Stunden vergingen quälend langsam. Als die Sonne zu sinken begann, kam Mai Zhao zu ihnen und holte sie zum Dinner ab.

Da Corve nicht anwesend war, fragte Tom nach ihm.

„Es geht ihm gut. Er schläft noch ein wenig. Sein Körper muss das jetzt natürlich erst einmal verarbeiten. Du kennst das ja! Aber soweit ich es beurteilen kann, sieht es sehr gut aus. Seine Werte sind bis jetzt absolut normal. Ich versorge ihn mit Flüssigkeit. Mehr braucht er im Moment nicht!" Mai Zhao lächelte stolz.

Beim Essen wurde wenig gesprochen. Es gab ein äußerst köstliches Hühnchencurry. Alle hingen ihren Gedanken nach. Was würde morgen sein? Die Erwartungen an den nächsten Tag waren sehr unterschiedlich.

Nach dem Essen verabschiedete Mai Zhao sich. Sie wollte die Nacht bei ihrem Mann verbringen, der immer noch auf der Liege lag und schlief.

Flucht

Gegen neunzehn Uhr stellte Mitch seinen Wagen auf dem ihm Parkplatz auf der Waldlichtung ab. Erleichtert stellte er fest, dass er, wie auch bei seinen letzten Besuchen hier, der Einzige war. Er hatte noch genug Zei, und den Weg kannte er inzwischen recht gut. Da Tom sich nicht gemeldet hatte, ging er davon aus, dass alles wie geplant ablaufen würde.

Mitch setzte sich wie beim letzten Mal auf den Baumstumpf und hörte dem Geschrei der Vögel zu. Es erinnerte ihn ein bisschen an den einzigen Urlaub, den er vor vielen Jahren mit einer Freundin gemacht hatte. Sie waren damals als Rucksacktouristen durch Costa Rica gereist und hatten sich für die wunderschöne Natur begeistert. Mitch hatte gehofft, dass aus dieser Urlaubsgemeinschaft mehr werden würde. Aber es hatte sich nicht ergeben.

Er nahm sich vor, wenn das hier vorbei war, endlich mal wieder etwas zu machen, das nichts mit seiner Arbeit zu tun hatte. Und er musste wieder fitter werden. Diese Notwendigkeit hatte ihm sein Körper bei den letzten Kletteraktionen über die Abbruchkante signalisiert. Er war einfach zu fett geworden und längst nicht mehr so beweglich wie noch vor ein paar Jahren.

Als die Sonne zu sinken begann, nahm er den Rucksack, prüfte zum gefühlt zwanzigsten Mal den Inhalt und machte sich dann im Schutz der Bäume auf den Weg. Je näher er dem Grundstück kam, umso vorsichtiger bewegte er sich. Er kam sich schon fast etwas paranoid vor. Denn schließlich war es das dritte Mal, dass er herkam. Er beobachtete das Haus und alles, was sich dort abspielte, zunächst aus sicherer Entfernung und dem Schutz des Waldes. Mit dem Fernglas scannte er das Gelände vor sich, konnte aber nichts Auffälliges entdecken. Alles schien wie sonst. Niemand war zu sehen. Lediglich Corves Wagen stand vor dem Gebäude. Er musste also anwesend sein.

Es war noch ausreichend Zeit, fast zwei Stunden. Gegen einundzwanzig Uhr konnte er sehen, wie ein großgewachsener Chinese das Haus verließ, sich eine Zigarette anzündete und scheinbar eine kleine Runde auf dem Gelände drehte. Nach etwa zehn Minuten war er wieder im Gebäude verschwunden. Den Kerl hatte Mitch bisher noch nicht gesehen. Aber durch Tom wusste er von dem Mann. Mitch hoffte, dass es nur einer war. Mit dem würde er schon fertig werden. Er ging er noch einmal ihre Optionen durch. Sie mussten den großen Chinesen, Corve und seine Frau in Schach halten. Dafür hatte er für Tom, Marc und sich eine Waffe dabei. Das sollte reichen. Zwei von ihnen würden immer freie Hand haben, während einer eine Blutwäsche über sich ergehen lassen musste. Dann musste er lachen. Baihu, der Witzbold, hatte ihm tatsächlich einige starke Böller mitsamt Auslösevorrichtung eingepackt, die er eigentlich nicht gebrauchen konnte. Eine echte Handgranate hätte er sofort genommen, aber Böller? Eigentlich hatte er die Dinger zurücklassen wollen, sich aber in letzter Sekunde entschieden, sie doch mitzunehmen. Man konnte nie wissen. Zumindest für einen kurzen Moment konnte man damit Verwirrung stiften.

Kurz nach einundzwanzig Uhr, es war inzwischen stockfinster, sah er, wie eine Frau den Labortrakt betrat. Das konnte eigentlich nur Mai Zhao sein. Im Labor brannte die ganze Zeit Licht. Das war vor ein paar Tagen zur gleichen Zeit anders gewesen. Was sie dort machte, konnte er nicht erkennen. Dafür war es zu weit weg. Mitch hoffte, dass sich zu dieser späten Uhrzeit nicht noch andere Mitarbeiter dort aufhielten. Wenn doch, müssten sie improvisieren. Damit hatte er Erfahrung. Aber es durfte nichts schief gehen, denn sie würden nur diese eine Chance zur Flucht haben.

Er näherte sich dem Haus, bis er mit dem Fernglas wieder die weißen Augensymbole erkennen konnte. Dann befestigte er wie bei den letzten Malen das Seil an dem Baum und ließ sich nach unten gleiten. Er erreichte den querliegenden Baumstamm, balancierte zum Felsvorsprung und zog sich zur Abbruchkante hoch. Vorsichtig spähte er zu dem Haus hinüber. Außer dem schwachen Lichtschein aus dem Labortrakt war nichts Verdächtiges zu sehen. Mitch blickte auf seine Uhr. Es war jetzt kurz vor zweiundzwanzig Uhr. Er schwang sich mühsam über die Kante und lief geduckt im Schutz der Büsche zu der Stelle, an der sie sich verabredet hatten.

Tom und Marc warteten bereits. Marc, außer sich vor Freude, umarmte ihn.

„Gut, dich zu sehen, Mitch!"

Mitch befreite sich aus der Umarmung und stellte fest, dass Marc kreidebleich war.

„Schon gut, Junge, wir kriegen das hin!", klopfte er ihm auf die Schulter. Du willst doch auch weg von hier, oder? Also, keine Panik!" Dann wandte er sich an Tom.

„Wer ist alles auf dem Grundstück? Ich habe vorhin diesen großen Chinesen und die Frau gesehen. Sind noch mehr Leute hier, vielleicht im Labor? Da habe ich Licht gesehen!"

„Glaube nicht! Das restlich Personal hat gegen siebzehn Uhr wie immer das Gelände verlassen. Wir haben die ganze Zeit aufgepasst und niemanden sonst gesehen, stimmt's Marc?", wandte Tom sich an seinen Sohn, der zustimmend nickte. „Du solltest allerdings wissen, dass Corve sich seit heute morgen ebenfalls im Labor befindet." Tom zog verächtlich sein Gesicht. „Uns wurde die Ehre zuteil, zuzusehen, wie seine Frau ihm die erste Spritze mit dem neuen Medikament setzte. Das war heute Morgen. Seitdem hat er das Labor nicht mehr verlassen. Er liegt dort vermutlich immer noch auf einer Liege und wird von seiner Frau versorgt. Soweit wir es beurteilen können, sind die beiden allein. Mehr wissen wir auch nicht!"

Mitch versuchte Marcs wegen so zuversichtlich wie möglich rüberzukommen.

„Umso besser, dann haben wir die ganze Bande ja an einem Fleck und müssen sie nicht erst zusammentreiben! Hast du schon mal eine Waffe in der Hand gehabt?" fragte er Marc, der den Kopf so heftig schüttelte, als ginge es um die Pest.

„Ich bin Pazifist!"

Mitch verdrehte die Augen. Was war das bloß für ein Weichei? Etwas heftiger als gewollt, fuhr er ihn an.

„Es ist mir scheiß egal, was du bist. Wenn ich euch hier rausholen soll, dann brauche ich eure Hilfe, ist das klar?"

Tom sah, wie sein Sohn zusammenzuckte und nickte ihm aufmunternd zu.

„Das schaffst du!"

Mitch zog aus seinem Rucksack drei Pistolen mit Schalldämpfer hervor. Ohne ein weiteres Wort zu sagen, drückte er Marc eine davon in die Hand.

„Wir wollen doch nach Hause, Marc, bitte!" Tom sah, wie sein Sohn die Waffe angewidert in der Hand hin und herdrehte. „Du musst ja nicht unbedingt damit schießen. Es reicht schon, wenn du jemanden damit in Schach hältst, ok?"

„Ok!"

Mitch zeigte Marc, wie man die Waffe, es war alte russische Makarow, entsicherte und beim Abfeuern halten musste.

„Und was ist mit dem Gorilla?" wollte Mitch wissen.

„Keine Ahnung, ich habe ihn seit heute Morgen nicht mehr gesehen. Es gibt da einen Raum, in dem er sich meistens aufhält, zockt oder in die Glotze starrt. Wahrscheinlich ist er dort. Das ist allerdings im Haupthaus. Er scheint nicht sehr viel in der Birne zu haben. Am besten wäre, wenn er von der ganzen Aktion nichts mitbekommt. Ins Haus können wir jedenfalls nicht. Es ist alarmgesichert und die Tür wird durch Kameras überwacht."

„Sollte er uns in die Quere kommen, müssen wir ihn erledigen!" Mitch sah Marc fest in die Augen. „Ist das klar?" Er packte Marc fest am Arm. „Ist das klar?"

„Ja, Mann!" Unwillig zog Marc seinen Arm weg.

Dann wollte Mitch wissen, wie sie am besten ins Labor kämen, denn er ging davon aus, dass der Eingang auch dort von Kameras überwacht wurde.

„Ich denke, es wird am einfachsten sein, wenn ich mich dort bemerkbar mache. Mai Zhao wird mir öffnen und fragen, was ich will. Da sich hinter dem Eingang eine Schleuse befindet, kann ich sie dort überwältigen, ohne dass es jemand bemerkt. Dann öffne ich euch die Tür. Ich gehe nicht davon aus, dass der Gorilla etwas davon mitbekommt, denn der glotzt nur auf seine Zockerbildschirme, da hier normalerweise nichts passiert. Und wenn wir erst einmal drin sind, können wir machen, was wir wollen. Dort gibt es keine Überwachung. Das hat mir Mai Zhao bei einem Rundgang selbst erzählt!"

Mitch war zufrieden. Seiner Meinung nach gab es keine unüberwindbaren Hindernisse.

„Dann los. Es ist jetzt fast dreiundzwanzig Uhr. Wie lange sagtest du, wird die Blutwäsche dauern?"

Tom zuckte mit den Schultern.

„Damals in San Franzisko hat es knapp zwei Stunden gedauert! Aber wie willst du sie dazu bringen, diese Blutwäsche bei uns durchzuführen?"

„Das lass mal meine Sorge sein! Sie wäre nicht die erste, die meine Argumente überzeugt haben." Mitch grinste hintergründig. „Und dann ist da ja noch ihr Mann, der, wie du gesagt hast, gerade auf dem Höhepunkt seiner Forschungen angekommen zu sein scheint. Da wäre es doch wirklich schade, wenn er plötzlich erkennen müsste, dass alles umsonst gewesen ist. Also ich finde, das sind alles sehr überzeugende Argumente für ein wenig Unterstützung bei einer Blutwäsche."

Tom nickte.

„Du hast recht! Dann geht es jetzt los!"

„Ok! Wir werden die beiden also etwa vier Stunden in Schach halten müssen!" Er zeigte auf seinen Rucksack. „Und wenn es vorbei ist, habe ich genug Seil und Klebeband dabei, um Corve und seine Frau zu fixieren!"

Mitch legte Marc seinen Arm auf die Schulter. „Also, dann geht es jetzt los! Mut Junge!" Mitch machte eine Kopfbewegung in Richtung Labor. Er nahm seine Waffe, entsicherte sie und begann, sich vorsichtig im Schatten der Büsche zu bewegen. Marc und Tom folgten ihm. Als die Fenster des Labors in Sichtweite kamen, blieb Mitch stehen und versuchte zu erkennen, was sich dort abspielte. Aber noch waren sie zu weit weg, um gute Sicht zu haben. Schließlich erreichten sie den hinteren Eingang. Mitch, der zu klein war, um etwas zu sehen, winkte Tom zu sich und machte eine Kopfbewegung in Richtung des Fensters.

„Kannst du erkennen, was da gerade passiert?"

Tom zog sich vorsichtig nach oben und spähte in den Raum.

„Sie sitzt neben ihrem Mann!" flüsterte Tom. „Der liegt immer noch auf dieser Liege. Sieht aus, als ob er eine Infusion bekommt. Aber sonst kann ich niemanden sehen!"

„Gut, dann los!"

Mitch sah Marc an, in dessen Hand die Waffe zitterte.

„Mensch Junge, reiß dich zusammen, sonst kommen wir hier nie raus!", fuhr er den jungen Mann an. „Wir haben nun mal keine andere Möglichkeit. Wenn du Amerika jemals wiedersehen willst, musst du jetzt stark sein, verdammt!"

„Ich weiß!"

„Gut, dann los!"

Tom hatte seine Waffe hinten in seinen Hosenbund gesteckt. Er zog sich ein wenig am Fenster neben der Schleuse hoch und klopfte. Mai Zhao sah sich um, konnte aber zunächst nicht ausmachen, woher das Klopfen kam. Als sie Tom schließlich entdeckte, stand sie auf und schaute ihn mit Fragezeichen in den Augen an. Sie deutete auf die Tür. Dann betrat sie die Schleuse, machte sich unsteril und öffnete die Tür einen Spalt breit.

„Was ist, was willst du?" Sie sah Tom misstrauisch an.

„Ich wollte sehen, wie es deinem Mann geht. Schließlich geht es auch für mich und meinen Sohn um einiges!"

„Bist du allein? Wo ist Marc?"

„Schläft!"

Mai Zhao schaute hinter Tom, konnte aber nichts entdecken. Daher öffnete sie die Tür etwas weiter und ließ Tom ein. Die Tür schloss sich.

„Wir müssen uns steril machen!", sagte Mai Zhao und deutete auf einige der weißen Overalls, die fein säuberlich nach Größe geordnet in einem Regal lagen.

Sie drehte ihm den Rücken zu, um einen der Overalls aus dem Regal zu nehmen, während Tom vorsichtig die Waffe aus seinem Hosenbund zog. Ein Sekundenbruchteil später trat er so von hinten an Mai Zhao heran, dass er sie packen und ihr gleichzeitig den Mund zuhalten konnte. Dabei riss er ihr den Kopf nach hinten und drückte ihr die Waffe in den Rücken. Mai Zhao, völlig überrascht von dem Angriff, versuchte zu schreien, hatte aber nicht die geringste Chance gegen einen großen Mann wie Tom Snider, zumal der ihr fast die Luft zum Atmen nahm.

Er drehte sie um und schob sie zur Tür.

„Los, mach die Tür auf! Und keinen Ton, sonst drücke ich ab! Mach auf!", zischte er noch einmal und presste ihr den Lauf noch fester in den Rücken.

Mai Zhao streckte ihre Hand mit letzter Kraft nach dem Scanner aus und legte ihren Finger auf. Die Tür öffnete sich mit einem saugenden Geräusch. Dann wurde ihr Körper von Tom, der sie immer noch von hinter gepackt hielt, von der Tür zurückgerissen. Sie versuchte erneut, sich ihm zu entwinden, hatte aber keine Chance.

„Lass es, oder ich schieße dir eine Kugel in deinen schönen Körper, wo sie dich nicht umbringt, aber sehr weh tun wird", zischte Tom hinter ihr.

Mitch und Marc betraten den kleinen Raum. Mai Zhaos Panik wurde immer größer. Als erstes nahm Mitch ihr mit Klebeband die Möglichkeit, irgendwelche Laute von sich zu geben. Dann fesselte er ihr die Arme auf dem Rücken.

Mitch, der Mai Zhao die Arme unter Stöhnen nach hinten gezogen hatte, fixierte die Frau am Edelstahlsyphon eines Waschbeckens. Dabei zog er ihr die Arme so weit nach hinten und oben, dass Mai Zhao jede Bewegung weh tun würde.

Tom, der davon ausging, dass sich Corve immer noch auf der Liege in dem kleinen Nebenraum befand, drückte auf den Öffner der Automatiktür, die sich mit leisem Zischen nach innen öffnete. Während dieses Vorgangs spähte Tom zu Corve. Der schien zu schlafen. Er machte ein paar schnelle Schritte auf seinen Peiniger zu und stand an der Liege, bevor Corve aufwachte.

Der alte Mann schlief unruhig. Es sah aus, als würde sein Körper einen Kampf austragen. Tom winkte die anderen zu sich. Als sie an dem Bett standen, schlug Corve plötzlich die Augen auf und blickte in den Lauf von Mitchs Pistole. Im ersten Moment schien er nicht zu verstehen, was passiert war. Verwirrt starrte er in die Gesichter, von denen er eines noch nie gesehen hatte.

„Wo ist meine Frau, John?"

„In Sicherheit!", war alles, was er zu hören bekam.

Tom konnte erkennen, wie die Realität in Corves Gehirn zurückkehrte. Dieser versuchte, sich aufzustützen.

„Was machen Sie hier, John? Und was ist das für ein Kerl?" Seine Augen wanderten zu Mitch.

Mitchs Ton hatte etwas Frohlockendes an sich. Er grinste Corve breit an.

„Ich bin der, den Sie nicht erwischt haben! Ich bin sozusagen Ihr Untergang!"

Corve schien sehr schwach zu sein. Immer wieder fielen ihm die Augen zu.

„Los, holt sie rein!" Tom nickte, Richtung Sicherheitsschleuse.

Während Tom die Waffe auf Corve gerichtet hielt, begab sich Mitch zurück in die Schleuse und kam eine Minute später mit Mai Zhao zurück, der vor Wut, Schmerz und Ohnmacht die Tränen in den Augen standen. Als Mitch ihr beim Gehen die Arme mit dem Strick nach oben riss, schrie sie auf. Er brachte sie zur Liege und drückte sie neben Corve auf einen Stuhl. Der öffnete erneut die Augen und sah das vor Angst und Schmerz verzerrte Gesicht seiner Frau vor sich.

„Verdammt, was wird das, John? Lassen Sie meine Frau los. Sie hat damit nichts zu tun!"

„Ach wirklich, und was ist das alles hier?" Tom machte eine raumgreifende Bewegung, die das ganze Labor einschloss. „Soweit ich weiß, macht sie hier Versuche, die durchaus mit Ihrem beschissenen Projekt zu tun haben."

Mitch, der Toms Bewegung mit den Augen gefolgt war, sah ein professionell ausgestattetes Labor. Überall befanden sich Pipettierstationen sowie Glaskästen, unter denen sich laminare Luftströmungen erzeugen ließen. Auf Labortischen standen jede Menge ihm unbekannter medizinischer Analysegeräte. Dann gab es noch einen Bereich, der von ihrem Standort aus nicht einsehbar war. Überall blinkten irgendwelche Elektroden. Geräte gaben leise klickende oder summende Geräusche von sich. Computerbildschirme warteten im Ruhemodus auf neue Arbeitsaufträge.

„Was wollen Sie?"

„Das wissen Sie ganz genau!", fauchte Marc, der sich bis jetzt zurückgehalten hatte, Corve an.

„Dann verschwinden Sie doch einfach und lassen uns in Ruhe", machte Corve einen schwachen Versuch.

„Halten Sie uns wirklich für so blöd?" Tom stieß mit seinem Fuß wütend gegen die Liege.

Dann bemerkte er, dass Corves Blick, der in den gegenüberliegenden Bereich des Labors ging, plötzlich einen lauernden Ausdruck angenommen hatte. Rasch drehte er sich um und blickte in die entgegengesetzte Richtung, aus der mit einem Mal ein knarrendes Geräusch kam.

Im selben Augenblick konnte er sehen, dass der chinesische Gorilla hinter einem der Labortische in Deckung gegangen war und mit seiner Waffe auf sie zielte. Wo war der Mann so plötzlich hergekommen? Der Gorilla brüllte etwas auf Chinesisch, was wohl so viel wie „Hände hoch" heißen sollte. Im selben Moment krachte ein Schuss hinter Mitch in die Wand, der ihn nur um Haaresbreite verfehlte.

Corve, der scheinbar zu schwach war, um sich von seiner Liege zu erheben, sah, dass Marc sich unbemerkt von dem Chinesen weiter nach hinten hatte bewegen können. Corve rief etwas auf Chinesisch. Der Gorilla blickte sich um.

Damit, dass einige der Labortische auf Rollen standen, hatte der Chinese nicht gerechnet. Und so krachte der von Marc mit einem Ruck angeschobene schwere Tisch urplötzlich in seinen Rücken und nahm ihm für einen kurzen, aber entscheidenden Augenblick die Luft zum Atmen. Mitch nutzte diesen Moment und sprang auf den Mann zu. Noch im Sprung schlug er ihm seine Waffe mit einem so wuchtigen Schlag gegen die Schläfe, dass der Gorilla in sich zusammensackte. Während er die Waffe unentwegt auf Corve gerichtet hielt, zog Tom einen Strick aus Mitchs Rucksack und warf ihn Mitch zu, der den Chinesen so verschnürte, dass jede Bewegung schmerzhaft sein würde, sollte er wieder wach werden. Schließlich verpasste er ihm noch einen Klebestreifen auf den Mund. Dann wandte er sich wieder Tom und Corve zu.

„Haben Sie noch mehr solche Überraschungen für uns parat?"

Corve, der alles mit wachsender Verzweiflung verfolgt hatte, schien langsam zu begreifen, dass er sich mit seiner Frau in einer ziemlich ausweglosen Situation befand. Er versuchte, Tom anzulächeln und schüttelte den Kopf.

„Und was machen wir jetzt, John? Sie kommen hier niemals wieder raus. Das wissen Sie!" Corve Gesicht hatte einen arroganten, spöttischen Ausdruck angenommen, den Tom ihm am liebsten ausgeprügelt hätte.

„Jetzt, Corve, jetzt machen wir da weiter, wo wir aufgehört haben! Also, wo waren wir stehen geblieben? Ach ja, Sie hatten gesagt, wir sollen doch gehen! Würden wir gerne machen, aber so einfach ist das nicht, nicht wahr? Sie haben es selbst gerade gesagt. Also werden Sie uns dabei helfen!"

„Was meinen Sie, Tom? Sie haben uns in der Hand, meinen Bodyguard haben Sie ausgeschaltet! Also, warum lassen Sie uns nicht einfach in Ruhe? Sie können hier nicht weg." Er lachte hysterisch auf und wurde von einem Hustenanfall unterbrochen.

„Ich weiß genau, was Sie meinen. Sie glauben, dass Sie uns mit ihren bescheuerten Chips aufhalten können, nicht wahr? Sie glauben, dass Sie uns dank dieser Nanochips überall finden können. Und weil das so ist, werden Sie diese Dinger jetzt entfernen, Corve! Ansonsten schicke ich Sie in die Hölle! Glauben Sie mir, ich lasse mich nicht noch einmal von Ihnen verarschen!" Um seinen Worten zusätzlich Nachdruck zu verleihen, drückte er Corve die Waffe zwischen die alten, ausgemergelten Rippen.

Corve, scheinbar unbeeindruckt, versuchte es noch einmal. Mit leiser Stimme sagte er:

„Das geht leider nicht so einfach, Tom! Und Sie haben Recht, wir werden Sie überall finden. Im Grunde können Sie das Land nicht verlassen. Wir haben Sie, und wir werden Sie immer haben, verstehen Sie, für immer!" Corve schickte seiner Aussage ein zynisches Lachen hinterher.

Jetzt wurde es Mitch zu viel. Er stieß Tom etwas unsanft zur Seite, packte Corve am Hals und drückte zu. Dann senkte er seinen Kopf zu Corve herab, dem wegen des Luftmangels die Augen hervortraten.

„Gut, dann eben auf die andere Art und Weise.", flüsterte er. „Hören Sie mir jetzt genau zu, Mister Corve! Wenn Sie und Ihre Frau nicht sterben wollen, was ja wohl Ihre größte Angst ist, dann helfen Sie uns jetzt. Sonst", er hob drohend seine Waffe, „schwöre ich Ihnen bei Gott, bringe ich Sie um!"

Corve, dem es ohnehin nicht gut zu gehen schien, schnappte hektisch nach Luft und suchte hilflos den Blick seiner Frau.

Tom ging zu Mai Zhao, zerrte sie nach oben und riss ihr das Klebeband ab, worauf sie vor Schreck einen erstickten Schrei von sich gab. Dann stieß er sie zu Mitch. Der packte die zierliche Frau am Arm und hielt ihr die Waffe an den Kopf.

„Wären Sie jetzt so freundlich, bei meinem Partner eine Blutwäsche durchzuführen? Wenn Sie das bei Verwandten können, wie man mir erzählte, dann wird es auch bei Tom funktionieren, nicht wahr?"

Mai Zhao drehte den Kopf und starrte den Fremden verständnislos an, der die Waffe nicht mehr an den Kopf, sondern in ihren Oberschenkel drückte.

„Glauben Sie mir, das wird sehr weh tun. Und wer weiß, vielleicht verbluten Sie ja daran. Ich werde abdrücken, wenn Sie nicht tun, was wir verlangen. Und Ihren Mann, den haben wir auch noch!" Um seiner Aussage Nachdruck zu verleihen, verpasste Mitch Corve eine heftige Ohrfeige. Die rot anlaufende Wange sprach Bände. „Also, wie ist Ihre Antwort?"

„Hören Sie, Mai", zum ersten Mal schaltete Marc sich ein, „wir wollen einfach nur weg hier. Und wenn Sie mitspielen, dann können Sie und Ihr Mann hinterher einfach so weitermachen wie bisher. Uns ist doch scheißegal, was Sie tun. Wir können es ohnehin nicht stoppen! Wir wollen einfach nur nach Hause!"

Mai Zhao, die natürlich verstanden hatte, was Tom und Marc mit der Blutwäsche bezweckten, sah ihn an und nickte.

„Gut, ich werde es tun. Aber ihr müsst mir versprechen, meinen Mann in Ruhe zu lassen. Und ihr müsst mich losbinden. Ich brauche meine Hände dafür!"

„Madam scheint verstanden zu haben. Das ist ja wunderbar! Aber keine Tricks, sonst …!" Mitch wedelte grinsend mit seiner Waffe. Während er das sagte, kontrollierte er den immer noch im Nirvana weilenden Gorilla. Mai Zhao konnte sehen, wie er den Mann sicherheitshalber mit einem erneuten Schlag gegen die Schläfe in einen noch längeren Ruhezustand versetzte. Das endlich schien auf die Frau den nötigen Eindruck zu machen. Sie ließ jeglichen Widerstand fahren und drehte sich so, dass Tom ihr die Fesseln abnehmen konnte.

Tom, der sie losband, schaute ihr in die Augen. Dort sah er Hass, aber auch Angst. Diese Angst galt es zu nutzen.

Tom

„Ihr müsst mir helfen!" Mai Zhao zeigte auf eine weitere Liege und die Aggregate, die sie für eine Blutwäsche brauchte. Es waren dieselben, die Tom vor ein paar Tagen gesehen hatte. Sie wies Marc und seinen Vater an, wie sie die Dinge aufzustellen hatten. Mitch stand direkt neben Corve und hielt die Waffe auf ihn gerichtet.

„Wer will zuerst?"

„Du fängst mit mir an. Und wehe, es geht etwas dabei schief. Ich habe mir in San Franzisko schon einmal einen dieser verdammten Chips entfernen lassen. Ich weiß, wie das geht. Versuch also keine Tricks!" Mai Zhao schaute den Mann, mit dem sie in der letzten Zeit so oft und lustvoll geschlafen hatte, voller Abneigung an.

„Keine Sorge, alles wird gut gehen!" flüsterte sie, wie um sich selbst Mut zu machen.

Tom legte sich auf die Liege, während Mai Zhao alles vorbereitete. Als sie ihm die zweite Kanüle in eine Vene geschoben hatte, setzte sich die Apparatur in Bewegung. Mitch und Marc konnten sehen, wie das Blut aus Toms Körper heraus durch die sterilen Schläuche in die Filteranlage und wieder zurückzufließen begann.

„Warum tun Sie das?" Ben Corve versuchte, sich ein wenig aufzurichten. Seine Frau hob den Kopfbereich seiner Liege etwas an. Alle starrten den Mann an.

„Warum?" Corve starrte zurück.

„Warum tun wir was?", keilte Mitch zurück.

„Warum versuchen Sie alles kaputtzumachen, was wir aufgebaut haben? Sie hätten beide Teil von etwas Wunderbarem sein können! Es ist wie eine vertane Chance!"

„Weil Sie uns für Ihr beschissenes Vorhaben entführt und gefangen gehalten haben. Sie hatten kein Recht dazu!", antwortete Marc wütend.

„Du willst es nicht verstehen, oder? Ich habe es dir schon einmal erklärt. Mein Mann hat gerade das vielleicht größte Problem der Menschheit gelöst. Es ist ihm gelungen, dem Tod seinen Schrecken zu nehmen", schaltete Mai Zhao sich ein.

„Und ich habe vor vielen anderen begriffen, dass der Tod oder das Alter auch nur eine Krankheit ist, die man behandeln kann", keuchte Corve von seiner Liege.

„Also, wenn die Lösung so aussieht wie der Mann da auf der Liege", Mitch sah Ben Corve spöttisch an, „dann war das wohl ein Griff ins Klo, oder wie seht ihr das? Sie wollen also behaupten, dass das Alter nur eine Krankheit ist? Da sind aber schon viele dran gestorben. Das ist doch einfach nur Schwachsinn!"

„Sie haben ja keine Ahnung!", sagte Corve schwach und sah Mitch voller Verachtung an. Er holte noch einmal tief Luft. „Natürlich ist das Alter nur eine von vielen Krankheiten. Vielleicht ist es aber auch *die* Krankheit. Und ich habe es in der Hand, sie zu heilen. Dieses Mittel wirkt. Es muss wirken. Es geht mir im Moment vielleicht nicht so gut, wie ich geplant hatte. Aber in ein paar Tagen ist das vorbei. Dann werde ich dem Tod niemals in die Augen blicken müssen. Sie hingegen schon!" Corve blickte Mitch und Marc äußerst herablassend an. „Und Sie wissen, was das heißt. Während Sie sterben müssen, wird die Welt eine andere sein." Corve lachte röchelnd. „Menschen, die jetzt noch dem Tod geweiht sind, werden dank unserer Forschungen wieder Hoffnung schöpfen. Ganze Staaten werden ihre alternde Gesellschaft auf ein neues Fundament stellen können." In Corves Gesicht schien tatsächlich so etwas wie Farbe zurückzukommen. Er begann, sich in Rage zu reden.

Mitch verdrehte die Augen. Musste er sich jetzt tatsächlich vier Stunden lang dieses Geschwafel vom ewigen Leben anhören? Er versuchte sich auf das Klicken der Apparatur zu konzentrieren, durch die Toms Blut floss. Dann ging er wortlos zu Corve und stoppte den Redefluss mit einem Klebestreifen.

„Lassen Sie meinen Mann in Ruhe!", kreischte Mai Zhao wütend auf und riss ihrem Mann den Streifen wieder ab. „Wenn Sie wollen, dass ich Ihnen helfe, lassen Sie uns in Ruhe!" Sie sah Mitch mit einem Blick voller Hass an.

Es vergingen einige Augenblicke, in denen die gespenstische Spannung mit Händen zu greifen war. Dann begann die Frau von Neuem mit ihrem Lobgesang. Mitch verdrehte ratlos die Augen.

„Und das ist ja noch lange nicht alles! Dort hinten", sie zeigte auf den Bereich im Labor, der durch Trennwände abgesperrt war, „werden wir dank euch eine neue Art von Menschen schaffen. Junge Menschen, Babys, die schon mit der Eigenschaft des Endlosüberlebens auf die Welt kommen werden. Durch euer Sperma sind wir dazu in der Lage. Das heißt, wir können eine Durchmischung der Menschheit von Alten und Jungen erreichen, wie sie früher normal war. Wir schaffen eine gesunde, langüberlebende Gesellschaft. Der Weg bis hierher war lang, sehr lang. Aber jetzt sind wir so weit."

„Und was ist mit Liebe, Sex und Kindern außerhalb dieses beschissenen Labors?", meldete sich Marc.

„Das ist eine ganz andere Frage.", gab Mai Zhao zurück. „Wofür braucht man noch Kinder durch Sex, wenn man dieselben Kinder, aber mit perfekten Eigenschaften, auch so bestellen kann? Frauen werden keinen Geburtsschmerz, keine Schwangerschaftsdepressionen und all die anderen negativen Begleiterscheinungen mehr haben, die eine Schwangerschaft in vielen Fällen nun mal mit sich bringt. Es wird keine Komplikationen unter der Geburt mehr geben. Sex ist dann nur noch zum Spaß da. Und dir hat es doch Spaß gemacht, nicht wahr, John? Kein Theater mehr mit Kinderkrankheiten oder Behinderungen. Perfekte Kinder, die sich perfekt entwickeln. Nur so wird sich unsere Gesellschaft weiterentwickeln. Alle anderen Wege führen langfristig nur in die Stagnation, zu Armut und Verfall!"

Corve hatte sich erneut hochgestemmt.

„Außerdem, haben Sie sich schon einmal gefragt, was passieren wird, wenn wir diese Möglichkeit ausschlagen, die man uns nun in die Hand gegeben hat? Sehen Sie die Kriege, die jetzt schon um Wasser, Nahrungsmittel und Land wegen der Überbevölkerung geführt werden? Die Menschen haben begonnen, ihre angestammte Heimat zu verlassen. Das Klima zwingt sie dazu. Entweder gelingt es uns, diesen Wahnsinn zu stoppen, oder die Menschheit wird untergehen. Wir brauchen Bevölkerungskontrolle in den Gebieten, in denen man noch wird leben können. Wir brauchen nicht noch mehr Menschen! Nein, wir brauchen Menschen, die durch ihre lange Lebenserfahrung kluge Entscheidungen treffen und damit das Überleben der Menschheit als Spezies sichern. Das müssen doch selbst Leute wie Sie begreifen!" Corves Blick hatte einen fast flehentlichen Ausdruck angenommen.

„Sie sind doch irre!", bemerkte Marc. „Das ist alles Schwachsinn, und das wissen Sie! Es geht Ihnen nur um Geld und den Ruhm, der Erste gewesen zu sein, der diese verrückte Idee hatte. Ich glaube nicht daran, dass das funktionieren wird. Und wer weiß, vielleicht überleben Sie nicht einmal den nächsten Tag."

„Oder er wird auch zu einem dieser Zombies!" Mitch lachte mit einem hämischen Unterton.

Mit einem Mal kehrte Stille ein, lediglich unterbrochen von dem eintönigen Klicken der Apheresetechnik. Corve und seiner Frau schienen endlich die Argumente ausgegangen zu sein.

Draußen war es stockfinster. Es war kurz nach ein Uhr, als das Apheresegerät einen Dauerton von sich gab, der das Ende von Toms Blutwäsche verkündete. Tom richtete sich auf. Mai Zhao entfernte die Kanülen und klebte ein Pflaster auf die Einstichstellen.

„Und woher wissen wir jetzt, dass es funktioniert hat? Also ich meine, dass der Chip tatsächlich aus seinem Körper entfernt worden ist?" wollte Marc wissen.

Tom, der soeben von der Liege aufgestanden war, sah Mai Zhao fragend und zugleich auffordernd an.

„Sie wird es uns zeigen! Wenn ich mich jetzt nach der Blutwäsche, also von dem Apheresegerät entferne, dann sehen wir wahrscheinlich noch den Chip auf einem der Bildschirme hier, aber der Ort dürfte dann nicht mehr deckungsgleich mit meinem Aufenthaltsort sein, oder? Ich denke, die Dinger dürften ziemlich genau sein."

Mai Zhao nickte wie zur Bestätigung und wurde von Mitch unter vorgehaltener Waffe zum nächsten Rechner bugsiert. Den erweckte sie mit einem Mausklick zum Leben und öffnete ein Programm. Es öffnete sich eine Maske mit vielen verschiedenen Namen. Als sie in der Liste nach unten scrollte, tauchte dort Toms Alias auf, John Sparks. Sie klickte auf den Namen, eine Karte von Shenzen öffnete sich. Kurz darauf poppte die Meldung, No Signal auf. Mai Zhao versuchte es noch einmal, No Signal!

„Es hat funktioniert! Wenn der Chip noch aktiv wäre, würden wir jetzt sein Signal hier sehen können. Aber scheinbar wurde er durch die Apherese zerstört. Seht ihr, der Chip sendet kein Signal mehr." Mai Zhao deutete auf den Bildschirm.

Um sicherzugehen, wies Tom sie an, noch einmal in das Menü zurückzukehren und einen anderen Namen aufzurufen. Dort war das blinkende Icon der betreffenden Person zu sehen. Toms Icon hingegen war verschwunden. Es hatte funktioniert.

Corve

In dem Moment krachte es. Ein dumpfer Schlag drang durch die Stille der Nacht. Alle fuhren herum und sahen, dass Ben Corve mitsamt seiner Liege umgestürzt war. Er hatte sich wohl aufgerichtet, um besser sehen zu können. Dabei war es passiert. Bei dem Sturz war er mit dem Kopf auf dem Boden aufgeschlagen und hatte sich an einem der scharfkantigen Füße der Nachbartische verletzt. Er blutete stark aus einer Kopfwunde. Außerdem hatte er sich die Infusion aus dem Arm gerissen.

„Nein, oh nein!", schrie Mai Zhao mit schriller Stimme, aus der die blanke Panik sprach. „So was darf in seinem Zustand nicht passieren." Sie stieß den verblüfften Mitch brüsk zur Seite und versuchte, ihren Mann aufzurichten. Der gab nur einen stöhnenden Laut von sich.

„Können Sie mir wenigstens mal helfen?", fuhr sie Mitch an. Der drückte Tom seine Waffe in die Hand und stellte die Liege wieder auf.

„Kannst du aufstehen, Ben?"

Corve antwortete nicht. Also halfen Tom und Mitch der Frau, ihren stark blutenden Mann, wieder auf die Liege zu legen.

Tom schob Mai Zhao in Marcs Richtung.

„Ich stille die Blutung und du versorgst jetzt meinen Sohn!"

„Aber …!"

„Es ist mir scheißegal, was mit Corve passiert! Du machst jetzt, was ich dir sage, sonst stirbt dein Mann." Tom hob drohend die Waffe. „Wir haben nicht mehr viel Zeit!"

Tom machte zu Marc eine einladende Bewegung in Richtung der Liege, auf der er eben noch gelegen hatte.

Mai Zhao ging widerstrebend zu Marc und versuchte mit zittrigen Fingern, eine Vene zu finden. Im zweiten Versuch gelang es ihr. Marc war angeschlossen und die Maschine zeigte mit dem schon bekannten Klicken, dass sie arbeitete. Tom sah auf die Uhr. Noch ungefähr zwei Stunden, dann konnten sie endlich hier raus. Er hatte sich wieder Corve zugewandt, aus dessen Gesicht inzwischen alle Farbe verschwunden war.

Mai Zhao nahm Tom die Kompresse aus der Hand und sah sich die Wunde an, aus der immer noch ein wenig Blut quoll. Sie hatte Tränen in den Augen.

„Er befindet sich in einer äußerst sensiblen Phase. Sein Körper kämpft mit dem Medikament. Da darf er durch nichts geschwächt werden." Sie stieß Tom zur Seite. „Ich muss ihm die Infusion wieder anlegen!" Sie machte sich hektisch an Corves Arm zu schaffen.

Als die Flüssigkeit in Corves Arm strömte, packte Tom Mai Zhao unsanft am Kinn und drehte ihren Kopf in seine Richtung.

„Sag mal, als du gerade auf dem Rechner meinen Namen gesucht hast, da waren dort noch viele andere Namen. Was sind das für Leute?"

Sie versuchte sich ihm zu entwinden, was ihr aber nicht gelang.

„Das geht euch gar nichts an! Lass mich in Ruhe! Reicht es nicht, dass ihr hier gerade dabei seid, eine Katastrophe zu verursachen? Lass mich in Ruhe!", zischte sie und riss Tom wütend ihren Kopf aus der Hand.

„Nein, mein Schatz! Nicht wir sind es, die eine Katastrophe verursachen. Ihr seid es, mit euren perversen Vorstellungen von der Entwicklung der Menschheit. Ihr habt alle Maßstäbe der Menschlichkeit verloren. Nein, nicht wir sind skrupellos und menschenverachtend. Ihr seid es!" Es brach nur so aus Tom heraus. „Was habt ihr noch alles geplant für die Partei und die Wahnsinnigen dieser Welt? Ihr verachtet alle Werte, die das Zusammenleben der Menschen erst lebenswert machen. Und wofür? Für eine Menge Geld, euren privaten Ruhm und diese beschissene Partei. Du kotzt mich an! Glaubst du etwa, ich hätte nicht bemerkt, wie du nach jedem Fick aufs Klo gerannt und dann im Labor verschwunden bist? Was machst du mit meinem Sperma? Ich will es wissen!" Er packte Mai Zhao erneut am Arm, zerrte sie hoch und blickte ihr tief in die Augen. „Also? Zeig es mir!"

Sie versuchte sich seinem Blick zu entziehen, was ihr durch seinen festen Griff aber nicht gelang.

„Also? Ich höre!" Tom richtete seine Waffe auf Corve.

Stockend begann Mai Zhao. Sie hatte den Blick abgewandt.

„Ist ja gut! Lass meinen Mann in Ruhe! Ich zeige es dir. Wir haben hier im Labor mehrere künstliche Gebärmütter, auch Biobags genannt, in denen sich Fruchtwasser befindet. Dort können Föten wie in einer natürlichen Gebärmutter heranwachsen. Die Nabelschnur der Föten ist über eine Kanüle mit einer Maschine verbunden, die die Versorgung der Kleinen übernimmt. Wie eine natürliche Placenta! Den Rest deines Spermas habe ich für die nächste Generation eingefroren."

„Wie pervers ist das denn?", schaltete Mitch sich ein.

„Dafür brauchst du also unser Sperma. Dann frage ich mich nur, woher die Eizellen kommen. Sind es etwa deine?"

„Nein, natürlich nicht! Wir befinden uns ja noch im experimentellen Stadium. Aber da die Partei Ergebnisse von uns erwartet, haben wir die Eizellen vorerst den weiblichen Zombies entnommen. Die können ohnehin keine Kinder mehr bekommen. So erweisen sie der Gesellschaft noch einen letzten Dienst!"

„Ihr seid irre, völlig irre!"

In diesem Moment stöhnte Corve und bäumte sich auf. Es war offensichtlich, dass er Schmerzen hatte. Mai Zhao stürzte zu ihm, nahm seine Hand und versuchte ihn anzusprechen. Er reagierte nicht. Dann sah sie es! Corve drehte wie wild mit den Augen. Sie waren blutunterlaufen und wanderten permanent hin und her.

„Nein, bitte nicht", flüsterte sie, „bitte nicht das!"

„Was ist mit ihm?" Tom konnte sich keinen Reim darauf machen.

„So beginnt es immer!"

„Was beginnt so?" wollte Mitch wissen.

„Das Zombiesyndrom! Wir haben das schon so oft gesehen. Aber dieses Mal schien alles anders zu sein. Es hat doch bis vorhin funktioniert! Ben war sich ganz sicher! Er war sich so sicher, dass es nicht wieder passieren kann, denn alle Tests sind positiv verlaufen! Es gab praktisch keine Nebenwirkungen." Ihr liefen die Tränen hinunter.

„Und die anderen waren keine Menschen?", schaltete Mitch sich ein. Aber Mai Zhao reagierte nicht auf ihn.

„Es waren die Zombies. Ich war dabei, als Corve dem ersten das Zeug gegeben hat", warf Marc ein.

„Auch wenn ich es eigentlich nicht will, aber können wir deinem Mann irgendwie helfen?" wollte Tom wissen. Er wunderte sich über sich selber, aber irgendwie empfand er für seinen Peiniger plötzlich so was wie Mitgefühl.

Mai Zhao schüttelte verzweifelt den Kopf und wischte die Tränen weg.

„Nein, sein Körper muss es alleine schaffen. Wir können ihm nur Flüssigkeit geben, mehr nicht."

„Wann weiß man, ob er es schafft?"

Sie zuckte mit den Schultern.

„Keiner weiß das! Es hat ja noch nie funktioniert. Ben war so zuversichtlich, dass es dieses Mal anders sein würde. Aber du siehst ja selbst, was passiert! Es ist immer dasselbe."

Corves Gesicht war inzwischen zu einer fürchterlichen Grimasse erstarrt. Seine Augen rollten und Speichel tropfte aus seinem Mund. Er gab unverständliche Grunzgeräusche von sich. Der Mann schien jegliche Kontrolle über seinen Körper zu verlieren. Und es wurde schlimmer!

Mitch wandte sich angewidert ab. Er konnte den Anblick nicht ertragen. Stattdessen schaute er auf seine Uhr. Vielleicht noch eine halbe Stunde. Dann würden sie diesen grauenvollen Ort endlich verlassen können.

„Könnten wir schon mal einen Blick auf den Rechner werfen? Vielleicht ist der Chip ja schon raus aus Marcs Körper", drängte er.

„Lassen Sie mich in Ruhe. Ich werde meinen Mann jetzt nicht alleine lassen." Mai Zhao machte keine Anstalten, sich an den Rechner zu setzen.

Da die Maske an dem Rechner noch offen war, setzte Mitch sich an den Bildschirm und begann nach Marcs Namen zu suchen. Als er ihn gefunden hatte, klickte er ihn an. Wieder dauerte es einen Moment. Der Rechner suchte nach dem Signal. Einen kurzen Augenblick später zeigte er das Ergebnis, „No Signal". Um ganz sicher zu sein, dass mit dem Programm alles in Ordnung war, klickte Mitch sich zurück und rief einen der anderen Namen auf. Er brauchte nicht lange zu warten, bis auf dem Bildschirm die Position des ausgewählten Chips angezeigt wurde – diesmal in der Zentrale von Maibentech, Shenzen.

„Bingo! Wir können los! Marcs Chip ist raus!"
Tom wandte sich an Mai Zhao.

„Könntest du bitte die Kanülen bei meinem Sohn entfernen?" Aber die Frau machte einen völlig apathischen Eindruck. Es hatte keinen Zweck. Sie hatte die Arme um ihren Mann geschlungen und weinte. Also nahm Tom die Sache selbst in die Hand. Er ging zu seinem Sohn, entfernte die Nadeln so vorsichtig er konnte und klebte ein Pflaster drauf.

„Hat nicht mal wehgetan, oder?"

„Nein, Herr Doktor!" versuchte Marc einen Witz und grinste seinen Vater an.

Mitch schaute auf seine Uhr. Es war jetzt kurz vor Vier. Sie lagen also gut in der Zeit. Die Frage war, was sie jetzt mit Mai

Zhao und ihrem Mann machen würden. Diesen Punkt hatten sie vorher nicht miteinander besprochen. Mitch hatte überlegt, den Doktor als Geisel mitzunehmen und seine Frau gefesselt hier zu lassen. Aber das schien sich nun erledigt zu haben. Sie würden beide hierlassen müssen. Corve war anscheinend ohnehin nicht mehr zu helfen und die Frau viel zu schwach, um sich selbst zu befreien. Mitch sah die Frau an.

„Wir werden jetzt verschwinden. Können oder wollen Sie noch etwas für Ihren Mann tun? Wenn ja, dann tun Sie es bitte jetzt. Es ist Ihre letzte Gelegenheit. Denn bevor wir gehen, werden wir Sie beide fesseln. Wir können kein Risiko eingehen! Tut mir leid."

„Das kann er nicht machen, oder, John?"

„Er kann nicht, er wird! Also was ist jetzt?", blieb Mitch unerbittlich.

Corve, der sich immer mehr von ihnen zu entfernen schien, stöhnte und bäumte sich noch einmal auf, um dann wieder in sich zusammenzufallen. Mai Zhao umklammerte weinend seinen geschundenen Körper.

Als Mitch sie packte und von ihrem Mann wegriss, schrie sie auf, wurde aber von Mitch zu einem massiven, in die Wand eingelassenen Stahlschrank gezerrt, wo er sie an der Tür fixierte. Die Schreie, die sie dabei ausstieß, waren grässlich und laut. Aber Mitch blieb ruhig und verschloss ihr den Mund mit Klebeband. Wütend warf sie den Kopf hin und her, sah aber bald ein, dass es nichts nutzte. Als Mitch damit fertig war, fixierte er Corve auf der Liege. Der Mann war am Ende. Er schien dem Tod näher als dem Leben zu sein. Zum Schluss überprüfte er nochmals den Gorilla, der inzwischen das Bewusstsein wiedererlangt hatte. Mit einem erneuten Schlag schickte er ihn wieder zurück in eine traumlose Welt. Zufrieden betrachtete Mitch sein Werk.

„Bevor wir gehen, will ich sehen, was da hinten passiert!", zeigte Marc auf den abgetrennten Bereich und begab sich in diesen Bereich des Labors. Die anderen folgten ihm.

„Dafür ist jetzt keine Zeit mehr. Wir müssen los!", antwortete Mitch.

„Ich will es auch sehen, Mitch. Auf die paar Minuten kommt es jetzt auch nicht mehr an. Und wir könnten es der Welt zeigen."

„Wir sollten aber jetzt besser verschwinden!"

„Dauert nur eine Minute, los komm!"

„Wenn es sein muss! Ich bleibe besser hier und passe auf!"

Vorsichtig öffnete Tom die große Milchglastür und sie traten ein. Stark abgedämmtes Licht umfing sie.

An der Wand standen aufgereiht fünf Apparaturen, an denen überdimensionale Plastikbeutel hingen, in denen kleine, unterschiedlich große, zarte rosa Wesen schwammen. Embryos. Das Grauen griff nach Marc und Tom. Es war fast wie in einem dieser Science-Fiction Filme, in denen man als Zuschauer das Gesicht hinter dem Kissen verbirgt, um dem Schrecklichen nicht ins Antlitz blicken zu müssen.

Waren das wirklich menschliche Embryos, die dort heranwuchsen? Angeschlossen waren die Beutel an eine überdimensionale Maschine, die vermutlich der Versorgung und Überwachung der künstlichen Gebärmütter diente. An der Wand gegenüber befanden sich Brutkästen. Sie waren leer. Mai Zhao schien die Wahrheit gesagt zu hatte. Hier wurden Menschen gezüchtet.

Tom war versucht, alles zu zerschlagen, aber er widerstand dem Impuls. Wie man es auch drehte oder wendete, es waren kleine Menschen, die dort heranwuchsen.

Wem würden diese Menschen gehören, wenn sie erst einmal „geboren" worden waren? Was hatte die Partei für ein Leben für sie vorgesehen? Angewidert drehte er sich weg, nahm seinen Sohn in den Arm und sagte:

„Lasst uns endlich gehen. Wir haben hier nichts verloren!"

Jiaochangwei

Es war jetzt kurz vor halb fünf. In weniger als einer Stunde würde Baihu auf dem Parkplatz auf sie warten. Nachdem sich Mitch nochmals davon überzeugt hatte, dass sich weder der Gorilla noch Mai Zhao oder Corve von ihren Fesseln befreien konnten, schaltete er das Licht aus. Sie verließen das Labor durch die Schleuse, durch die sie gekommen waren.

Die Eindrücke dieser Nacht hatten sie so stark aufgewühlt, dass Mitch sich genötigt sah, noch einmal auf die Gefahr der weißen Augen hinzuweisen.

„Passt auf, wir dürfen keinen Fehler machen. Sonst war alles umsonst. Jetzt kommt der wirklich gefährliche Teil der Unternehmung!"

Sie umgingen den Bereich der weißen Augen und begaben sich zu der Felskante, an der Mitch sich als erster vorsichtig und im Schutz der Dunkelheit abseilte. Als er auf dem Felsvorsprung stand, winkte er Marc, ihm zu folgen. Tom, der wusste, dass sein Sohn unter Höhenangst litt, hatte im Vorfeld mehrfach mit ihm darüber gesprochen. So hatte Marc sich seelisch und moralisch auf diesen Moment vorbereiten können. Dennoch zitterte der Junge jetzt, erreichte aber sicher den Vorsprung. Hier band Mitch ihm das Seil um die Hüfte, balancierte über den Baumstamm und sicherte Marc, der auf allen vieren, aber gefahrlos über den am Abgrund liegenden Stamm balancieren konnte. Für Tom war der Abstieg kein Problem. Sie erreichten sicheren Fußes das Waldstück, dass es nun noch zu durchqueren galt.

Die drei kauerten sich hinter einen Busch, von dem aus sie zum letzten Mal freien Blick auf das Gelände hatten, während Mitch seine Utensilien und die Waffen sicher in seinem Rucksack verpackte. Noch war es fast dunkel, nichts bewegte sich. Lediglich ein paar frühe Vögel waren zu hören. Jeder nahm einen Schluck Wasser aus einer Flasche, die Mitch herumreichte.

„Also los, weiter!", drängte Mitch zur Eile. Sie durchquerten das Tal und gelangten zu dem kleinen Waldparkplatz, auf dem der Leihwagen stand. Seit dem Verlassen des Labors war eine knappe Stunde vergangen. Als sie den Waldparkplatz erreicht hatten, stand dort ein zweiter Wagen, in dem ein Mann saß. Vorsichtig spähte Mitch in die Richtung des Wagens. Es war Baihu. Erleichtert und dankbar liefen die drei zu dem Fahrzeug und stiegen ein. Mitch blickte sich noch einmal um. Von weitem konnte er das große Haus sehen, das auf der Anhöhe thronte. Dort war soeben das Licht angegangen.

„Scheiße, wir müssen so schnell wie möglich zu dem Boot kommen! Wie ist das möglich, dass die beiden schon entdeckt worden sind? Selbst befreit haben die sich nicht! Da muss doch noch jemand auf dem Gelände gewesen sein. Jetzt haben wir garantiert die Bullen am Arsch! Ich hab doch gesagt, dass wir abhauen sollen. Aber ihr musstet ja unbedingt…!", flüsterte Mitch, obwohl ihn hier ohnehin niemand hören konnte. Tom sah ihn schuldbewusst an.

Baihu zuckte nur mit den Schultern, ließ den Motor an und fuhr den schmalen Waldweg vorsichtig ohne Licht zurück auf die Straße. Glücklicherweise machten Elektrofahrzeuge keine Geräusche.

Sie erreichten die Beishan Ave und hielten sich links Richtung Dameisha Beach. Noch waren so gut wie keine anderen Fahrzeuge unterwegs. Schließlich war Feiertag. Als sie gerade in den Dameisha Tunnel einfuhren, sahen sie auf der gegenüberliegenden Spur mehrere Polizeiwagen mit hoher Geschwindigkeit und Blaulicht in die Gegenrichtung rasen. Dafür konnte es um diese Uhrzeit nur eine Erklärung geben. Das galt ihnen! Baihu, der, um nicht aufzufallen, bisher in gemäßigtem Tempo gefahren war, gab Gas. Der Wagen fuhr jetzt auf der S360. Bis zum Ziel waren es noch knapp dreißig Kilometer. Sie hatten zwar einen nicht unerheblichen Vorsprung, aber keiner von ihnen wusste, ob sie durch die vielen Kameras auf den Straßen und im Tunnel nicht schon längst ins Visier der Polizei geraten waren. Deshalb schlug Mitch, der die Karte auf dem Navi des Wagens studierte, vor, den Wagen ein ganzes Stück vor der Festung abzustellen und dann durch die Häuserzeilen zum Jiaochangwei Beach zu laufen. Dort mussten sie erst einmal gefunden werden. Baihu, der wie immer keine Miene verzog, nickte und bog mit quietschenden Reifen in eine Seitenstraße ab. In dem Moment sahen sie einen Hubschrauber auf sich zukommen, der aber schnell wieder abdrehte. Hatte man sie entdeckt?

Mitch trat allmählich der Schweiß auf die Stirn. Jetzt waren es noch vier Kilometer. Glücklicherweise waren die Straßen aufgrund des Feiertages immer noch so gut wie leer. Andererseits, und das hatten sie nicht bedacht, waren sie so natürlich für ihre Verfolger wesentlich leichter auszumachen. Tom fluchte.

Der Wagen schleudert mit quietschenden Reifen um eine Ecke und bog in eine winzige Seitenstraße ein, die nicht weit vom Strand entfernt war. Tagsüber hätte Baihu aufgrund der Menschenmassen hier niemals fahren können. Tom sah, dass Baihu irgendetwas suchte. Unweit des Strandes konnte man schon von weitem kleinere Häuser und Restaurants ausmachen, die über enge Einfahrten oder Vordächer verfügten. Es schien eine recht einfache Gegend zu sein. Zur Überraschung der anderen lenkte Baihu den Wagen plötzlich mit einem gewagten Manöver direkt in eine der überdachten Einfahrten, stellte den Motor ab, sprang aus dem Wagen und winkte den anderen, ihm zu folgen.

„Los jetzt, ist nicht mehr weit", zischte er.

Sie liefen durch enge Gassen und erreichten schließlich im Schutz einiger großer Bäume den Strand. Baihu blieb stehen, blickte sich um und zeigte auf ein kleines Holzboot mit einem Außenborder.

„Das ist es!"

In dem Moment tauchte, wie aus dem Nichts, erneut ein Helikopter auf, der tief flog und mit einem Suchscheinwerfer den Strand abzusuchen schien. Dann entfernte sich das Propellergeräusch schnell wieder. Das konnte nur bedeuten, dass man sie noch nicht entdeckt hatte.

„Los jetzt, wir müssen da runter!"

Marc wurde schlecht, als er die kleine Nussschale sah, in der ein Mann in grauer Kluft und ohne Zähne saß. Mit seinen schwieligen Händen tat er so, als beschäftige er sich mit einem Fischernetz, während ihm eine Zigarette aus dem rechten Mundwinkel hing. Als er die vier bemerkte, blickte er auf und winkte sie zu sich. Dann bedeutete er ihnen einzusteigen, während er versuchte, das Boot zu stabilisieren. Es blieb keine Zeit für eine Begrüßung oder Angst. Wenn sie nach Hause wollten, gab es jetzt nur noch diesen einen Weg. Tom scannte den Himmel. Aber der Helikopter kehrte nicht zurück. Baihu drückte dem Fischer ein Bündel Geldscheine in die Hand, die dieser ohne ein Wort und auch ohne sie nachzuzählen in seinen Overall steckte. Westinghouse hatte Wort gehalten.

„Hurry up!" war das Einzige, was der Mann von sich gab. Wie zur Bestätigung schnäuzte er ins Meer und warf den Motor an, der leise tuckernd in die Gänge kam. Das Geräusch kam Marc angesichts der Morgenstille trotzdem verdammt laut vor. Hoffentlich hörte sie niemand. Mitch hatte Baihu noch die Hand schütteln wollen, aber der war, ohne sich zu verabschieden, schon auf dem Rückweg. Sie konnten sehen, wie seine Gestalt schnell im Gewirr der kleinen Restaurants verschwand. Jetzt erst registrierte Mitch, dass sie von nun an wirklich auf sich selbst gestellt waren.

Der alte Mann warf ihnen eine Plane zu, unter der sie sich verstecken sollten, wenn von irgendwoher Motorgeräusche zu hören oder ein fremder Kahn zu sehen war.

„Hide, when it get`s loud!" Dann gab er Gas.

Tom fragte sich, wie oft der Mann schon bei solchen Aktionen behilflich gewesen sein mochte. Immerhin kannte er ein paar Brocken Englisch. Dann erinnerte er sich an die Aufstände in Hongkong. Damals waren viele Menschen geflüchtet, auch nach Taiwan. Vielleicht hatte es damit zu tun? Aber wer wusste das schon.

Bis Lamma Island waren es ungefähr zwei Stunden. Glücklicherweise war das Meer ruhig. Der Himmel war bedeckt, aber es war nicht kalt. Der alte Fischer sagte kein Wort. Je weiter sie sich von der Küste entfernten, desto mehr verschmolzen sie in dem kleinen Boot mit ihrer Umgebung. Die Nussschale, wie Mitch sie bezeichnete, tuckerte unbeirrt und leise durch das graue Meer. Einige andere Fischerboote waren zu sehen. Einmal entdeckten sie ganz in der Ferne ein Schiff der Küstenwache, das aber keinerlei Interesse an ihnen zu zeigen schien.

Nach etwas mehr als zwei Stunden kam Lamma Island in Sicht. Bei der Insel, die nur eine kurze Fährfahrt von Hongkong entfernt im Meer liegt, handelte es sich um ein Eiland, auf der die Fischerei eine lange Tradition hatte. Auch Fischzucht wurde hier betrieben. Es wimmelte nur so von großen und kleinen Fischerbooten. Als sie den Hafen erreichten, ging die Nussschale an einem der alten Fischkutter längsseits. Tom betrachtete ihn skeptisch. Überall blätterte die Farbe ab. Der alte Mann schlug gegen die Bordwand des Kutters, stieß einen Pfiff aus, drehte sich zu seinen Passagieren um und machte eine Bewegung in Richtung einer ausgeblichenen Strickleiter, die über der Reling bis auf die Wasseroberfläche herabhing.

„Hurry up! Good Luck!"

Tom ergriff als erster die schwankende Leiter und kletterte hoch. Dann schaute er nach unten und winkte Marc nach oben. Kaum hatte Mitch als letzter die Reling des kleinen Fischkutters erklommen, gab der alte Fischer, ohne sich noch einmal umzuschauen, Gas und war schnell mit dem Grau des Meeres verschmolzen.

Man hatte sie offensichtlich gehört, denn kaum dass Mitch die Planken des Kutters betreten hatte, kamen zwei Chinesen aus der Kajüte. Die Begrüßung war kurz, aber freundlich. Der Größere von beiden konnte etwas Englisch, was die Sache vereinfachte. Er brachte sie unter Deck. Hier seien sie sicherer als auf Deck, wo sie jeder sehen könne. Sie stiegen die kleine knarzende Treppe hinunter, wo sie sich zwischen Bergen von Netzen und mehreren Kojen wiederfanden. Es roch intensiv nach Fisch und altem Öl. In der Mitte stand ein Tisch, der von einer einzigen funzeligen Lampe beleuchtet wurde. Marc hatte den Eindruck, gerade in einem früheren Jahrhundert gelandet zu sein. Er fühlte sich ein bisschen wie jener Humphrey van Weyden in Jack Londons „Seewolf". Er sah sich um und war fasziniert von dieser rustikalen Schiffsumgebung.

„Hungry?"

Ohne die Antwort abzuwarten, stellte der Kleinere einen dampfenden Topf Fischsuppe auf den Tisch, während der Große versuchte zu erklären, wie sie sich zu verhalten hatten. Dann brachte er die Sprache auf die Bezahlung. Tom, dem Baihu das Geld zugesteckt hatte, holte den Umschlag hervor und reichte ihn über den Tisch. Ganz anders als der alte Mann in der Nussschale schien der große Chinese hier deutlich misstrauischer zu sein. Er nahm das Geld, roch merkwürdigerweise daran und zählte es bis zum letzten Schein nach. Als er endlich damit fertig war, nickte er und grinste zufrieden bis über beide Ohren. Dann nahm er die Schalen und verteilte die Suppe. Schweigend aßen sie die erstaunlich gut schmeckende Mahlzeit.

Lamma Island

Sie würden bei Einbruch der Dunkelheit ablegen und bis an die Grenze der taiwanesischen Gewässer fahren. Bis zur Küste der Insel zu fahren, war zu gefährlich, da es in der letzten Zeit immer wieder zu Auseinandersetzungen mit der taiwanesischen Küstenwache gekommen war. Dies wollten sie auf keinen Fall riskieren. Der Fischer zeigte stattdessen aus dem fast undurchsichtigen Bullauge auf einen Kahn, mit dem er beabsichtigte, sie ins Wasser zu lassen. Von dem Punkt aus, wo er sie absetzen würde, müssten sie nur ein kleines Stück mit dem Boot „Straight ahaed" – geradeaus – rudern, praktisch immer auf die Küste zuhalten. Am besten sei es, wenn sie das Ruder mit einem Seil fixierten. Das Seil dazu befände sich im Boot. Sie bräuchten wirklich nichts anderes zu tun, als das Ruder strikt geradeaus zu halten. Die taiwanesische Küstenwache würde sie mit sehr hoher Wahrscheinlichkeit nicht entdecken und wenn, nun ja, sie seien ja wohl Amerikaner, wenn er es richtig verstanden hatte. Also, was sollte schon schief gehen?

Marc sah seinen Vater an. Für ihn hörte sich die ganze Aktion an wie ein Himmelfahrtskommando. Tom, der seinem Sohn ansehen konnte, was der davon hielt, zuckte mit den Schultern und legte seinen Arm um ihn.

„Wir sind jetzt schon so weit gekommen. Wir haben keine Alternative. Die wissen, was sie tun, glaub mir!"

„Ich weiß, Dad!"

Es war davon auszugehen, dass man sie schon in der ganzen Gegend um Shenzen gesucht. Für Marc grenzte es fast schon an ein Wunder, dass man sie noch nicht entdeckt hatte.

Wenn Corve draufging, würde man ihnen das in die Schuhe schieben. Da war sich Tom mit Mitch einig.

Der Fischer antwortete auf Toms Frage, wie lange sie unterwegs sein würden.

„Etwa zwölf Stunden. In der Formosastraße, also dem Seeweg zwischen China und Taiwan, ist meistens eine Menge Betrieb. Es ist einer der meistbefahrenen Seewege der Welt. Aber wir werden euch da absetzen, wo es etwas ruhiger ist. Und dann werdet ihr noch ungefähr eine Stunde bis zum Ufer brauchen. Aber wie gesagt, immer schön geradeaus fahren, ganz einfach! Es wird euch nichts passieren!"

Dann erklärte der Chinese noch, wie der Motor funktionierte und wie sie am besten das Ruder fixierten.

„No Problem!" Schließlich zeigte er auf die Kojen und wies sie an, sich schlafen zu legen. „It will be a long day!"

Der Fischgeruch hier unten war fast unerträglich. Dennoch fielen Mitch die Augen zu. Er war jetzt fast sechsunddreißig Stunden auf den Beinen, und der Körper verlangte seinen Tribut.

Tom und Marc hingegen lagen in ihren Kojen und hingen ihren Gedanken nach. Als die Sonne zu sinken begann, hörten sie plötzlich Betriebsamkeit auf Deck. Da man ihnen aber strikt verboten hatte, nach oben zu kommen, blieben sie, wo sie waren. Dann bemerkten sie, wie das Schiff sich zu bewegen begann. Es gab knarzende Geräusche von sich. Durch das verdreckte Bullauge konnte Marc erkennen, wie Festlandchina immer kleiner wurde. Sie lagen direkt über dem stampfenden Motor und hofften, dass dieses Geräusch sie endlich in die Freiheit trug.

Tom, der wie die anderen noch nie auf einem Fischkutter gewesen war, versuchte, sich dem Heben und Senken des Schiffes hinzugeben und beruhigte sich damit, dass gutes Wetter angekündigt war. Die Fischer da oben an Deck waren altgediente Seemänner. Sie würden ihr Handwerk verstehen.

Formosastraße

Die Formosastraße, die zwischen Festlandchina und Taiwan lag, wurde von der Volksrepublik immer noch als ihr Hoheitsgebiet betrachtet. Regelmäßig kam es deswegen zu diplomatischen und militärischen Auseinandersetzungen zwischen den USA, ihren Verbündeten und China. Das wussten natürlich auch die drei Flüchtlinge, was die Lage für sie nicht einfacher machte.

Stunden nach dem Verlassen von Lamma Island, es musste so gegen zwei Uhr sein, kam der Fischer die knarzende Treppe hinab und wollte wissen, wie es seinen Passagieren ging. Es sei ruhige See und von der Küstenwache hätten sie noch nichts gesehen. Auch sonst sei nicht viel los. Sie hätten also die ideale Nacht ausgewählt. Mitch, der soeben aufgewacht war, wollte wissen, ob er einen Kaffee bekommen könne.

„No Problem!", sagte der Fischer und ging wieder an Deck.

Kurz darauf kam der kleine Chinese mit drei Tassen heißen Kaffees aus der Kombüse zurück.

„Wo sind wir? Und wie weit ist es noch?", wollte Mitch von den anderen wissen.

Da sie es nicht wussten, fragten sie den Chinesen, der sie aber nicht offensichtlich verstand. Er machte ein Zeichen, dass wohl so viel wie „Ich frage den Fischer" heißen sollte. Und richtig, Augenblicke später kam der Mann erneut die Treppe hinunter. Er hatte eine Seekarte dabei und deutete auf einen Punkt im Meer.

„Here we are! And this is the Point, were you must leave!" Er zeigte auf die Stelle, an der er das Boot ins Wasser lassen würde.

„Two hours!"

Dann verließ er die Kajüte, um kurz darauf mit einem Haufen Ölzeug zurückzukommen. Er bedeutete ihnen, dass sie das anziehen müssten.

„Cold Water!"

Sie hatten verstanden und jeder suchte sich eine passende Garnitur. Als sie das Zeug angelegt hatten, sahen sie aus wie echte chinesische Fischer. Die Tarnung war nicht schlecht.

Während das Boot dem Punkt entgegenstampfte, an dem sie es verlassen würden, saßen sie schweigsam in der Kajüte und hingen ihren Gedanken nach. Draußen dämmerte es bereits. Es konnte also nicht mehr weit sein.

Dann hörten sie, wie die Männer an Deck scheinbar einige Dinge hin und herräumten. Schließlich öffnete der Fischer die Luke und winkte sie nach oben.

„Hurry up"

Mitch betrat als erster das Deck und sah sich um. Der Himmel und das Meer waren grau. Kein Licht von anderen Booten war zu sehen. Tief atmete er die frische salzige Luft ein. Dann sah er, wie das Boot, das sie an die Küste tragen sollte, vorbereitet wurde. Es war so weit! Der Fischer deutete auf das Boot, in das Mitch als Erster einstieg. Dann folgten Marc und Tom ebenfalls in ihrem Ölzeug. Der Fischer zeigte Tom, wie er den Motor starten konnte und warf ihm einen zweiten Strick zum Fixieren des Ruders zu. Er machte eine Bewegung, die wohl zeigen sollte, wie fest er das Seil anziehen sollte.

„Straight ahaed!"

Immer wieder blickte der Mann sich um und deutete in die Richtung, in die sie das Boot steuern sollten. Es war noch neblig. Dennoch zeichnete sich am Horizont ein schmaler Küstenstreifen ab. Von der taiwanesischen Küstenwache war nichts zu sehen. Der Fischer reichte Mitch einen Sack mit etwas Proviant und Wasser. Dann wurde das Boot abgesenkt und zu Wasser gelassen. Es war ein relativ großes, stabiles Holzboot, keine Nussschale.

„Good Luck!"

Tom, der sich sofort an das Ruder gesetzt hatte, startete den Motor. Ein leises Blubbern zeigte an, dass er zum Leben erwacht war. Er drehte das Boot um neunzig Grad weg von dem Kutter und fixierte das Ruder mit dem Seil. Dann gab er vorsichtig etwas Gas. Langsam, gegen die Wellen aufsteigend, setzte der Kahn sich in Bewegung.

Es dauerte nicht lange, und sie konnten den alten Kutter, der sie bis hierhergebracht hatte, nicht mehr sehen. Je weiter sie sich von ihm entfernten, umso näher kamen sie der Küste und damit ihrer Freiheit.

Die einzige Sorge, die sie im Moment hatten, war, dass sie von einem Schiff der Küstenwache aufgegriffen und zurückgeschickt werden würden. Es war bekannt, dass die Jungs nicht besonders fürsorglich mit aufgegriffenen Flüchtlingen umgingen. Aber nichts passierte. Das Boot tuckerte langsam dem Küstenstreifen entgegen. Langsam, aber sicher begann sich die Zuversicht durchzusetzen, zumal die Küste von Minute zu Minute deutlicher zu erkennen war. Als nach etwa einer dreiviertel Stunde, es war inzwischen deutlich heller geworden, der Strand in Sicht kam, gab Tom etwas mehr Gas. Der Fischer hatte ihnen gesagt, sie würden im Süden der Insel in der Nähe einer Stadt mit dem Namen Fangliao anlanden. Von dort würden sie sich nach Taipeh, der Inselhauptstadt durchschlagen müssen.

Als sie schon fast den Strand erreicht hatten, passierte es. Während sie mit gemächlicher Geschwindigkeit auf die Insel zuhielten, stieg hinter ihnen plötzlich eine Leuchtrakete in den Himmel und eine Kugel zischte an ihnen vorbei. Dann hörten sie eine Lautsprecherstimme quäken. Es war chinesisch. Keiner von ihnen verstand ein Wort.

„Los jetzt, es ist nicht mehr weit!", brüllte Tom und gab Vollgas.

Aber gegen das Schiff der Küstenwache hatten sie keine Chance. Es war wie aus dem Nichts aufgetaucht und kam immer näher. Wieder eine Ansprache, eine Leuchtrakete. Der Strand kam immer näher, aber noch war das Wasser zu tief – vielleicht noch zweihundert Meter!

Plötzlich splitterte Holz. Man hatte auf sie geschossen.

„Verflucht!", schrie Mitch. „Runter!"

Sie duckten sich so gut es ging auf den Boden, während das Boot mit Vollgas auf die Küste zuhielt. Nur noch ein paar Minuten. Noch einmal splitterte Holz. Marc, der über den Rand des Bootes blickte und versuchte zu erkennen, wie weit es noch war, schrie auf:

„Dad?" Sein Vater war am Ruder zusammengesunken und verharrte in einer merkwürdigen Position.

„Dad!"

Er bekam keine Antwort.

Mitch kroch zu Tom und zog ihn nach unten. Der Abstand zu dem Schiff vergrößerte sich wieder. Wahrscheinlich hatten sie schon flaches Gewässer erreicht. Aber Tom reagierte nicht. Er hatte die Augen geschlossen und aus einer Wunde in seiner Brust quoll Blut. Mitch drückte seine Hand auf die Wunde und versuchte, die Blutung zu stillen.

„Halt durch, Tom! Wir sind gleich da! Wir bringen dich ins Krankenhaus! Du kannst doch jetzt nicht schlappmachen, jetzt nicht mehr!"

In dem Moment knirschte es, das Boot war auf eine kleine vorgelagerte Sandbank gelaufen. Der rettende Strand war vielleicht noch fünfzig Meter entfernt.

„Los Marc, fass mit an! Wir müssen deinen Vater an den Strand bringen!"

Das war nicht so leicht, denn Tom war groß und kräftig. Zudem mussten sie mit ihm durch das Wasser waten. Marc drehte sich noch einmal um und sah voller Panik, dass ein Boot der Küstenwache heruntergelassen worden war. Es jagte auf sie zu. Noch war die Entfernung groß, wurde aber beständig geringer. Sie beeilten sich, was in dem flachen Wasser mit Toms Gewicht extrem anstrengend war. Marc, der versuchte, den Oberkörper seines Vaters über Wasser zu halten, brauchte eine kurze Verschnaufpause. Sie blieben stehen, drehten sich in der Erwartung, dass man sie gleich schnappen würde, um. Dabei sahen sie, dass das Boot aus unerklärlichen Gründen wieder abgedreht hatte. In dem Moment schlug Tom die Augen auf.

„Was ist passiert?"

„Sie haben auf uns geschossen und dich dabei erwischt!"

Toms Kopf kippte wieder nach hinten. Immer noch lief Marc das Blut seines Vaters durch die Finger.

„Los verdammt, es ist nicht mehr weit!" schrie Marc verzweifelt.

Atemlos und völlig am Ende erreichten sie den Strand. Niemand war zu sehen. Tom ging es offenbar immer schlechter. Er war kurzatmig und aus seinem Gesicht war jegliche Farbe gewichen. Er hatte das Bewusstsein verloren und würde nirgendwo hingehen. Mitch wusste, dass er Hilfe holen musste. Immerhin waren sie jetzt in Taiwan, in einer zivilisierten Gegend.

„Bleib du bei deinem Vater! Ich hole Hilfe!" Mitch rannte los.

Zwei Minuten später hörte Marc Polizeisirenen und sah, wie mehrere Uniformierte auf ihn zuliefen. Mitch war nicht mehr zu sehen. Die Männer hatten finstere Mienen und waren offenbar von der Küstenwache alarmiert und an den Strand geschickt worden.

„Hilfe!" schrie Marc ihnen zu. „Mein Vater braucht einen Arzt!"

Als die Beamten sahen, dass sie es hier nicht mit Chinesen zu tun hatten, wechselten sie ins Englische.

„Helfen Sie uns! Wir sind Amerikaner! Wir sind beschossen worden! Mein Vater ist verletzt. Er braucht dringend ärztliche Hilfe!"

Die Polizisten waren völlig verblüfft. Chinesen, die vom Festland geflüchtet waren, hatten sie schon oft aufgegriffen, aber Amerikaner? Einer der Polizisten telefonierte und bedeutete Marc kurz darauf, dass medizinische Hilfe unterwegs sei. In dem Moment kehrte Mitch mit zwei anderen Polizisten zurück. Er war einfach auf sie zugegangen und hatte um Hilfe gebeten.

„Ein Arzt ist unterwegs! Er wird gleich hier sein!"

Tom schlug noch einmal die Augen auf und sah seinen Sohn an.

„War wohl doch nichts mit dem ewigen Leben!" Er lächelte Marc schwach an. Dann fielen ihm die Augen zu, die er niemals wieder öffnen würde.

„Dad, verdammt, Dad, wach auf! Nicht jetzt, nein, nicht jetzt!" Er schüttelte seinen Vater. Es war sinnlos. Tom war tot.

Marc saß an diesem verhassten Strand, hatte den Kopf seines toten Vaters auf dem Schoß und weinte hemmungslos.

Die Polizisten beratschlagten, was sie tun sollten. Einer telefonierte. Ihre Küstenwache hatte pflichtgemäß gehandelt, um die Flucht zu stoppen. Aber diesmal hatte es sich dabei nicht um Festlandchinesen, sondern ausgerechnet um Amerikaner gehandelt. Es war eine Katastrophe. Was blieb ihnen anderes übrig, als das American Institut of Taiwan zu informieren?

Taipeh

In einem schwarzen SUV brachte man Mitch und Marc in die Pseudobotschaft der USA in der Jinhu Road. Glitzernde Fassaden der Metropole Taipeh glitten an ihnen vorbei. Toms Leiche wurde in ein örtliches Bestattungsinstitut gebracht, um sie für den Transport in die USA vorzubereiten. Man war darauf bedacht, keine Schlagzeilen zu produzieren.

Nachdem sie sich ein wenig erholt und etwas zu sich genommen hatten, wurden ihre Personalien aufgenommen und überprüft. Natürlich unterzog man Mitch und Marc einigen Befragungen seitens der Amerikaner durch Vertreter eines Geheimdienstes und unter Anwesenheit taiwanesischer Beamter.

Die Geschichte, die die beiden zu erzählen hatten, hörte sich für ihre Vernehmer zunächst äußerst unglaubwürdig an. Aber am folgenden Tag kam ihnen der Zufall zu Hilfe. In allen wesentlichen chinesischen Zeitungen wurde vom Tod des großen amerikanischen Wissenschaftlers Dr. Ben Corve berichtet, der sich vor vielen Jahren entschieden hatte, seine Heimat zu verlassen, um in China zu forschen. Er hatte sich der Forschung an der Ultralanglebigkeit verschrieben und postuliert, dass man dem Sieg über den Tod sehr nah sei. Sein plötzlicher Tod sei durch einen tragischen Unfall verursacht wurden. Aber seine Frau, die verdiente Forscherin des Volkes Mai Zhao und Mitbegründerin der Biotechfirma Maibentech, werde sein Lebenswerk zum Wohle des Landes fortsetzen.

Die Beamten des American Institut of Taiwan glichen diesen Namen mit den Erzählungen und den Entwicklungen vor vielen Jahren in den USA ab. Dann entschieden sie sich, Mitch und Marc zu glauben.

Epilog

Wenige Tage später, nachdem alle Formalitäten erledigt waren, konnten Mitch und Marc die Heimreise antreten. Sie hatten neue Pässe erhalten, und das Institut hatte einen Direktflug von Taipeh nach Las Vegas für sie gebucht. Bis zum Tag ihrer Abreise durften sie das Institut aus Sicherheitsgründen jedoch nicht verlassen. Marc, der um seinen Vater trauerte, hatte ohnehin keine Lust auf die Stadt. Und Mitch war es recht, da man nicht wusste, wie weit der Arm des Geheimdienstes der Volksrepublik reichte. Außerdem hatten sie von China genug, auch wenn sie sich jetzt in der chinesischen Republik Taiwan befanden.

Sie stiegen in denselben Flieger, in dem auch der Sarg mit Toms Leiche in die USA überführt wurde.

Aus dem riesigen Glasfenster des Flughafenterminals hatte Marc gesehen, wie eine längliche schwarze Kiste langsam im Bauch der Boeing verschwand. Marc traten Tränen in die Augen. Mitch, der neben ihm saß, drückte Marcs Arm, sagte aber nichts.

Kurz vor der Landung in Las Vegas konnten sie sehen, wie unter ihnen das Coloradoplateau mit dem Grand Canyon, diesem steinernen Naturwunder, auftauchte. Da erst wurde ihnen bewusst, dass sie wieder am Ausgangspunkt dieser langen, schmerzhaften Reise angekommen waren.

Am Flughafen mussten sie warten, bis sie Tom in Empfang nehmen konnten und Marc einige Formalitäten erledigt hatte. Inzwischen hatte Mitch seinen Pick-up geholt. Schweigend luden sie die Kiste auf die Ladefläche und begaben sich auf den Highway fünfzehn Richtung St. George und Bryce Canyon. Wenn Tom noch gelebt hätte, wären sie jetzt vermutlich voller Euphorie gewesen. So aber war es äußerst deprimierend und schmerzhaft, der Heimat mit dem toten Vater immer näher zu kommen.

Mitch hatte noch am Flughafen, während er sein Auto holte, Joe angerufen und erzählt, was passiert war.

In Escalante angekommen, brachten sie Tom zum örtlichen Bestattungsunternehmen. Als sie dann an dem kleinen Holzhaus hielten, wo alles begonnen hatte, holte Marc zwei Bier aus dem Kühlschrank. Sie setzten sich auf die Veranda. Schweigend tranken sie es aus und verabschiedeten sich voneinander. Es gab einfach nicht mehr viel zu sagen. Mitch reichte Marc zum Abschied die Hand.

„Wenn du Hilfe brauchst, ruf mich an!" Dann stieg er in seinen Pick-up und war weg.

Weil er nicht wusste, was er tun sollte, füllte Marc als erstes den Flüssigkeitsspender für die kleinen Kolibris, die kleinen Gesellen, die sein Dad so geliebt hatte.

Marc musste den Kopf frei bekommen, um über seine Zukunft nachzudenken. Was war mit seinem Leben, seiner Zeit, dem Studium, dem kleinen Haus in Escalante und all den anderen Dingen? Im Moment hatte er keine Ahnung. Er nahm sich vor, mit Joe darüber zu sprechen.

Ein paar Tage später, nachdem Tom im Beisein von Joe und Mitch auf dem kleinen Friedhof beerdigt worden war, hatte Marc sich entschieden. Er würde hierbleiben und das Geschäft seines Vaters fortführen. Gegen die Höhenangst konnte man etwas tun und die Canyons der Gegend hatte er auch als Kind schon gemocht.

Joe kam nach ein paar Tagen auf das Angebot zurück, das er damals Tom gemacht hatte. Marc könne seine Ranch haben, wenn er wollte. Die einzige Bedingung war, dass Joe auf seiner Farm bis zuletzt wohnen durfte.

Von dem großzügigen Angebot überwältigt, hatte Marc sich noch etwas Bedenkzeit ausgebeten, dann aber eingewilligt.

Mitch Fairbanks ging wieder seinen alten Geschäften nach. Durch die großzügige Bezahlung, die er von Marc erhalten hatte, konnte er seine etwas heruntergekommene Detektei auf Vordermann bringen und warb jetzt auf zwei großen Billboards am Highway für seine Dienste. Zuerst hatte er überlegt, die Story an eine Zeitung zu verkaufen, sich dann aber auf Bitten von Joe und Marc dagegen entschieden.

Zwei Jahre nach Joes Tod verkaufte Marc das kleine Haus in Escalante und zog auf die Farm nach Boulder.

In den folgenden Monaten und Jahren gingen immer wieder Meldungen durch die Medien, in China habe man ein Mittel gegen den Tod gefunden. Auch in den USA wurde nach wie vor intensiv an diesem Ziel geforscht. Eines war klar, man wollte dem Systemrivalen nicht den Vortritt lassen. Aber letztlich entpuppten sich all diese Meldungen als Rohrkrepierer. Die Medizin und der Hype um Longevity brachten zwar deutliche Fortschritte in der Verlängerung der Gesundheitsspanne der Menschen. Aber es gab eine Grenze zwischen Leben und Tod, die nicht so einfach zu überwinden war.

Marc ging regelmäßig auf den Friedhof zu seinem Vater, zu dem er jetzt fast ein innigeres Verhältnis hatte als zur Zeit, als er noch in New York studiert hatte.

Er setzte sich auf die kleine Bank gegenüber dem Grab seiner Eltern und dachte darüber nach, was Joe damals hatte auf den Grabstein eingravieren lassen, und sah nach oben.

„Schau in den Himmel!
Meine Endlosigkeit hat gerade erst begonnen!"

In Liebe
Therese Snider
und
Tom Snider alias John Sparks

Handelnde Personen

Tom Snider alias John Sparks
Marc Sparks – Sohn von Tom
Dr. Ben Corve – Forscher und Erfinder von „Vita 1", Chef von Maibentech
Mai Zhao - Frau von Dr. Ben Corve und Mitbegründerin der chinesischen Biotechfirma Maibentech
Joe - Freund von Tom und Farmer aus Boulder
Mitch Fairbanks – Detektiv und Freund von Joes verstorbener Frau
Baihu – Chinese und Ingenieur, der von Robert Westinghouse angeheuert wird
Robert Westinghouse – Kontaktmann von Mitch in Hongkong – arbeitet als Manager in der Autobranche.
Dr. Li – Arzt, unterwegs im Auftrag von Dr. Ben Corve
Jeff Bricks – Colonel bei den Marines und Freund von Mitch
Chen Lu – Chinesin, die Tom in Shenzen betreut.
Tian – Assistent von Dr. Ben Corve

Orte in alphabetischer Reihenfolge

Escalante: kleines Mormonenstädtchen in Utah/USA
Formosastrasse: internationales Gewässer zwischen Festlandchina und Taiwan
Futian: nobles Geschäftsviertel in Shenzen
Hongkong: ehemalige Kronkolonie, heute zu China gehörend
Lamma Island: alte Fischerinsel vor Hongkong
Las Vegas/Nevada: Spielerstadt in der Wüste Nevadas
Shenzen: Industriemetropole, 30 km von Hongkong entfernt
Taipeh: Hauptstadt von Taiwan
Yantian: reiches Viertel in Shenzen am Meer

Danksagung

Ich möchte mich bei allen, die mich bei diesem Buchprojekt unterstützt haben, bedanken, insbesondere aber bei meinem Verlag, meiner Lektorin und meiner lieben Frau Birgit, die mir stets mit gutem Rat zur Seite gestanden hat.

LESETIPP!

Andreas Struve
Methusalem – Sterben war gestern

404 Seiten
13,5 x 20,5 cm
Softcover mit Klappen
ISBN 978-3-98503-129-0
17,70 € (D)

Ein Thriller über endloses Leben, Gier und Moral zwischen San Francisco, Sierra Nevada und dem Colorado Plateau.
„Vita 1", das Medikament, das ewiges Leben verspricht, ist von Genforce entwickelt worden. Fehlt nur noch eine Testperson für eine geheime Studie. Tom, ein arbeitsloser Ranger, der Geld gut gebrauchen kann, wird in die Studie aufgenommen. Karl von Weinheim, reicher, mit seinem Alter hadernder deutscher Börsianer, kann sich die Börsenbewertung von Genforce nicht erklären. Und so setzt er Jan Winter auf Genforce an. Als Karl von „Vita 1" erfährt, ist er entschlossen, die Firma in seinen Besitz zu bringen. Er will „Vita 1" exklusiv für sich. Winter aber zockt auf eigene Rechnung, und als er den Mexikaner Rodriguez engagiert, läuft die Sache aus dem Ruder. Ein tödlicher Wettlauf um das Mittel beginnt. Als Tom merkt, dass sein Leben in Gefahr ist, steigt er mit Hilfe seiner Freundin Therese aus. Die einzige Chance für Tom, heil aus der Sache herauszukommen, sehen sie in der Publikation seiner Geschichte. Auf der Flucht vor seinen Verfolgern versteckt er sich dort, wo er sich auskennt – in den Canyons des Colorado Plateaus.
Das Buch wirft die Frage nach dem Wert des Lebens sowie von Ethik und Moral in unserer Zeit auf.

LESETIPP!

Wilhelm zu Dohna
Der lange Spaziergang
des Leonhard Euler

404 Seiten
13,5 x 20,5 cm
Softcover mit Klappen
ISBN 978-3-98503-091-0
17,70 € (D)

Beim Abriss eines St. Petersburger Palais aus dem 18. Jahrhundert wird im Jahr 2030 ein Manuskript mit einem Algorithmus des Mathematikers Leonhard Euler entdeckt. Über Umwege gelangt es zu Lew Sobolow, Professor für Mathematik an der Universität von St. Petersburg, dem mithilfe des Algorithmus ein Durchbruch in der künstlichen Intelligenz gelingt.

Jahrzehnte später kommt es in einer Berner Privatklinik zu Zwischenfällen. Immer nur im OP des Anästhesisten Lorenz Laurin wird das elektronische Informationssystem über das Internet angegriffen. Laurin bittet seine Exfreundin Zero um Hilfe. Sie ist Computerexpertin und arbeitet für die Electronic Frontier Foundation, wo sie sich für Grundrechte im Informationszeitalter einsetzt.

Für Laurin und Zero beginnt ein Albtraum. Sie geraten ins Visier eines bösartigen Aggressors aus den Tiefen des Darknet, der schutzlosen Patienten mit einer überlegenen Technologie ihre aller geheimsten Gedanken und Gefühle entwendet.

LESETIPP!

Ulrich Fegeler
Onmacht und das tödliche Salz

380 Seiten
13,5 x 20,5 cm
Softcover mit Klappen
ISBN 978-3-98503-009-5
14,90 € (D)

Im Kaiser August Viktor Klinikum herrscht Aufregung: Ein Patient und eine Krankenschwester sterben aufgrund einer Kaliumvergiftung. Wurden Infusionszusätze verwechselt? Waren vielleicht sogar Infusionsampullen fehletikettiert? Oder war es Absicht?
Prof. Dr. Otto Norbert Macht, kurz Onmacht genannt, und sein Leitungsteam der postoperativen Intensivstation beginnen eine gründliche Ursachenrecherche und stoßen auf Ungereimtheiten und Vertuschungen. Der örtliche Pharmariese hat kein Interesse, nähere Erkundungen am Ablauf seiner Abfüllanlagen zuzulassen. Andrea Zorn und ihre Kollegen vom Dezernat für Gewaltkriminalität ermitteln ein programmloses Programm. Der Krankenhausapotheker Dr. Wöst hat kein Interesse an gründlichen Medikamentenprüfungen. Prof. Gewaltig, der von Onmacht gefürchtete und verhasste Chef der Intensivstation des 2. Großklinikums der Stadt, sinniert über Chaos und Verwechslungen, entwickelt aber keine Theorien zum Ablauf der Kaliumvergiftungen. Erst 13 verborgene Stufen hinab in die Vergangenheit zeigen, wie einfach die Wahrheit sein kann, wenn alles gleichzeitig so ist, wie vermutet, und trotzdem völlig anders ...